李《イ》文《ムン》求《グ》 著

安《アン》宇《ウ》植《シク》 訳

川村湊 校閲

冠村随筆《クァンチョンスピル》

インパクト出版会

目次

冠村随筆
クァンチョンスビル

日は西の山に落ちる

冠村随筆1

　田舎へ行ってくることにしたが、墓参が目的というのは近年稀《まれ》なことだった。ましてや陽暦の正月早々、自分からそうした礼節を重んじて行動を起こすのは、初めての経験でもあった。もとより帰省列車の乗車券を切って座席に腰を掛けてからは、「たわけが……誰が陽暦の正月も正月だと教えたんじゃ。倭奴《ウェノム》（日本人の蔑称）の暦なんぞ後生大事にしとるのは、下賤の者たちと決まっとるわい……」。年の瀬ともなると一、二ヵ所から届けられる歳暮を前にして、決まってぶつくさ言っていた祖父の言葉がしばしば蘇ってきて、心の片隅が疼《うず》かなくもなかったけれど、時代が変わったのだから陽暦正月の連休にかこつけるしか、ほかに仕方がなかろうと腹をくくって耐えたのだった。けれども祖父に対して礼節を欠いている、つまり不孝な振る舞いをしていると、後ろめたさを感じている自分自身まで欺《あざむ》くことは出来なかった。ほんのいたいけな時分からいまのこんな自分になるまで、我が家門を守ってきたすべての先人や先祖たちの心象は、ひとえにただ一人祖父その人の印象としてしか残されていなかったからだった。

これは、ぼくが懐かしんできた先代の人たちが、母や父さらには自分の兄弟や姉妹たちではなかったという意味でもある。古色蒼然とした李氏朝鮮時代の人だった祖父、ただただあの人一人だけがまことの肉親であり、祖先の霊を受け継いでいるという感じは打ち消せないものだったし、また将来も永らくそうなるだろうと思われたということだ。受けた愛や報いる情からしたらとても、母親のほかにさらに誰かがいるなどと口幅《くちはば》ったいことが言えるはずもないだろうけど、にもかかわらず慎んで祖父一人をもって祖先の霊を引き合いにし、祖父の生前に受けた教えこそはまことに、受け継ぎたいくらい価値あるものと信じられるところから、重ね重ね祖父の存在と追憶の片々などを、あらゆるものの始まりと信じるしかなかったのだ。

正月三日、もっとも混み合わないだろうと思われた列車を選んで乗り込んだつもりがドジだったと言えるくらい、身も心もくたびれた帰郷の旅だった。大川邑《ゆう》（町）に到着したときはすでに午後三時を回っていて、ほどなく暮れ方を迎えるそんな頃合いだった。列車が大川邑の枕元でもある冠村《クァンチョン》集落のカーブを切って来る頃には、車窓に雨の滴までが降りしきっていた。例年になかった温暖な天候のせいで、雪を雨にして撒き散らしているらしかった。冬の雨に打たれながら故郷を訪ねてみるのも生まれて初めてだったので、情を残して去っていった昔の山河が思い返されると、ぼくは波立ち始めた気持ちを鎮めることができなかった。

ぼくはいっとき両の目を吊り上げて、雨脚の模様がひんぱんにつくられていく窓際に立って、裏山のコノハズク峠を包み込んで巡っていく冠村集落を見守っていた。気持ちが落ち着かなかったのとは別に、譬えようもなく物寂しく憂鬱な気分だった。ぼくの肉（母方から受け継ぐといわれる）と骨（同・父方）が育った村ではあったけれど、昔のたたずまいを満足にとどめているものなど何一つなかったのだ。昔の姿のまま残されるというのはこんなに貴重なことなのだろうか。

　なかでも真っ先に胸を締めつけてきたのは、王松の木が姿を消してしまっていたことだった。紛れもなく王松の木が立っていた場所には、牛馬の小屋ほどの大きさのスレート葺きの屋根の雑貨屋の煙突だけが、不様な恰好で突き出ていたのだ。

　その王松の木の松葉が黄色く染まり、枝々のなかに枯れ枝が混じっているのを眺めながら郷里を後にして十三年ぶりなので、さもありなんと思わないでもなかったけれど、いつ頃切り倒して鋸《のこぎり》で挽《ひ》き、薪《たきぎ》にされたのか跡形もなく消え失せている現場を目撃すると、五臓六腑から怒りが込み上げて来ないではいなかった。四百余星霜の長きに及ぶ風霜のすべてにさいなまれながらも、どの松の木よりも濃緑色だった十長生（不老長寿の十種のシンボル）の、まさしく王松と呼ぶにふさわしい姿で村を見守ってきた松の木ではなかったか。ぼくが七歳になって千字文（漢字・習字の手本）をすっかり習い覚え、習い終えた祝いも済ませたある夏の日の、暮れなずむ夕陽の沈む頃だったと記憶しているが、ぼくは海辺の防波堤まで祖父のお供をしてやって来て、村中を丸ごと飲み込みかねない勢いで押し寄せてきた海の満ち潮を見物したことがあった。タゲリや鷗の群れの啼き声が、夕焼けに染まって浮かんでいた目映い大海原を見渡したのだ。防波堤の脇に天安駅から出ている鉄道の、長項線の線路は終わることがなく伸び、線路と並行して砂利の一つ一つが真っ白な新作路（新しく作った砂利道）は角を曲がって行ったけれど、その王松の木は線路と新作路がもっとも近くまで迫っていた、雑木一本ない芝生ばかりが拡がっている平たい高台の荒れ野の上に、四百余星霜もの間踏ん張ってきたのだった。

「おまえよ、この王松の木はじゃな、土亭・李之菡《イジハム》（註・著名な陰陽師、『土亭秘訣』を著した）祖父さまがついて歩いとった杖を突き立てておいたら、こがいに育ちおったんだわ。そんときその祖父さまは、この杖の前を鉄の馬が走りおるようになったら、わしら韓山・李氏の子孫はこの村を出て行かねばならんじゃろうといいなすったんじゃよ……その教えを心に刻んで早うから他郷暮らしをしとったら、こがいにむごい世間にでくわさなんだかもしれんのに……」

と言ってたことを、ぼくは未だに記憶していた。それはぼくが、王松の木の由来について初めて教えられた知識だった。地面をついている杖が王松の木に化けるなんて。土亭が非凡な人物で奇行が少なくなかったことは、彼が著した『土亭秘訣』（占卜の書）をひもとく傍ら時たま聞かされていたので、祖父が畏敬の念を抱いていた姿や慨嘆が何を意味するのかわかるようであった。けれども率直に言って、そうした口伝えにされた伝説の類など真に受けたくなかったのも確かだった。その王松の木は、郡内では比類がなかった百樹の頂点に立っていた。そんな王松の木がいまや跡形もなく消え失せてしまったのだから、ぼくは我が家門の祖先の一人がそれほどにも案じて警戒していたという、けれどもすでに四十数年前から長項線の線路を這いずり回ってきた鉄の馬（汽車）に乗り込んでいる身で、窓際に立って呼べば答えるほど近い距離のところにあるその遺跡を、避けて通っていたのだ。

いまではすっかり落ちぶれた村ではないか――ぼくは思わずこのようにつぶやいている自分に気がついた。村の主である王松の木がこの世を去って久しいだなんて、よほどひどい変わりように違いないという気もした。日に何回かずつ、ましてや避暑地として一役買ってきたせいで、海水浴場がオープンする夏ともなると、昼も夜も汽笛の音がやかましくて眠る暇もなかった線路際に佇んで、そのおびただしい騒音と煤煙を吸い込んで弱り果て、霊物としての礼遇さえ投げだして枯死してしまった王松の木の運命は、噛みしめれば噛みしめるほど胸にひりひりと痛みが走り、耐え難かった。もとより、王松の木の悲運を弔う気持ちだけで悲しみに暮れていたとは言えないだろうけど――。

実際にそうだった。かつてぼくが住んでいた家屋敷のみすぼらしいありさまに、よりいっそう胸が張り裂ける哀しみに落ち込みそうになっていたのだから。たとえ通り過ぎていく列車の窓越しにちらりと捕らえたものであるにせよ、たっぷりとした広さの部屋が十五間もあった家屋敷の面影はどこへやら、邑内のどこからでも冠村の方角を見渡すたびに、まるで村中の総本家か何かのように一目でそれと見て取れた屋敷が、そのように変わり果てるものだろうかと思われたのだ。

それは王松の木の悲運に次ぐ、胸を切り刻む痛みだった。いまでは縦に横にでこぼこの、見栄えばかりよくした家々が建てられて村を掻き乱してしまい、僅かに草葺き家の母屋の屋根の棟だけがそれらしく残されているばかりで、左右から裾をからげてトタンの屋根と垣根を覆っていたツタや、四季を通じて緑の色が変わらず、畑や庭先の防風林として並んで立っていた黒豆の木の整然としたたたずまいなどは、見つけ出すことなど思いもつかぬくらいみすぼらしい集落に変わり果てていたのだ。

失郷民。ぼくはいつしか、自分が故郷を失くした民になってしまったという思いを打ち消すことが出来なかった。郷里といってもいくつかの墓のほかに残したものなどなかったから、いずれにせよ無関心のうちに過ごしてきたわけではあるけれど、実際に落ちぶれた郷里の風景を目の当たりにすると、ぼく自身があまりにも身を寄せるところとてないように思え、孤独を感じないではいられなかった。

　ぼくは真っ先に祖父の墳墓に詣でるのが礼儀だと信じていた。祖父の墳墓は大川邑から十六キロほど外れにある高巒という海辺の村の、海沿いの宗中山（祖先を祀っている山）の片方の麓に独りぼっちで設けられていた。一日一回のバスの便さえないところで、しょせん歩くしかなかったけれど、往き来するにしても一日の道のりとあってみれば遠距離と変わりがなかった。到着した日はやむなく邑内で一泊することになっていた。たとえ郷里を捨てて久しいとはいえ、幾日か滞在することで気兼ねをせねばならぬ家などはなかった。ぼくは邑内の郡庁官舎に住んでいた母方の親戚を訪ねて、泊めてもらうことを諒承してもらった。それを済ませた後で、日暮れ前の時間を無為のうちに過ごすことが味気なくて、冠村を訪れることにしたわけではなかった。

　自分が跳びはねて成長してきた生い立ちの場をあまねく見て回り、あの頃の情景と今日に至った変貌ぶりを確かめてみたいという、純粋な衝動を抑えかねたのがきっかけだった。たとえ途方もなく疎《うと》ましいくらい変わってしまい、昔の情景やその形状、色合いなどを見つけ出せないにしても、ぼくは是非とも見て回って、変わっていたら変わってしまった姿形だけでももういっぺん眼底に焼き付けることで、この身はたとえ他郷をさすらいながら歳月を過ごそうと、せめて気持ちのうえでは郷里を失くした哀しみを味わいたくなかったのかもしれない。

ぼくは駅前通りへ出てくるが早く、ビニール傘からまず用意しなくてはならなかった。ぽたぽたと傘の上から聞こえてきた雨粒がしたたり落ちる音は、昼飯まで抜いて空きっ腹の胸のうちを、時間が経てば経つほどますますはっきりと聞こえるリズムをもってたたいてくれていた。

冠村はいうなれば大川邑の外れで、邑内の真ん中から普通に歩いて十分もあればたどりつく近い距離にあった。

村の入り口の前には貝殻を伏せたような三軒の藁葺き家が、新作路を間にしてぽつんぽつんと離れてあった。一軒は飴玉や駄菓子、マッチなどを売っていた松房と呼ばれた雑貨屋で、主人はかつて酒幕（居酒屋）を営んでいた蔡《チェ》さん夫婦だった。その向かい側の家は四季を通じてふいごを働かせるのに忙しかった、すがめの元《ウォン》さんの鍛冶屋だったし、その傍の少し離れて下がったところにあった、昼日中でさえ陽射しが軒先でばかり輪を描いていて薄暗くなってしまう陰気くさい家は、張重徹《チャンジュンチョル》一家が開いていた酒幕、旅人宿を兼ねた居酒屋だった。台所は醸造元のどぶろくを水で割って増やして飲ませるカウンターがあるところで、ネコの額ほどの広さの名ばかりの庭先の片隅は、バリカンとカミソリ一つで刈ったり剃ったりしてきた、市へ出かけていく買い物客たちばかりを頼みとしていた潜《もぐ》りの露天理髪店だった。酒幕と鍛冶屋の中ほどのところにはいつも、真っ黒に煤けたドラム缶の釜がかまどに掛けてあって、市の立つ日ともなると手当たり次第拾い集めてきた薪などを焚いて湯を沸かしながら、市へ運ばれていくさまざまな衣類やふと

んカバーなどを染めていた、黒く染色するのが専門の染物屋が電信柱の傍にうずくまっているものと決まっていた、

ところがいまでは、どれ一つとして以前のその姿のままでは残されていなかった。松房は取り壊され、新たに建てられた明るくて涼しげな理髪店に様変わりし、軒先には「冠村理髪館」と書かれた一枚の扉ほどもある看板が載せてあったし、すがめの元さんの鍛冶屋があった跡にも、赤瓦を載せたちゃちなブロック造りの家が代わりに入り込んでいたが、どうやら小学校の先生か郡庁の係長くらいになる人が建てて住んでいる、普通の民家らしかった。張重徹一家の穴蔵同然の酒幕も屋根をスレートに改良し、板塀には真似ごとに青ペンキを塗りつけたまま、「反共・防諜」のステッカーと粉食奨励(米飯ではなくうどん、パンなどの小麦製品を奨励した)の談話文が貼られてあったし、併せてアイロン台ほどの長さの幅はあまりない板に金釘流で、「千一《チョンイル》醸造場第十三区域マッコルリ委託販売所」と書かれた看板が掛けてあった。理髪館のガラス窓を切り取って突き出ているストーブのブリキの煙突からは、白っぽい練炭のガスが、沸き返る釜の蓋から蒸気が噴き出すように吐きだされていたし、見ず知らずの二、三の顔が関心ありげな目つきでぼく様子をうかがいながらうろついていたが、ぼくの記憶にありそうな顔はただの一人も目にとまらなかった。村の隅々までわが家の庭先のように思い込み、十八歳になるまで住んでいた土地っ子のぼくが、こんな具合にまるきりよそ者みたいに不様に振る舞うしかないのだろうか。まったくやるせないことだった。

ぼくはしばらくして、新作路から分かれて赤黒い黄土を剥きだしている狭い路地へ入り込んだ。

何歩も行かずしてじきに果樹園が出てきた。ここから果樹園のカラタチの木の垣根のつづら折りさえ曲がりきれば、季節ごとに先代の手がすり減っていき、事変（朝鮮戦争）の明くる年からはさまざまな野菜と二期作の作物をぼくの手でじかに刈り入れて食べていて、家屋敷込みの一括取り引きで処分してこの地を去った、八百余坪の土地が姿を現す息詰まる道筋だった。降ってきた雨のせいで張り裂けんばかりに凍てついていた表面が解けてきた道路は、解凍期に入ったのではと思えるほどぬかっていた。とはいえ、昔の道路を探しだしたという感傷のごときは湧いてこなかった。ひとしきりにわか雨が降っただけでも山からほとばしり出た、澄んだ水が流れて来る道端のどぶ川は下水道ほどにも狭まった反面、その溝が通された周辺には安っぽいブロック造りの家々がつなぎ合わせるようにして建てられ、登山客たちの訪れが頻繁なソウル郊外の辺鄙《へんぴ》な集落と変わらぬ感じだった。

カラタチの垣根が終わる頃からは、まさにあの土地の入り口だった。ぼくは気が急《せ》いてきて、せかせかした足取りで麦の新芽が青々と生えだした畑の畝間《うねま》へ駆け込んでいったが、その刹那、胸ぐらをしたたか強打する衝撃とともに、その場に立ちつくしてしまった。

手にした杖に折れ曲がった腰を預けていた祖父が、自分の仮墳墓を見下ろして立っていたのだ。どんなときも愛用のナナカマドの杖を手放したことがない祖父は、相変わらずマンゴン（頭巾）の上にタンゴン（帽子）をかぶり、繻子《しゅす》のチョッキの下の腰の辺りには眼鏡ケースがぶら下がっており、白っぽい髭を風になびかせながらいくぶん腰を折り曲げて立っている姿が、いつものそれと変わらなかった。

しばらくしてようやく、瞬間的な幻想に捕らわれ失くしていた過ぎし日のひところを蘇らせた錯覚から、そんな具合にぼんやりと突っ立っていた自分自身を発見して、深い吐息を洩らしながら七星岩のほうへ近づいていったのだが。

それは紛れもなく瞬間的な幻覚でしかなかったけれど、少年時代にはあまりにもひんぱんに、日常的に目撃していて、いつまでも忘れることがないよう、ぼくの祖父でなければ誰にも真似ることが出来ないはずの、祖父の印象の中でもっとも際だった事実だった。

ぼくは七星岩のうちもっとも目につきやすいところにあって、マクワウリを捥《も》いだときとか蒸したとうもろこしにかぶりつくときなどに、しばしば上がり込んで腰を下ろして休んだりした、四角い形がはっきりしている岩場に腰を掛けると、煙草を取りだして口にくわえた。雨粒は相変わらずぱらぱらと撒き散らされてビニール傘をたたき、雌の陰部のようにへこんでいるコノハズク峠の畝間の下手にある、若松の群生地からほど近い二、三軒の草屋の煙突からは、夕餉《ゆうげ》のために焚きつけている生木の松の小枝の煙が、雨とともに吹きつける風に流されて、靄のように拡がっていた。

ぼくはしゃがみ込むが早く、七星岩のいくつもの岩場の安否をいちいちうかがい始めた。いささかも微動だにしない岩場だからだろうか。太古の昔から北斗七星とそっくりの位置に配置されて腰を据えてきた七つの大きな岩石は、どれもこれもひたすら昔のままにおのれの立ち位置を守り抜いていた。なかでも近所のちびっ子どもがひんぱんに上り下りしていた道端に突き出ている、末っ子のおもちゃのジープを思わせる形も相変わらずだったし、五、六歩離れているヒキガエル岩もその場におとなしくしゃがみ込んでいた。虎が寝そべっている形の三番目の虎岩もやはり、お粗末になっている茂みをお供にしたがえたまま、あのもって生まれたままの威厳に満ちた風貌をさらけだしていたし、雪がちらつくとすぐにシメやミソサザイなどが飛来してきて飛び回っていた茂みも、新しい畑の持ち主の鋤や鍬にずいぶん苦しめられただろうけど、二本の漆の木とノイバラの茂み、それからサワシバやマタタビの蔓が絡み合って、相変わらず山鳥の群れを呼び込んでいた。

虎岩のすぐ下手につくられた祖父の仮墳墓が、いつ頃からあんな具合に、墓石と墳墓の芝生の肌理まできれいに手入れをされていたのかわからなかった。ただ、亡くなってから朝な夕な、霊前に食事を供えることにどんな意味があり、陰暦一日と十五日の朔望茶礼（祖先の霊を祀る法事）を行ったところで何の役に立つのかと、そうした行為こそは生前に求めて実践すべきであるとして、十五年前から毎月一日と十五日には、誰の誕生祝いの山海の珍味よりもたっぷりと、食卓を飾り立てさせたぼくの父よりも先に、我が身に死が迫ることを見越していた祖父自らが急いで用意した仮墳墓であったし、生涯を通じて酒や煙草ばかりか、囲碁将棋といった品位ある雑技さえも知らずに過ごしてきた祖父が、昼の時間が長過ぎて暇をもてあます春ともなると、杖にすがって一人で七星岩へ出かけていき、折れ曲がった腰をたたきながら、いずれ自分が永遠に横たわるはずの幽宅すなわち墓場を見て回り、野ねずみの巣が出来たり雑草が根を下ろしたりせぬよう手入れをしてからも、時間の経つのも気づかずに、満足そうなまなざしで見下ろしていた姿だけはたびたび発見していたし、幼心にも粛然とした気持ちから足取りが重くなってきたことだけは、

二十二、三年が過ぎ去った今日まで鮮やかな記憶として大切に秘めてきたつもりだ。

あの時分、七星岩の周辺と畑のへりには新春が訪れるたびに地蔵草がよく生えた。とりわけ祖父の仮墳墓の墓石と墳墓のぐるりには、ちょっぴり甘みのある穂ばらみしたチガヤがたくさん生えてきて、陽射しの長い小春日和の日ともなると顔を真っ黒に灼かれながら、ままごと遊びで長い長い一日を終わらせたものだった。そうした日には祖父も杖をついて七星岩まで出てきたし、シャゼン草とホトケノザがふんだんに生えていた岩場の前の麦畑で、ほかの人たちより何倍も野草を摘んでいた、子馬ほどもある大きな図体の甕点《オンジョム》も、団扇《うちわ》のように小刀を働かせながら野草で籠を満たしていったりした。

甕点は心が広くて気立ての優しい娘だった。彼女は、三千石の大地主で朝鮮（李）王朝末に中枢院の医官を勤め、隣接する集落の月畑へ都落ちしてきて住んでいたぼくの母方の、下男部屋住まいの下男の娘で、母が嫁いできた折に付き添ってきた下女が、ほどなく雑貨売りの行商人に従いて行ってしまったので、いわばその穴を埋めに送り込まれてきた娘だった。けれども、酒屋の腰巾着《こしぎんちゃく》として従《つ》いて回っていた二梅《イメ》という花柳界上がりの女が、下男部屋住まいの下男とわりない仲となって子を身籠もり、とある素焼きの器を焼いている窯場の甕《かめ》が並んでいる間に産み落としたというので、名前を甕点とつけたとのことだった。そんな甕点がわが家へ引き取られてきたのは、彼女が七歳のときだったという。ぼくの母が里帰りしたときに実家の厨房で、飯炊きとして働いていたまだ幼かった彼女を、子守を兼ねた雑用の使い走りとして連れ帰り、育てたということだった。気立ては絹の肌を思わせるほど優しいうえ、ツキが従いてまわっているばかりか物覚えがずば抜けており、人情と同情心が豊かなことから、ぼくの母はいつも役に立つ娘だと褒めそやした。そのせいか彼女は、ぼくたちの村へ流れてきたすべての物乞いや托鉢僧、さらにハンセン病患者の乞食たちからも人気があったし、わが家へ来て住み込んでいた作男たちは彼女の気立ての優しさに惚れ込み、自分から進んで台所仕事まで片づけてやり手伝おうとした。

ぼくの母が彼女のしぐさを真似て、ちょくちょくぼくを笑わせたこともいまさらのごとく思い出される。真っ先に彼女を厳しくしつけながら、内と外での礼儀作法や言葉遣い、振る舞いなどを教えて仕込んだのは祖父だった。もともと人を見る目が違っていた祖父は、彼女が初対面の挨拶をするが早く見どころがあると睨んだのか、年齢から先に訊いた。

「して、おめえは何歳になったんかな？」

すると彼女は、物怖じすることもなく問われるままに答えた。

「うちのお母んがそういうとったけど、うちは去年までやっと六歳だったんやと。けど、いまはよくわかんねえ」

「おめえはおのれの歳を知らぬというのけ？」

「はい。ある人は一つ増えて七歳だと言うとったけど、また別の人は、一つ食ったけん五歳だと言うとったわ」

「へーん――。して、おめえのお母んだかなんだか知らんおなごは、近ごろもたまに顔を見せおるのけ？」

「こないだ月畑の大監様（お役人様）のお屋敷へ来たけんど、見たら絹のチマなんぞ穿いて、髪型はヒサシ髪をしとったし、素敵なウデマキもしとった……ものすごくハイカラだったわ」

「して、その女はいまもいつだって飲んだくれとるのけ？」

「そやからこないだも酔っぱらって、うちのお父《と》んと夫婦喧嘩して、下着姿で追い出されたわな」

「へーん——。たわけが……」

祖父はそれきり問いかけなかったという。それは、世間知らずの小娘を相手にあれやこれやと話し合うことに興ざめしたからではなかった。指折りの地主だったがゆえにありとあらゆる賭け事と遊興にうつつを抜かしていたぼくの母方の叔父を、「大監様」と呼んだからだった。彼女としてはどうすることもできない口癖だったけれど、祖父の面前では不届き千万なことだった。けれども祖父は、じっとこらえた。

「して、おめえの名は何と言うだ？」

「先に生まれた娘だわな」

「先に生まれた娘だあ？　まんだ名前がねえっちゅうことじゃな」

「……」

「おめえの母親はおめえを、甕の器を焼いとる窯場の甕が並んどるところで産み落としたそうじゃから……今日からは名前を甕点《オンジョム》としたらよかろう。甕点が無難じゃろうて」

祖父はこのようにして即興で名付け親になったが、戸籍簿にもこの通り記載されたことはいうまでもない。

甕点は目上の人たちの前では思慮深く振る舞ったし、子どもらに対しては人並み外れて情があった。よく器を落として割るそそっかしいところがあったし、雀そっちのけのお喋り娘でもあった。摘んでいる野草が小籠にいっぱいになるまで、仮墳墓の前から立ち去りかねている祖父の姿を見るたびに、彼女は彼女なりにわが家へ帰ってくると決まって、小籠を勝手口の土間へ投げだしながら、「若奥様、大旦那様も春負けして、悩み事がようさんあるみてえだわ」

持ち前の大きな声でそういって騒ぎ立てた。

「あの娘ったら……、あの軽はずみはいつになったら、分別がついて改まるのやら。ちょっちょっ」舌打ちしながら母は、その騒々しさにひょっとしたら祖父がどこかへ外出していて、落ちたり転んだりしたということかと思い、傍らの針箱を押し退けるのがいつものことだった。

「大旦那様はご自分の仮墳墓を設けておいたことを、えらく気になさっとるみてえだわな」

「あんたはもう、いい加減になさい」

母は安堵の胸をなで下ろしながら、

「そこの小籠の中にあるのは何なの?」

それが祖父や父が好んで求める汁の実であることをみすみす承知のうえで、故意にそのように問いかけるのだった。

「大旦那様の好物でいなさるナズナとギシギシだがや……まったく、それにしても呆れ返るくれえ水っぽいわな……汽笛が鳴る鳴る/連絡船は出ていく……」

彼女はうろ覚えの流行歌の一節を鼻歌でうたいながら、かまどの前で摘んできた野草の手入れを始めた。年齢よりもませていた彼女は、その頃すでに思春期を迎えていたらしかった。

「半生もの間、明堂明堂（地相の良い土地）と言いなすっとったけど、家の近くの畑にそがいな場所があることも知らんと、きっちり十余年間も山歩きで探し回っとったのやから、さぞかし感慨もひとしおやったんじゃろな」

母には祖父の気持ちがわかっていた。祖父はほんとうに、自分が安息できる場所を見つけ出すために、風水の見立ての技が優れているという地官（地相を観る占い師）という地官は、噂を頼りに残らず呼び集めたし、それらの地官を先に立たせて高い低い、遠い近いの別なしにたくさんの山々を歩いて探し回ったという。冠村から邑内を突っ切って向こう側に眺められる聖住山の玉馬峰を初め、青蘿の五瑞山、公州の鶏龍山、それから自分の先祖の土亭（李之菡《イジハム》）、星岩（李之蕃《イジパン》）、明谷（李山浦《イサンポ》）たち三人の叔父甥の墳墓に隣接した、土亭自らが探しだして自分で墳墓を造成することで宗中山になった周浦面高巒と、もっと古い時代の先祖、牧隠・李穡《イセク》を祀ってある韓山面のいくつもの野山まで残らず見て回ったけれど、結局は自分の仮墳墓を設ける気になれるほどの場所は、自分が使っている母屋の表座敷からそっと呼びかけてもすぐに答えられるくらい近い、七星岩のなかの虎岩の前方の畑の入り口に見つけ出したわけだった。

一度などは仮墳墓の前で出くわした祖父に、ぼくも無関心でいるわけにはいかなくて訊いてみたことさえあった。

「お祖父《じい》ちゃん、ここがなして明堂なのや？　茨の藪ばっか生い茂っとる黄土の畑やのに……」

目よりも耳のほうがずっと敏かった祖父は、

「あの岩場を見ろや。見ておると、見れば見るほど北斗七星の形になりおるげな」

「だからといって、畑に墓をつくるのけ？　お祖父ちゃんは死ぬるのがうれしいみたいだな」

「死ぬるも生きるも同じことだわな。食っちゃ寝してしょうことなしに逝く日を待ちわびとるんだわ、早うに逝《い》んで横になり、墓地にかぶせた芝生の具合を見て回ることも……」

「……」

「幼いおめえを相手にこげなことを話すわしが愚かじゃが」

「けど、よりによって岩場の下なのけ？　よその人たちは墓を山へこさえとるのに」

「わしとあの岩場とは四倶一生だぞや」

「それってどういうことなんや？」

「じゃったら四帰一成という言葉は、偶に耳にしたことがあったじゃろうか？」

「いんにゃ」

「たわけが……学校へ通っとってこれしきのこともわからなんだら、どげえするとよ……」

「……」

「聞けや、したらおめえは、四斤の棉が一斤の棉花と同じやいうのを知っとるのけ？」

「棉繰《わたく》り車で紡いで種を抜き取ったのが綿じゃ、棉打ち屋へ持ち込んで打ってもろうた棉は、棉花じゃがな」

「杏林どもが、生人蔘（水蔘）四斤が乾燥人蔘（乾蔘）一斤と同じやと言うとることも、聞いた覚えはないちゅうのけ？」

「……」

「杏林が漢方医じゃいうことも、知らんのと違うじゃろうか?」

「……」

「何かを四倍にせなんだら、それを加工したもの一つに見合う分量にはならんいうことだわな」

「すると四斗の穀麦は、一斗のうるち米になるっちゅうことけ?」

「へへーん——」

「へへーん——」という鼻にかかった声は「たわけ」という言葉とともに、祖父の専用語だった。怒髪天をついて目下の者たちに心配かけたときや、話にならぬと思えるとき、賢明な振る舞いではない愚かしいことがあったときなどに、叱りつける代わりに用いてきた祖父だけの専用語だった。


その頃にしても祖父は、自ら称していたように文字通り白首風塵——老いてますます世間の煩わしさに追いまくられていたけれど、路傍の大木の年深い根っこのように、辛うじて耐え抜いているありさまだった。百歳を望む八十九歳を迎えていたせいで、生きながらにして人生の無常を感じていたし、そのため張力は失われたとはいえ何事につけ自若《じじゃく》としていることが出来る、貴重なものを身につけていたのかもしれなかった。口幅ったいことだが、七星岩と呼んでいる七個の岩場と自分とが同体であることに気づいたら、風や雪や雨のごとき、あらゆる自然界の現象とおのれの存在がいかなる性質の、もしくは体質を互いに分かち合っていたのかも知っていたはずだった。

ぼくはそれらの岩々が、無心無態な一個の自然の物質で終わるような気がしなかった。祖父の意志と魂が固まってしまった永久不遠の霊魂であり、でなければ最小限そのシンボルのように思われたので、神聖にして敬虔なものにしか見えなかったのだ。

ぼくは岩場から降りて来ると、キムチに漬ける野菜を摘み取って空っぽになっている畑を突っ切って、祖父の仮墳墓を設けてあった虎岩の前へと進み出た。風で雪が吹雪く冬場ともなると、キジと山鳩がことのほか頻繁に降りてきた場所だった。わが家一筋に五年間も作男暮らしを続けてきた朴鉄呼《パクチョルア》などは、積み肥の中に罠を仕掛けるとか積み肥に眠り薬を混ぜるとかして、のんびりと腰を据えていてもキジと山鳩ばかりを容易《たやす》く生け捕りにしたものだった。いつも祖父と二人きりのお膳で食事をしていたぼくは、祖父から諭されて耳にたこができるくらい聞かされてきた言葉なども、いまさらのごとく思い出された。

「世間がどげえに前後ろの区別がのうなろうとも、白黒をつけねばなんねえことはつけねばなんねえだぞ。生きとるキジは両班《ヤンバン》（特権的な階層）の飯のおかずじゃし、鳩なんぞは身分の低い連中くれえしか口に入れぬものだわ」

もしかしたら山鳩の肉でも食べさせられはしまいかと、前もって予防線を張ったのだった。

虎岩の前方にあった、ぼくがソウルへ引っ越して行くのに先立って祖父の墓を宗中山へ移葬してから、わが家屋敷と一括して保線区員の金《キム》さんに売り渡してしまった祖父の仮墳墓があった場所には、藷《いも》を植えつけて取り入れたと見え、乾いた藷の蔓がでこぼこした畝《うね》と畝の間などにところ嫌わず散らばっていた。雨脚はいつから上がったのだろうか、雨上がりのせいで風がひどく冷たかった。もうちょっと暮れてきて寒くなる前に、急いで邑内へたどりつかなくてはなるまい。

ところがぼくは、何軒かのちゃちな造りの民家を迂回して懐かしい丘へ登っていくところだった。前もって祖父の墓所を移葬しておいたのは、どんなに幸いなことだったろうか。七星岩のぐるりにはちゃちなブロック造りの家々が何と五軒も建てられていた。垣根とか塀などで囲われているでなし、ゴミ置き場とか鶏やアヒルの小屋などが雑然と散らばっている家屋ばかりだった。いずれたくさんの住宅が入り込んできたら、いまは亡き祖父の墓所を管理することもままならぬだろうと思うと、宗中山へ移葬しておいたことがどう考えてみてもよくやったように思えた。家々の下水道設備が整っていなくて、墓所があった場所と七星岩の周辺はまるきりどぶ穴と変わらぬくらい汚れきっていたし、とりわけ五軒の家々の五ヵ所ある便所ときたら、好き放題に悪臭を撒き散らしながら見るも無惨な姿をさらして立っていた。

懐かしい丘の背を上がって行けば行くほど、ぼくが生まれて満一歳の誕生日を迎えて以来、十八年も住んでいた昔の屋敷の全体像が少しずつはっきりと見えてきはじめた。忠清南道保寧郡大川邑大川里三百八十七番地。祖父が晩年を過ごし、母が傾いていく家運に最後まで責めさいなまれ、疲れ果てて世を去った、けれどもぼくの手ですべてのことが清算され、いまでは他人の住まいとなったかつてのわが屋敷。三百五十余坪の敷地に建坪が七十余坪のコの字型をした典型的な韓国風家屋のその屋敷は、松林の丘の麓にある芝生が裏庭の、醤油甕やみそ甕などの甕置き場があるせいで南向きに正座している、堂々とした構えの雅《みやび》な昔のたたずまいを幾分かは残しているようでもあった。庭先の畑に巡らされている黒豆の木の垣根と、裏手の垣根を表側から囲んでいる十二本の栗の木は、もはやすっかり年老いてしまっている模様だったし、この屋敷の新しい主が鶏小屋と豚小屋を建てたためいくらか狭まった感じの表門の前でも、あの一本のキサザゲが一抱えもある大木に成長していた。

ぼくは囲いの中の庭に視野を移した。

あれがほかならぬあの、牡丹と梅だろうか。梅の実がなる梅の木とクチナシもいまだに育てきているというのか。にわかには信じがたかったけれど、そうかもしれないと思うよりほかになかった。四季折々母の手で耕されてきた囲いの中の庭園は、釣瓶《つるべ》のある井戸を真ん中にして物寂しく荒れ果ててはいるけれど、植えられたその場所に残されていることは明らかだった。干し柿を十串余りずつこしらえて役立てた、柿の木とその傍のナツメの木も屋根が低く感じられるくらい成長していたし、ぼくは背伸びをして裏庭のほうまで覗き込まずにはいられなかった。ついでに囲いの中のさまざまな果実の木や観賞植物を代表していた、枝がしなうくらい柿が実り、冬の間ずっと家族全員に間食を提供してくれた、いまや痕跡すら残されていないはずのその死んだ柿の木のことも、同時に思い出した。いつ頃、誰が植えた柿の木だったのかはわからない。また誰かが、陰暦の小正月によそへ嫁にやったかもしれなかった。根方から二つに割れている太い幹の間には、斧の刃よりもずっと大きな石が深々と打ち込まれていた柿の木だった。けれどもその柿の木はぼくの手で切り倒され、ぼくの手で運ばれてかまどにくべられて、あじか一個にいっぱいの灰に化けてしまったのだった。母は半年以上も気管支喘息を患って臥せっていたけれど、ぼくが夏休みを迎えたばかりの八月初旬に、ぼくが看取っているなかで息を引き取った。あの柿の木が死んだのも、母の死の瞬間と同時ではなかったかと信じている。死後三日目に執り行う三日葬を済ませてようやく、家族の者たちや本家と分家の者たち、さらに村人たちは、三、四日前までは葉が青々としていたうえ、ナツメの実ほどの大きさのあのおびただしい柿を実らせていた柿の木が、にわかに死んでいるのを発見することになったのだった。葉という葉は残らず枯れてしおれていくように、緑のまま乾いて落ち葉になっていて、松風が吹きつけるだけで皺だらけの柿の群れが、十月の初め頃栗の木を裸にするときのようにぼろぼろとこぼれ落ちてきたものだった。弔いをだすことに余念がなくて、誰一人として注目することがなかっただけのこと、柿の木がにわかに枯死したのは、母の死亡とほとんど同時だったろうというのが、多くの人たちの一致した意見だった。その柿の木は、母の一周忌と三回忌を済ませた明くる年になっても目覚めなかった。いやすっかり枯死してしまい、枯れ枝に触れるだけで折れてしまう枯れ枝になっていた。村人たちはふたたび口を揃えて、その柿の木を見るたびに故人のことが思い出されると告げた。見るのが辛いから切り倒してしまえという忠告だった。ぼくも同じ気持ちだった。母の半生とあらゆることをともにしてきて枯死した樹木を、ほったらかしたまま郷里を去るというのは、何がなし痛ましくて辛いことだった。すると、そもそも囲いの中の樹木というのは、やたらと植えたり移し替えたり切り倒したりするものではないので、木を切り倒したその場で切り株に、鎌とか刃物などを突き立てておくことが、災難を予防する方法だと教えられたりした。ぼくは有り体《てい》に言って、世間の人たちのそうした言葉を無視することが出来なかった。けれども、いまも記憶に色濃く残されているのは、その切り倒した柿の木の切り株と枝を、斧で割って薪にして積み上げながら、込み上げてくる涙を抑えきれなかったことだった。

いまではその柿の木の跡に、稲むらが積み上げてあった。甕置き場のすぐ上手に立っているユスラウメの木、その左側に並んで立っていたざくろと桃の木も依然として元の場所に立っていて、垣根の外の山の稜線にもの悲しげに突っ立っているかつてのこの屋敷の主を、無心にかつまた無表情に見やっていた。

秋ともなると朝な夕な掃き寄せて籠に入れて片づけても、地面が見えないくらい落ち葉が降り積もった庭園や裏庭、四、五部屋分の広さを越えていた板の間と表座敷と部屋と部屋の間にあった縁側など、掃いたり拭いたりする掃除に飽き飽きして、こぢんまりした小さな家に住んでみたいとあんなに願っていたぼくの身の上は、いまやぼくの名義になっている唯一の不動産でもある十一坪ほどの、ワンルームマンションだけを辛うじて所有するに過ぎなくなってしまった。ざっと見回した限りでも、物置き小屋や納屋代わりに使っていた西側の棟は、部屋と台所に改造されて借家にしているらしく、表座敷の縁側の前には蔓万年草がしっかり育っているし、梅やバラ、百合や蘭などもひっそりと育っており、かつては生の地黄《じおう》や薄荷《はっか》などの薬草を育てていた場所もチシャや春菊、カボチャやニラなどの青菜を栽培している場所に変わってから、かなりの日時が経っているらしかった。

外庭と下男部屋、下男たちが住む棟として残され、大福《テボク》の一家が住んでいた草葺き家は、その間に住人が何度くらい代わったろうか。いまではそれらしく瓦葺きになり、こぢんまりとした家屋に手入れがなされて大ぶりの表札までつけてあった。芹を植える畑として使っていた庭先の、浅い井戸の下手に入り口がある水田から、下に向かって新作路まで伸びていると思われた日照り知らずの水田だったので、毎年、早稲を取り入れてきた晩熟の糯稲《うるち》の水田は、もはやそれがあった痕跡すら探し出せないくらい、赤い瓦やスレートで屋根をかぶせ替えた安っぽい家々が、不揃いのまま好き勝手に入り込んでいた。もとはわが家の水田の終わったところが新作路だったし、その新作路を渡っていくと間もなく鉄道の長項線の線路が横たわっていたものだが、我が祖先土亭・李之菡の杖の生まれ変わりと言い伝えられている、王松の木などは跡形もなく消え失せ、代わってその跡にはちゃちなブロック造りの家屋が、黄色いペンキを塗りたくった「接道区域」と刻まれている石の杭とともに、物寂しくも陰気臭く座り込んでいた。線路の向こう側はすぐに海だった。春から秋にかけて村のちびっ子たちと丸裸になって転げ回り、遊びほうけた干潟だった。水をかぶった小潮《こしお》の頃ともなると、三、四里ほど外の水平線が空の色と一つになって霞んで見え、上げ潮が満ちてくると線路とつながっている防波堤の上を、流れ込んできた海水で洗っていた海。鷗と白鷺の群れが青空を覆うようにして飛び回り、防波堤のへりでは、塩度計をまるで位牌でも祀るように大切にしていた製塩小屋から、塩を残らず掻き集めることが出来なかった海水を大桶に入れ、塩を焼いている煙が海に立つ霧のように立ち籠めていて、ハゼ釣り目当ての釣り人たちが長雨が上がった堤防に、さながら陽当たりのよい水辺に雁首を並べているクサガメといった恰好で腰を降ろしていたが、黄色い布地をぱあっと拡げた帆掛け船でも姿を現そうものなら、船頭たちの舟唄が水鳥たちのそれよりも遙かに渋い声で聞こえてきた海だった。けれどもその海も、いまでは跡形もなかった。干潟の代わりに水田が拡がっている陸地に様変わりして、肥沃な農耕地帯に化けてしまっていたのだ。滄海変じて桑田となる、世の中の移り変わりははなはだしいと聞いていた言葉はまさにこのことだった。海と陸の境界をなしている堤防の距離は、二里を越えるいわれていた。その堤防の囲いのなか、ぼくと同い年くらいのちびっ子どもが自分の家の庭先と心得て遊びたわむれていた干潟や葦原は、区画がきちんと整理された水田に生まれ変わってしまい、塩分が霜のように降り、小魚や貝類が足蹴にされたりした干潟ならぬ農道には、リヤカーや牛車などの轍の跡が幾条にも真っ直ぐに点綴《てんてつ》されていた。

永遠に取り戻すことが出来なくなった昔の遊び場を見下ろしながら、いつしか幼い頃への思いにふけっている自分に気がつくと、いつの間にか空では雲の群れが退いていき、村の内と外と野面がすっかり燃える空焼けに浸っていた。ぼくは尾根から降りようか思った。気温がますます下がっていくばかりで、さっきまでよりずっと寒くなってきていたのだ。

村にはまだ、長らく隣人として暮らしてきた顔なじみの人たちも大勢残っているはずだった。けれどもその人たちを訪ねていくことは、さほど容易ではなかった。以前にも、血気盛んな若者に成長し、嫁をもらって一家を構えている、長兄と同年配の人たちやその上下の世代の人たちにまで決まって、昔の口癖を捨てきれなくて「せいや」「しなせえ」、もしくは始終目下の者に使うぞんざいな言葉で接してきたので、彼らと席を同くすることになると、彼らを呼ぶときの呼称が適切ではないからだった。にわかにどんな呼称に改めて、呼んだり答えたりしたらよろしいだろうか。結局ぼくは、村へは立ち寄らないことに決めた。いや、なるべくなら顔見知りの人と出くわしても顔をそむけたいと思った。そうして、そのようにしようと心に決めて歩みを進め始めた。

村からすっかり立ち去るその日までは、相手が一族の目上でない人にはいかなる敬語も尊称も使ってみたことがなかった。それが祖父の教えでもあればたたき込まれてきた癖でもあった。年齢がかなり高い大人に対しては決まって金《キム》ソバンとか崔《チェ》ソバンとかいって、名字の下にソバンつまり「書房」という名称をつけて呼んだが、たいていの青壮年たちには有無《うむ》を言わさず、誰それ誰それと名前を呼び捨てにしたものだった。それは近所の女たちに対しても変わらなかった。誰それのオムマ（おっ母さん）とかどこそこの家のアジュマ（おばさん）と呼んで、もっぱらその家の子どもの名前をかぶせて用いるか、彼女らの実家がある地域の名称をかぶせて用いた。近ごろのことならそうした無礼千万な振る舞いがどこにあるだろうか。けれども当時は、それが当たり前のことのような気がしたし、振る舞うほうも振る舞われるほうも当然のこととして受け止めていたと承知している。村の内外に住んでいる人たちのほとんどが、元は下男部屋住まいの下男だったり地方官庁の下っ端役人上がりだったりしたので、こちらの言葉遣いもぞんざいになってしかるべきだというのが祖父の持論でもあれば、自己主張でもあった。その結果は、内外三つの集落をくまなく探し回っても、親友と呼べるどの幼友達などいるはずがない、孤独な少年時代を過ごすほろ苦いものであったけれど、まったくもってぼくには親友が出来なかった。仲良しになって遊ぼうと努力しても、子どもらが相手になってくれなかったのだ。冠村だけを見ても一、二歳目上とか目下の子や同い年の子たちだけで十数人を越えていたけれど、その子らはまた自分たちの両親が敬遠していたのに劣らぬくらい、ぼくの祖父を怖れていた。ぼくのことを心配する祖父などお構いなしに、こっそりと隠れて回りながらそりに乗ったり棒飛ばしをしたり、エイ型のタコをこしらえたり独楽《こま》を削ったりして握りしめ、近所の子たちの尻を懸命に追い回したけれど、村の子たちは滅多に心を開こうとしなかったのだ。それでもそうした気配を祖父に察知された日などは決まって、食欲を失くし夜になっても寝そびれたものだった。祖父が自分から、細い木の枝でこしらえた鞭を振り上げて、ぼくに折檻をすることなどはいっぺんもなかったけれど。

「へえん——悪いやっちゃ。わしがおめえの父親にいいつけて、鞭で折檻するようにしてくれたるわ……」

この一言が、またとないくらい怖ろしい脅し文句だったのだ。さりとて祖父が、ぼくをこっぴどく叱るよう父に言いつけたことなどなかったのに、である。むしろ祖父に隠してきたそうしたぼくの秘密を、何かというと告げ口したのは、ぼくとまたとなくウマが合っていた甕点だった。ぼくが祖父の前へ呼びつけられてひざまずき、そわそわしながら冷や汗を垂らしている様子を、彼女は何よりもおもしろがっていたから。

「たわけが、そげえ下賤のやからの子どもらの尻を追い回して、遊び回っとったいうのけ？そげに嘘っぱちばかしこくんじゃったら、学問は何のためにしてきたのじゃ？」

「……」

「ただただ暇さえあると外へばかし逃げおるのじゃから、嘆かわしいことじゃて。索居閒処（友と離れて独りぼっちで暮らす）して散慮逍遙（心の憂さを晴らす）すると学んだのじゃったら、学んだくれえは理解しとるじゃろうに……」

「あの子らが一緒に遊ぼうって迎えに来おるんやから、仕方がねえがや」

「あげな雑人どもの子らとつるんで遊んだら、人間が駄目になるものじゃ。すべてはおめえによかれと思うて言うとるのに、えへーん――」

ぼくは故意にこじつけた嘘に良心がとがめ、そのことがまたぼくをひどく憂鬱かつ小心にする辛いことであったけれど、嘘をつかずにはいられないせっぱ詰まった状況にあった。

ぼくと遊びたいと言ってきた子は、ぼくが中学を卒業していやその翌年にソウルへ引っ越してくるまでさえも、ただの一人もいなかった。互いに幼かった頃は、子どもの親たちがぼくの祖父の気性を知り尽くしていたから、努めて一緒に遊ばぬよう自分の子どもらを諭《さと》し、ブレーキを掛けたせいだったが、それはぼくが小学校へ入ってからも引き継がれ、子どもらは学校の運動場などでほかの子たちと一緒になって仲間に入れてくれるか、登下校の路上でたまたま出くわすと仕方なしに、同行を許してくれた程度だった。ぼくの一族の口やかましい大人たちが世を去ってからは、お互いにいつまでもそうする理由がなかったのに、そうした気まずくてぎくしゃくした関係は解消されなかった。いつだって上下の水の流れが絡み合わないようで、息苦しくもあればみっともないことでもあった。互いに凝り固まってしまった慣習を、自ら打ち砕くことが出来なかったせいだった。

六・二五事変（朝鮮戦争）の勃発はぼくが二学年に進級したばかりのときだった。あの事変はわが家を完全に廃墟にしてしまった。一つの集落の長老を亡くした哀惜の念は、一族郎党ならずとも冠村の人ならひとしなみに受け容れていた。人間の栄枯盛衰とはそうした無常なものだということを知るに至った動機もそれだったし、併せて、一家の長老がいなくなったのに村の子たちがぼくと触れ合うことに尻込みした事実から、人間の生死を一個の塵芥の消滅になぞらえた、戦争というまことにおぞましい惨劇を体験してからも、習慣ばかりは容易く崩れ去るものではないことを同時に覚《さと》るようになった。ともあれ中学生になって以後も村に親友が出来なかったのは、どこから見ても寂しいことで不便でもあった。母にそうした事情を打ち明けて、愚痴をこぼしたことまであったくらいに。

「あんたってつまらないことまで心配するのね。村のあんな子らまでみんなもみんな、友達のつもりでいたのかい？　あんたがおとなしくて勉強がよくできることが評判になってたものだから、あんたと遊んだら自分たちの気が咎めるから避けているのに……」

母はかえって、ぼくの仲間外れは当然のことと思いなしていた。子どもらの世界にまでカビ臭い慣習が、底に横たわっているなんて思われたのだ。ぼくは学科の勉強だけはいつも自信があった。たとえ邑内にあった中学校にせよ、戦争の匂いがまだ消えやらなかったあの当時の状況に照らして、他人にはない不利な弱点を丸ごと一身に背負っていたにもかかわらず、三対一を越える競争率を先頭になって突き破り、合格した興奮でさえ一年余りも続いたのだから。

けれどもぼくは、自分の根本的な孤立が、祖父が何事につけ門閥を求め、分け隔てや上下の格差をつけて振る舞ってきた影響であることを、自分でも知っていた。したがって悲観も焦りもなかった。あんな幼い年齢なのに成長しながら悩まされた経験から、ひとまず世態に順応する道だけが、もっとも安全な身の処し方だと断定していたのだ。

星屑が消えていくに伴って風の勢いもひときわ鋭さを増してきたうえ、尾根は風向きになっていたので耐え難いくらい寒くなっていた。雨粒に解氷されたらしい足下は、動き出すだけでばりばりと氷がひび割れる音がしてきた。

ぼくはせかせかと尾根から降りてきた。けれどもまっしぐらに邑内へ向かうことには、どことなくすっきりしない心残りがあった。黄昏の中に沈んでいるかつてのわが家屋敷を、ちょっと離れた場所からちらりと覗き込んで終わるというのが、あまりにも名残惜しかったのだ。ぼくは尾根の頂上越しに、かつてのわが屋敷の表座敷の前の庭先までつくられていた、髪の分け目のような小径伝いに下っていくことにした。

かつてのこの家の主の足で踏まれてすり減っていた庭先、庭外れの味が薬水（泉水）のそれと変わらぬと評判になっていた、ひょうたんで汲んで飲めるくらい底が浅かった井戸、砧《きぬた》を打つのにおあつらえ向きの井戸端の洗濯石、家屋敷と田畑を売却する際の登記簿にまで書き込まれたキササゲや黒豆の木など。ところがそれらのどれ一つとして、かつてのこの屋敷の主に気がついて懐かしんでくれるものはなかった。庭の片隅の豚小屋がいくらか騒がしくなり、積み肥置き場をほじくり回っていた何羽かの、初秋に生まれてきたひよこがよたよたと除けて通るばかり。夕食の時間になり家のなかからがちゃがちゃと匙を使う音が時たま洩れてくるばかりで、新たにこの家の主になった保線区員の家族は一人も姿を見せなかった。表座敷の板の間もやはり相変わらずだったが、床板の色合いは白っぽい色の代わりに垢にまみれて汚れており、木目は暗くてじめじめした色になっていて、その上に白っぽく埃が積もっていた。板の間の天井にはねずみの小便の跡が隅々までまだらに染みついており、軒下の垂木《たるき》と桁《けた》の中の燕が巣作りする場所にも蜘蛛の巣が張り巡らされていて、主《あるじ》を失くして久しいことを自ずから物語っていた。

祖父の言葉にしたがうなら、かねてから嫌ってきた工と戸の字型を避けたばかりでなく、日と月、口と吉の字型からもっとも充実しているものばかりを選んで揃えた構造のもとに定礎された屋敷で、瓦に葺き替えるとなると雌と雄の瓦ばかりを十組以上用いても、足りることはないという建物だった。

「立派な屋敷だぞ。風光が明媚にして水勢も穏やかじゃし。わしがそのうちいつか芝生の管理人になったとしても、くれぐれもこの屋敷の手入れをしっかりしてくれや……」

芝生の管理人とは、祖父が好んでこのように呼んできた死を意味する言葉だった。

「もはや老いぼれて暗いけん、広くもねえ蔵に魚と塩と薪と水さえ底をつかなんだら、寝転がって詠み座して諳《そら》んじて心配することあ何一つねえはずじゃけんど、時局がこのざまじゃて老境芳《かんば》しからずだわな……」

家運がひたすら傾いて色褪せてきたことへの弁明も兼ね、運勢が安穏ではないことをこう言って慨嘆しながら、祖父は寂しげに笑ったりしたものだった。

ぼくはついさっきの七星岩、なかでも祖父の仮墳墓があった虎岩の前でちらっと故人にめぐり会ったけれど、表座敷の板の間の前に立っているとまたふたたび祖父の幻影がちらついて、まぶたを濡らさずにはいられなかった。祖父が生きているときは昼夜の別なく花ござが二枚も敷かれていたし、かつて祖父がまだ幼少の頃に書いて陽刻した、長くて力の籠もった筆遣いの「魚躍海中天（魚は躍る海中の天に）」という扁額の下には、季節外れの、夏場に汗が袖に滲むのを防ぐ藤製の腕貫と笠当てが、古い冠の上にかぶる油紙の雨具、それからワラビの手みたいでおもちゃにして遊んだこともある、竹製の如意も一緒に吊るしてあったし、長い縦の根太の前にはいつもナナカマドの杖が斜めに立てかけてあった。とはいえ、すべては夢だった。ぼくは黄昏どきに立ち寄った旅人さながらに、薄暮がかかる軒下に虚ろな気持ちで立ちつくすばかりだった。

しばらくの間そんな恰好で立ちつくしていたぼくは、ふと板の間と表座敷の台所との間にはすかいに開いていた、オンドルの焚き口のある場所の扉の隙間から、表座敷を暖めるための火をくべている人の姿に気がつくと、その場を立ち去り始めた。オンドルの焚き口のある場所には釜を取りつけた、広々とした母屋の台所があった。牛の飼育をしたことがなかったのでその釜は、飼い葉を煮込むためではなく雑多なことに使うもので、火をくべるついでに水を温めるとか、奥向きで用事があるときだけおのれの役割を果たしてきた釜だった。春と秋に醤油や塩からの汁を煮詰めたり、豆腐や緑豆でムク（豆腐のような食品）をこしらえるとき、それから水飴を煮込むときだけ一役買ってきた釜だった。

かまどから吐きだされるのか煙が外へ散っていき始めると、ぼくはかまどの中で何が燃えているのかをすぐに当てることが出来た。秋に刈り取って残された豆のさやと蕎麦の茎を燃やしていた。香ばしい匂いがまさにそれを物語るのだった。久しぶりに嗅いでみる煙突の匂いに、ぼくはにわかに豆の鞘《さや》とか蕎麦の茎とかをかまどにくべて燃やすことが出来た、過ぎし日が懐かしくなってきた。その頃は自分の手でじかに田畑を耕さなくてはならなかった、苦労の多い青少年時代だったのに、贅沢三昧で育てられ、腰を折り曲げてぺこぺこする髭の白いお年寄りたちから坊ちゃん、坊ちゃんと持ち上げられていた世間知らずの頃の、おぼろげな記憶よりずっと種が熟している懐かしさだった。そのうちにふとぼくは、表座敷のある別棟の台所の釜から飽き飽きするくらい嗅がねばならなかったさまざまな匂いを、いまさらのごとく想い起こしながら庭先を後にしていた。甘みのある緑豆ムクを仕込んでいるときの匂いは、それほどたびたび嗅いだわけではなかったけれど、にがりを加えるたびにぐつぐつと沸き返って凝固していった、豆腐をこしらえる釜のむせ返るような匂いといい、飴粕を初めに搾り出して煮詰め、水飴にするときの食欲を失くすくらい甘ったるく発散させていた飴を煮込む匂いばかりは、またふたたび嗅いでみたい骨身に刻み込まれている思い出の一つだった。毎年秋の刈り入れが終わると、一身や一家の厄運を祓い繁栄を神に祈る祭祀を執り行うが早く、すぐさま取りかかったのが飴をこしらえる作業だった。正月料理とか祖父の誕生日に使用する水飴を用意しなければならなかったからでもあるが、それよりも酒と煙草をたしなまなかった祖父の間食や、むずかる子たちを黙らせるための菓子と、小さな甕の中に入れて固めて鑿で切り取って溶かして舐めるようにする、黒飴をこしらえるためだった。実際にもっぱら祖父が使用していた表座敷の押し入れなどは、いつも孫たちがよだれを垂らしたところだった。酒飲みにはひと晩と欠かさず酔い醒ましの水が枕元の文箱の傍になければならないように、祖父専用の押し入れのなかからはいつだって、間食のための食べ物がなくならなかったのだ。

　ぼくの母はもともとずば抜けた料理の腕を誇っていた人だが、高齢の祖父の世話をしていたおかげで、季節によって変わる食べ物と一定量に食事を制限する節食には、ことのほか気を遣っていたほうだった。正月の雑煮は当然あるべきもの、小正月の薬食（おこわ）やシッケ（甘酒の一種）といろいろなお菓子、凍てついた土地が春先に解氷する頃から始まる七味汁、寒食（この日墓参りをする）のケピ餅、三月三日の花煎（菓子の一種）、端午の日には特にスリチュイ餅（蒸し餅）を忘れずにこしらえており、真夏の暑さの盛りには鶏肉を煮込んだスープと小麦煎餅だったし、冬至の日の小豆粥と蜡享の日（作柄を神に告げる祭祀の日）の焼き肉まで、見事に忘れることなく腕を振るって見せたのだ。祖父が席を立ちさえすればぼくはこっそりと押し入れのなかを探しまくって、そのつど盗み食いをほしいままにした。押し入れのなかには龍の姿を描いたびんに入っている蜂蜜を初め、アヒルの形をした水飴のびん、飴を入れた小さな甕などが仕舞い込んであったが、熟し柿やナツメなどの果実もカビを生やしていた。春と秋にはもっぱらイシモチやガンギエイの干物、干し明太などの干し魚類が積み上げられていた。甘草《かんぞう》や生姜など柳行李に入っている漢方の薬材は夏場の口直しのためのもので、盗み食いをしなくても祖父はしばしば押し入れのなかのものを食べさせてくれたけれど、十ウォンで棒状の飴が二本、カボチャほどの大きなマクワウリが二個も買えた時代だったが、食べれば食べるほど後を引くもので、視力が衰えてきた老人の間食用の食べ物を盗み食いする愉しみは、それなりに格別の味わいが感じられるからだった。まだ『千字文』を学ぶ前の年までのことだが、ぼくは何かというと板の間に座り込んで祖父の居間の扉を見やってはぐずりながら、母にばかり駄々をこねるのが常だった。食べ物を出してくれるように仕向ける浅知恵だった。そのたびに甕点はにやにやしながら、耳打ちするようにつぶやいた。

「どうせやった、らもうちっと大きな声で泣いてみいな」

すると、

「なして泣いとるだ、何かにも食あたりでもしたんか？」

祖父の居間からじきに、心配する声が聞こえて来ると決まっていた。やがて、

「甕点よ、この牛黄清心丸を服《の》ませてやれや」

という声。するとぼくは、我を忘れて逃げ出す算段に余念がなかった。薬と名のつくものはとにかく苦手だったから。

「大旦那様ったら、どこか具合が悪うて泣いとるんと違いますわな。お菓子が欲しうてぐずっとるだけですがや」

好機到来とばかりに甕点は、手のひらを返すようにして素早く豹変すると、待ってましたとばかりに野太い声で告げ口をした。

「こっちさ来い、こっちさ入って来い」

いきなり「へへーん」とか「たわけ」という声がなければ、万事は首尾よく運ぶという兆しだった。しばらくぐずぐずした後で祖父の居間へのろのろと入っていくと、祖父はすでに拳大に黒飴を匙に巻きつけて手に持ち、待ち受けていた。真っ黒な飴の塊、小さな甕の中の飴を力を込めて巻きつけ、お玉のようにしなっていた白い銀製の匙、それをぺろぺろと舐めたりかじったりする愉しみときたら、いま想い起こしてみてもやはり珍味だった。押し入れの中の食べ物に滅多にありつけなくなったのは、わが家に幼児が生まれてからだった。祖父に曾孫ができたのだ。

甥っ子が三歳になったときぼくは七歳で、『千字文』を習い終えて『童蒙先習』（漢文の初級教科

書）に進んだ頃だった。ところがぼくの間食ねだりは、『千字文』を習い始めてから出来なくなった。甥っ子が代わってそれをするようになったからだった。そのためぼくは、もうちょっとたちの悪い知恵を働かせるしかなかった。甥っ子をけしかけるとか、わざと小突いて泣きださせ、食べ物を手に入れさせた後で、甥っ子がせしめたものをさらにぼくが横取りする方法だった。なかでも無難だったのは、甥っ子がきゃっきゃっと愉しげに笑い、ぼくも一緒になって愉しみながら目的を果たす方法で、それは甥っ子に汚い言葉を覚えさせて祖父の面前で無邪気に口の端にのぼさせることで、叱りつけることもならず腹を立てるわけにもいかず、結局はあやして追い返すほうがもっとも無難だと、祖父に判断するようにし向けたことだった。この方法はそのつど効果があった。

甥っ子を先に立たせて祖父の居間へ押しかけていくと、甥っ子のやつときたら言いつけたとおりに大きな声で、ときには自分から興に乗って手拍子まで打ちながら、それらしく演技をして見せた。祖父のタンゴンのなかににょきっと突き出ている白っぽい髷《まげ》を、指先で触りながらもてあそぶことだった。ぼくの見るところまたとなく無邪気な遊びだった。

「おやまあおっ魂消《たまげ》た……祖父《じい》さまのどたまにおちんちんがついとるわ……祖父さまのどたまにおちんちんがついとる……」

祖父は空咳を三、四回繰り返すか、上顎の入れ歯がすっぽり抜け落ちてくるくらい大きなあくびをするふりをしながら、押し入れを開けると決まっていた。四、五回くらい教え込んで要領を覚えさせてしまうと、その次からは甥っ子自らそうした知恵を働かせるようになり、ぼくはそれこそ労せずして漁夫の利を占めることになったけど。

煙は表座敷のかまどからばかりだすわけではないことを、ぼくは庭先から脱けだしてもういっぺん表座敷の板の間を振り返ってみて、ようやく覚った。表座敷の台所につながっている表門がある外棟の煙突からも、白っぽい煙が吐きだされ始めたのだ。

その煙の色は尾根から熊手で掻き集めてきた、干し草や落ち葉などが燃えている色だった。もともと外棟は、二つの部屋のほかにも二間幅もある表門がつくられている、トタン屋根になっていった。玄関脇の部屋は、四季を通じて雑穀を詰め込んだかますがぎっしりと積み上げられていた作男の部屋で、その二階の部屋つまり表座敷の台所につながっている部屋は、日頃から納戸《なんど》のように使われてきたがらくた部屋だった。これまでに一度だって火をくべたことがなかったし、夜になっても電気をつける日が滅多になかった余分な部屋だった。

ところが、いまではその別棟からも煙が吐きだされていた。人が使っていることは間違いなかった。賃貸になっているらしかった。保線区員の家族だけでは、あれだけたくさんの部屋を残らず使うことなどないはずだから。あの別棟に間借りして住んでいるのはどんな人たちだろうか。ぼくはいつも掃いたり拭いたりした清潔なオンドル部屋なのに、薄暗くて陰気くさくて寒々としていた過去のその部屋の由来を、いまさらのごとく噛みしめながら歩いていた。ぼくはなるべくならその部屋のなかを覗き込むまいとしてきたし、時たまその部屋を開けて入っていかねばならぬ用事を言いつからぬよう、目上の人たちの顔色をうかがうことを怠りなくせねばならなかった。

ときには仕方なしにその部屋の戸を開けねばならぬ場合などは、必ず洟垂《はなた》れ小僧の甥っ子でも連れて入って行かなくてはならなかった。その部屋にはいつも、いろいろな品々が所狭しとおかれてあった。薬材畑から採り入れてきた生の地黄の根っことか薄荷の束、真っ黒な祭祀用の食卓や香炉台、位牌を安置する卓子を初め各種の祭器など、さらにまたそれよりもっと多い分量が積み上げられている族譜（家系図）を初め、黄巻典籍（書物）やさまざまな紋様の菱花板（蔵書印）などが、まるで宝物か何かのように大切に整頓されていた。とはいえそうしたものたちのせいで、その部屋がいつも薄暗くて陰気くさかったわけではなかった。部屋の上座に鄭重におかれてあったもの、それは麻の風呂敷で覆われていた黒塗りの柩《ひつぎ》だった。その柩の上には、これまた麻の風呂敷に包まれたふとん包みほどもある荷物が載せてあったが、それは一式整えられた帷子《かたびら》と喪に服する家族の装束である麻の頭巾と麻の喪服など、それからカナキンの喪服などと本家と分家の縁者たちがかぶる頭巾や脚絆《きゃはん》、そして喪服などが積み上げられていた。

いつどんなことが起きるやもしれない、八十歳を遥かに越えている超高齢者の祖父のために、あらかじめ支度しておいた葬儀に必要な品々だった。漆が塗られているという黒塗りの柩や帷子の包みなどを見るたびに、ぼくは不意に埋葬するとき柩を拭く麻布を先頭にして、黒い縁取りの喪輿《そうよ》の上に張り巡らされた幕を風に躍らせながら、わが家の前の新作路を通っていった決して稀《めずら》しくはない喪輿の行列を連想したものだった。

するとぼくはしばしば恐怖感に包まれ、そうした不吉な気持ちを振り払ってしまおうと身震いをしないではいられなかった。

六・二五事変が起きた年にわが家は瓦解した。戦争の被害をぼくの一家ほど惨たらしくこうむった例も、滅多にないだろうと思えるほどの荒廃ぶりだった。

祖父はその年の師走にこの世を去った。息子と上の孫、つまりぼくの父と兄と連れだって旅立ったのだった。表座敷の板の間に三年の喪に服する間、むしろが敷かれて喪主がつくはずの竹の杖がおかれていたうえ、壁に吊るされた喪服の下に着る麻のトゥルマギ（外套）は、首をくくった死体のようにだらりとぶら下がっていた。むろん兄になり代わったぼくが用いるものばかりだった。

祖父の臨終に立ち会えなかったのは、家族のなかでぼくだけだった。戦争の避難先からまだわが家へ帰り着く前に、そうした大事に見舞われたのだった。祖父は長患いとか急病で亡くなったのではなくて、晩年になって酷いことにばかり重ねて見舞われた後だったので、老衰して正気を保てなかったのが原因ではなかったろうか。享年九十歳。冥府からの使者を迎えて最後の息を引き取りながら遺した言葉は、

「くれぐれも、族譜だけはしっかりと守らねばなんねえだぞ……」

僅かにその一言きりだった。族譜、それは、すっかり滅びゆく家門を最後まで見守ってきて逝った祖父には、田畑などの権利書や家屋敷の登記書よりも大切な、家産のように思われていたらしかった。

あらゆるものを失い十一坪の広さのマンションにすがって暮らしているいまも、ぼくは数十年間も増補さえされていないその族譜ばかりは、どんな品より大切に保存しているけど。

その、世譜（系図）と忠幹公派の派譜の二種類からなる全七巻の族譜は、いまも祖父のことを思い出すと、時たま取り出してきてめくってみたりしているが、そのつどぼくはそれらのページの間から、もしかしたら祖父の体臭でも嗅ぎ取れるかもしれないという、漠然とした錯覚に捕らわれたりしている。

祖父は、何も系譜学に造詣が深かったとか、血統を誇りとするカビ臭い趣味として族譜を敬い、大切にしてきたわけではなかったらしい。清廉潔白な官吏を輩出させてきたわけではないまでも、先祖代々、士太夫の家門であったのが自分の代で終わりを告げ、一介の儒者にとどまり、先代の跡を継ぐ者を出せなかった恨みから、あのように振る舞ってきたと思われるのだ。けれども、士太夫の家門の末裔であるという気概ばかりは並はずれていて、生涯を通じて誇りとして生きてきたのも事実だった。

祖父は九十年の生涯を通じてマンゴンやタンゴンはもとより、七、八月の真夏の盛りにさえ一度たりともポソン（足袋）を脱いだことがなかった。母は舅の目が厳しくて、農村ではまたとなく重宝なもんぺという仕事着が、女の下着みたいだというので穿《は》いてみたことがなかったし、甕点がとうとう髪をおかっぱにしてみたことがないのもそのせいだという。上流の水が清らかなため、下流の水も、そうなるよりほかになかったとでも言おうか。

祖父は字《あざな》を肯宇、雅号を陵河といい、丙午年生まれで慶尚道尚州牧使の息子、江原道江陵大都護府使の孫に生まれた。けれども、科挙の受験は自分から放棄したと語っていた。その頃はすでに、先祖たちが残らず役人暮らしを返上して都落ちしてしまった後で、学問を中断せねばならぬくらい意気消沈し、身代は傾いていつしか時機を逸してしまっていたという。初めは、官途につけなかったのは時局のせいだとして自分の不運を慨嘆していた。しかもそうした境遇への恨みからか前王朝へのノスタルジーからか、とにかくそうした感情の度が過ぎて、一族のなかでもっとも名声をとどろかせた二世代前の月南・李商在《イサンジュ》の開化思想まで、いつも不満に思っているありさまだった。したがって祖父の身の処し方は、月南の処世と正反対だったと見るしかないのかもしれない。

祖父の肩書きは、賜額書院である花巌書院の都有司（事務官の長）で、保寧郷校の直員（事務方）だった。

ぼくが生まれたばかりの頃にしても、祖父はすでに八十歳に手が届いていたので、昔のことなど詳しく知る由もないけれど、春秋の先祖をまつる祭祀の日ともなると、輿《こし》かきたちが輿を担いできて祖父を書院へ乗せて行く光景を何度か目撃した記憶がある。その頃まで祖父は、書院や保寧郷校のさまざまな仕事を表座敷の居間にいながら処理していたけれど、何かことがあると書院村や郷校のある校洞から二里もある道のりをも厭わずに、一日に三度も四度も職員が行ったり来たりして、祖父の決裁を受けて行ったのだった。けれども、ぼくが書院や郷校が何をするところか知るようになった頃は、祖父も直員とか都有司の地位を去ったも同然の状態にあった。日本の植民地支配下にあった時代にはさまざまな圧迫と屈辱に耐えながら、しっかりと守り抜いてきた郷校と書院だったのに、高齢もさることながら、それよりは家運の衰えと右往左往する時代にもはや適応しきれないことを自ら悟って、隠遁を決心したものと思われた。

書院村の人でわが家へもっとも頻繁に出入りしたのは、いつも竹編みの笠をかぶり周衣《ツルマギ》もまとわずに藁沓《わらぐつ》を突っかけたまま、びくを担いで歩いていた還暦を迎えた爺さんだった。この爺さんは好きなときに出入りするので、ぼくとも互いに顔なじみだったが、爺さんは村の入り口とか新作路の道路際とかで遊んでいるぼくと顔が合うと、先に腰をかがめながら挨拶をした。

「坊っちゃま、大旦那様はおいでんさるかのう？」

それが爺さんの挨拶だった。

「はい、いま表座敷にいます」

ぼくはいつもこのように答えたけれど、一度など自分から先になって祖父の居間まで案内すると、

「お祖父ちゃん、お客さんがきたよ」

「何と名乗りおった？」

「どこかのお爺さんだよ」

と告げて、後でこっぴどく小言を食らったものだった。祖父はその笠をかぶったお爺さんに対していつも、

「おや、スボギが来おったのか」

と、まるで悪たれ小僧でも扱うようにぞんざいに応対したのだ。そのお爺さんが帰っていった後で、祖父はぼくを呼びつけておいて、

「たわけ……お客さんとは誰のことじゃ、お爺さんとは誰のことなんや。へへーん――」

祖父の小言に、ぼくは一言半句の口答えもできぬまま引き下がった。その笠をかぶったお爺さんが書院の下僕だったというは、それからしばらく経った後で知らされた。書院からやって来た若い職員に対しても、祖父はいつも「スボギが来たんか、そこに待っとれや」というものだから、ぼくはようやく「スボギ」なる呼称に疑問を覚えたくらい無関心だったから。郷校を守りながら暮らしている書院村の人の名前はすべて、スボギなのだろうか。ぼくは『千字文』で習い覚えた漢字の知識をもとに、スボギという名前を連想してみた。〝壽福、秀福、水福、遂腹、洙馥、守福……〟。それでも疑問は解けなかった。自分の名前のことを考えてみても、一つの村にそんなにたくさん同じ名前があり得るはずがなかったからだった。ぼくの最初の名前は成求《ソング》、次ぎに弼求《ピルグ》だったが、最初の誕生日を迎える前から同名の子どもが同じ村にいたので、ふたたび改められてしばらくは民求と呼ばれていたとのことだった。ところが民求という名前の人も、もっとも身近な親族の間に二人もいたので、一年と経たぬうちに改めねばならなかったと聞かされた。

「母さん、書院村から来た人の名前はみんなスボギなん?」

長い間の疑問をぶつけると、母はこともなげに答えた。

「そうよ、書院を守っている間はスボギだね。守っている下っ端役人だから」

スボギ(守僕)は人名ではなかったのだ。

祖父の存在は何も守僕たちにのみ威厳があり、孤高の象徴であったわけではなかった。書院村一帯住民たちにとっても秋霜にひとしい権威者だったし、郷校内の大成殿や東書斎の手助けをしてきた田舎両班や土豪の家門と儒者たちの間でも、みだりに近づくことがはばかられる謹厳なソンビ（士大夫）の気風を、遺憾なく発揮していた。

さっき、ぼくが生まれてきたとき祖父はすでに八十歳の高齢だったことに触れた。したがって前に語ったことはいたいけな幼児の目をかすめた束の間の、人生から隠退せんばかりにして王朝の遺民として隠遁自適してきた一人の老人の、ささやかな断片的一面であることは言うまでもない。にもかかわらずその老人は、ぼくが生きていくうえで片時も忘れることがないように、ぼくの心身の統治者であることに変わりがなかろうと信じられるのは、何に由来するのかわからずにいる。祖父の家訓を守り通そうと努力して挫折した、唯一の孫だったからだろうか。あの古色蒼然とした数々の家訓は、ぼくが生まれてくるずっと前からすでにぼくの父が先頭になって破り、背き、まるきり反対方向の風物が受け容れられていたのは事実だった。

父のそうした思想は、祖父が主張してきた前近代的な家風に反発するために芽生えてきたわけではむろんなかった。父はしばしば、「死ねと言われたらその仕草さえする」人間とまで言われてきたくらいだから。父の生き方は自分自身が選んだものだった。

ぼくの父は、代々にわたり公卿大夫を輩出してきた士大夫の家柄の末裔であることを、いささかも鼻に掛けているふうでなかった。僅かに、清廉潔白な官吏が何人いたという記録を認めた程度で。したがって両班《ヤンバン》士族の家系の族譜をひけらかして他人を食い物にしたり、先代から引き継いだ田地がないことを嘆くこともなかった。その点は祖父も同様だったが、それはとどのつまり祖父自身が、身代を潰してしまった自責の念からそのように振る舞ったものと思われた。江陵府使時代から受け継いできた多くの不動産を、祖父は日本の植民地時代に群山の米相場に手を出してからは、少しずつ少しずつ手放していったのだ。けれどもぼくが生まれてくる二、三年前には、司法書士を開業していた父は祖父が米相場に手を出して傾いた暮らし向きを盛り返すために、数隻の漁船を所有した船主になっていたし、何マジギ（面積単位）もの塩田を手に入れてかなりの収益を上げていた。そのことだけでも、理財に疎い人間ではなかったことが推察される。ところが一九四五年八月十五日の民族解放を前後して、いやぼくが生まれたその年から、父はそれまでの懐古調の家風とか中身の伴わぬ思想を、自らかなぐり捨てることをためらわなかった。士農工商の序列を亡国的な退廃の風潮と指摘したり、「無産階級の擁護と人民大衆の社会的な地位を戦い取る」というスローガンとともに、それの実践のために先頭に立って主導し始めたのだった。父は市の立つ日のたびに大川の砂原で、あるいは牛市や米屋の庭先で演説会を催したが、それは無力な農民や労働者たちを感動させ支持を得るうえで、いささかの不足もない雄弁だったと聞いている。それが形を変えて南朝鮮労働党、略して南労党へと発展したのは、それからさらに多くの日時が流れた後のことだったが、そしてその結果はわかり切ったことになってしまった。ところが祖父は、息子と自分との間にひび割れが生じ始め、それがますます分厚い障壁となって固まっていくのを、嘆いたりはしなかったという。自ら異邦人をもって任じ、人間社会の出来事からの隠退と併せて変遷する時代と歳月を傍観することに、腹を決めたからだったろう。

そのようにして歳月を過ごしてきて何年後のことだろうか。ぼくが祖父から『千字文』を習い終えて次なる段階への進級を許され、続いて『童蒙先習』を読み始めた頃には、父は家で家事に精を出しているよりは、予備検束されて牢獄暮らしをする日のほうがずっと多くなり、併せて司法書士でも船主でもなかったし、土地改革によって分配されたいくらかの償還土地でもって、辛うじて食糧の心配をしなくてもよい程度の零細な農民になっていた。幼いぼくが見て感じた限りでも、何と矛盾した表座敷の居間の風景だったことか。

表座敷の居間はどでかいついたてを真ん中において、広々とした部屋が二つあった。奥の部屋は例の、飴入りの甕を初め、さまざまなおやつの食べ物がしまわれている押し入れをバックにして正座している、祖父の隠遁場所だった。この部屋は時を待たずして、皮膚のしみのなかに古色が染みこんでいく時代の孤児たる李朝翁（旧世代の老人たち）たちがたむろしている場所で、乱世の糾弾を兼ねた暇つぶしの場所でもあった。もう一つの部屋は父の応接間だった。奥の部屋は李《イ》郡守の弟、尹《ユン》参議の息子、趙《チョ》進士、洪《ホン》参奉、都《ト》総管の甥っ子などと呼ばれた、杖なしには外出もままならない貧しい身なりのちょんまげ男どもが、いつも常連客としてごった返していた。年寄りたちが発散させる特有の体臭のせいで、よほどの人でなければ鼻を近づけることも出来ないだろうと、母は洗濯をするたびに笑いながら陰口をたたいていた。

父が使っている応接間の客たちは、奥の間の古老たちよりずっとむさ苦しい身なりの人たちばかりだった。おまけに彼らの大部分が、祖父からすると名前を憶える必要すらない百姓たちだったのだ。彼らは夕食さえ済ませると、わが家の居間へ夜遊びにやってきた。薪売りの昌浩《チャンホ》、鍛冶屋のふいごを担当している張《チャン》気まぐれ、船頭上がりで市場であみの塩からの卸売りをしている馬《マ》さん、塩田の塩つくりで老いぼれた双礼のお父《と》ん、大工のロバ、鋳掛け屋の黄《ファン》、籾摺り屋の馬丁の崔《チェ》、穀物を升で量る仕事人の全《チョン》……。彼らは一日も欠かさずにやって来る常連の遊び仲間だった。常連でない人もよく寝泊まりして食べて帰っていった。単なる大きな家構えだというだけで夜更けに訪ねてきて、下男部屋でひと晩泊めてもらうことを願っていたあのおびただしい旅人たち。天気が悪くて昼が短い頃などは、行商に出かけていた塩売りや、首から下げた折敷きの上に飴を載せて売り歩く飴売り、四柱（運勢）・人相見……時たま銃を背負った巡査や刑事たちが不意に襲ってきて家宅捜索さえしなければ、天下の険の聞慶・鳥嶺（峠）も恐るるに足らず、縁もゆかりもないさまざまな人たちで立錐の余地もなかったはずだった。

ちょくちょく訪ねて来る常連客たちは決まって、お互いを「同志」と呼んでいた。そうしたなかで祖父は、復古主義的なノスタルジーを捨てきれなかったわけだが、ぼくに『千字文』を教え始めたのも、そうしたノスタルジーが忘れがたかった自慰行為ではなかったかと思う。『千字文』の手本は祖父がまだ幼かった頃、いつの日かまみえる孫たちのために障子紙に書いて綴じておいた、手垢にまみれた薄っぺらなものだった。初めはぼく一人を座らせておいて教えだした。ところがなかなか先へ進まなかった。当然のことだった。ちっとも面白くないので、文字が頭のなかへ入らなかったのだ。その様子を見るに見かねた母が、近所のちびっ子たちのなかから二、三人ほど選んでぼくと一緒に学ばせるよう勧めたけれど、祖父は聞き入れなかった。

「あげな下賤のやからの子せがれどもと、どげに一つの場所に座らせて読ませることがでけるといいおるんじゃ。へへーん――」

ところがぼくがあまりにも窮屈がって怠けるようになると、祖父は結局、近所から同い年の子どもらを呼び込むようにしたのだった。俊培《ジュンベ》と鎮鉉《チンヒョン》がその子らだった。かつての下っ端役人の子とか下僕の子らを除いて選ぼうとしたら、他郷から入り込んできて住みついた家の子らに目星をつけるしかなかったのだ。

勉強の時間はたいてい午前十時から十二時、それから午後二時からさらに二、三時間、毎日二度ずつ習うことになっていた。

二人の子らは市が立った日に物語本屋《イヤギ》で買った、ボール紙に石峰体本と印刷されている薄っぺらな『千字文』に、セメント袋の紙で上品にカバーをして小脇に抱えてやって来た。本のページの間には文字を指して読み下していくのに打ってつけの、四十四、五センチほどの飾り帯の切れ端が挟み込んであった。

その日から『千字文』を習得していく進度が際だって違ってきたのは当然のこと。本を読むことよりも終わった後で、一緒になって遊びたわむれるほうがいっそう愉しかったので、その日の日課をそれまでよりも倍くらいは早めに終わらせないではいなかったからだった。日課が終わるとぼくらは山へ海へとただひたすら跳び回り、日が暮れるのを限りに遊び歩いたものだった。庭の裏手は若松の茂みが美しい尾根だった。草むらが茂っている田の畦《あぜ》を通り抜けると新作路と線路、そしてじきに海だったからいかばかりであったろうか。けれども「ちょっと出て行って風にでも吹かれて来いや」という勉強の途中での休息時間では、どんな愉しさもあろうはずがなかった。たちまち誰それよと上の入れ歯が舌先までずり落ちるくらい大声で呼び集める、祖父の声音がすぐにも耳許で聞こえてくるような、焦燥と不安がつきまとって離れないからだった。そのためぼくらはいくつかの悪知恵を働かせ始めたが、勉強をしていてぼくたち三人のうちの一人が、

「お祖父ちゃん、ちょっとおしっこをしてくるだわ」

と言って突然、腰紐を解く仕草をするのだった。

「なして小便なんぞ、そげにちょくよくしおるんじゃ。へへーん――」

「……」

「明日からは塩辛いものばかし食わんようにしいな。何をそげに塩辛く食ろうて、水ばかし飲みおるんじゃ」

「……」

「大急ぎで行んで来いや」

するとぼくら三人は一斉に立ち上がり、一緒になって部屋を出て行ってしまうのだった。祖父は視力がまともでなかったので、気をつけて気配さえださなければ、やすやすと目的を果たすことが出来た。ましてや祖父は、ふくらはぎを鞭でたたく折檻をいっさいしたことがなかった。学ぼうとやって来たから教えるのではなく、自分の孫のためにすすんで教えることにしたからには、他人の大切な子どもらにそんな真似をするわけにはいかないと言うことだった。

祖父は子どもらに『千字文』を学ばせることが負担にならぬ暇つぶしで、やり甲斐を感じている様子だった。日がな一日あぐらをかいて座り込んだまま黙想し、幼少の頃読んだ書物を反芻するのがせいぜいだったあの永い月日と比べたら、叱りつけてはあやし、宥《なだ》めすかすなど一緒になって言い争える相手が三人もいるということが、またとない退屈しのぎで消化剤だったのだ。

ぼくは進度が際だって先へ行っていたし、二人の子ら、鎮鉉と俊培はいつもぼくの後を追うことにあたふたしないではいられなかった。理由は二つあった。ぼくのほうが何日か早く習い始めたこと、けれどもそれは、大したことではなかった。『千字文』の教科書が違うことが問題だった。

ぼくが学んできた家伝の『千字文』には助詞が、漢字では表記されていなかった。もとよりそのときまで、ぼくらはハングルのイロハも知らぬありさまだったから、助詞どころか文字の名がハングルで表記されていたとしても、何の意味もなかっただろうけど、しかし鎮鉉と俊培が市場の本屋で買って持ち歩いている『千字文』には、ハングルによる文字の名が添えられてあったのだ。習い覚える進度の違いも、まさにそこにあった。そしてそれは、家に帰っていって復習するたびに現れることだった。ぼくは暗記力一つをたのみに、繰り返し読んで自習するのがせいぜいだったけれど、二人の子たちは両親が、ハングルで書かれている文字の名前どおりに復習させたのだった。それはぼくとその子たちの間に、言い換えると祖父と二人の子の両親たちの間に、発音のうえで笑えぬ違いが生じたことを意味していた。ふたたび言い換えると、祖父は祖父の習慣どおりに旧式の発音をしていたが、市場に出回っていた『千字文』の教科書には新式の読み方で表記されていたのだ。ぼくは祖父が教えてくれるとおりに習えば済むけれど、二人の子たちは教科書に表記されているとおりに教える、ハングルが解読できる程度の学力しかない両親の教授方法と、教科書などそっちのけで教えてきた祖父の発音との間で板挟みになって、どちらを選べばよいのかわからなくて、右往左往するしかなかったのだ。

「い　なす―ためにする（為）、かするのか―造化のか（化）、いつつのご―いつつ（五）、あたりまえのつね―恒常の常、あやまちのか―すぎるの過、ほっするのよく―ほしいの欲、ちちのふ―お父さんの父、あたるのとう―あてるの当、おわるのしゅう―おえるの終、たのしいのらく―がくの楽しむ、おっとのふ―亭主の夫、つまのふ―よめの婦、いたのと―門の戸、かくのしゃ―うつすの写、くるまのきょ―くるまの車、むねのそう―おおもとの宗、がいのそと―ほかの外……」

こうした違いはいちいち数え切れぬくらいたくさんあった。前者は祖父の発音で、後者は二人の子らの教材に表記されている訓だった。けれども、すべてがそんなありさまだったわけではむろんなかった。とりわけいちばん最後の章の最後の一節に至って、

「これ焉、これ哉、ああ乎、これ也、焉哉乎也じゃ。けど、三文字は〝これ〟じゃのに一文字だけは〝ああ〟じゃろうが、じゃから耳を揃えるために、〝これ乎〟とも呼びおるのよ……」

二人の乎たちの教材には「ああ乎」とだけ表記されていた。

それなりにぼくたちは四、五ヵ月めに読み方を終えて、暗記の段階に入っていった。

「天地玄黄して宇宙洪荒なり、日月盈昃して振粛列張なり……」

続いて也乎哉焉は者助語謂なりとして、逆さにさかのぼっていって憶えることもできなかった。

数日後、三人は揃って『童蒙先習』に教材を代え、目をつぶって諳んじる祖父の口述にしたがい、その抑揚とリズムを真似てか細い声で、それなりに胸を張ってやすやすと読み始めた。

「天地の間の万物の中でただ人間がもっとも貴くて……」

祖父はぼくらの水準に見合うように文句を砕いて、卑近な事例を挙げながら味わいのある授業をしてくれた。また、ぼくらもぼくらなりに、むやみに暗唱するばかりで終えてしまった『千字

文』の頃よりも、いっそう興味をもって学ぶようになった。そうしたなかでぼくは次第に、もっと早く大人になりたいという成年期への漠然とした憧れと衝動を感じ始めていたが、それはいま考えてみても年齢のせいではなかったかと思われる。原因は祖父が言行一致を主張して、実践に移さざるを得ないように仕向けたためだった。学んだことは実行しなければならないというのが、祖父の絶対的な教育方針だったのだ。『千字文』を終えるが早く祖父はぼくの一日の日課を組んだのだが、その日課表からとうてい逃げ出すことが出来ない自分だということを、よくわかっていたのが不幸なことだった。ぼくの日課は一年が一日のごとく、まるで絶対不変を原則として組まれているようだった。春夏秋冬の節季を問うまでもなく、ぼくは明け方の四時に目を覚まさねばならなかったし、組まれている日課にしたがって言行にたがをはめられ始めたのだった。

明け方の四時、寝ぼけ眼をこすりながら冷や水で——幼少の頃から温水を用いると気概がなまるというので、必ず冷や水を使うようにしつけられいた——顔を洗って表座敷へ行く。祖父の居間へいく。祖父に朝の挨拶をするためである。ぼくは拝礼してからひざまずいて座ると、夜の間つつがなく過ごしたかを問いかけなくてはならない。

「よしよし、おまえも変わりなくよく眠れたか?」

これは祖父の、いつも変わらぬ最初の一言だった。やがてしなければならないことは、祖父の銅製のおまるとこれまた銅製の痰つぼを、水でゆすいで乾かすことだった。それがぼくの日課の一つとなってからというもの、甕点はぼくにますます優しく振る舞うようになり、気を遣うようにもなったが、それらの仕事は彼女がもっとも面倒がり嫌がっていたことで、それをぼくが代わって引き受けたからだった。おまるをゆすぐのはさして面倒なことはなかった。けれども痰がいっぱい溜まっている痰つぼの痰を捨てて、たわしでごしごしと洗い落として拭き取る作業は、ちょっとばかし気が弱くてもやってのけることが出来ないくらい、ありきたりの苦役ではなかった。表座敷の居間をきれいに拭き掃除してしまうと、東の空が開けてくる。今度は陽が昇るまでひざまずいて座り込むと、前の日に習ったことをおさらいしなくてはならない。その時間は表座敷の祖父と父の二つの部屋に寝泊まりした客が何人いようと、ぼくは彼らの座中のど真ん中にひざまずいてよどみなく諳んじて見せねばならなかった。座中は息遣いばかりだったし、ぼくはへまをやらかすまいとしてせいぜい気をつけ、またかなり首尾よくやってのけたりした。

「どうじゃね?」。祖父はたびたび客たちに問いかけ、彼らの「見所がありますな」という褒め言葉を期待した。いま思い返しても滑稽だったのは、食べ物への姿勢を訓戒されて実践したことだ。それは、『千字文』を学ぶときからすでに実践していたことでもあった。祖父は「菜重芥薑」という言葉を説明して、

「しばしば、蔬菜《そさい》のお菜であるほど考えもなしにこしらえ、味もわからんと食いおるものじゃて。じゃから金生麗水より生まれ、玉出崑岡より生まれるとなるのじゃよ。以前より君子は、青物であるほど選んで食するようにと言われとる。くれぐれも菜重芥薑、野菜を重んじ芥子と生姜を食するという言葉を忘れんようにな。青物のなかに芥子と生姜が入らなんだら、下賤の輩の食い物と思うことじゃ」

「はい」

ぼくはやみくもにまず答えることから始めるように教え込まれていので、無意識のうちに飛び出してきた返事だあった。

「今後はどこぞへ行んで、あるいは食べ物を口にすることがあろうけど、芥子と生姜の入っちょらん料理なんぞ絶対に口に入れてはならん言うことじゃ」

それからのぼくは四、五年もの間、他人の家のキムチやナムル（野菜の和え物）の類を食べないように、ひどく気を遣ったものだ。近ごろでも時たま「菜重芥薑」の教えがひょっこりと思い出されるくらい、つとめて努力してきたのだった。料理に対する祖父の姿勢はそれほど徹底したものだった。その頃に限っても冠村では婚礼がひんぱんに催された。ある年の秋などは生娘とチョンガー（独身男性）たちで何と五組も、婚礼を上げたことがあった。祝宴を催した家からは当然のごとく、料理を特別に用意して届けてきた。村の長老への挨拶代わりで、彼ら自らがそうすべきものと心得ていたのだ。こうして届けられたご馳走のお膳は、いうまでもなく真っ先に祖父の居間の縁側におかれた。

「誰の家から届けてきたものだあ？」

祖父はまずご馳走を届けに来た人にこのように問いかけたが、答えるのはいつもその傍らに立って生唾を飲み込んでいる、甕点の仕事だった。

「あげな向かいの金薬局の末の娘っ子が、嫁に行くんやと」

「こげえに支度をして嫁こにやるんやから、さぞかし苦労をしたじゃろうと伝えてくれや」

「へぇ」

と答えながら引き下がって行ったのは、ご馳走を届けに来た人だった。甕点がお膳にかぶせてあった布を退けると、祖父はお膳の上に何と何の料理が載っているのかを甕点に訊ね、彼女は、

「分厚い餅、水正菓（甘い飲料）、松花茶食（菓子）……」

と、一つ残らず料理の名を上げた。

「手間暇かけたことじゃろうて……」

そう言いながら祖父はたいてい、水正菓やシクケの入った器を手に取ると、汁をひと口含んで味見をしてみたうえで、いつだって例外なしに、

「へへーん――こげえなものを料理じゃと届けてきおったのけ。おめえたちで食ろうて器を返してやれや」

と吐き捨てると、毎回そっぽを向くことをためらわないのだった。祖父とは対照的に、いつも小躍りして歓んだのは甕点とぼくらだった。祖父はもともと一族の家から届けられた食べ物のほかは、味見をすることさえいっさい嫌ったのだ。

そうした点から見ると、ぼくの父は途轍もなく器の大きな人だった。祖父のように選り好みをすることがない人物だった。そればかりか、祖父に似て次第に好き嫌いが激しくなっていくぼくの偏食も、叱ったり心配したりすることがなかった。とりわけ三綱五倫（儒教道徳）を学んで、そのなかでもぼくがとことん実践してみせた、長幼の序という考え方による生活面での立ち後れなども、意に介さなかったというよりは端から無関心一辺倒だった。ぼくは実際に、自分で考えてみても呆れるくらい長幼の序をはっきりと守り抜こうとした。いまでもぼくは、どんなこと

であれ先頭に立つことが出来ない。表面に出ることさえも躊躇する癖がある。これはその頃、幼いぼくの身に染み込んだ長幼の序的な秩序感覚の、残り滓《かす》のせいかもしれない。近ごろになって悟ったことだが、秩序感覚というのは何十ぺん考えてみても、何ら利得のないものだった。いや利得どころか、その意味さえ無価値なものにしか思えなくなっている。それを世の中のせいになすりつけたとしても、結果はまったく同じだ。いつも他人より立ち後れていると決まっているうえ、面目をほどこすことが出来ないまま陰に埋もれてしまいがちだったことが、その秩序とやらではなかったかという気がする。応分の代償すら受け取れない後押しばかりをせねばならぬとしたら、どんなに侘びしいことだろうか、どのみち大路を行かねばならぬ君子になれなかったからには。いま考えてみても不思議なのは、父の鷹揚な性格からも何ら影響を受けることがなかった、少年時代の愚鈍さである。先にも述べたように、父の思想は祖父のそれと対角をなしていたといえるくらい、家門では破格のものであった。何事につけそのつど食い違い、平行線をたどるのだった。父は外出する途中でも野面でトゥレ（共同作業）が始まると、決まってその場所へ足を運んではせめてどぶろく代の足しにでもと幾ばくかを喜捨し、どぶろくの一杯や二杯くらいは遠慮せずに飲み干して立ち去った。おやつを食べていて声を掛けてくる百姓がいると、どんなに先を急がねばならぬな外出であっても、ほんの束の間にせよ百姓たちと一緒になって、若大根で漬けたキムチなと味わってやって来る性分だった。祖父と父に家を治めるうえで一致点があったとしたら、忌祭（法事）と茶礼を誠意をもって執り行わねばならぬということ、それから眷属の誰であれキリスト教の礼拝堂と仏教寺院への往来を厳禁としたことで、農家としてさらには往年に出漁させるときの経験を有する船主時代の習慣から、毎年迎える十月九日の午の日に大根入り蒸し餅を蒸して、神霊に一家や一族の厄運を祓い繁栄を祈る祭祀をいとなむことを行事と心得、まったくその程度のほかには、いかにも新・旧世代らしく隔たりのはなはだしい対照をなしていた。もとよりそのほかにも、細々としたことに考えを同じくしたことが一つや二つ、ないではなかったのも事実だ。表座敷の居間への女子どもの出入りを禁じたこと、表座敷の男たちと母屋の女たちのトイレの使用を厳格に区別したこと、男は下男を除いて絶対に台所の近くをうろつけないようにしたし、どんなに暑さが猛威を振るう夏の盛りであろうとも、孫たちでさえ袖無しの衣服を着ていたら表座敷はもとより、板の間にさえ上がることが出来ないように統制し、男女が顔を合わせることを避け、集落の井戸端へもでていかせぬようにしたことなど……。

ぼくの父はある面から見ると、祖父よりもずっと頑固なところがなくはなかったようだ。併せて、祖父には不足していた度量と包容力をたっぷりとそなえた人だった。それは、非合法の地下組織を専門としていた当時としては、きわめて適切な身の処し方であり処世術だったはずだ。けれども我が子に対する訓育ばかりは、刃も氷るかと思われるくらい厳しくて冷たかった。それればかりか保寧、舒川、青陽など忠清南道内の三つの郡に地下党(労働党の地下組織)を創設して指導していた責任者として、一日として気のおける日がなかったのに、何事にもきわめて毅然として余裕があり、口数が少なく重々しい姿勢で一貫していた。

ぼくはそんな父を、いつも近づきがたく思っていた。いや、怖れていたというほうが当たっていたかもしれない。評判の達弁でありながらも家のなかではいつも寡黙な性格だったし、そうした寡黙と沈着、冷静な挙動が感じられるたびにぼくは、慈愛であるとか器の大きな寛容よりも威厳と闘志を垣間見て、部屋の隅に転げ回っている灰皿よろしく縮こまってばかりいた。あれは何年頃だったか、聾点までお嫁に行った後のことだったようだ。どんな事件だったのか知る由もないが、とにかく父がひと月近くも予備検束され、邑内にある警察の留置場で拘留生活をしたことがあった。そんなことがどうして一度や二度のことだったろうか。そのときそのひと月近い間、ぼくは朝晩に母が包んでくれる弁当つまり私食を差し入れるために、熱くて重い弁当箱の包みを引っさげて警察へ通ったことがある。留置場の弁当すなわち官食の差し入れを担当している業者の店は警察のすぐ傍にあったので、私食の差し入れが許されない場合はその官食納入業者に賄賂をやって、食事に不便がないよう手を打つのがいつもの決まりだったけれど、これといった事件もなしに予備検束された場合は、私食の差し入れにややこしい制約などなかったのだ。着剣した武装警官の立ち会いのもとに、空の弁当箱が戻されるまで待ち受けていて帰宅すれば、一日の太陽がいつ沈んだのかもわからぬうちに暮れていくと決まっていた。それにしても、いつも怖いと感じていたのはそうした武装警官たちではなかった。むしろ破廉恥犯とか雑多な犯罪者の息子ではないということから、突拍子もない自負心と誇りを感じて気後れしたことがないありさまだった。

ぼくは、太い鉄格子の中に泰然と腰を下ろして談笑していた父が怖ろしいばかりだった。何かというと呼びつけられ、連行されていく身だったのにいつも意気軒昂として、闘志満々であったその顔が怖かったのだ。言い換えるなら、命をかけて自らの思想を貫こうとしていたその堅固な精神が、ぼくを畏怖させたのだ。ひと月の間ぼくが運んだ弁当で健康を保っていた父が釈放された日に、父は予想外に剛健な若い表情を見せ、まだ熱い弁当の包みを持たされているぼくの手首を、ことさらに握りしめてくれながら声をかけてきた一言が「お父さんがいない間、お祖父ちゃんのいうことをよく聞いていたか?」だった。言葉を換えて言えば、その間ご苦労だったねの一言がなかったのだ。ぼくが父に冷淡で情が薄いという距離感、いや苦手意識を抱き始めた決定的なきっかけがあったとしたら、このときのことを上げるのに吝《やぶさ》かではないだろう。それは、日頃から父が子どもらを訓育する際に、いつも峻厳かつ明瞭にしていた一つの断面でもあったが、その後間もなくもういっぺんそうした状況に出くわして周章狼狽したぼくとしては、父への苦手意識をよりいっそう鮮明に胸の奥深くに刻み込む決定的な衝撃となった。それは、表向きはいつも裏方の仕事ばかり引き受けるが、せいぜい他人の尻ぬぐいしかさせてもらえぬ無能な処世術が芽生え、内にはすべての家事において食客程度の存在で、家族的な位置を得るに至らなかった無力な男に転落することになった、過去の暮らしでもっとも重要な動機になってしまったことでもある。

ぼくが二度目に味わわされたのは、先に述べたことのほかにも忘れてはならない、また別の意味を持つことでもあった。それは、ぼくが生涯を通じて父の面前で父からじかに教えられた、最初にして最後となった勉強の時間だったということだ。時間にしたら小一時間といったところだったろうか。その日は折よく時間の余裕があったのか、祖父が使っていた文机を自分の居間へ移しておいて、父はぼくを呼びつけて座らせた。外では五月の新緑を瑞々《みずみず》しく育てる静かな細雨がしとしとと降りしきっていた。午前十一時くらいの、家にこもって勉強をするのにもって来いの空模様だったし、時間帯だった。

父はぼくに墨から擦《す》らせた。墨はたまに擦らされていたので、難なくに擦ることが出来て幸いだった。父は、硯《すずり》に墨を擦る要領をもういっぺん説明してくれてから、続いて順繰りに筆を執る際の基本的な姿勢と、筆遣いの際にもっとも注意すべき強弱と遅いか速いか、それから筆順などを説明してくれた。そうした無愛想で簡略な説明さえも、その後は途絶えてなかった。父はおしろいを油で練って板に塗りつけた黒板ならぬ匂い粉板を寝かせておいて、同じ画を十個余りずつ繰り返し何度も書いてみるよう促した。ぼくは額に宿る脂汗を拭い取る暇もあらばこそ、震える手を押さえることもできぬまま熱心に繰り返していた。耳許に届く父の息遣いは、それより先に経験したことのある、剥製の虎の鼻髭が頬をかすめたときぎくりとしたのと、まったく同じ衝撃だった。それほど背筋がぞくぞくする限り、たとえもって生まれた筆字の才能があったとしても、筆を自在に使いこなすことなど出来ないはずだった。筆がそれていったり画が中途から腰砕けになったり、不意に途切れるとかミミズが這った後のようにくねくねしてしまったとき、ぼくは目の前が真っ暗になる瞬間を、どれだけ繰り返して味わわねばならなかったかわからない。ところがそれも長続きはしなかった。とうとう雷が落ちてきたのだ。

「いやはや、子どもの手がこんなに節くれ立っているようでは……どうやら生まれつき、道具を使って肉体労働でもする手だわな……」

ああ、その気が遠くなるような瞬間をどうして忘られようか。父はただの一言、祖父の耳にも聞こえなかったくらいの慨嘆ならぬ愚痴をこぼしたが、ぼくにとっては青天の霹靂《へきれき》にほかならなかった。ぼくが我に返ったとき、父はすでに席を立って目の前にいなかった。外から客が訪ねてきた声がしたことも、ぼくにはわからなかったのだ。ぼくはそれほど面目を失くし、プライドを傷つけられたことはなかったけれど、とりあえずは虎口を脱したような安堵感から、あたふたと母の居間へ逃げ込んでしまった。そのとき訪ねてきてくれた見慣れぬ客をも、いつまでもどんなに有り難く思ったことやら。

ぼくは並み外れた才能をもって生まれて来れなかった自分が、死にたいくらい恥ずかしく恨めしかった。屈辱で恥さらしだった。父はその日以後二度とふたたび、ぼくに習字を教えたくはないらしかった。けれどもぼくは、誰にも気取られぬように古新聞を薄暗い納戸の片隅に積み上げておいて座ると、来る日も来る日も繰り返し習字の練習をした。羞恥と侮蔑を挽回しなければ生きていけそうになかったのだ。それもほどなく、またとないそうしたチャンスさえ逃がしてしまったが。いつも恐怖と不安に包み込まれていた、平坦ではなかったわが家のおかれていた状況が、それをするだけの精神的な余裕をもつことさえ許さなかったのだ。幼心にも、どれくらい熾烈に筆と取り組んで闘ったことか。

近ごろでもぼくが勤めている職場で何かの催しがあると、取るに足らぬまでもその場凌ぎに、昔のその経緯を思い起こして式順とか集会の進行順序とかを筆書きして、大衆が集まっている前に貼りだしておくなど、笑止千万なことをいけ図々しくやってのけているのは、当時のあの世間知らずだった頃の体験をもとに、やってみていることだった。

ぼくは邑内へ通じている果樹園のカラタチの垣根の曲がり角を折れ曲がるところで、しばし歩みを止めてもういっぺんかつてのわが家屋敷を振り返って眺めわたした。いつしか一日の疲れを色濃く染めている夕陽は、屋根の棟の彼方に見える西の山の頂《いただき》に沈んでいくところだった。家々の煙突ごとに吐きだされてきて黄昏をさまざまに彩っていた夕べの煙の群れは、忍び寄る夕闇と一緒になって軒先ばかりを選んで渦を巻いていた。ぼくは続いて七星岩の前へ視線をくれたが、いざとなると期待していたあの祖父の幻影はちらりとも現れなかった。それなのに祖父の霊魂ばかりは、疾《と》っくに他人の土地となってしまった七星岩の周辺に、いまもなおとどまっているような気がしたのはなぜだったのかわからなかった。さらばかつてのわが家屋敷よ、最後にこのようにつぶやきながら、もういっぺん昔のわが家屋敷を振り向いて眺めると、その向こうの西の山の頂では陽が沈んでいた。沈んでいく陽があった。

花のない十日

冠村随筆2

新作路の入り口には何軒ものちっぽけな不動産屋などが、肩を寄せ合って軒を連ねていたけれど、それらのなかでもその時間まで窓の外へ明かりを点《とも》していたのは冠村《クァンチョン》理髪店だった。

その理髪店の蛍光灯はけっこう役に立ち、向かい側にあるうらぶれた酒幕のお粗末な看板やら、板塀に貼り付いていた混粉食奨励の談話文まで、ぼんやりと照らし出していた。理髪店のなかでは若い男たち数人がストーブを囲んでぺちゃくちゃやっていたが、どうやら早々と帰って行くにはしてきたことがあまりにも少なくて、ぐずぐずしながら時間を潰している理髪店の店員たちらしかった。

ぼくはふと、その理髪店のなかをちょっと覗き込んでから行きたいという、突拍子もない思いに取りつかれた。理髪店のなかへ入っていってぼくも、長持ちさせるため節約して使うものだから、とろとろと熾《おこ》っている練炭ストーブのほとりで暖を取りながら、顔見知りの人たちの消息をいろいろと訊ねるとか、あるいは煙草でも一服つけて出てくれば、締めつけられている胸のしこりが少しはほぐれてくれるような感じだった。

そうしたとりとめもない雑念のせいでにっちもさっちもいかなくなり、その場にぐずぐずと突っ立っていたぼくは、自分でも思わずぎょっと驚かずにはいられなかった。出しぬけに現れた男がどでかい影を引きずって理髪店の前を通り過ぎたのだが、その後ろ姿があまりにも目に馴染んでいた、けれどもかなり以前に失われてしまったまさにその人のそれと、もの凄く似ていたからだった。

ぼくはもういっぺん、さっきのそれに劣らぬぎくりとする驚きを感じた。けれどもそれは単なる束の間の錯覚でしかなく、やはりあの爺さんの後ろ姿ではなかった

単なる行きずりの無心な行人が、ことさらにそのように目に映るのはなぜだろうか。ましてやぼくより十数年も先んじて冠村集落に背を向け、出て行った最後の後ろ姿を視野から消えるまで見送った記憶もまだ鮮やかなのに。

それなのに、目指す道を歩んでいた行人の後ろ姿が闇に溶け込むまで守ったのだから、その行人を尹《ユン》爺さんと見間違えた理由はその次になってようやくはっきりしてきた。図らずも、むろんたまたまだけれど、その行人もやはりとりどりの大きさのお膳を背中いっぱいに背負った、お膳の行商人だったのだ。年格好も似たり寄ったりだったばかりでなく、やつした身なりといい老《ふ》けこんでいる薄汚い姿といい、まるきり尹爺さんその人だった。ぼくがずっと、尹爺さんの昔の姿

を思い起こして蘇らせ始めたのも、だからそうなったのだった。ぼくは歩きだしながら、尹爺さんのことを一つ一つ思い起こしてみることに没頭していて、寒ささえ忘れていた。

あの年にあったさまざまなことを思い返すと、いまでも身の毛がよだち怖ろしくなるばかりだ。その日その日が一日のごとくおぞましく、生き地獄としか思えなかった年だから。

誰彼の別なく敵味方もなしに、戦争の終わりにおかしな恰好でこしらえて刈り入れる野良仕事だったから、年内から食糧が底をつかない家が皆無にひとしく、その時分は餓えのせいで肌が黄色くむくんだ病人を抱えない家が滅多になく、野菜の毒気に当てられない人が稀な時期だった。春を迎えて凍てついた土が溶け始めた頃から、穀物にありつけなくなった家が一軒二軒と増えていき、ひもじさに耐えかねて腹帯を締め直して野面《のづら》を見渡せば、麦畑はようやく五月晦日《みそか》頃の苗代《なえしろ》にひとしいありさまで、いつになれば麦が膨らんで穂を出し、まだ青い麦でもおかゆにして腹を満たすことが出来るのやら、見当もつかないありさまだった。軒先にぶら下がっている干葉の束のいくつかを、まるで一家の安全を願ってカネや米を入れて供えておく甕《かめ》でも祀るようにするしかなかったし、食べられそうなものは四方を見回してみても歳月と関わりなく溜まっては流れていった、集落の井戸水ばかりという枯れた春のさなかだった。にもかかわらず奇跡にもひとしかったのは、飢え死にしそうだという人がいないことだった。野菜の葉っぱにみそ味を加えた汁で腹を満たし、小麦を粉にするときにでる皮のくず、つまりふすまで蒸し餅をこしらえて腹の足しにしてでも、空きっ腹を抱えて死んだという人はなかったのだ。それでも冠村の人々は、土地を見放したりはしなかった。先行きへの不安を抱えながらもじっと耐え、辛抱してみようという腹構えだった。

村人たちがはした金でも稼いで生き長らえられる手だてと言えば、干潟へ出て行くことだった。蟹や巻き貝類を捕まえたり青のりをむしったりすること、それから山へ登って木を伐って小銭でも稼ぎ、うどん粉の一升も仕入れて食いつなぐ二つの方法だけだった。そうしたせっぱ詰まった事情はわが家とて同じだった。いやよその家よりも、遙かに差し迫った状況にあった。それは戦争が起きた年に取り入れる農作物を、治安隊にごっそりと取り上げられた余波だった。稲は実るが早く刈り取られてしまったし、畑で熟成していた二毛作はもちろん中身が熟していない漬物用の白菜までも根こそぎにされたものだから、あの広々とした畑には細ネギ一本残されていなかったのだ。

戦乱を避難していて帰ってきたとき、わが家に残されていたのは梁《はり》と柱だけだった。食器棚の下からは折れた匙の片方も、物置きからは一本の薪も見つけだせなかった。父や祖父の居間には木製の枕が一個、表座敷の板の間の縁の下の柱の敷石の傍には、取っ手がもげた漢方薬を煎じる陶器のやかんが転がっていたくらいで、完全に廃屋と言ったありさまだった。そうした廃墟のなかでぼくたちが餓死しない方法の一つは、土地を抵当に借金をして食いつなぐことだけだった。たとえ長期の利息の倍返しの米でも手に入れて食べて行かなくては、梁と柱しか残されていない屋敷にせよ保っていくことが出来なかったのだ。ところが村の内外が土壇場まで追いつめられていたものだから、そんなことも容易《たやす》くはなかった。とどのつまり母が思いついたのは、祖父ゆかりの花巌書院にすがることだった。母の頼みが伝えられると花巌書院では、故人となった祖父への追悼を兼ねて、長期の利息で米を貸してくれる措置を講じた。したがってぼくたちは穀物との縁が切れなかったし、餓えから来る肌のむくむ病や野菜の毒気に当てられて苦しむ病を免れることができた。

尹爺さんの一家が冠村の集落へ流れてきたのも、死にきれなくて冬の三ヵ月をやり過ごし、日脚が恨めしいくらい延び始めてきた頃だった。

朝、目を覚まして外を眺めると、新作路は朝っぱらから騒がしく動いていた。何日もの間繰り返してきた錯覚だったけれど、ちょっと見にはそれは掛け値なしの行商人たちだった。ところが彼らは行商人ではなかった。彼らはどれも邑内を後にして、北上していく足取りだった。身なりを見ても、僅かばかりの田畑などを耕しながら背負い子で積み肥を背負っていたりした、田舎じみた人たちのそれではなかった。一人一人が幼ければ幼いなりに背負い年寄りは軽く背負っていたが、彼らが背負ったり頭に載せたりしていたのは単なる品物ではなくて、引っ越し荷物だった。雨降りへの備えまでして荷造りされたふとんの包み、鍋釜やバケツなど、明らかに人の手で運んでいる引っ越し荷物であった。

「あれはみな、以北（三十八度線より北方）から避難してきて帰っていく人たちだと」

村人たちは彼らを眺めながら、そんな言葉を遣り取りしていた。

「戦争のさなかでもソウルはええとこと決まっとるようじゃな」

「そりゃあそうじゃがな。どのみち新たに居場所を決めて暮らすのやったら、広い都会へ行んで決めるべきじゃろ、辺鄙な田舎で何を食べて生きていくんや。おのれの土地を耕さなんだら、地元の者かて生きていくことが何やのに」

「あげえにのろのろと歩いて野宿をしながら行くとなると、どんなにくたびれるし苦しかろうか」

「わしらはまんだましだわな。あげな、以北からきた人たちはどれだけ性根が座っとることか。びくともせんじゃろうて」

「お菜《かず》がのうてただただ飯ばかし食いおったそうじゃが……」

「それでも食い物があるんじゃけん、わしらよかましだわな。めしさえあればお菜なんぞ問題でないわい」

村人たちも他人事とは思えなくて、そんな心配などをしていた。北からの避難民がソウルへ北上していく行列は日が暮れるまで続き、一日や二日の間に終わったわけでもなかった。

彼らは昼飯時になると示し合わせたように、誰もが冠村の集落へ押し寄せてきて荷物を降ろした。陽当たりのよい山麓に水が豊かなせいだった。彼らはしばしば、こぢんまりとした岩場の陰とか、風のないぽかぽかと暖かい田の畦《あぜ》の陽溜まりなどに陣取った。座り場所がつくられると大人と子どもは二手に分かれ、それぞれが受け持っている仕事に精を出そうと一度として脇目をふらなかった。

三代にわたる四人の身命を一朝にして失くした廃屋のなかで、辛うじて生き残り独りぼっちになったぼくとしては、彼ら一家がまるでままごとでもするように動き回るさまが、たとえようもなく羨ましかった。父親と思われる人は石を集めて釜を据えるかまどをこしらえ、母親は井戸端へきて食事の支度を始め、子どもらは裏山へ駆け上って行って薪を拾い集めるのだった。鎌や熊手がないので松かさや枯れ枝などを拾い集め、ときには田畑の畝間に出されている積み肥を集めてきて焚いたりした。

昼飯が済むとすぐさま目指す旅路へふたたび戻っていき、明くる日には別の家族が後に続いて同じことを繰り返していた。ところが、黄昏時に到着した人たちは決まって、一夜の宿を取ってから旅立つものと決めているらしかった。彼らは空き部屋を借り受けると、オンドルに火を入れて部屋まで暖めながら旅の疲れを癒やした。

わが家はいつもそうした人たちでごった返していた。屋敷が広いところへきて家族まで半減し、主を失くして遊んでいる部屋が一つや二つではなかったので、訪れた旅人たちで門前市をなすよりほかはないことだった。ましてや、村でも図体が大きいことではいの一番の屋敷だったので、彼らが目をつけたのも当然だった。

わが家では空いている部屋はためらわずに貸し与えはしたものの、彼らを好ましく思うとか気の毒に思ったことはなかった。煩わしく騒々しいばかりだったから。それは、あまりにも苦しめられ揉みくちゃにされてきたせいだった。それというのも、群れをなして押しかけてくる彼らの頼みを、いちいち聞き容《い》れてやれる状況ではなかったからだ。

彼らはいろいろなものを求めていた。値が張るものとか貴重なものとかでもなかった。醤油やみそ、塩や唐辛子、時にはキムチの味見を願望としていた人もいた。一夜の宿を取って旅立つことにした場合、女子どもは雑草が生い茂った高台の荒れ野とか尾根の麓、あるいは田の畦とか畑の畝《うね》へと散っていき、新たに芽生えたさまざまな野草類、よもぎ、なずな、ぎしぎし、シャゼン草などを摘んできて湯がいたりした。

何から何までもらい食いしていたわが家の状況からすると、どれ一つとして彼らが望むものを分けてやることが出来なかった。先にも話したように、醤油甕置き場へ行ってみたところで、甕の底に溜まっている滓《おり》もしくはほんの僅かな醤油、味が変わった味噌のひと塊すら残されていなかったのだ。ところが彼らは、ない袖は振れないという言葉を真に受けようとしなかった。こんなに大きな屋敷なのに、薄情にも拒絶する法はないということだった。とりわけ単衣《ひとえ》のチョゴリの下にそれなりに胸のふくらみが目立っている乙女や、十歳余りになる少女が器を手にしてやって来たとなると、ぼくらがどんなに言葉を尽くして事情を説明しても無駄骨だった。

「人間はおのれの家を離れるとしたたかになると言うけれど、ほんとうだねえ。どうしてあんなに押しが強くて粘り強いのかしら」

避難民と聞くだけでうんざりしていたぼくの母も、結局は彼らのねばり強さに根負けして、感嘆して止まなかった。ただでさえ苦みのあるよもぎ汁を調味料もなしにこしらえたら、どうして食べられようか、薬味もなしに和《あ》えた野草なのに味付けをしなければ、水っぽくてどうして食べられるというのだ、彼らはそんな抗弁をしながら玄関や土間に座り込むと、引き下がることを知らなかった。ほんとになくて分けてやれない痛ましい事情——いま思い起こして考えてみても、笑いごとでは済まされなかった。尹爺さんの一家に出会うことになったのも、まさにそんなときだった。

尹爺さん一家がぼくの家で耕している、庭先の畑のへりにある溝の傍に荷物を降ろしてわが家へ訪ねてきたのは、その頃のある日夕ご飯も済ませた黄昏時のことだった。六十歳に手が届きそうなもみあげが白い年寄りが、顎の下が見えないくらい背中の折れ曲がっている老婆を先に歩かせて、入って来たのだ。朝になって空いた部屋があることを、誰から聞かされたのか聞いてきたと言う顔つきだった。表門の脇に開けっ放してあった作男の部屋、開け放たれて壊されている継ぎ接ぎだらけの扉、わが家には誰も一夜の宿を断りそうな人はいなかった。家族は四人、夜が明けるが早く出発したいとのことだった。そう言ってた人たちが明くる日に、太陽が中空にさしかかる頃まで荷物をまとめる気配を見せなかった。一言も話し声は戸外へ洩れて来もしなかった。時たま幼い子どものむずかる声が聞こえたようで、すぐに止んでしまうばかりだった。昼飯時も過ぎてようやく、爺さんが母に会いにきた。

爺さんは頼み込んだ。手持ちの食糧が底を突いて身動きできなくなった、どんな仕事でもいい、何日か働かせてもらいたい、四人家族がひもじい思いをしないようにしてくれたら、新たに勇気を奮い起こして目指すところへ出発したい。もっとも、言うは易いかもしれないが実現するには難しい言葉だった。その難しさは、食する口があまりに多すぎることにあった。爺さん夫婦と彼らの嫁とおぼしい二十四、五歳になる若い女、そして乳飲み子の、家族四人の口過ぎの世話をするというのはあまりにも重すぎる負担だった。

母が難色を示すと爺さんは、ややあってもうちょっと具体的な条件を出してきた。一食につき器に二杯ずつの飯をくれというのだった。足りない分は嫁を外へ働きにだして、足しにして食べていきたいということだ。幼いぼくが見てものっぴきならぬありさまだった。小半日ほど思案を重ねた末に、母が爺さんを呼びつけた。

「わたしたちとしても何とも答えようのないことだけど、お互いに助け合おうということだから、お宅の考え通りになさいな」

長期の利息を負って借りた米で食いつないでいるわが家の事情では、無謀なことと言わねばならなかった。けれども来年の稲作のためには、たとえネコの手だろうと借りねばならぬありさまだった。爺さんはもみあげがからむしのようにごわごわした年寄りだったけれど、それなりに剛毅なところがあって見えたし、老婆も同様に他人の仕事を手伝うことでは骨身を惜しまぬくらい、かくしゃくとしているほうだった。けれども問題はやはり嫁だった。飲まず食わずで数百里もの道のりを歩いてきながら、乳を吸い取られてきた乳飲み子の母親らしからず、どこから見てもこざっぱりした身なりをしていた。肌が滅多になくきれいだったし、手足もぽっちゃりとしていて愛くるしかった。時局とは何らの関わりもなく、いまを盛りと咲いている女だった。

「乳飲み子さえなければ男衆がそっとしておかないだろうに……若くして後家になったのだからただごとではないわね。器量だって人並み以上だし、あんな貧乏暮らしのなかで嫁御ばかしは上玉《じょうだま》を迎えなすったわ」

母は、いや村人たちの誰もが彼女のことを頭から若後家と決めつけていた。戦争のさなかに後家になったのだろうと言うことは、問いただして確かめてみなくても誰もが推測できることだったから。

爺さんは元来が野良仕事のほかには学んだことのない、根っからの百姓だったらしい。彼は短い間に、わが家で必要としているものが何かをたちまち見抜いたばかりか、それを自分で埋め合わせるすべを知っていた。嫁御は三日目になる日から明け方に出かけて行って、夜更けになって帰ってきたりした。邑内のとある旅館で、まかないの仕事をすることになったとのことだった。一日中働いてやってもらってくるのは、冷や飯と食べ残しのおかずがすべてだと語っていた。実際に夜中の十二時近くなって帰ってくる彼女を見かけると、判で押したようにいびつなバケツに風呂敷をかぶせて頭の上に載せていた。

爺さんに任された仕事は、薪を拾い集めてくることと麦畑に追い肥をやること、それから草取りだった。爺さんが手抜きをしなかったので、母はいつもしてやったりといった顔つきをしていた。爺さん一家を雇い入れたことが幸いしたのだ。ぼくの母はしばしば、

「ソリ（孫の名）もちょっぴりこらえて苦労するんだよ。新麦さえ刈り入れたら、そんなちっこいお腹なんぞ、空かせたりしないからね」

そういって爺さんたちの孫の乳飲み子を慰めるのだった。

ソリというのは松の木のことだけど、ぼくらも爺さん夫婦を真似てそう呼んだのだ。母は次第に、爺さん一家が年俸なしの作男としてとどまり、一年の野良稼ぎを終えてから旅立ってくれたらと言い出すようになったが、それは尹爺さん一家が内心で密かに願っていたことでもあった。どのみち以北の郷里へは帰れないはずだし、たとえソウルへたどりついても寄る辺がなく、何かをするにしても先立つものがなかったから。ところが、尹爺さんが繰り返してきた約束どおり予

定に合わせて旅立たずに躊躇したのは、母の手を振り切って背を向ける勇気がなかったせいだという言葉にも、一理がないではなかったようだ。それはきわめて些細なことだった。

この一家が表門の脇の下男部屋に、何日か寝泊まりすることになって二日目の夜だったと思われる。深夜の十二時を回っているのにぼくが目を覚ましたのは、母が何度もつねったからだった。目を覚ましてじきにそのわけを知るに至ったが、それは下男部屋から、いかにも哀れっぽい泣き声が聞こえてきていたからだった。耳を凝らしてみると、紛れもなく老婆の泣き声だった。愚痴るでもなくむせび泣いていた声——長雨の中で熱帯地方の大蛇が泣いている声のようで、とても不快でありきたりの不気味さではなかった。

その泣き声は東の空が白んでくるのに、いっこうに止もうとはしなかった。聞いていて素知らぬふりをするのも難しいことで、ためらった揚げ句、母が下男部屋へ足を運んでいった。いままでも残念なことは、彼らの方言を真似られないことだった。一夜明ければ爺さんの還暦の日だとのことだった。還暦の朝も恵んでもらって食べねばならぬ不遇な身の上を思うと、涙せずにいられようかというのが老婆の言い訳だった。

「こんな戦争騒ぎのさなかなんだから、誕生日よ還暦よと言ったたって、犬が節句を過ごすみたいに空きっ腹を抱えるのは当然のことだろうに、それがそんなに悲しいのかしら……」

母は多くの言葉を費やして、慰めてやって戻ってきてからも合点がいかないらしかった。名前も名字もわからぬまま犬死にした人たちがごろごろしていたのに、三度三度のおまんまにもありつけない分際で、とんだ腹を膨らませた人の振る舞いを見せつけるものだという口ぶりだった。餓えを免れただけでも過分だと心得るのが道理だろうに、ましてや還暦の祝いを上げられないことを悲観して、藪から棒に真夜中に不気味な泣き声を上げるとは。幼いぼくが考えても厚かまし過ぎることだった。

明くる日の朝方、ぼくは何気なしに母が自ら下男部屋へ運んでいくお膳を見た。驚くべきことだった。おかずがいつもと変わっていると言うことではなかった。鉢から溢れ出るくらい山盛りになっている、真っ白なお米のご飯を運んでいたからだった。それは、祖父の喪に服しているわが家で毎月一日と十五日の朝に行われる、祭祀のときでさえお目にかかるのが難しいことだった。しばらくして、

「女房と嫁を目の前に座らせて、六十の祝いの膳をお屋敷の奥様手ずから頂きましただ……」

という爺さんの声が聞こえてきた。

「奥様あ、いやはや面目次第もごぜえません」

その日は爺さんも、その一言のほかに口にすべき言葉がなかっただろうけど、わが家の農作業が秋の刈り入れを済ますまでとどまろうと決めたのは、その日からだとのことだった。爺さんは言葉の終わりに付け加えた。

「奥様あ、今年は福を授かって豊作になるはずですだよ。わしが豊年になるようなんべんも祈りましただよ。その日が子・丑・寅・卯……有毛日（豊作の年を示す）でしたわ」

ということも打ち明けた。

爺さんは草取り鎌休め（農作業の休閑期）を前倒しにするくらい、農村における古くからの月例

行事や田畑の手入れなどを何もかも承知していた、非の打ちどころのない働き手だった。ソリはひもじい思いをせず、病気やできものに苦しむこともなしに育って、愛くるしい仕草で、寂しい思いをしていたわが家の奥の間に笑い声を呼び込むのにひと働きしていたし、ソリの母親も日ごと邑内の駅前通りにある五福旅館へ、愚痴一つこぼさずに通っていた。彼女は冷や飯の代わりにおカネで、月給をもらうことになったと言った。ソリのお婆ちゃんもせっせと手間仕事に出かけて行ったし、区長が力を貸してくれたおかげで面(郡、村)から配給をもらったりした。

それまで音沙汰もなかったソリの父親がようやく姿を現したのは、かれこれひと月余りも経ってからだった。それもソリの家族から告げられるより先に、ぼくらのほうが先に気がついたことだった。

ある日の晩、その日もやはり深夜の十二時を回った頃だった。ソリたちの部屋からまたしても泣き声が聞こえてきたのだ。相変わらず陰鬱な泣き声だった。ソリの祖母がすすり泣く声だった。ぼくらはびっくりして聞き耳を立てたけれど、何が発端でそうなったのやら見当もつかなかった。母は、もしかしたら自分の言動が彼らに何か悲しませるもととなり、不和でも生じたのではと不安がったけれど、どう考えてみても腑に落ちないらしかった。

あまりにも意外な、驚くべきことを知ったのは、わけがわからなくてぼくと母が顔を見合わせたまま途方に暮れている頃だった。ソリたちの部屋から生まれて初めて聞く、男の声が洩れてきたのだ。の太くて荒々しい男の声だった。おまけにさらに驚いたのは、その声の主が尹爺さんの息子、つまりソリの父親だったことだ。それは遣り取りされる口ぶりから推しても、断定するに十分なことだった。どうなっているのだろうか。理解しがたいことだった。その間ずっと聞いたことも見たこともなかったソリの父親が、突如として現れたのがそれで、そのことがもとで家族同士が騒がしくなってきた内幕がそれだった。これまで一人で渡り歩いていて、たったいま家族を探しだして舞い戻ったらしかった。聞こえてきたところでは、母親と息子の間で言い争いが繰り広げられているわけだった。

言い争いの原因は、ソリの母親が旅館の仲居であることにあった。その日の晩、彼女は何の知らせもなしに帰宅してこなかったのだ。それだって思いもよらぬことだった。

明くる日、ソリの祖母が奥の間へやって来て母にぶちまけてくれた顚末は、ぼくらの予想を根こそぎくつがえす、よほどの人でなければ手出しも難しいことばかりだった。

名は学老《ハンノ》、いま二十六歳、子が産めなくなる年齢で総領息子として授かり、それきりだった独り息子で、韓国軍が北朝鮮の人民軍に攻め立てられ、ソウルから撤退して政府が釜山へ移転した一九五一年一月四日の、いわゆる一・四後退（韓国軍のソウルからの撤収）の折に三人家族は、韓国軍の後を追って越南つまり北緯三十八度線を越えて韓国へ逃れてきたのだった。ソリの祖母は涙にむせびながら、辛うじて言葉を継いでいた。

彼らはひたすら夜道を選んで歩き続けねばならなかった。図体さえそれらしければ有無を言わさず捕らえていって、兵隊に仕立てるありさまだったのでそうせざるを得なかったのだ。彼女は嫁をもらっていない独り息子を、どうして戦場なんぞへ送り出せただろうかと語った。そのため昼間はいつも、かますをかぶせて隠しておかなくてはならなかった。やむなく昼中に移動せざるを得ない場合は、爺さんがかますのなかの我が子を背負い子に載せて、背負って運ばねばならなかった。腰の骨が折れ曲がるくらい背負って歩いたのだ。ソリのオンマ（母）を嫁御に迎えることになったのは、臨津江を渡った直後だった。両親に伴われて一緒に臨津江は渡っていたが、ひとしきり爆撃に見舞われた後で孤児になってしまった、見過ごしにするには気の毒な娘に途中で出くわしたのだ。その娘は、手足が引き裂かれて黒焦げになって固まってしまっている両親の死体を地べたに転がしたまま、虚ろな目で体をわななかせていた。そんな光景を我関せずとそのまま通り過ぎることが出来なかった彼らが、死体を葬ってやり道連れになったことから結ばれた若い夫婦だった。彼らは連れだって慶尚北道の軍威邑まで避難暮らしを重ねていった。学老が彼女と麦粥をすすって初夜を迎えたのは、夜露が月明かりのように砕けて降りてきたとある小麦畑の畝間であった。二人の年寄りはそのことをたいそう奇特に思った。彼らは多くのことを期待し、若い夫婦をこの世にまたとない存在と心得、まるで主人にでもかしずくようにした。

「こげな塩梅《あんばい》になるなんて、誰が考えてみたことさえあるじゃろうか……」

ソリの祖母はそのくだりまで語ると、ひとしきり涙まで見せた。両親を大切に思い何事につけ従順だった息子が、日が経つにつれて荒れていったのだ。両親をないがしろにし言葉遣いが乱暴になっていき、息子たち夫婦の仲も悪化の一途をたどったのだった。乞食同然の身の上だった悲惨な境遇になってからもそうだったし、ソリが生まれてきてからもそうだった。

「それがのう……父親と息子の二組の夫婦が、一つの部屋でごった返しとったたんじゃけん、無理もないわな」

ぼくの母は、それ以上聞かずとも万事は理解できるといった顔つきだった。学老という男が戸外を一歩も出歩かず、まるで屍のようにふとんをひっかぶって部屋の隅にばかり引き籠もり、モグラの真似事をしていたわけが単なる兵役忌避のためであったことも、ぼくたちにはそのときようやくわかったけれど、彼は部屋のなかで手拭いを水に浸して顔を洗ったし、トイレへも暗くなるのを待って出入りしたとのことだった。誰が聞いても呆れ返る話だった。そんなことがあってからも四日ほど経って、ぼくの家族は初めてソリの父親の顔を拝むことが出来た。彼のほうが進んで母屋へ挨拶に現れたのだ。ぼさぼさの頭髪にハリネズミのように髭を生やしたご面相は、いくら好意的に見ようとしても人間のそれではなかった。顔は腫れぼったいと言うより白っぽくむくんでいたし、瘦せ細ること割り箸のような手の指はわなわな震えていた。凄く善良で注意深い若者のようでありながらも、深々と頭を下げる一方でちらちらと脇目を振るさまは、かなり融通性に欠け料簡の狭いちんぴらのようでもあった。社会の秩序が少しく整い、仮戸籍とか寄留届しには徴兵令状も出ないので、もはや身分を明かしても差し支えないようなので、とうとう陽射しのもとに出る決心をしたとのことだった。

とはいえ、その後もソリ一家の家庭の不和は止む日がなかった。ソリの母親の外泊が頻繁になったのだ。仕事に追われていると通行禁止令に引っかかって、帰って来られなくなると言うのが彼女の言い分だったけれど、学老にはそれが絶対に許せないことらしかった。そのため学老が疑妻症に苦しめられたのも、当然だったかもしれなかった。問題は日ましにややこしくて面倒になっていった。ソリの母親の不可解な振る舞いのせいだった。彼女は舅姑が叱っても引き留めても耳を貸さず、いや亭主が二日と開けずに薪ざっぽうを振り上げては折檻しても屁とも思わず、あくまでも仲居の勤めに出かけていったのだ。

会えば会う人たちごとに、ソリの母親のことを口の端にのぼせて陰口をたたいた。誰もが彼女を悪く言い、学老を同情して止まない陰口だった。合点がいかないというのがその理由だった。ときには学老をこき下ろす意見もあった。女房の一人も押さえ込めない、でくの坊にもひとしいたわけだという非難だった。旅館の従業員や常連客のなかに、すでに情を通じている男がいないはずがないと言う話さえ聞こえてきていた。そうした連中のなかでもある人などは、

「旅館の部屋で北緯三十八度線をなくしちまった太っ腹のおなごやで、亭主がおっかなくてしたいこともでけんと思うとるんけ」

「南の男と北のおなごが通じ合うたのじゃ、南北統一は確かだわ……」

といって笑った。誰もが当然のごとく遣り取りしていた言葉のように、彼女の貞節を信じようとした人などは、薬として使いたくても見つけだせなかったのだ。

学老が五福旅館へじかに乗り込んで、ソリの母親の髪をつかんで連れ戻ったのは、そうした噂が広まってからだった。学老は新作路の外れの車重鉄《チャジュンチョル》の酒幕で酔っぱらうほど酒をあおると、久方ぶりに男らしいことをして見せたのだ。彼女はそれからしばらく、井戸端にも姿を見せずに部屋の片隅に閉じこもっていた。連れ戻されてくるが早く髪を刈り取られたのだった。

その代わり、学老が生活費を稼ぐために全的に乗り出したのは、誰もが願っていたことだった。近所の人たちの紹介でそうなったのだが、就職というよりは臨時雇いだった。経歴も看板もなし

に家内手工業でお膳や木盤などを組み立てて商《あきな》っていた、市場の入り口の王という人の木工所と話がついて出かけ始めたのだ。学老はもともと手先が器用なうえ、戦争前はお盆や礼盤などを削って組み立てる職人たちの、木工所への出入りを趣味にしていたので、たいていの道具なら扱い方を知らぬものがなかったと言う。

彼は道具入れの、網袋ほどもある縄で編んだ目の粗いかごの中に墨縄の桶を初め、ちょうな、仕上げ鑿《のみ》、秤《はかり》、かんな、曲尺、さまざまな鋸《のこぎり》などを入れて引っ提げると、怠けることなく出入りした。仕事の腕も確かで、仕上げが早いほうだというのが木工所の人たちの話だった。通いだしてひと月足らずで一人前の木工の月給をもらうようになったのも、まったくもって生まれた手先の器用さのおかげだとのことだった。噂ではまた、型を取る腕前も相当なもので、円型のお膳や脚のついたお膳、文机や鼓笛膳、釣瓶や四脚の会席膳など、彼の手さえ届けば何でもござれで、商いにならぬものがないとのことだった。

ソリのオムマの手もかなり暮らしに馴染んでいき、それなりに爺さんたちの暮らしも上向いていくかに見えた。村人たちは誰もが我がことのように満足に思っていた。学老にも生きていく意欲が湧いてきたようだった。彼の発酵し始めた味噌玉麹《こうじ》みたいな顔にも、久しぶりに和《なご》やかな気配が漂ってきたのだ。

それがいくらも続かなくて、またふたたび劣等感に取りつかれて自虐的な挫折さえしなかったら、彼はけなげな息子であり得ただろうし、心の広い家長としてどん底にある一家を立派に興《おこ》せたに違いなかった。

まことにもって残念なことだった。家庭騒動がふたたび惹き起こされ、彼がやる気を失くして挫折する気配を見せ始めると、ほんの一時にせよ彼と親しくしてきた人たちは一様に不安がり、慰めるすべを知らなかった。病みつきになっていた女房の浮気心への疑妻症を、振り払うことが出来なかったのが原因だった。

そうしたなかでももっとも致命的だったのは、学老自らがじかに女房の情夫だった男を目撃したことだった。漠然と推測だけしていたであろうことが、そんなに的中するなんてあり得るだろうかと思われたほどだった。

五福旅館の常連のその市場巡りの行商人のソウルの男と、何回くらい寝たのかと学老は責めつけ始めた。夜ごとに続いた棍棒による折檻と泣き叫ぶ声を通して知ったことだが、学老も初めは、木工所へ遊びに来ていた近所の男と、工場主の王の卑猥な遣り取りから察しをつけ、やがては二冊の漫画本に釣られた中学一年の五福旅館の末息子の口を割らせて、すべての確証を得たと学老は主張していた。

ソリの母親はひたすら無言を通していた。否認しがたい過ちを沈黙によって告白したわけだろうか。学老は半ば以上も正気を失くしたようで、狂ったみたいに女房を責めさいなんでいた。それでも昼間は生真面目に木工所へ通ったのは、女房の不倫行為に関する証言を集めるのに血眼になっていたからだった。

ぼくの母は、夜な夜な下男部屋で行われる学老の家庭内暴力を防ぎ、止めることを日課にした。年老いた両親やまだ言葉も話せないいたいけな子のことを思ってでも、過ぎ去ったことは水に流すよう宥《なだ》めるのに、心身ともに疲労困憊して寝込むありさまだった。したがってソリの母親にも、こっぴどく叱りつけなかったわけではない。くれぐれも過ちを反省して真人間になるよう繰り返し頼んだし、一日も早く過去を一掃した新しい出発になるよう、祈るようにして説得した。実際に他人事とは思えぬほど、親身になって説得しないではいられなかったのだ。

それにしても、いつどのように決着がつけられるのか予測しがたかった。第一に、ソリの母親に不倫を恥じる気配がなかったし、それに伴い学老の狂気も鎮まる様子が見られなかったのだ。学老の暴力が狂的な様相を帯びるようになったは、例の市場巡りの行商人のソウルの男が、五福旅館を下宿にして居座ってからだった。学老の言い分を裏づけてでもやるように、旅館まで行ってじかに確かめてきたお節介焼きも一人や二人ではなかった。色白で恰幅がよくて、気前よく銭っこでもばらまきそうな男だったというのが、そのお節介焼き連中の後日談だった。日を追って荒れ狂っていくばかりの風浪だったから、いつの日に鎮まっていくのやら予測しがたかった。打つ手はないものだろうか。ほんとに打つ手は何もないというのか。あんなにやきもきさせられたことも、二度とはなかったような気がする。

ところが決着は意外に早かった。あまりにも簡単な終局だった。ソリの母親が出奔したことで、あんなに重苦しかった難題に一夜にして決着がつけられたのだ。五福旅館に下宿していたソウルの男が姿を消したのも同じ日だった。ソリの母親が着の身着のままで行方をくらましたように、その男も慌ただしく明け方に出て行ったとのことだった。それにしても永らく合点がいかなかったこと――それは彼女がソリを連れて駆け落ちしたことだった。

乳飲み子を置き去りに出来なかった、一条の母性愛が残されていたのだろうか。ソリをおぶって行きさえしなかったら、ことがあれほど虚しくねじれたりはしなかっただろうけど。あまりにも悲痛な、家を滅ぼし身を滅ぼす振る舞いだった。他人の一家を一夜にして破滅に追いやったその憎むべきもの——それはとりもなおさず女心だった。

学老が鎮鉉《チンヒョン》の家の牛馬の小屋から鋤《すき》をくくりつける紐を解いて持ち出すと、裏山の榛の木の林のなかの栗の木の枝に首をくくって死んだのは、彼女が出奔して半月も経ってだったかしてからだった。それこそ一字の遺書とて必要としない、宿命的な自死だったのかもしれない。

尹爺さんが行方知れずになってしまった嫁御を探し求めて、いや連れ去られた孫娘のソリを取り戻すために、寂しくも千里の道のりを旅立っていったのは薄い初霜が降りた、毎朝のように庭先のキササゲの葉が音を立てて散り、物干し竿の端で輪を描いて飛んでいたとんぼであればあるほど、濃い唐辛子色に染まって見えた十月二十日頃だった。

ソウルの空の下が居場所だと語っていた。たとえ両の脚がすり減って座して死ぬることになろうとも、探し求めて彷徨うことをどうしておろそかに出来ようかと言い残して旅立っていったのだ。ソリを見つけ出せなかったら生きていても意味のない命だと、重ね重ね強調して見せた爺さん夫婦は、ソウルへ行ったら春夏秋冬、昼夜を分かたず隅々まで洩れなく調べ、探し回りたいと語っていた。

老婆は着たり脱いだりする衣類と炊事道具を荷造りし、爺さんはいくつものお膳を重ね合わせた荷物を紐で縛って背負うと、先になって出発した。それらのお膳の半分以上は学老がこしらえたのだろうと言った。月給に香典を加えて、ひとまとめにして仕入れたと爺さんは語った。ソウルへ行ったらお膳の行商を始めるつもりだと、爺さんは何度も繰り返して語ったが、それは決して学老のことが忘れがたいためではないという言葉も付け加えて説明した。口過ぎを兼ねて家ごとに表門をたたくつもりだし、そこに住んでいる女主人の一人一人にじかに会ってみるつもりだが、そのためにはさらにまた主婦たちを相手に噂などを便りに探してみるなら、お膳の行商よりましな何があるだろうかと問い返しながら涙ぐんだのだ。

ぼくがソウルへ移り住んでいつしか十四、五年。

その間に家の前とか街とかで、年寄りの行商を見かけてもそのまま通り過ぎたことは、ぼくには一度だってなかったのではないかと思う。たまたま出くわしたお膳売りの場合などはなおのこと、注意深く観察してみたりした。ところが、昨年か一昨年くらいからだった。ぼくが住んでいる西大門区延禧洞には、我を忘れてびっくり仰天し、家の外を覗き込んでみるようにしてくれたとある年寄りの、お膳の行商が往き来するようになった。その売り声がちょうど尹爺さんのそれであったうえ、身なり恰好もまた冠村の集落を後にしていくときのそれと、それほどそっくりなことなんてあり得なかった。お膳を買わんねと張り上げる売り声にしても、まるで長生きをしている悲しみと、果たせなかったことへの恨みでも抱いているかのようで、またとないくらいもの悲しかった。近所のどこからか聞こえてくる声があるだけでも、ぼくにためらわずに外を覗くようにに仕向けるのだった。すでに何度そうしてきたのか、いまでは数え切れぬほどだ。

二、三日前にもひと巡りしていったので、数日後にはふたたび耳にすることになるだろうけど、いつ頃からだろうかその年寄りが叫んでいた台詞を、自分でもそれと意識せずに、口ずさんでみる癖がぼくについてしまったことを。

お膳を買わんね、お膳だわな、公孫樹《いちょう》でこさえたお膳を買わんね——。

一人用のお膳に二人用のお膳、四人用のお膳に丸いお膳、四脚の会席膳、公孫樹のお膳を買わんね……。

行く雲と流れる水

冠村随筆3

野原から氷の上を滑ってきた風が新作路へ吹き寄せてきて走り始めてからは、目の縁がひりひりしてきて両頬が他人の肌みたいになるまで、その苛酷な寒さはひときわ厳しさを加えたようだった。

ほんの前方に見えていた邑内の家々の明かりまでが、霜の降りた陶磁器のかけらが陽光に反射しているように、寒々と感じられるほどの酷寒だった。声変わりして以後は保温つきの肌着とも無縁で、別途に用意される一足の靴下さえなしに冬の三ヵ月を過ごしたくらい、寒さには慣れっこになっていたはずだったけど、上下の歯と歯が震えてがちがちと音を立て、顎が強ばってきて頭のてっぺんまでしびれるようだった。

そんなありさまだったけれどだしぬけに甕点《オンジョム》のことを思い出したのは、言うまでもなく千々に乱れた感懐が入り交じったうえ、齢《よわい》三十を越えるにしてはみっともないくらいあまりにも感傷に浸っていたせいだろうし、心の中のしこりになっていたさまざまな想いと併せ、懐かしさに触発された追憶だったのかもしれなかった。彼女はぼくより十歳も年長だったけど、いつだって同い年みたいに仲むつまじく遊んでくれたし、ぼくが強情を張ったり叱られたりしてつむじを曲げ、甕点に八つ当たりしてさんざん手こずらせても、いつも変わることなくぼくを庇《かば》ってくれたし、歓びと哀しみをともに分かち持つ頼りがいのある保護者の役割も兼ねていた。

どこかが気に食わないとか何かが原因でぼくがむくれてしまって、ご飯を食べるのを拒絶したりすると、調子を合わせて箸を取ろうとはしなかったし、患って臥せっていたぼくが薬を飲むのが厭だと駄々をこね、身もだえしながら泣き叫ぶと、煎じ薬の入った小さな鉢を手にしたままあの大きな瞳を涙で濡らしながら、ともに痛みを分かち合おうとしてはばからない甕点だった。彼女はしがない石工の娘で、家柄などなかったけれど名字は李《イ》だった。腹違いと同腹の兄弟と妹を合わせて二男二女の長女で、長兄の名は一文《イルムン》、弟の名は斗文《トゥムン》だった。いま振り返ってみると六歳の頃の記憶のようだが、ぼくが彼女の父親だという人を見かけたのはきっちり一度きりだった。年を取ってから僧侶になった生臭坊主みたいに頭髪をそり落としてはいたけれど、ちょっと長めの頭だったし、布製の袖無しの肌着をつけて地下足袋を履いていた。鑿、ハンマー、錐《きり》など、柄《え》に手垢が染みついている道具類を、縄で編んだ目の粗い袋に入れて担いだまま、その年の夏のある日のこと、ひょっこりと中庭へ姿を現したのだ。中庭へ入って来れる男だと母は例外なしにぞんざいな言葉遣いで応対してきたように、中庭へ入ってきた彼を見ると、

「一文かね、来たのかい？」

と言って居住まいを正して座り直した。

「若奥様、ご機嫌うるわしうごぜえましょうか？　大奥様におかれましても相変わらずお元気で？　旦那様や大旦那様もお変わりごぜえませんでしょうか？」

彼はそんな長ったらしい挨拶をして、脱いで手にしていたよれよれの帽子を庭のほうへ放り投げて、及び腰で立っていた。

「変わりがないのは無事だということだね……さあ、日陰に入ってお掛けよ。いまでもあそこへ行って、石切場の仕事をしているのかい？」

「へえ、募集（徴用令による強制就労）に取られて行んで習い覚えたのが石切の仕事だで、どうしようもねえでがすよ。働き甲斐もなく、女房やガキたちばかし苦労をかけてるみてえで」

「わが家を離れてたら苦労はつきものだから、早いこと一家を率いて一緒に暮らさなくちゃね……江景邑というとここからどれくらいかしら……他郷暮らしをするより大川邑へ戻ったほうがよくはないのかな」

「手前なんぞどうなろうと、構やしましねえだよ。旦那様がご苦労なすっておいでんさるようで。往き来しとっても巡査さえ見かけると、旦那様のことが案じられますげな」

何かというと予備検束されるぼくの父の身辺が、案じられてならないというのだった。

「それはそうと、おらとこの娘はどこぞへ使いにでもだしましたんじゃろうか？　三度のめしを欠かさず食わせてくれる相手やったら、さっさと片づけて安心してえのじゃけど……」

「ブランコ乗り（註・端午の節句の女子の遊戯）に行ってるそうだよ。近ごろマラリアを患って、何日か臥せっていたんだけど。あの娘の気性だったら体中がむず痒くて、じっとしていられないわね」

「馬みたえに図体のでけえ娘っこが、ブランコもねえでしょうに。放っといたらいけませんがな。ちょっくら懲らしめてやればよかったじゃろうに」

彼が「おらとこの娘」と呼んだのは甕点のことだった。彼は情を通じていた二梅《イメ》に甕点を孕ませておいて、日本への徴用つまり炭坑などでの強制労働に連行されていって、民族解放の日を迎えて帰国してきたとのことだった。

「オムニ（母さん）、あげなおじさんは何をする人じゃ？」

ぼくは彼が、ブランコ乗りに出かけていった甕点を見に、霊堂脇の欅《けやき》の木のところへ歩いていくのを見て母に訊ね、

「甕点のお父さんじゃないか。上の男の子と江景へ行って、石工をしてるそうだよ」

母はそれ以上詳しいこと聞かせてくれなかった。その後はしばらくの間、ぼくは甕点と言い争って気に食わないことがあると決まって、

「癪に障ったらおめえのお父んの名前をみんなにばらしてしまうぞ……一文《イルムン》じゃと。同じ文の字がつく名前じゃけど、おめえのお父んぼくの文求《ムング》の下じゃ。文の字が下についとるけん……」

とからかったけど、彼女はぼくの言葉には顔色一つ変えず、にたにた笑うばかりだった。一文は甕点の腹違いの兄で、母が甕点の父親を目の前にして彼の名前を呼ぶときはいつも、長男の名

前を代わりに呼んでいたことをずっと後になって知った。母が甕点の父親を石工もしくは一文と呼んだことを耳で覚えていたぼくは、一文というのはおカネの単位だったから、しまいに甕点を怒らせるときは、

「おめえは女の子やから一文の半分じゃ……一文、二文、一文の半分、三つ合わせておめえたち兄妹は三文半にしかなんねえから、まるきり安物だわな……おめえみてえな安物はいつか乞食のとこへ嫁に行ったって、ちっとも損することなんかねえだぞ」

「ほんまけ？　そげえするだ。おめえの言うとおり乞食んとこへ嫁にいぐだ。ええじゃろうな。あたいが嫁に行んだら毎日遊びに来てくれるけ？　ええじゃろ、来てくれや。物乞いしてもろうて来た飯やらおかずやら、重箱に盛って食わせてくれるかんな。食べなんだらただでおくものけ」

「……」

「あっちへ行んで一人で遊ぶだよ。あたいは乞食の嫁はんになるのじゃろうに、なして傍に立っとるんや？　あっちへ行んで一人で遊ぶんじゃ」

「……」

そのころ甕点の母親の二梅は、大川邑のセテンイ集落で斗文とオンニョニたち兄妹と、ひっそりと暮らしていた。引き籠もって石工が稼いでくれる仕送りでおとなしく、ご飯など炊いて食べて暮らしていたのだ。彼女は市の立つ日でもなければ、滅多にわが家へ訪ねて来ることはなかった。ぼくの母は彼女が来るたびに、

「あの酒飲みが来たよ」

と陰口をたたいたが、そんな陰口をたたかれたくないので、滅多に往き来をしなくなったのだろうと思われたが、やって来てはしゃべりまくり、無駄口をたたくたびに剝きだしの金歯のせいだろうと、甕点は付け加えて説明した。甕点の母親は何かというと、口をはまぐりみたいにぱっくりと開けてけたたましく笑い出すのだが、そのたびに決まって、くすんでいる銀歯と真っ黄色の金歯が不揃いにさらけ出されたのだ。ぼくの母はそんな彼女の歯並びを見るのをとても嫌がった。虫歯でも欠けてもいない歯を、見せびらかすためにわざと抜き取って金と銀をかぶせたからだった。けれどもオンニョニは好きなとき出入りしていたし、余分なおかずやお下がりの衣類を持ち帰って食べたり着たりしていた。その頃はぼくも『千字文』を学んでいたので、邑内へお使いに行く道すがら、かなりよその家の表札や看板の漢字などが読めたから、石工の家族の名前にも無関心ではいられなかった。祖父にオンニョニの名付け親になるよう勧めたのもそのせいだった。

「お祖父ちゃん、なして甕点の家族はみんな、名前をおカネの数にしたんよ？　甕点みたいにオンニョニも本物の名前をこさえてやってや」

「へへーん——そげになるものと決まっとるんじゃ。考えてもみろや。一両二両、一分二分というより、一文二文のほうが耳触りだってずっとええじゃろうが」

「けど、あげなオンニョニなんて、村にもごろごろしとる名前でねえか。江原道から来た成《ソン》ソバンんとこのちびの女の子だってオンニョニ、金格軍《キムギョクグン》とこの女の子だってオンニョニ……」

「金格軍の孫娘もけ？」

「そうや」

首越えの牛蒸洞にそうした家があって、祖父は必ず「倡義軍（義兵軍）の家」と敬意を払って呼んでいたが、たとえ平民の家柄ではあるとはいえ、「取るに足るところがある」家柄ゆえに、疎略に扱ってはなるまいと言い聞かせてきた。閔宗植《ミンジョンシク》先生の配下に入って洪州城を攻め落とした韓末、つまりは朝鮮王朝末期の抗日義兵の末裔だと言うので、そのように思いなしたらしかった。

「甕点の妹はおとなしうて、振る舞いにも見所があるようじゃな……」

祖父はその場でオンニョニに福点《ボクジョム》という名前をつけてやった。即興的な名付け親ではあったけど、麦飯みたいに田舎っぽく見えていたオンニョニの顔つきにふさわしく、お似合いの名前のようだった。福点はもの静かな性格だったし、おっとりとしていたけれどふてぶてしいところもあり、同じ母親から生まれてきた姉妹らしからず、甕点とはかなり対照的な娘だった。

「いつか嫁に行ったら、あのがらっぱちの甕点よりも妹のほうが、ずっと可愛がられるだろうよ」彼女たち姉妹をぼくの母もそのように見ていた。「上の娘よか下の娘のほうが器量よしだわな。目鼻立ちの整った顔をしとるし、性格だって素直やし」

村の女たちも同じ意見だった。そんなことはないと言い張ったのはぼく一人だけだった。もとより情実に支配された判断ではあったけれど、ぼくはいつも甕点の肩を持ったのだ。

いまから二十五、六年前の、遠い昔のことを振り返っているところだが、甕点は世間の人たちが当て推量で思っているような、そそっかしくて開けっぴろげに振る舞う、気性が荒々しいばかりの娘ではなかった。それは、わが家の暮らしの規範と仕来《しきた》りに浸かり育ってきたせいであることは言うまでもないが、しかし、もって生まれた天性もまた欺くことが出来ないものなら、先天的にもって生まれたものにふさわしく生まれついていて、わが家との関係ではほとんど宿命的なものと見るのが正しいようだった。

学校へ通ったこともないし、誰かから文字を教えられて学んだわけでもなかったけれど、ハングルと漢文を問わずたいていの文字は解読できるくらい、利発なところがあったことを見ても想像に難くなかった。

六歳になった年の春から夏の間、ぼくは腎臓炎を患っていた。ぼくは医師の処方による服薬と併せて、むくみを抑え利尿を助ける粗食で三度の食事を済ませていた。刺激性のない野菜と麦粥、さまざまな夏の果物だけを主食にしたのだ。彼女はその年に、ぼくが脂っ気のある食べ物を見物することすら許されなくて、二度炊きした麦飯と麦を粉に挽いた粥だけを、おかずもなしに食べているのをひどく気にかけ、可哀想だと思っていたが、そんな自分も米の飯が喉を通らないと言って、ご飯に箸をつけないことが数え切れぬくらいあった。わが家の親たちの目を盗んでお米のご飯を食べさせようと、ぼくを台所へそっと呼び出して、あやしたり言い聞かせたりしたことも一度や二度ではなかった。とりわけ節気の変わり目につくられる食べ物や特別のご馳走があるときなどは、ぼくが不憫に思えてならないと涙ぐんだりしたこともある。見るに見かねて彼女が白いご飯を匙ですくってこっそりと食べさせようとすると、かまどの前に座らされていたぼくは例外なしに、

「こいつをちょっくら見ろや。ぼくに米の飯を食べさせるんやと」

と叫んで告げ口をした。すると彼女は、ぼくの馬鹿正直さをますますけなげに思って、初めは、憐憫の情ゆえに濡らしていたまなざしを隠そうともしなかったものだ。それからもぼくが、密かに一日に茶碗に半分以上ものお米のご飯を食べなくては我慢ができなかったのは、まったくもって彼女の策にはまったためだった。彼女はちょくちょく「おめえ、いまから隠れん坊しようや」と声をかけて、ぼくが同意するより先にその支度から始めた。それはいま考えてみても、まったく突拍子もない隠れん坊だった。彼女は二つの匙を用意して匙でご飯をすくい、その上におかずを載せて一つはぼくに預け、匙を持ったまま隠れるよう指示し、彼女は彼女なりにご飯をすくった匙を持って、隠れているぼくの居場所を探し回るのだった。隠れる者と探し回る鬼の役は二人で代わる代わる演じるが、鬼に捕まるとその場で持っていた匙を互いに交換して、その上のご飯とおかずを食べることになっていた。そのためぼくは、何気なしに匙を交換してご飯とおかずを食べてしまったし、そのつど彼女はおぶってくれるばかりにしてぼくを可愛がり、嬉しがるのだった。

このようにこまやかな気配りをする、気立ての優しい彼女だった。けれども場合によっては、どこの誰よりも逞しくて堅固な意志を示してくれる、いかにも彼女らしい面目をあるがままに発揮したりした。いまでも目に鮮やかだが、あの頃のある日の晩にあったことだ。日照り続きのなかにわか雨を利用して田を耕す作業を終えた日のことだから、真夏ではなかったかと思う。その日も父の居間には、人目を避けて誰かが何人も訪ねてきて帰ったとのことだった。この時分ぼくらが口にする誰かというのは、くだくだしく説明するまでもなくぼくの父の仲間になった組織の人たちと、どこからかときを選ばずにやってきた連絡員を意味していた。彼らは地下組織の総責任者だったぼくの父を、自分たちの実の父母のそれよりさらに濃い血を分け合ったと信じていたし、それを信じる歓びと自負心をもって父に対して百命百従、百回の命令があれば百回したがい、命をも省みない人たちだとぼくは聞いていた。したがって父の居間は昼夜を分かたずそうした人で賑わっていたし、彼らは真夜中の十二時頃であれ薄暗い夜明け頃であれ、ときを嫌わずいつでも出入りすることをかえって礼儀と心得ているようだった。ぼくの家へ出入りする彼らの身なりもまちまちだった。薪の束や塩入りのかますを担いできた人もあったし、飴売りの木盤を担いで来るとか、鋳掛《いか》け屋を装ってきた人もいた。甕点もぼくの家の中のそうした動きや事情を、直感で気がついているらしかった。父の居間へやって来た男たちばかりが誰それと呼ばれたわけではなく、奥の居間へ訪ねてきて父が相手をしていた見ず知らずの女たちも、ほとんどが表座敷の居間の客たちと同じ部類だった。アミの塩から売りとか雑貨売りの行商に扮していた彼女らは、ほとんどが乳呑み児をおぶった女たちだったけれど、そのなかには若くて子どもも子どもした娘まで少なからずいたほどだから、甕点はことによると、そうした娘たちが残していった移り香を通して事情を察知していたのかもしれなかった。それらの娘たちは決まって甕点と寝床をともにしたし、「どこかから来たら」甕点の母親の姉妹の妹、もしくは母方の従姉妹の姉などと、身内の一員を装うように教え込まれていたのだ。「どこかから来たら」とは、深夜に家宅捜索のために不意に襲いかかってくることを意味していた。

「若奥様、一日でもええですけん、肌着だけ着て眠れたら心残りがありませんや。五、六月の夏場の暑さのさなかに、着の身着のままで眠ろう思ったら、第一に汗ものせいで、とても生きちゃおれませんがな」

彼女が母にこのように訴えている声を、ぼくは何度も耳にしていた。真夜中であれ明け方であれ昼夜の別なく、出しぬけに塀を乗り越えて警察が踏み込んでくると、むやみやたらと家捜しをするので、家中の女たちはどんなに暑い盛りでも、寝間着姿で眠ることが許されなかったのだ。

その夜も甕点はぐっすりと眠り込んでいた。にわか雨を利用して遠くの田んぼを耕していた鉄浩《チョルホ》を届けてやってきてから、暮れ方まで何と四度も温かいご飯を炊き出したのだから、どんなだったろうか。いつもおぶって連れ去られても気がつかぬくらい死んだように眠っている彼女が、犬の吠える声に驚いて目を覚まして起き上がってみると、室内にはすでに明かりが点され、見ず知らずの警官が押し入れのなかを引っかき回していた。

「こないだ、どこぞから交代してきおった巡査やったわ」

家宅捜索を終えた警官たちが引き揚げていくと、呆然と突っ立っていたぼくにこともなげな口ぶりでそう告げたこともそうだが、実際にぼくの目の前で彼女が警官とやり合った光景を想い起こしてみても、まったくもってありきたりの娘ではなかった。

「こいつときたら誰に似たのか、尋常ではなかったぞ。おめえったらいつの間にもう、そげに世間ずれしちまっただ?」

鉄浩も眠っていた下男部屋から出てきて敷居に腰を下ろすと、甕点にそう言って感服していた。

「おまえは何者だ? 誰なんだ? 有り体に言わんか」

という警官の声に、

「このお屋敷の炊事婦だげな。それがどげえしたとね?」

という甲高い声にぼくは夢うつつのうちにも、またいつものことだと悟って目を覚ました。目を覚ましてみると枕元には、押し入れのなかを掻き回して引っ張り出した水飴の壺、もらい物のイシモチの干物、袋に入った甘草、漢籍など祖父の財産が山のように積み上げられており、

「乱世じゃて。いつになったらこげなざまを見ずに生きておれるというのじゃ。えへーん——」

祖父は沈痛な声でつぶやきながら、掻き回された押し入れのなかの財産を元へ戻していた。

「このアマが、誰を睨みつけおる。つべこべ言わんと出て来ないか」

荒々しい声を重ねて聞きつけて、ぼくが祖父の居間へ出てくると、甕点は真っ黒な警官の手で上衣のおくみをつかまれたまま、内庭へ引きずり出されていた。「このお屋敷の炊事婦じゃ言うとるげな」

彼女は怒りに燃える目で警官を睨みつけながら、いまにも堪忍袋の緒が切れるかと思われるくらいの剣幕で、金切り声を上げていた。ところがその新顔の警官は、がむしゃらに甕点の身体検査を始めた。

「このアマときたら、誰に似てこんなに突っ張るんだ。こっちを向けと言ったら向くんだ!」

警官が目を剝いて怒鳴りつけると、彼女はしぶしぶ顔を向けた。警官はゆらゆらと揺れている長く編み下げにした髪の毛の端の、薄絹仕立ての夏向きのあわせのチョゴリの藍色の袖先の部分と同じ色をしたリボンを解いた。炊事婦に見せかけた連絡員と思い込んだのか、警官は自分のポ

ケットから櫛を取りだすと、甕点の髪の毛を引ったくって、まるで冬至の月つまり陰暦十一月に毛ジラミの卵を梳いて落とすようにして、念入りに梳いてみるのだった。ところが彼女の髪のなかから、警官が期待した暗号文とか指令文の紙切れが、出てくるはずもなかった。

「ほんとにこの家の者か?」

「またそげなことを?」

多少は気恥ずかしさを感じたのか、警官は乱暴な口調で問い返した。彼女も怒りに燃える目を伏せて答えた。

「嘘をついたらどこへ行くかわかっとるな? 一生を台無しにしたくなかったらおとなしく答えるんだ」

「眠ってた人をたたき起こして喋らせたら、あくびがでねえけ?」

「そりゃあ、くたびれとるじゃろうよ。客に食わせるめしを七へんも炊いたそうだからな」

誰かが訪ねてくると決まって新しくめしを炊いてもてなしてきたので、食客が何人だったかを探ろうとする誘導尋問だったけど、それしきのことに気づかぬ甕点ではなかった。

「他人のお宅の暮らし向きのことを、どうしてそんなによく知っとるだよ。そげ根も葉もねえ当てずっぽうはたいがいにしなせえ」

「やい、煙突から七へんも煙が上るのを、見た者がおるんだぞ」

「どこのくたばり損ないがそげな口から出任せをぬかしたとね? ご飯を炊いて汁をこさえてチゲ(鍋料理)を用意したら、一日三食だから煙が九回じゃろうに、なしてことさらに七回やね。

手先を使うにしてもなしてそげな中途半端なやつを使うんやろか。目ん玉くりぬいて犬にでも食わせてくれてぇやつなんぞ」

「……」

「どこのくたばり損ないがそげな嘘八百を並べ立てましたんや？　八つ裂きにして塩辛にしてくれるやつ。そげなやつは捕まえていかんとね？」

警官は彼女の口汚い罵声に圧倒されてとりつく島もなかったが、やがて父の居間の灰皿に煙草の吸い殻が山盛りなのはなぜかと、ふたたび問いかけて逆襲してきた。

「この村で夜遊びに来る人たちは、煙草を吸うてもいかんのじゃろうか？」

「その夜遊びに来る連中は誰かと訊いとるんだわ」

「そげな男の遊び人のことが、奥向きのうちらにどげえしてわかるねん、男女の別が厳しいお屋敷じゃのに」

「村で夜遊びをする連中が『牡丹』、『孔雀』、『芙蓉』といった高級な巻き煙草を吸うかね？」

「許可なしに葉煙草を巻いて吸うたら、逮捕されますじゃろ」

「おめえは何歳食っとるんじゃ？」

「うるち米も食うし餅米も食うし、十二種類の雑穀を残らず食っとるわな」

ととぼけてから、彼女は自分のチマの裾の下へ潜り込んできた、わが家の飼い犬のクロの脇腹をしたたか蹴飛ばしながら、

「こげなど助平の犬畜生が、ふざけた真似をしおるでねえ。そげな口は何をするためにもっとっ

てこの悪ふざけじゃ。おめえは明日から当分の間、ひもじい思いを覚悟するだぞ。おまんまなんぞ食わせてやらねえけん」

そういってまたふたたび蹴飛ばして、いまにも何かが起こりかねないくらい悲鳴を上げさせた。ぼくの耳にも、塀を乗り越えて入り込んでくる警官に噛みついてやらなかったことへの、八つ当たりのように聞こえた。その頃も、犬は餌をくれる人に似るという言葉が聞こえていた。しかもそれは、特に甕点《テボク》の気性の荒さを当てこするときにそう言ってた、大福のお母《か》んの言葉だった。大福のお母んの言葉に間違いはなかった。甕点は犬の気性が荒くなるようにと、まだ子犬の時分から辛いものや塩辛いものばかし食べさせたし、退屈すると箒の柄とか火掻き棒で痛めつけて気性の荒い犬に育て上げた。そのため彼女の手で育てられた犬は、何かというと村人たちに噛みついたり、長い年月の間に他人の家の鶏を噛み殺したりする、いわくつきの猛犬になっていたのだ。

甕点がそんな具合に警官たちからいたぶられていても、誰一人として進み出て庇《かば》い立てする者はなかった。そんな余裕などなかったからだった。二人の私服刑事がおのおの別の部屋を調べて回っていたので、見張っていて立ち会わなくてはならなかったからだ。立ち会っていないと、警官たち自身が持ち込んできた証拠品とやらを取りだして見せ、まるでわが家に隠されていたものを摘発したかのようにその出所を追及するばかりか、その品を口実に連行していこうとしたからだ。彼らは、彼らがあらかじめ用意してきた文書とか小銃の実弾などをこっそりと取りだして見せつけると、それが証拠だとありもしない嫌疑をでっち上げるのが常套手段だった。

ひとしきり家捜し騒ぎがあった後で、

「こいつときたら、口が悪過ぎるわな。後でどげなやつがこいつを嫁にもろうて暮らすんやら、心配の種が尽きねえだわ」

すっかり眠気が覚めてしまった鉄造が、蚊遣り火を焚きながら嫌味を言うと、「黙れ、おめえみてえに訊かれたことに歯が痛む真似なんぞしおってて、ほっぺたに瘤をつけて見せるよかましじゃい……」

彼女は大きな口を開けてあくびをしながら、こともなげにそう言った。

「あげな警官のやつめ、おめえのチマをひん剝いて、そのどでけえ尻でも調べたらよかったじゃろうに」

「余計なお節介だあ、こげな役立たずが」

彼女はこんな口が悪くて粗野な性格の娘ではあったけれど、いつだってさっぱりしていて突飛なところがあり、思慮深いところなども従いていける者がなかった。肉付きのよい恰幅をしているうえ、きれいに切り揃えた眉毛といいいつ見てもほんのりと赤らんでいる頰といい、彼女は村へやってくる旅芸人の一座とか男寺党（芸能集団）のチョンガーたちの憧れの的だった。人並み外れた物真似上手で、いっぺん観たらできない物真似がないくらいだったし、手先のほうもずば抜けて器用だったので、無理やりに教え込んだ覚えがないのに料理の味付けとか針仕事の腕前などは、ぼくの母でさえ非の打ち所がないと、疾《と》うの昔に太鼓判を捺したくらいだった。

物乞いが来ると器から溢れるくらい施し、犬に餌を与えても器が小さく見えるくらい気前がよかった。

「あの娘ったら、あんなに気前よく振る舞ってたら、お嫁に行ってたちまちお姑さんに睨まれちまうだろうに……」

母が心配するように甕点は、こせこせしたり意地悪なことしたりするのをもっとも嫌ったし、不当なことに見舞われて悔しい思いをしている他人に対しては、腕まくりをしてしゃしゃり出ると言い争って闘ってやり、まめまめしく振る舞うことでもどこの誰にも遅れをとることはなかった。本家や分家で婚礼や葬儀があるたびに彼女が駆り出されていったのも、よその家の後片づけに抜群の能力を発揮したからで、いわばよろず仕事人で女下男ともいうべき存在だった。

「馬の尻尾にたかるハエは千里の道を飛んで行くって、甕点がそれなんだね」

近所の人たちは彼女の向こう意気の強さと手際のよさをこのように比喩していたが、彼女は彼女でそうした言葉を聞く自分に、満足しているらしかった。

彼女が十六歳というまだ幼い年齢だったにもかかわらず、あちこちの集落の作男や日雇い農夫はもとより、鶏肉店や反物《たんもの》店を仕切っておのれの分を尽くしていた、市場回りの行商のチョンガーたちの注目を一身に集めていたのは当然のことだった。けれどもそのチョンガーたちは、いつの日か彼女を嫁に迎えたくて狙いをつけていたわけでは、明らかにないらしかった。あの頃にしたって婚姻関係に限ってのみは決まって、どんな家柄かが決定的な役割を果たしていた。両班《ヤンバン》の滓《かす》どもは言うに及ばず、朋党どもの端くれくらいになるだけでも、やれ家柄がどうのとそれをもっとも大きな口実にしていた。そうした場合、嫁いでいく花嫁の付き添いの下女と身持ちの悪い召し使いとの間に生まれた彼女の身分は、誰もが首を横に振る大きな欠点だった。どんなに思慮があって人柄がよくて役に立ち、つましい暮らしが出来るとしても、彼女の出自を何もかも承知の近所の集落の人なら、見向こうともしないところだった。したがって顔見知りのチョンガーたちが彼女を好いたのは、ずば抜けて歌が上手なこと、しかりその歌に惚れ込んだのだった。

「へへーん――あやつの歌一つだけは、曲馬団の芸人どもに劣るものではないわな」

祖父がこき下ろしかけて止めてしまうくらい、彼女はどんな歌であれたっぷりとうたいまくったし、声のほうもまたとないくらいずば抜けてよかった。彼女がもっとも好んで人に聴かせた歌は、ぼくの記憶では「黄河茶房」だった。焚き口の前で火をくべながら、股ぐらを大きく開いてしゃがみ込んだままひとしきり興が湧くと、枯れ枝の薪の燃えさしが飛び火して筒状のチマから焦げ臭い匂いがすることにも気がつかず、火掻き棒がいくつにも折れ曲がるくらいかまどをたたいて拍子を取りながらうたいまくったものだ。

牡丹の花が紅く咲いてる　サラムレンの茶房に
カルピスの香りのなかに　眠るクーニャン
くゆらす煙草の煙に　夜は更けていく
胸に染みこむ　真っ赤なイヤリング

ひとふしうたい上げると決まって張り上げる言葉があった。

「若奥様、今年の秋に脱穀を済ませたら、オアシス印《じるし》の蓄音機の一つも買いましょうや。ラジオよかちょっぴり余分に払えば買えるや言うてましたわ」

母の居間に向かって、あらん限りの声を張り上げるのだった。すると母はまた、

「やかましい蓄音機なんぞまっぴらだよ。あんたの歌を聴くだけでもうんざりして嫌気がさしてるのに」

と一蹴するが、彼女はさらに、

「市場のお店へ行んだら蓄音機の音盤だって、いろいろ揃ってるのに……沈延玉《シムヨンオク》の歌、張世貞《チャンセジョン》の歌、朴丹馬《パクタンマ》、琴麝香《クムジャヒャン》、李蘭影《イナンヨン》、申《シン》カナリヤの歌……」

「まるでコオロギが月夜に詩を詠んでいるみたいに、よく知ってること……」

「高麗城《コリョソン》、李富豊《イプポン》、天下土《チコンハド》の作詞がいちばん気に入ったけど……江南春《カンナムチュ》、陳芳男《チンバンナム》、李《イ》エリスの歌だってすごくいいもの」

と、たわいのないことをひとくさり並べ立ててから、ふたたびうたいまくるのだった。

好童王子の馬に当てる鞭は忠誠の忠——の字
牡丹姫のサイコロは愛する愛——の字よ
忠誠か愛かの二筋の道を
こちらを行くかあちらを行くか　星も曇る

「この娘ったら、何だか焦げ臭いよ。後生だから火加減をしっかり見ておくれ」

母が大声で叱りとばさなければ、びっくりして焚き口の火を落とすとか、重い腰を上げようとはしない癖があったけれど、彼女には早くもその頃から、自分で歌詞を作り替えてうたう才能あったと承知している。それらのなかにはぼくがいまも忘れていない、こんな歌もある。

粥を炊いてる台所の焚き口の前で
物乞いするおこもさんよ　日が暮れたのかい
休まず遊ばず月明かりにご飯を稼いで
夢に映るいろんなおかずをもらって　小屋へ帰るがいい

泣いたからとて昔の愛が／蘇るわけではないけれど／涙で慰めてみる／うら悲しいこの夜……近ごろでも飲み屋のカウンター越しやラジオから流行歌が流れてくると、忘れ去られて久しい童心がにわかに蘇ってきたりする。懐かしの歌謡曲——それも、流行歌を聞いて初めて世間知らずだった幼い頃のことが思い返される。甕点からそうした歌の数々を教え込まれながら遊び回っていた記憶が、何よりも懐かしいからだろう。もとより彼女は、ぼくにそうした流行歌ばかり教えてくれたわけではなかった。流行歌でなかった歌の多くは、そのほとんどが耳にすることが難しくなったか、すっかり忘れてしまったかに過ぎない。ぼくが甕点の背中におぶわれて小学校の学芸会を見物しに行き、彼女と一緒に習って帰り、永らく一緒にうたって遊んだ歌の数々、「朝の陽華やかなれ三千里（朝鮮半島の別称）の山河……」とか、「暗くて苦しかれ夜も深まるや……」

で始まって、「ああ自由の自由の自由の鐘が鳴る」うんぬんといった歌にしても、いまではほとんど忘れてしまった歌ではなかったか。彼女は単に流行歌ばかりでなく、小学校で教えていた歌なども生徒たちより先に習い覚えたたし、もっと上手にうたったたと記憶している。彼女は男の子たちみたいに、どこへ行っても賑やかに騒ぎ立てるのを好んだし、縄跳びとかお手玉遊びよりは挟み将棋、凧揚げ、棒跳ばし、田畑の枯れ草焼き、銭当て遊びなどを好んだが、これらの遊びのうちでも飴当てばかりは、彼女の右に出る者がなかった。

その頃、冠村の集落へ二日と開けず一日おきに、大きな飴切りハサミの音を立てながらやって来る一人の飴売りがいた。三十歳にはなっているとおぼしい片方の目が不自由な男だったけれど、がさつな言動からチョンガーに違いないと噂されていた。甕点はいつも、ちょっと離れたどこかで飴を切るハサミの音さえしても、いまどんな飴売りが集落のどの辺まで来ているかをたちまち言い当てたし、おまけに例の片方の目が不自由な飴売りのハサミの音を聞きつけると、仕事などはそっちのけで飛び出していき、続いてさっそく飴を賭けた勝負を挑むのだった。ほんとうに木盤にぎっしりと並んでいるおびただしい棒飴のなかから、彼女が選んで自分の耳許へ近づけ、爪先でそっと引っ掻いてごそーごそーと音がする飴をぽきっと折って、ひゅーと吹いてみた飴で大きな穴が開いていないものがほとんどなかったくらいだから、結局はその飴売りを相手に熱を上げ、飴を賭けた勝負にうつつを抜かしたのも当然だった。彼女は、飴売りと飴を載せた木盤を間に挟んで賭け事に熱を上げるると、台所の灰汁《あく》抜きのために釜茹でしている洗濯物から、焦げ臭い匂いがしても気がつかないありさまだった。それでもぼくの母が故意に素知らぬふりをして叱りつけなかったのは、彼女がいつも賭に勝つと決まっていたし、一銭の元手もなしに挑んでも棒飴を山盛りに、エプロンにくるんで意気揚々と引き揚げてくる姿を見るのが面白かったからだった。そのつど、

「目の玉が二つ揃っていないから、あんな娘でも女の子だと、賭け事にどっぷりとはまったんだろうね」

とつぶやいた。

鉄浩《チョルホ》が飴売りと甕点との賭け事が気に食わなくて、ねちねちと嫌味を言って絡んでいくと、

「あげな雑魚《ざこ》めがまたしてもほざいとるげな。あげなやつでも男の端くれやいうんで、焼き餅なんぞ焼くんやから」

といって、甕点も負けじと立ち向かった。

「飴売りがおめえの気を引きとうて、賭けに負けてくれるから飴をもらえるんじゃ、そげな愉しみでものうなったら、おめえみてえなやつにのべつ負けてばかりおれるもんけ」

鉄浩はぷいっと表門のほうへ姿をくらましながら捨て台詞を投げつけた。

鉄浩の言葉にも一理がなくはないようだった。甕点がエプロンを開いて飴を取りだして見ると、それらのなかには折れていない、売り物の棒飴が五、六本ずつ入っていたからだ。それらは割り込ませるからと言って、あからさまに盗む仕草まで繰り返しながら、彼女がエプロンの中に入れた飴だった。飴売りの片方の目が見えなかったので、見えないほうの手を使ってどんなに飴を抜き取っても気がつかないと言うのだ。とはいえそれとても一度や二度のこと、目をつぶっていて

くれなければ気づかぬはずはなかった。ともあれ、ぼくらには知りようのないことだった。彼女もぼくに負けぬ、間食と聞くだけで真夜中でも起き出してくるくらいだったから、そうした商売っ気のない飴売りが自分から網にかかってきたことは願ってもない天の助け、めっけものと思うしかなかった。祖父の居間の押し入れのなかにもいつも飴壺があるにはあったが、滅多にありつくことが難しかったし、そうした甘いものは甕点でなければ手に入れてくれる人がなかったこともあり、ぼくの甘い物好きが止むことがなかったのも、もっぱら甕点の非凡な手並みのおかげだった。そうした記憶のなかでも未だに忘れ難いのは、ぼくが初めてキャラメルを食べたときのことだ。もしかしたらそれ以前にすでに食べてみたのに思い出せなくて、そのときが初めてと思い込んでいるのかもしれないけれど、とにかくぼくは未だに、甕点が買ってくれたキャラメルが食べてみた最初のものだろうと思っている。

一九四五年の民族解放から二年後のことだったか、とにかく日照りで蕎麦の木の芽がでないと言われた夏の盛りに、ぼくがマラリアに罹《かか》って食欲を失くし、ぜえぜえ苦しげな息を吐きながら、板の間の端でごろごろしていた日のことだった。三十歳を越えてからはともすると風邪を引くように、あの時分はどうしてあんなにちょくちょくマラリアに罹ったのかわからない。いっぺん罹るだけで食欲を失くし、幾日も食べることができなかった。その日も、介護してくれる人もなしに一人でごろごろしながらひどく患い、陽が落ちて薄暗くなっていくらか気力を取り戻したかと思われた頃だった。甕点が買い物かごを下げて入ってくるのが見えた。彼女は買い物かごを台所においてくると、ぼくの額にそっと手をあててみて、

「おやまあ、こげな頭ときたら、まんだぐらぐら沸き返っとるだわ……これをご覧よ、うちがおめえに食べさせようと、こげなものを買うてきたんや。何かわかるねん？」

彼女は手にしていたものを、そっと開いて見せながらそういった。ぼくはその瞬間、鳥肌が立ってきて素早く寝返りを打ってしまった。騙《だま》して薬を服ませようとする彼女の魂胆が、あまりにも見え見えだったからだ。饔点のどこにおカネがあって食べ物を買ってくるんだ、あんまり薬を服《の》もうとしないので、知恵を働かせて服《の》ませようというのだろう。ぼくとしてはそれよりほかに、思い当たることがなかったのだ。

「誰もおらんうちにさっさとお食べな。麻を売ったおカネを貯めておいて、買うてきたんやから」

彼女はにたにたしながら手にしていたものを差し出した。朝日印のマッチ箱ほどのもので、まるきり喉が焼けるくらいものすごく苦い金鶏蠟、つまりは塩酸キニーネの丸薬を入れた箱だった。

「金鶏蠟でねえってば。うちがおめえに苦い薬なんぞ服ませると思うんけ？　見ろや、ミルクでねえけ。碁石ガムみてえにしこしこしとって、おこしとか煎餅よかおいしいミルクや」

「厭だと言うとるのにしつこいぞ」

ぼくがヒステリーを起こすと、彼女は箱を破って中身を取り出して見せた。薬ではないみたいだった。橙色をしたところなどまるで洗顔用の石鹸みたいだった。彼女がちょっぴり味見でもしてみろと、ナイフで四角く切り取ってくれたのでしぶしぶ舌先で舐めてみて、やはりぼくには饔点しかいないという思いを重ねて強くしたのだった。未だに柔らかくて歯にひっつく味で残っている飴が、すなわちキャラメルというものだったとは後になって知ったことだった。彼女はその後も賭け勝負で勝った棒飴のほかにも、キャラメルとか豆菓子といった駄菓子をぼくに買ってくれて、口寂しい思いをしないようにと気を遣った。それが不正な手段によることをみすみす承知しながらも、あくまで知らぬ振りをしたことはいうまでもない。彼女はご飯を炊くたびに、小さな甕のなかにひと握りずつ取りだして貯めておいた米や麦を、ぼくの母には内緒でよそへ横流ししていたのだ。

冠村の集落から尾根を挟んで迂回していくと、ヨカチと呼ばれた小さな集落がある。もとは隣り合って野良仕事をしてきた藁葺き屋根の農家が五、六軒あっただけで、一年を通して婚礼や法事などをいっぺんだって催したことがない、まるで死んだも同然の集落だったけれど、日本の植民地支配から解放された明くる年からは、金融組合の倉庫みたいな何棟かの共同住宅が入り込んでくるわ、一棟に十人余りずつの家族が、それも北海道から引き揚げてきたという戦災者たちを入れて定着させると、朝な夕な静かな日がないくらい騒々しい村に様変わりし、戦災民集落という新しい名前がつけられたところだった。邑内の背負子《チゲ》で担いで運搬するポーターや靴直し、リヤカー引きや身なりのみすぼらしい見慣れない者はおしなべて、戦災民村の住民と見なして差し支えないありさまだった。しかもその戦災民村という呼び名は、次第に泥棒の巣窟という意味の代名詞として呼ばれていった。冠村の人たちは家の中から何かが失くなるとか、田畑に植えつけたものが目減りしたような気がすると、決まって戦災民村の人たちの仕業と決めつけるのが癖になっていたし、頭の上に載せて運ぶ見慣れない行李売りがやって来ても戦災民村の者と思い込み、品物を取り替えてくれるよりも盗んで行かれるものはないかと気を揉む、警戒の念から冷たくあしらって帰すのがいつものことだった。

そうしたなかで甕点ばかりはちょっと違っていた。戦災民村の住民たちが生きてきた来し方や、これから生きていかねばならぬことなどを聞かされるにつけ、気の毒でならなかったのだ。ひもじさに耐えかねて布団綿を抜き取って売ってしまい、冬場でも布団カバーをかぶって眠るとか、まともな衣類はすっかり売り飛ばして、あんな具合に乞食同然の身なりをしていると話していた。そのせいか戦災民が訪ねてくると、母にせがんでどんなことであれ、一つくらいは仕事を頼むように取り計らった。彼女はとりわけ彼女の顔さえ見ると、

「奥さん、おこし買うてくれんとね」

と言ってまつわりつく、片方の脚がない年寄りをもっとも気の毒に思っていた。日本から玄界灘を渡ってくる間に妻子とはぐれ、独りぼっちになった年寄りだとのことだった。

「あげな奥さんさえ見ると、あたいのお父《と》んが徴用に取られていって帰って来るときに、さんざんな目に遭うたと言っとったことが思い出されて、気の毒で見ちゃおれんのですよ」

甕点がぼくの母に語っていたことだ。奥さんとは、彼女のことを奥さんと呼んでいる爺さんのことだった。

駄菓子をつまんでから、どこで手に入れたのかを訊ねると甕点は、悪びれた様子もなく、

「中身の欠けとる麦を茶碗に一杯くれてやって、奥さんから買うたんじゃ」

と答えた。若奥様のぼくの母の穀物を横流しまでして彼女がぼくに間食させた理由は、彼女を奥さんと呼んでいたあの不遇な年寄りを助けたい気持ちからだったけれど、しかしそれより、もっ

と健気な思いがなくはなかったことをぼくは知っていた。

近頃になって大いに流行した言葉のなかで、ぼくにはもっとも理解が容易でなかったのが、「主体意識」だの「主体性」うんぬんしたいくつかの単語だった。どうすることが主体意識のあることで、何が主体性を守ることなのか、すぐには理解しがたい言葉だった。世の中が乱れた乱世であるほど、流言飛語が乱舞するのは当然のことで、黙して語らねばうつけ扱いされるのがオチであることを知らぬではないが、主体意識とか主体性という言葉を外来語よりも漠然と、猫も杓子も喋りまくらねば世渡り出来ないと思い込んでいる、多くの人たちを見てきたところなので、その賤しい言葉を甕点は早くからぼくに行動をもって示してくれたわけだと、大口をたたけるようになったのではと思われもした。もういっぺん念を押しておくと、その頃の甕点の態度を主体意識、もしくは主体性があるものと見て差し支えなければ、ぼくは彼女ほどの精神的な姿勢をもった人間を、ぼくがこの社会に出てきて働いて食べるようになった後では、何人か以外にお目にかかれなかったと断言できるだろうと信じている。むろん彼女が「民族的主体意識によって」わが家の穀物などを横流ししたり、飴売りの目をごまかしながらぼくに間食をさせたりしたと言っても、理解できるといえる人などいないはずだけど。

それにしても最近になって、古くさい単語類が流行する現実を気色悪いと思ってきたところなので、そうしたごり押しでもしてみたいと思う根性が頭をもたげないではいない。

そのくだりの顚末をぼくは、「ある日のことだった」という使い古した言葉で、書き出さなくてはならないだろう。それは、生きてくる過程で体験してきたことが少なくなかったように、吉凶禍福であれ日常の凡俗だったことであれ、人生のプロセスは何らかの兆しとか予測もなしに偶然に始まるのが普通だし、終末もやはりそのようにして結ばれたものに基づいてなされる言葉だ。

ある日のことだった。一条のにわか雨すらない蒸し暑かったあの七月。ぼくが前にも触れたマラリヤに罹って臥せる五、六日前だったはずだ。

「午砲（正午の知らせ）が鳴る前にキムチの材料を漬け込まねえとなんねえのに……」

甕点がうろ抜きした若大根を入れた竹籠を陶器の大きな器の上に重ね、頭の上に載せて歩きだすと、誰かが真っ先に「おれたちも浜へ遊びに行こうや」と言い出して、ぼくらが彼女の後に従いていく途中で初めて発見したことだった。ああ、あのときのぼくらには何と当惑する、怖ろしい衝撃だったろうか。ぼくらとはぼくと一緒に『千字文』を習いに来て、昼前の勉強を終えて休息していた鎮鉉《チンヒョン》と俊培《ジュンベ》、それに甕点を加えて四人しかいなかったけれど、それはまことに唖然とせざるを得ない事件だった。ぼくらはゆらゆらと躍る、お下げ髪を結んだ甕点の紫色のリボンの後に従いて新作路までやってくると、ポプラの木陰に入り込んでひと息入れていた。線路を渡れば堤防はすぐそこにあった。その堤防をめがけて押し寄せてくる海には、夜空よりもずっと多くの星屑がきらめいていた。激浪というよりは波濤と表現したほうが当たっているくらい海はどんよりとして、風が凪いでいる水平線の彼方から穏やかに押し寄せながら、美しくもきらびやかな輝きを撒き散らして躍っていた。

「陰暦十五日の上げ潮じゃけん、海も抜かりなく寄せては返って行くようや」

甕点は感じたままをつぶやいていたけれど、干潟で遊ぶ当てが外れたぼくらには腹立たしいばかりだった。ぼくらは別に、満ち満ちた満潮を歓迎したことはなかった。愉しいはずの浜辺での遊びが出来なくなるからだった。潮が満ちてくると浜辺で転げ回りながら浅瀬で水浴びをしたり、カニやサザエなどを採ることが出来なくなるのだ。いや、あんな海に飲み込まれたらそれきりという、二メートルも三メートルも越える深さまでの満潮になっていなかったとしたら、ぼくらの落胆もそれほど大きくはなかっただろう。遊んでいる塩釜を浮かべて乗って、櫓を漕いで回る船頭遊びだってありきたりの愉しさではなかったから。ところがその日は、甕点が若大根を海水で洗っている間、ぼくらがおもちゃにして遊んでいられるものといえば、防波堤につないであったよその家の山羊しかなかった。山羊をつないだ縄を解いて引っ張り出して、海へ投げ込む仕草をして驚かせる意地悪でもして、引き揚げるよりほかになくなったのだ。山羊をびっくりさせるいたずらも、愉しくない遊びではなかったけれど。海水が防波堤を越えたり退いたりする満潮になると、甕点や村の女たちはいつも浜辺へ、キムチの食材を洗いにやってきた。海水で洗っている間にその塩分が食材を勝手に塩に漬けるので、塩が節約できるからだった。そんなとき浜辺へ出て行ったぼくらは、もっぱら防波堤で草を食んでいた山羊をびっくりさせるいたずらを愉しもうとした。山羊は何よりも水を怖れたが、それは山羊が水を飲むところを見たことがなかったうえ、村のどこかの家で山羊を畜殺するという噂を聞きつけて行ってみると、決まって三、四人の血気盛りの男たちが山羊を防波堤へ引っ張っていって、ぴんぴんしているやつを海へ投げ込んでから引っ張り出すのだが、そのつどすでに息が絶えていたことから推測しても十分にわかりそうなことだった。ぼくらは防波堤のこちら側の、海が見えない中程に打ち込まれている棒杭につないである縄を解いて、山羊を防波堤の向こう側へ引っ張っていった。山羊は大きなうねりを上げる波頭と砕け散る水しぶきに出会ったとたんに、早くも肝を潰したような目をする。山羊の強情という言葉があるように、いっぺんつむじを曲げようものなら、蝸牛ほどにも腕っ節が強くなるのが山羊だった。ぼくらもありったけの力を振り絞って前から引っ張り、後ろから追い立てた。子どものいたずらでもカエルには生死の問題になるように、ぼくらの退屈しのぎも山羊には死活を分ける事態だった。山羊はいつも死に物狂いで突っぱね、角で突こうとしてきたし、ぼくら三人はたびたび一頭の山羊にさえ手こずった。ぼくらがありったけの力を振り絞って躍りかかったところで、せいぜい山羊の後ろ脚だけをちょっと海水に濡らして終わるだけだった。

その日もぼくはやはりそうするつもりで、

「そろそろ行こうや。休むのはこれくれえにして、急いで線路を渡って行んで、山羊を相手に三対一でもうひと勝負してみるんや」

と声をかけ、さっさと線路を渡っていこうと促した。

「たったいま汽笛が鳴りおったのに、気いつけようともせんと」

甕点がたしなめるようにそう言った。ぼくもしぶしぶ、鎮鉉や俊培みたいに口を閉ざしていた。暑いから日陰に入ったのではなくて、列車の通過を待っていたのだ。じきに鈍行が通過する時間だった。ソウルに住みながら列車の音さえ聞こえてくると、すぐに窓越しに視線を送る癖があるのは、ぼく一人ではないかもしれない。ぼくは十数年間ずっとそうしてきた。どんな突拍子もない音が聞こえてきても、聞こえなかったふりをすることが出来るけれど、水色や西江方面へ列車が向かう音が聞こえてくるときばかりは我慢がならなかった。どうしたわけかと思い返してみることもたびたびだったが、そのつど迷うばかりだった。幼い時分から身についた習慣なのか、それともいつだって線路が眺められる新村に住みついているせいなのか、知る由もないことだった。とにかくその日も、ぼくらは列車の通行ばかりを待ち受けていた。それは、幼い頃から線路際で生まれ育ってきた習慣のせいだった。そしてぼくらは、いつも線路のぐるりで跳び回って遊んでいた。ぼくらは誰も彼も、葉銭（粗末な小銭）や釘、針金の切れ端、鍛冶屋から盗んできた金属片の類さえあればいつだって線路へ飛び出してきては、列車の通過時間に合わせてそれらを線路の上に載せておいた。列車が通過した後で見ると、それらは熱せられたまま薄くなり平べったく拡がって、まったく思いもよらぬ形に変わっていた。ぼくらはそれをたたいたりして、好きなものをこしらえて遊んだものだった。

列車が通過した後で見るとまるきり失くなって、探し出せないものも多かった。そこでぼくらは線路の上に唾を吐いて、その唾の上にそれらのものを載せておいたりした。そうしておけば列車の車輪にひっついて持って行かれる心配はないだろうと、誰かが知恵をつけてくれたのだ。そんな具合にして失くした葉銭や白銅貨はまた、どんなに多かったことか。あの頃は列車に潰された葉銭でこしらえたチェギ（銭蹴り遊び）でなければ、足にうまくフィットしてくれなかったのだ。

いい年をした甕点までが、通過していく列車を眺めることを趣味としていた。田畑へ出て働いていた野良仕事の手を休め、鍬や鋤の柄をつかんだまま腰を伸ばして、通過する列車に我を忘れている女たちの姿は、いまでも列車旅行でたびたび見かけるが、甕点はそのなかでも際立ってい

た と記憶している。

「もうじき来るわ!」

線路の上に載せた鉄片もないのに鎮鉉だったか俊培だったか、二人のうちの一人が興奮して叫んだ。ほどなく真っ黒くて巨大な機関車が城隍堂(産土神の石垣)の角を迂回して、いつもと同じく長く連なる腰を後ろのほうで振り始めると、ぼくらはすぐさま手を振ってやる姿勢を取っていた。

「あれれっ?」

「おやおやっ――」

機関車が通り抜けていくとぼくらはてんでに、唖然として開けた口を閉じることが出来なかった。

しかり。それはぼくらがいつも見ていた列車ではなかった。色とりどりの、白っぽかったり黄色っぽかったりする人たちで溢れんばかりだった。普通列車ではなかったのだ。国防色、そしてカーキ色の軍服を着た兵隊たちがぎっしり詰まっていたけれど、窓ごとに外を眺めていた兵隊は我が国防軍ではなかった。どれもが黄色っぽく見えるアメリカ兵ばかりだった。けれどもぼくらの驚きは、だからそうだったわけでもなかった。そのアメリカ兵たちはぼくらに何かを放り投げてくれて、けらけら笑いながらしきりにかぶりを振ったり頷いたりしていたが、彼らが放り投げたのは捨てたものではなくて、ぼくらに持ち帰れという意味だったとか、放り投げてくれたものがどれも食べ物だったからでもなかった。それらはすべて一度や二度ずつ噛み切って食べたものばかりで、だから放り投げたというよりも、いろいろと驚くべきことを一目で、いっぺんに見せつけられたからだった。戦争になったのか？　アメリカ軍が邑内へ攻め込んでくるのか？　じきに戦争が始まるのだろうか？　ぼくは胸の動悸が激しくなり、脚ががくがく震えてきていたたまれなくなっていた。

「五、六、七……」

甕点は車両の数を数えてみていた。

「ねえ、甕点」

ぼくは甕点の手首をひっつかむと声を震わせて言った

「……」

甕点はぼくの言葉に答える暇などなかった。どこでどのように聞きつけて駆けつけたのか、村のちび助どもがどっと押し寄せてきて、アメリカ兵たちが放り投げてくれたさまざまな食べ物を、ひと抱えずつ拾い集めていたのだ。

「あいぐ、あげな……あげな乞食どもが……」

しばらくおいて甕点は、そういって悪態をつきだした。いや、子どもらばかりが群れてきたのではなかった。大人といわず子どもといわず群れてきて、ごった返していたのだ。三、四人が取っ組み合って、押し合いへし合いする争いを繰り広げるところもあった。まずは拾うために、次いで拾った者が持ち主だと意地を張り、けれども先に見つけた者が持ち主だと、あるいは半分ずつ分け合おうと、ちょっぴり分けてくれたらどんな味かをみてから済ませたいと、それが何か触ってみるだけにするからと……体面などてんからお構いなしに、ありとあらゆる悪たれ口をたたきながら争っていたのだ。

子どもらは拾ってきたものを、口が裂けるくらい頬張ってがつがつと食らっていた。どれも一様に、一度や二度は人の口に入ったものばかりだった。それればかりか子どもらは、いつの間にか空き瓶や空き缶などもひと抱えずつ拾い集めていた。

「おめえは何と何を拾うてきたん?」

甕点が訊いた。

「バター、パン、ガム、ミルク……」

昌仁《チャンイン》が手にしていたパン切れを口のなかへ押し込むと、口をもぐもぐさせながら答えた。

「満州杏でも拾って食べたんけ? おめえってなして牛の糞を踏みつけたみてえな顔つきをしとるだね?」

「ペッペッ……ものすごく苦いんやけど、これって何かわかんねえだよ。ペッペッ……」

章植は三角形の穴が二つも開いている缶を口許に当てて傾けていたが、しきりに唾ばかり吐いた。いまから思えばあいつは、ひと口ずつ残して投げ捨ててくれたビールを味わったに違いなかった。けれども、ぼくがもっとも驚いたのはその次ぎに目撃したことだった。

「そげな……あげえじゃけん……」

驚いたのは甕点とて同じことだった。彼女はさらに、例の毒舌の口を開いた。

「ありゃりゃ……あげな、物乞いしとって毒気に当たってくたばる連中を見ろや……」

ぼくの目にもあってはならないことだった。昌仁はじきに食べていたパン切れを投げ捨てたけど、その手には黄色い痰の固まりがべっとりとへばりついていたのだ。パンに痰を吐きつけて投げ捨ててくれるとは。

「考えるだけでも酷いことだわな。おめえは絶対にあんな真似をするでねえだぞ。食ったことがねえからってあげなものを拾って食ったら、とんでもねえことになるでな」

その日、甕点はぼくに何度同じことを繰り返したかわからない。

「あげなやつら、朝鮮人を一人残らず乞食じゃと、さぞかし嘲《あざけ》り笑いものにしとるじゃろうよ。犬の餌かてあげなふうには放り投げたりせんじゃろうに。おめえは誰が何をくれても、もろうて食べたらいかんよ」

彼女が重ね重ね、繰り返し言って聞かせたのは、子どもらが拾って食べている口許を眺めながら、ぼくが唾を飲み込んだからだと後日聞かされた。

「一体全体、朝鮮人を何じゃと思うて、食べさしのものなんぞ放り投げてくれたんやろか……」

彼女はものすごく憤慨していた。

「おめえもあげなものを拾うて食ったら、すぐに旦那様に申し上げるでよ」

ぼくは彼女に固く誓った。彼女の言葉がすべて正しいと思われたからでもあったけど、それよりは祖父から学んだことに忠実だったからだった。祖父の教えを無条件で従順に守り通してきたので、稀《めずら》しい食べ物だからといってむやみにもらって食べるわけにはいかなかったのだ。したがって、その後もぼくは子どもらの間に交じって遊びはしたけれど、一日に列車が何度も通過しながら何を落として行こうと、見向こうともしなかった。それは、その時分のぼくが思ってみても並大抵の誇らしさではなかった。

明くる日から村人たちは、列車の通過時間を待って線路の両側の土手に列をつくっていた。アメリカ兵たちはいつもと同じく食べていたものばかりを放り投げてくれたし、人々は先を争いながらそれらを拾って食べた。ぼくは庭先の外れへ出てきて腰を下ろし、そんな光景を見物した。毎日のごとく、それが日課のように腰を据えていた。アメリカ兵どもは若い女性や娘たちには食べさしを放り投げたりせず、新しいものを投げて寄こした。サイダー瓶で頭を割られた大人もいたし、缶が当たって目が潰れかねなかったお年寄りもいた。二日、三日、四日、線路際から人影がなくなったのは五日も経った後だったろうか。パンやバター、チョコレートやビスケットに唾をつけて放り投げていたという噂が、知らぬ人がないくらい広まった後のことだったから。それとともに聞かれた噂は、郡斗里に海水浴場が出来るということだった。貝殻の粉を敷きつめたように一里以上も白い砂浜になっている、潮時のよい海岸がそっくり永久に彼らの手に渡ることになったという話だった。郡斗里はアメリカ兵たちの天下となり、彼らを相手に鶏や野菜、果物や卵などを売ってひと儲けした人もいると言われた。政府が郡斗里の砂浜をアメリカ軍に、永久に切り取って売り飛ばしたという噂もあった。別荘はまたどれくらい立て込んでいるか、行ってじかに見てきた人でなければ詳しいことはわからないという話もあった。アメリカ兵たちは韓国人をどれほどバカにしているか、井戸水さえ汚れていると言って飲まないという話まで聞こえてきた。そのため彼らを相手に商いに手を出して、元も子も失くさなかった人はいないとも言われた。

ひと儲けしたという話だって、まったくの根も葉もない噂だったというのだ。なぜなら韓国人が売りつける品物は、汚らわしいという理由で見向きもしないからだと言われた。鶏の卵のほかには受け取らないとのことだった。果物や野菜、魚や鶏などで彼らを相手にちょっぴりおカネに触ってみようと思った人たちは、誰もがやる気を失くしただろうという話だった。

わが家でそうした噂話を仕入れてくるのは、言うまでもなく市場へ買い物に出かけて行く甕点だったたた。

「白のやつも黒のやつも、まるきり性悪のげすどもやったわ。白髪のお年寄りの前で平気で煙草を吸うわ、ぺちゃぺちゃガムを噛むわじゃけん」

彼女はそのたびに興奮した顔つきになった。彼女は休むことなくまくし立てた。

「どげに汚らわしいやつらか、いつだって犬と一緒にめしを食らいおるし、寝るときかていつも一緒やと」

「おしっこかて道端に突っ立ってやたらとしまくるんやと。朝鮮人の厠《かわや》は汚い言うて」

「お話になんねえくれえ下賤なやつらみてえですねん。女さえ見ると傍に亭主がおろうとおるまいと、人差し指をこげなふうに曲げたり伸ばしたりして、シビシビオーケー言いますんやと」

「若奥様はあいつらをいっぺんもご覧になってねえけん、わからんじゃろうけど、どこから見ても畜生みてえでしたわ。ところがそげな連中でも、シロたちはシロ同士で、クロはクロ同士で別々に遊びおる言うとりますわ」

「傍へ行んでみたらやけど、けものみたいなものすごい匂いがつーんと鼻を突いてきて、まるで雨に打たれた犬の匂いみたいだったんやと。人によっては、山羊の内臓を茹でたときみたいな匂いがするやつもおるし」

彼女はそのほかにも、ありとあらゆる雑多な噂まで仕入れてきた。表座敷では、居間へやってくる茶飲み仲間がまた、彼女に負けじと噂話を仕入れてきた。ところ嫌わずズボンのジッパーを降ろしてにたにたするとか、性器を揉んでやってカネを取るやつまでいるなどと……。

その時分の噂話として憶えているもののなかには、〝高《コ》パード〟というあだ名を進呈された高《コ》演秀《ヨンス》という男の話もある。城隍堂の角を向こうへ回ったところにあるソエミ集落に住んでいた高演秀は、すでに齢四十を越えて何人かの子たちまである壮年だったけれど、根っからの愚鈍な臆病者だった。彼には丸木小屋ほどの藁葺き家が一棟と、丘陵の頂に棚田の水を引かずに耕せる田が三、四マジギほどあり、二、三区画の広さの他人の天水田の農作業を請け負う賃仕事をして、貧しさに追い立てられながら暮らしていた。その年のその時期に彼も賃仕事で、ほかの百姓たち同様にとある農家の田の草取りをしていた。おやつどきになり賃仕事に来ていた百姓たちは、残らず田から畦へ上がってきた。いつもと同じく、おやつは野原のど真ん中をよぎって突っ走る線路脇の土手の上で食べた。食べるものを食べてしまうとたいていは、レールを枕にごろりと体を横たえるのがいつものことだった。日に三度ずつ往復する列車の時刻がはっきりしていたので、心おきなくひと眠りする人もしばしば見かけた。ひと足遅れて箸を置いた高演秀も、仲間と同じくレールを枕に横になっていた。それから間なしのことだった。誰かが小便をしようと体を起こしかけてちらりと見ると、高演秀が枕木の間から何かを拾い上げて、さりげなく口のなかへ入れるのだった。アメリカ兵たちが投げ捨てた菓子のかけらだろうと思った。ところが高演秀は、ほどなく顔面を苦しそうに歪めると口のなかのものを吐き捨て、しきりに手の甲で舌先をごしごしと拭っては、ズボンのポケットの辺りにこすりつけるのだった。何かとんでもないものでも味見したといった恰好だった。

「それは何かのう、苦しそうになさったりして?」

小便に立とうとした百姓が見るに見かねて訊ねた。高演秀は一瞬ぎょっとすると、つとめて平静を装いながら、

「何でもねえですだよ」

としらを切った。ところが訊ねたほうも一筋縄ではいかぬ男だった。彼は高演秀が吐き捨てたものをわざわざつまみ上げて見た。干からびた人糞に違いなかった。

「ありゃりゃ、こりゃあアメリカのやつのあれでねえけ?」

「そうみたいだわ」

「そうとわかっとって、こげなものをなして?」

高演秀がのたもうた。

「誰ぞがそげえ言うとったけど、西洋のやつらはいつも肉、菓子、果物、牛乳みてえな美味いものばかし食いおるけん、糞かてちょうど菓子みてえだったとぬかしおったけん、それがほんまかどうか思うて……」

その時分でも村人たちが知っていた西洋の犬といえば〝セパード〟一種類しかなかった。村で

高演秀が"高パード"という名前で呼ばれ始めたのは、そうしたことがあって二日と経たずしてだった。

　こないだの夏に、やれバカンスよ避暑よと誰もが地獄で仏にでも会ったように浮かれていた頃、ぼくにも四日間の夏休みが巡ってきた。たとえ一日や二日にせよ修羅場のようなソウルから脱けだすことが出来るなら、というのは誰しも望むところで、ぼくとて例外ではなかった。避暑のための旅行となれば、ぼくにも有利な条件があった。他人は待ちに待たなければ行ってみることも出来ないような大川海水浴場だって、ぼくとしては出かける旅費さえあれば幾日でも泊まって来れるところだった。未だに大川には何人もの親しい友人たちが、それもれっきとした郡内の有志となって、おのおのひとかどの地位を占めていたのだ。この前の夏の休暇のときも、ぼくは大川へ下っていって久しぶりに故郷の風物に触れ合い、年を重ねて消化不良になっている郷愁をきれいさっぱりと洗い流すべきだった。それなのにぼくは故郷に顔をそむけた。ぼくには万感胸に迫るところだったから。

　こないだの夏にも、ぼくは甕点のことを考えないではいられなかった。飴売りとの賭けに勝ってせしめた飴で、くすねた米を溜め込んでこっそりと取り替えた駄菓子のかけらでぼくの機嫌を取りながら、アメリカ兵たちが口をつけて投げ捨てた食べ物は拾って食べないと誓わせようとした、彼女のことが思い浮かんだ。

　外国人の手で外国人の好みに合わせて開発された海水浴場で、外国人がつくり上げてきた風俗と、彼らが愉しんだ雰囲気を真似て、色とりどりの装いを凝らしている人混みに紛れ込んで、彼らと変わりなく過ごすことがどことなく厭だったのだ。

今日も歩めど／行方定めぬこの足どり……歩いていてもどこかで、甕点から口移しに教え込まれたもの悲しい節回しが足下で踏みしだかれると、近ごろでもぼくはにわかに足どりが重くなっていく。

過ぎ越してきた足跡ごとに／涙を宿した……（註・歌詞は『旅人《ナグネ》の悲しみ《ソルム》』のもの）甕点はこの歌を、それはもううっとりするくらい見事にうたい上げた。

ぼくが彼女の口を通してこの歌を聴きながら、涙ぐんできびすを返してから、もうそんなに月日が経ったのか。しかり。いつしか二十年になんなんとしている。ぼくが小学校五、六年の頃だった。それも彼女が消息を絶って三、四年も経ち、初めて会った席でのことだった。

彼女は嫁に行ってから韓国動乱を体験し、一九五〇年九月二十八日に北の人民軍の手から韓国軍がソウルを完全に奪い返した後、だからぼくの家がすっかり廃墟と化してからもたびたび訪ねてきた。

彼女がダレシルの金《キム》なんとかいう婿さんと連れだって、ぼくの家へ里帰りしたのは婚礼を上げて四日目だった。二羽の鶏と酒を一本、それから餅を行李一つに詰め込んで頭の上に載せて来たのだった。

「若奥様、里帰りして参りました」

七年間もよその家の作男暮らしをしたという金なんとかいうその婿さんは、自分の口から里帰りという言葉を使った。

「嫁に行くとき、なしてぼくが家にいない間にこっそりと行《い》んだのや?」

ぼくがきれいに化粧をして上品に振る舞っている甕点に躍りかかって、彼女の肩口を手でぶったりして困らせたことも忘れがたい思い出だ。彼女のためにわが家で用意してやった嫁入り道具は、布団が二組とタンスが一棹《さお》、それから何年も着ることが出来るように、チマとチョゴリの生地を何反も持たせてやったと聞いている。彼女の両親が揃えて遣った嫁入り道具はポソン(足袋)と肌着が二枚、おまけにおまると一緒に真鍮のたらいが添えられたというが、その頃の嫁入り道具としては、何石《ごく》かの収穫を上げる水田を着実に耕している、家柄を誇る一家の嫁入り道具と比べても遜色がなかったので、同じ集落では甕点を羨ましく思わない人が少なくなかった。

彼女がぼくの家を後にしたのは嫁いでいく二日前、シナモズクガニを採って食べる魚を追い回していて、トノサマバッタを数十匹も捕まえて袋に入れて戻ってくると、彼女はすでに立ち去った後だった。ぼくに内緒で逃げ出した彼女がどんなにか憎たらしかったか。家のなかではそうした素振りを見せることがはばかられ、遠く離れたとある田の畦にしゃがみ込むと、畝間の水の上に思い切り涙の雨を降らせたものだった。

涙をいっぺん拭って顔をいっぺん洗い、ふたたび涙ぐんでもういっぺん顔を洗い……。

清らかに流れていた田の畝間の水、溝に落ちて流されていった幼いバッタの子……。

田の畝間を流れる水で顔を洗ってみたのもまったく、かなり昔のことのようだった。

彼女も立ち去りながら涙を流したとのことだった。二組の布団と大きな柳行李を積み重ね、背負い子で運んでくれた鉄浩《チョルホ》の後にしたがいながら、村の入り口を脱け出すまでしくしくやっていたというのだ。嫁いだ先ではどの家の娘、どの家の嫁に劣らず幸せに暮らすだろうとぼくの母は語っていたし、村人たちも口を揃えて同じような言葉で母の労をねぎらった。幼い頃から小突きまわされながら身につけてきた諸般の礼儀作法や、ずば抜けた料理の手並みと針仕事の手並み、目上の人を敬い目下の者を気遣い、その肥やしてきた目や耳さえあれば、どこへだしてやっても後ろ指をさされるはずがないというのだった。

「あたしはある日の朝、手足をもぎ取られてしまって、何が何やらさっぱりわからないわ。あの娘がいなくなったものだから、まるで半ば病気になったみたいだわ。この先どのようにして暮らしていったものやら、とても心配だわ」

母はまるで気が抜けた人みたいにぼうっとして、落ち着きを失くしていた。

母は甕点が嫁いでいく前に何日もかけて、繰り返し念を押して教え込んでいた。「どんなに身分の低い家柄だろうと、それがすべてではないんだよ……」

嫁ぎ先の仕来りが可笑しかろうと、その家の風習は必ず守らねばならないということだった。

「舅姑さんのどちらもが一字の文字も読めない人たちだろうと、目に余るようなことをしたら庇ってはもらえないんだよ」

母が口を酸っぱくして言い聞かせたのは、彼女が心許ないからというよりも彼女を育ててきた、我が一族の落ち度になりはしないかを怖れたからだろう。嫁ぎ先での彼女の行いがどうだったかで、我が一族のことも世間の人々の口の端にのぼりかねなかったはずだから。

「くれぐれもそそっかしく振る舞いを慎んで、どこかへ行って出しゃばったり、どんなことにでも首を突っ込んでお節介を焼いたりせずに、なるべく口をつぐむこと、食器を落として割るのもほどほどにする、それから後生だから、あんな食欲が失くなる歌なんぞいい加減にうたわないでおくれ」

仲人さんは甕点の父親と一緒に江景邑へ出かけていって帰ってくると、婿さんは石工だった中年を越えて見えるダレシル村の人だと告げた。婿さんになる人や舅姑になる人たちはぼくの家の家柄をよく知っていたので、江陵宅（註・江陵出身の奥さん。主人公の母親のこと）で育てられた花嫁なら願ってもないことだから、いまさら見合いをする必要もなかろうと、たいそう歓んでいたと聞かされた。当事者同士はダレシル村の入り口にある黄浦小学校の、運動会の日に運動場で見合いをしたが、いっぺん顔を合わせただけでお互いに異論はなかったという話だった。案に違わず甕点は、噂にもならず上手に暮らしを切り盛りしていた。市の立つ日などは、市場へやって来た帰り道だといってわが家へ寄り道したが、そのつど母は、

「どうかね、分家して所帯を持って暮らす愉しさがどんなものか、ちょっと話し込んでからお帰りよ」

と言って引き留めたが、元来が尻の重かった彼女はいっぺん腰を降ろすと、いつも日が暮れるのを忘れたりした。六・二五《ユギオ》韓国戦乱のさなかにも彼女はたびたび立ち寄って独り身になった母を慰め、廃墟も同然のぼくの家のありさまを、わがことのように胸を痛め面倒をみてくれてから帰っていった。いつ見ても変わることがなかった甕点そのままだった。

元来がそうした女性だったから、彼女に風波が襲いかかってきたという消息に初めて接したと

き、わが家では誰も真に受けようとしなかった。ところが実際には、聞こえてきた噂よりずっと深刻な山場にあったらしかった。

そんな噂が立ってからというもの、彼女はわが家へもいっさい出入りしなくなっていたけれど、それはぼくの母に会わせる顔がないというのが口実だった。噂が立ったのは亭主が軍隊に取られからだった。その頃軍隊に取られることは、誰彼の別なしに戦争の餌食《えじき》として料理されるのと変わらぬと認識されていた。

戦場へ行けば便りがないのが正常なことと判断されていた時代——そうした戦争による不幸に見舞われることでは、甕点とて例外であり得なかった。彼女も亭主からの便りはいっさいないとのことだった。初めは一字無識＝文盲だから便りがないのかと思ったが、それもひと月かふた月のこと日が経てば経つほど、彼女の心には絶望ばかりが積み重なっていった。

「若奥様、どげえしたらよろしいじゃろうか。こげなことになったら、いつまでもひっそりと暮らすのは難しいのやけど」

甕点の母親は時たまぼくの母を訪ねてきて、たわいのない愚痴をこぼしていた。甕点は舅姑たちのいる本家へ引き取られて、嫁ぎ先の家族と一緒に暮らすことになったとのことで、彼女が分家して暮らしていた家は、軍隊へ行って負傷して戻ってきた小姑の亭主の手に渡ったとのことだった。家を失くし所帯道具は一つにまとめられ、自分のもの婚家のものの区別が失くなって、嫁ぎ先での暮らしも例がないくらい苛酷だと、甕点の母親は胸を痛めた。そればかりでないとも母親は告げた。思いもよらぬ罠にまで平然とはめるので、いまや嫁ぎ先の家族は敵だとも言った。

「亭主を食い物にした女房」の汚名を着せる小姑、相嫁《あいよめ》ばかりがそう言うのではなくて、亭主の従姉妹など親戚の端くれたちまでが、甕点をいびりぬこうと血眼《ちまなこ》だというのだ。

「うちはもう呆れてしもうて……舅姑がそげな真似でもしおるんやったら、ガキを生んで他人にくれてしもうたこげな母親のせいやと諦めもするところやけど……あげな人でなしどもがとんでもねえことを……まったくおかしくもねえことで……」

甕点の母親は拳でおのれの胸ぐらをたたきながら悔しがった。彼女は日がな一日、娘のことが心配で涙ぐんでみたり、むやみに煙草の『明けの明星』ばかり吸っていた。舅姑を初め有象無象《うぞうむぞう》どもの集中的ないじめを、いっそのこと死んだほうがましでとても我慢がならないと、甕点が泣き叫んでいるとのことだった。

「若奥様、あげな金家のやつらを人間や思いますんか？　なんぼ貧乏暮らしをしてきたから言うて、あげな畜生どもがどこにおりますやろか」

と、いつだったか甕点が直接やってきて、嫁ぎ先をさんざんこき下ろして帰っていったこともある。嫁ぎ先の家族の目にはどれ一つとして、あら探しの種にならぬものがなかったらしい。彼女の嫁ぎ先の家族たちには、甕点が料理の腕前を発揮し、針仕事の手並みを見せることが癪の種だったし、気前がいいこともどえらい欠点だった。ちまちましたことこせこせしたことを嫌ったので、気前の良さは抑えることが出来なかったのだ。嫁ぎ先の家族と暮らしながらも、根っからの舅姑やそれに連なる有象無象どもの目には、無駄遣いでつましさに欠ける振る舞いとしか映らなかったはずだった。

舅姑や婚家の有象無象どもは言い張った。スンニュン（おこげ湯）の味を出そうとわざとご飯を焦がしてよいのか、白菜の色が赤くなるまで唐辛子の粉末をぶち込んでもよいのか、キムチを漬けるのにネギを一本加えるだけで十分なのに、高価なニンニクまで混ぜ込むのはどこで習い覚えた悪しき振る舞いか、まだ十分には汚れていない衣類を、高価な石鹸を塗りたくってひんぱんに洗濯し、着込んでいる……甕点の母親が来て伝えてくれたことのすべてを、とても思い出すことは出来ない。習い覚えたことを思い起こして、かなり一所懸命に生かそうとしたことが、婚家のほうにはあべこべに浪費と贅沢に見えたのだった。暮らしの切り盛りが出来ない女、一家を台無しにする女、甕点はそんな具合に出来の悪い女につくり上げられたのだ。

一方、甕点は彼女なりにあらがったが、それが破局を招く決定的なきっかけになったという。例の荒々しい気性を抑えることが出来なかったのだった。

彼女はこのように言ってのけたという。衣類は石鹸をけちらずにちょくちょく洗って着てこそ衛生によく、他人の目にも清潔に見える、青菜であるほど栄養価を生かすべきで、ありふれた青菜などにはごま油をたっぷり加えて料理してこそおいしく食べられる、キムチは塩辛類を用いなければ本来の味は期待できないし、塩の上に浮かべて漬けたキムチ、薬味を加えないで和えた漬け物はチジミ（註・野菜などを小麦粉の生地で焼いたもの）用のもので、腐った匂いがしてとても食べられた代物ではない――けれども、婚家の家族が彼女に集中的に行った嫁いびりの背後には、何よりも彼らなりの切実な事情があったらしい。それは子のない嫁、いつの日かよその男のもとへ再婚していって幸せをつかむかもしれない嫁、それはとりもなおさず、赤の他人だということだった。どのみち赤の他人なのに、わざわざ乏しい食糧を減らしてまで食べさせる義理がどこにあるのか、どうせこの家を出て行くのなら、一日も早く消えてしまっておくれ、ひと握りの米、一升の麦が金の粒にもひとしいご時世だったから。どうやら婚家の家族たちにはそうした思いが心の底にあったらしかった。それればかりか、肝っ玉の太い甕点は負けん気から、市の立つ日になるとことさらに市へ出かけていって、塩辛類とかサンマなどを仕入れて帰ってくるし、ときには肉なども買って食べていた。

邑内の商人たちはたいていが地元の人たちだったので、十中八九は彼女がわが家にいた頃から顔馴染みだったはずで、すべてを付けにしておいたら出来ぬことがないはずだった。ところが婚家の家族は、食卓に変わったおかずが出てきても見向きもしなかったし、干葉を入れたみそ汁とウゴジ鍋（註・菜っ葉を入れたみそ汁）ばかりを嫌味たらたら食べたわけで、そうなればなるで甕点はこれ見よがしに自分一人でそれらのものを、片っ端から片づけていった。結果ははっきりしていた。甕点が辛抱しきれなくて、実家へ舞い戻ってきたのだった。

そんな時期にぼくの母は他界した。最後の大黒柱を失くした家族だったので、その体《てい》たらくときたらお話にならぬありさまだったから、甕点のことも自ずとぼくらの関心事から遠のき始めた。それからいくらか後だった。一つまた一つと間に人をおいて聞こえてきた消息によると、甕点の亭主金《キム》なんとかはいつどこで戦死したのかもわからぬまま、遺骨だけが帰ってきたとのことだった。やがて甕点の消息も相次いで入ってきた。呆れたことにあまりにもショッキングなものだった。

彼女が薬の行商人たちの群れに従いて回りながら、歌をうたっていたというのだ。いっぱしの歌手だったとも言っていた。独り身で食べていけるくらい商売の元手が溜まるまでは、引き続きその道を突っ走るつもりだと、白い項を見せつけて胸を張りながら、大口をたたいていたとのことだった。

鉱泉場で見かけたという人、盛り場で出会ったという人、青陽の市場で歌をうたっていたという人、聞こえてくる噂は賑やかだったが、ぼくらは誰も信じようとしなかった。その頃にはすでに彼女の母親と妹の福点《ボクジョム》と弟の斗文《トゥムン》までがみっともないと、亭主の石工がいる江景邑へ引っ越した後だったので、ぼくとしては確認してみるすべがなかった。母までが他界してしまったので、彼女を連れてきて気持ちを入れ替えさせてやれる人も皆無のありさまだったけれど。

とはいえ、すべては事実だった。ぼくがじかに彼女を、自分の両の目で見ることになったのだ。それも大川の市場でだった。

市が立った日、下校する道すがらだった。後ろから呼び止める声がしたので振り返ってみると、昼酒をきこしめした昌仁《チャンイン》の父親だった。彼は告げた。甕点がいま薬売りの仲間に混じって歌をうたっているから、見物して帰るようにというのだ。ぼくはまず懐かしさから矢も楯もたまらず、もしもの場合はどうするかを考える余裕もなしにそちらへ突っ走って行った。

すっかり用事を済ませた買い物客たちが幾重にも輪をつくっている、米屋の前の広場の片隅へぼくが大急ぎで近づいていった頃には、薬の宣伝が始まる順序だった。杖鼓《チャンゴ》（砂時計の形をした小太鼓）を肩から提げた中年男とギターを手にした若い男、それから顔面が白くて透き通って見える若い女が二人。並んで立っている彼ら一行のなかに、すぐには甕点が見当たらなかった。あの女たちを見誤ってぼくにあんなことを言ったのだろうか。きっとそうだとしか思えなかったし、またそうだろうと信じたかった。勝《スン》燮《ソプ》のお母《か》んがそう言ってた「髪を解いてパーマをして、マンボズボンにヒールを履いた」甕点の姿は見つからなかったのだ。栗色の革ジャンに黒のサングラスの男は、しきりに鞭を振り上げて杖鼓をたたきながら、とりとめもない前口上を臆面もなくまくし立てていた。

ぼくはひょっとしたらという思いから、その男の薬の宣伝がさっさと終わることばかりを待ち望みながら、場内隈《くま》なく目配りすることを怠らなかった。サングラスの男が何かの薬瓶を手にしたまま、

「待ちに待ってようやくいっぺんどっかと上に載ると、尻が重くなってきて動きが鈍くなり、あっちのことはすっかり忘れてしまうんだな。そこでこっそり降りてきて、じめじめしている男のいちもつの下にそっと手を入れてみると、屍体の腐ったような匂いがぷーんとしてくる、この薬について言うならば……」

と言って瓶の蓋をする頃だった。理髪師みたいな若くて華奢な男が代わって登場してくると、短くて急テンポにギターを弾き始めるのだが、何とそのとき、ぼくは初めて彼女を見たのだった。それは紛れもなく甕点だった。気が遠くなるような思いでいるぼくの目の前を辛うじて正視したのは、彼女の歌がぼくの心を揺さぶり始めた後だった。

今日も歩めど行方定めぬこの足どり

歩んできた足跡ごとに　涙を宿した……

ぼくは目の前が真っ暗になり脚ががくがく震え、身も心もを支えていることが出来なかった。いやそれ以上に、その場に立ち尽くしている気力も、彼女を見つめている視力も失くしてしまったのだ。あの瞬間の衝撃をいまになって、どんな言葉を選んで改めて蘇らせ、言い表すことができるだろうか。ぼくは自分でも気づかぬうちに、何か間違いでもしでかして露見したときみたいに風を食らって、覚束ない足どりで市場を飛び出して来て足に任せてに走っていたけれど、彼女のきれいな歌声と伸びやかな節回しは逃げ出してきたぼくの後頭部にしがみついて、どこまでも追いかけていた。

船着き場の汽笛の音に　昔の彼女を思い出しても
旅人の流れゆく道には限りがない――

緑なす水と青山

冠村随筆4

七星岩のなかでももっとも大人びて見えた虎岩の裏手の、からむしの畑の傍には麻の幹ときびの茎で編んだ垣根を巡らした、部屋が三つ四つほどの一軒の草屋があった。竹で編んだ柴折り戸の外には、ネコの額ほどの広さの庭もなしにずっと拡がっているわが家の蔬菜畑で、柴折り戸の内側も踏み石の傍にむしろを二、三枚拡げて、大麦の一斗くらい天日干しにしてしまうと、一匹のむく犬さえ脚を伸ばせる余地もなかったけれど、狭くて小さいなりに堂々と屋根の棟上げがなされている、南向きの一の字型の家だった。庇《ひさし》の内側にはかなり大きな宴会が出来るほどの、二重の板張りの床が張りだしていたが、台所の脇につくられていた納屋だって、かますのなかの米を蒸して酒を仕込んだ甕《かめ》を干し草や枯れ葉の中に隠しておいても見つからないくらい、たっぷりとした広さだったと記憶している。柴折り戸の左右には桃と豆柿が七、八メートルの背丈には育っていたし、一株の桑の木はよそへ引き下がって老いていた。垣根の足下には四季を通じて野茨の蔓が生い茂っていたほかに、ヒユ、車前草、蛇いちごなどが毎年好き放題に育ち、ぼうぼうと生い茂った草むらになっていたりした。ところが、裏庭の軒下のほかは日陰にならぬようにつくられていたけれど、垣根の内側はいつも陰気臭くてひんやりした空気が不気味に渦を巻き、弔《とむら》いを済ませて引っ越して行った家らしからず気味の悪い日が少なかった。垣根の片隅にはむしろで前だけを隠した、屋根のない厠が吹き抜きのなかにつくられており、縁の下にはオンドルの煙道に溜まって掻き出された、真っ黒な灰が幾つも積み上げられていたので、なおさらそのように思えたのかもしれなかった。もっとも、ひと月余りの長雨に見舞われても、履いていた履き古しの藁沓《わらぐつ》の二、三足も縁の下に避難させておけば、取り込まねばならぬ洗濯物もない端からどん底暮らしだったので、ひんやりとしたのも当然であり得た。けれどもそれは、単なる無関心なうわべの観察に過ぎないはずで、歳月はすでにこれほどにも流れてきたけれど、その頃のぼくはその家のなかのあらゆることを他人事と思おうとはしなかったから、それとなくその家のなかの陰に隠れたまま、生活の一部をともにしていたのだ。もうちょっとかいつまんで言うと、その家はまるきりぼくの幼い頃の遊び場も同然だった。その家の家族は全員がぼくのチング（旧友）といっても差し支えないだろうし、家財道具もやはりままごと遊びのおもちゃと変わるところがなかったのだ。

いま思い返してみても、あの家の独り息子の大福《テボク》なんかはそんじょそこらの、ありきたりのチングではなかった。ぼくにとって大福くらい頼りがいがあって惜しまれるチングは、その後二度と現れなかったと思われるくらい——ここでぼくは彼のことをチングと呼んだが、実際にチングと呼ぶには厄介なことが多かった。彼はぼくより十歳余り年長で、ぼくが『童蒙先習』を習い終える頃の未就学の時期にさえ、誰彼なしに一目おいていたれっきとした血気盛んな若者だった。そればかりか彼がぼくに示した義理人情とか、未だに記憶のなか秘めているさまざまな光景が、どれもこれも立派なうえ大人びていて正義感に富んだものばかりだったのでそう思ったのだ。それなのにぼくは、あれこれの辛酸をさんざんになめつくし、いくらかは世間というものがわかってくる頃までは、常日頃から彼をチングと思い込んでいたし、大福もまた分け隔てなくぼくのチングとして振る舞うことを愉しんでいたと理解している。

ぼくがズボン吊りのついた半ズボンを穿き、ろくにボタンが付いている暇がなかったからむしの半袖を着て、膝小僧に転んでこしらえた生傷の癒える日がないくらいちょこまかと従いて回り、思いつくあらゆる悪態をつきながら世話を焼かせても、大福はそのつどまるで自分の末の弟でも宥《なだ》めるようにして素直に聞き届けてくれたのだが、当時の大福はすでに大人のように声が太かった。おまけにわが家の作男の鉄浩《チョルホ》みたいに、平鉢に一杯のみそ汁で山盛りのどんぶり飯を二杯もぺろりと平らげたし、底が深くて小さな口の釜に入れた餅にまぶすための小豆が茹で上がる前に、石臼を相手に二斗もある餅米を難なく杵で搗き上げるほどの力持ちだったし、汚れ仕事きれいな仕事の選り好みをせず、ひとたび手をつけたといえばきっちり片を付けることを知っていたので、嫁をもらっていないので子ども扱いされていただけで、ぼくのチングにはなり得ない立場にあった。

塀越しに塀の中の柿を捥《も》いで食べられるほど背丈が高く、犬を畜殺する家ごとに呼ばれて行くほど腕っ節が強かった。端午の節句ともなると影堂（祖師堂）の脇に立っている大木にブランコを吊すためのロープだって、自分一人で藁を工面してきて縒《よ》ってブランコを取りつけたし、陰暦七月十五日の旧盆つまり百衆の日に市が立って勧進相撲が催されると、草相撲の力士として欠かさず出場し、判で捺したように決勝戦で敗れて賞品の子豚（註・優勝の賞品は牛一頭）をせしめてくる猛者《もさ》だった。ああ、大福の尻に従いて回ってさえいれば好き勝手に、どんなことをしたって怖いもの知らずだった時代へのこの懐かしさ――、食べて暮らしながら聞きかじった言葉だけれど、「失楽園の星」という表現がそれほど実感をもって迫ってくることはなかった。路上で雨に見舞われると自分の衣服を脱いでぼくにかぶせてくれたし、夜遊びにでて夜露に濡れている路上で月が鏡のように明るいときも、自分から好んでぼくをおぶって来たり行ったりしたではなかったか。

大福の家は垣根伝いに回っていくとぼくの家の野菜畑にあったけれど、台所で釜の底のお焦げを掻き取っている音が、ぼくの家の表座敷に座っていても聞こえるように、わが家の青菜畑の外れにあるキクイモ畑の片隅に、柴折り戸が一つ余分に取りつけてあった。その家は元来は使用人たちの部屋があった別棟だった。ぼくの先祖が引っ越してきて暮らす前の主人は、それなりに権勢を振るったことのある両班の端くれで、稲の百石も取り入れた地主だったという。大福が住んでいた家はしたがって倉番か小作地の管理人、もしくは作男が寝泊まりしていた建物で、大福の母親も元はその縁者だったといわれていた。廃墟も同然になって虚しく崩れ落ちていったわが家と、滅び行く兆しが明白だった地主とでは比べるべくもあるまいと思った。地主が没落していくプロセスが、作家蔡万植《チェマンシク》★1先生の名高い長編小説『泰平天下』に的確に描かれていることは、ぼくが成長した後で読んだものだけど、以前この屋敷に住んでいて去っていった地主一家も、民族解放後の土地改革ですっかりお手上げになり、ぼろをまとう身上だったと聞かされた。

そんな具合に地主の屋敷の人々が、四方八方へおのれの行くべき道をたどっていったとき、大福の父親の趙中之《チョチュンジ》ただ一人が使用人の部屋を借りて冠村にとどまることになったのは、以前から格別に近しくしてきたカヌシル集落の小作人崔乙丑《チェウルチュク》が、若い女房をもらってから長患いの床についたので、崔乙丑が息を引き取るのを待ち受けるためだったというのが、言い伝えられてきた話だった。この崔乙丑の若い女房というのが、のちの大福の母親であることはいうまでもない。趙中之は若い頃端《はし》た女の亭主に収まっていて、女房に先立たれて独り身になった男で、大酒飲みのうえばくち打ちとしても評判のならず者だったけれど、大福を授かってからようやく人間の皮をかぶったと噂されているところだとのことだった。ぼくの見るところでは、すでに五十の峠を越えてひと皮剝けた後なのでそうだったのかもしれないが、普通の百姓たちとちっとも変わるところのない、温厚で折り目の正しい男のようだった。市場へ行くときとかわが家の祖父や父から用事を言いつかって出かけていくときなどは、必ず笠をかぶって行くのだが、その笠は喪に服している者が外出のときにかぶる喪笠としてではなくて、衣冠をととのえるためのものだと言っていた。ぼくはいつも彼を趙笠《チョーサップ》と呼んだが、いかめしい揉み上げと髭がむさ苦しくて不潔に見えるばかりで、わが家の大人たちの用事でもなければ、とても声をかける気にはならなかった。

大福の母親をぼくはいつも〝大福のお母《か》ん〟と呼んだ。わが家では彼ら夫婦を趙《チョ》ソバン、大福のお母んと呼んでいたのだ。

ぼくはこれまで、その大福のお母んのようにお喋りでへらへらとおべんちゃらを並べ立て、ご機嫌を取るのが上手な女を見たことがなかった。彼女は意外にも目ざとくて、どんなことに対しても男が顔負けするくらいちゃっかりしていたし、コオロギに比べられるくらい見事にお喋りをするのだが、他人の歓ぶことには蟻のように腰を折り曲げて笑ってやり、隣人たちの不幸に対しては涙もろくて相手より先に涙を流してやり、悪態をつくとなると集落の内外の汚水は自分一人ですっかり飲み干したかのように絡んでいって、はしたなく振る舞った。背丈も小柄でなよなよして見えるが、口が軽くてすばしこくて手先が器用で、何かというと他人が言ったことはそうでないとひっくり返し、噂を立てては知らぬ顔の半兵衛を決め込んできたけど、ぼくの前ではこれまでまたとなく正直な女だった。だから彼女が他人のことを悪く言うと、耳にしていた人たちは「舟乗りが島のやつらを下賤の者呼ばわりをするというけれど……」と、船乗りが島に住んでいる人たちを卑しめているという意味で、どっちもどっちで話にならぬと顔をしかめた。その頃のぼくが幼心にも、駅前旅館のある路地の魚屋へ向かうくねくねした飲食街の酒幕（居酒屋）の女たちと、彼女がちっとも変わらないと思い込んだのは一度や二度でなかったけれど。それなのに口を揃えて、そうした人柄と比べると、することなすことすべてにわたって締めくくることができなくて、中途半端だと評した。手のひらほどのちっぽけなおくるみのカバーを、いっぺんでも仕付け縫いさせようとしたら、待ちくたびれて何度もあくびをさせられると、ぼくの母はいつもこぼしていた。そのため冠婚葬祭を手伝いたいと彼女が出かけていっても、歓んで迎えてくれる家がないというのがもっぱらの噂だった。彼女はわが家を除くと、冠村地域三つの集落のどこにも、気まずい思いをしない家はなかった。それやこれやで彼女が取り入って好き勝手ができそうなのは、ひとえにわが家一ヵ所となるしかなかった。彼女は何ら気兼ねなしにわが家のなかを、納屋にでも出入りするようにしたので、しいて区別しなければよその家族とも言えないくらいだった。近所の人たちは彼女がわが家へ、誰はばかることなく好きなときにお手伝いに来るのが羨ましいらしかったが、やがて「瓶詰めの酒を売り歩く行商人が大きな酒の店を背負わされるっていうじゃないか……」と言って皮肉った。

彼女がわが家へ出入りしながら引き受けた仕事は、どれもが雑用ばかりだったので、項目を立てて賃金を計算してやるのも容易くなるしかなかった。家族に食べさせて洗濯をしてもらう、おかずをやって麦を精白してきてもらう、油搾め木の圧搾に用いる長くて分厚い板にしがみついて手伝う代わりにごまの油かすをもらっていく、豆腐をこしらえる代わりにおからをもらっていく、飴を仕込む釜の火加減を見てもらい飴粕をもらって帰るなど……暮らし向きが煩雑だったわが家では、見えなければ気にしながらも無視できるけれど、いればいつも重宝な存在だったわけだ。

大福のお母んともっとも相性がよくない間柄だったのは、わが家の厨房の主とも言うべきがらっぱちの甕点《オンジョム》だった。甕点の仕事ぶりはすでに世間の評判になるくらい立派なものだったし、闊達でころころしている体つきなどは、ぶざまでとても見ちゃいられない性格の大福のお母んのそれとは、ソウルの南山と清渓川ほどにも正反対だった。大福のお母んは、太っ腹であけすけな甕点からすると欠点だらけであらばかりだった。見るからに貧乏たらしくて他人のものをよくくすね、手癖の悪いところばかりは改まらなくて、どこから見ても腹のなかには乞食の五臓六腑が入っているというのだ。甕点にはそうするだけの根拠があったから、ことさらにあら探しをしようとしたのは明らかだった。ぼくの目にも甕点は、ことのほか小鉢、飯茶碗、皿など陶磁の器をよく落として割ったし、ともするとバガジ（瓢箪の器）を割るとか皿状の甕の蓋にひびを入れたりしたが、そのつど大福のお母んはまるで何かで生き返った人間みたいに声を弾ませ、ぼくの母に告げ口を繰り返してきたせいのはずだった。甕点の言い分はしかしそればかりではなかった。大福のお母んが何もかも目減りがするくらい持ち帰って、がつがつ食べてしまうからだとのことだった。どこでどのように隠して帰るのかわからないけれど、二十日鼠が小豆を入れたざるのなかへ出入りするようにして、盗んでいくというのだった。

「うちばかし叱らんと、若奥様から直接おっしゃらんとね。あの女ときたら、ごま塩を盗んでいくわ、ごま油をちょろまかしていくわで……」

甕点がぼくの母に言いつけるのも、貶《おとし》めるためばかりではなかろうと言われた。

「台所の戸棚じゃろうと食器棚じゃろうと、おのれの家の押し入れでも引っかき回すみてえにごそごそと探し回っては、ニンニク、唐辛子粉、ときには塩かて、とにかく目に留まったら何でもござれじゃから……うちの目に留まってくれさえしたら、こっぴどくどやしつけてくれるとこやけどね。断ってもらっていくばかりか、見ておらんと盗んでいきおるし、まるきり女盗人なんやから」

「しっ、聞こえたらどうするのよ、そんな大声でがなり立てたりして……」

ぼくの母は穏やかにそう言って済ませるだけで、ほかには何も言わなかった。甕点もいざ大福のお母んの面前でとなると、失くなったものを数え上げて言挙げするほどの勇気はなかったのか、何かというといがみ合ったりはするけれど、道理にかなったことはろくすっぽ言えなかったと承知している。自分が困ったときのことを残しておくために、そうしているらしかった。滅多にないことだが、甕点は母から厳しく叱られることがたまにはあって、それは決まって火種を消してしまった日の明け方のことだった。夕飯を炊いたかまどから明くる日の朝ご飯を炊く火種が消えてしまうということは、その時分のわが家では尋常ではない異変と受け取る慣習が守られていたのだ。市場のほうからサーカスのラッパの音が聞こえてくる晩だとか、駅前の金融組合の倉庫で上手な活弁つきの活動写真つまり無声映画が上映されたときなどには、間違いなしに火種を落としていたのだった。火掻き棒でかまどの中をいの一番に掻き回してみるのは、言うまでもなく真っ先に目を覚ます甕点だった。かまどのなかの灰が冷たいと、彼女はためらわずに大福の家へ駆け込んでいった。何度も目撃しながらぼくは知らぬ振りをしていたので、そのつどぼくの口の重さを健気に思った彼女は、ことさらにぼくの茶碗にお焦げを余分に詰め込んで償ってくれたけど、ぼくの母にじかにばれてしまったときはやむなく、お目玉を食らわねばならなかったのだ。彼女はたいてい火種を入れた器をあじかとか、殻がついたままの穀物を運ぶ藁で編んだ穀物入れの中に隠してきたりしていたけれど、火種の入った器が壁などに土を上塗りする道具の一つ、素焼きの器や何かの陶磁器の欠けらのように小さくはなかったし、急ぐ余り柄がぬっと突き出ている十能《じゅうのう》とか、見慣れぬ大福の家の器に入れて運んでいる場合などは、しばしばばれてしまうのがオチだった。

大福のお母んは甕点が火種をもらいに行くことに関しては、一度として告げ口をしたことがなかった。彼女らの間に何らかの暗黙の了解に似た遣り取りがあったからではなくて、ともすると甕点と犬猿の仲になってしまうのを、よくよく承知していたからだろうと思われる。背負い子《チゲ》を背負うときも息杖があってこそ起きあがれるもの、甕点を敵に回して得することが果たしてあったろうか。

大福のお母んの手癖の悪いことに関しては、わが家ではすべて目をつぶってやろうとしたわけだった。彼女の弱点を噂の種にする前に貧しさから救い出してやれないことを、より心苦しく思っていたのだ。

趙家は貧しさにうちひしがた暮らしをしていた。どんな手を用いても脱け出すことが難しい、苦しい暮らしだったたし、それはまるで前世の何かの業のように、天と地から得るものが何もない生活だった。竹籠に一杯の若大根を植えつける畑もなかったし、趙笠はすでに年老いていて、手間賃を先払いして作男に雇ってくれる家もなかった。それでもこの家族は、ひもじい思いをしたことはないと言った。三旬九食――ひと月三十日間に九度しか食べられぬほどの貧しさは、辛うじて免れていたのだ。米びつに蜘蛛の巣が張ろうとも食べることは心配しなくなり、むしろもって生まれた食い物運があると言われていたが、それは身軽でまめな性分のおかげだった。大福のお母んはその日のほとんどをわが家で暮らさんばかりにしていたので、ひもじい思いをするはずがなかった。野良仕事の手伝い、蔬菜畑の草取り、洗濯と砧《きぬた》打ち、石臼の杵搗《きねつ》きと細々とした使いっ走り、彼女は内外の別なく走り回りながら、雑用といえば誰かが言いつける前に片づけることを知っていたのだ。晩に家へ帰るときは、いつもご飯を鉢に一つずつもらってパガジ（ひょうたんの器）で蓋をして帰ったし、そうでないときは大福が、作男の部屋で鉄浩と一つのお膳で向き合って食事をする日だった。趙笠もやはりいつも外でもらって食べ、大福のお母んが言うようにもらい食いの百姓をしていた。趙笠にもよその家の日雇い仕事のほかには、出来そうな仕事はなかった。村では農作業と海辺へ出てする浜の仕事に、ほぼ同程度の投資をしていた。したがって冬の三ヵ月といえども、端から農閑期が別にあるわけではない地域だった。集魚林の足下の干潟には石で防ぐ簾《すだれ》と竹で防ぐ簾が列をなしており、塩田の傍らの塩焼き小屋は長雨の季節でさえなければ、いつだって機関車のような煙を噴き上げていた。

野良稼ぎや浜の仕事でなくても、体さえ丈夫なら仕事の種が尽きることはなかった。たとえば市場の周辺の民家とか商家を巡り歩いて屎尿《しにょう》を回収して来るだけでも、肥料がなくて商いにならないありさまで、どこの農家でも肥やし不足で悲鳴を上げていたし、それを仕事として網状に編んだ袋や頭陀袋《ずだぶくろ》を担いで、犬の糞を拾い集めて回っているありさまだった。趙笠は老けてはいたけれど、若い頃のならず者らしからず任された仕事に限っては手に余ることであろうと、あれこれ難癖をつけることなく精一杯やってのけた。趙笠は寡黙な人だったので、いろいろな面で大福のお母んとは対照的だったわけだ。大福のお母んが傍でボタンの穴ほどの小さな両の目をぱちくりさせながらまくしたて、喋り散らし、いまにも持ち上げて放り投げかねない剣幕で責め立てようと、彼のほうはきょとんとした顔つきで大きな目をしょぼしょぼさせながら、どっしりと腰を据えて舌なめずりしているに過ぎなかったのだ。近ごろの言葉で言えば恐妻家だろうけど、何しろかかあ天下のどうのと言える立場などない暮らし向きだったので、それが大きな欠点になることはなかった。もしかしたら若くしてさまざまな修羅場をくぐり抜けてきた後なので世の中を達観し、とりあえずは家長のくびきをかなぐり捨て、家庭のなかでの悩みや心配事ごときは女房に押しつけたまま、自分だけでも気軽に暮らしていこうと心に決めていたのかもしれなかった。懐のなかの十四、五センチはある鉈豆煙管《なたまめきせる》と刻み煙草入りの巾着を友として、解く日がなかった垢染みた木綿の手拭いを、桶のたがでもはめるようにした向こう鉢巻き姿で、黙々とただのご飯に真水をぶっかけて食べたりするのを好んだ。だから趙笠が、たまたま天気が悪くて家の中で一日中ごろごろして休んでいることがあっても、いてもいなくても変わらぬ存在だったので、この家を遊び場と心得ていたぼくらとしては、ナツメを食べながら栗を打ち落とすのと変わらなかった。

どんなに歳月が無常だろうと、またふたたびどこで、あんなにも満ち足りた遊び場にめぐり会えようか。ぼくらの遊びはいかにも人目につくものだったばかりでなく、乱暴なことでもすでに広く世間に知れ渡っていた。よほどでなければどうして、分厚い石板の砧まで割ってしまっただろうか。ぼくらのバカ騒ぎで残されたものなんて、別になかったのではと思う。ひびの入っていないパガジ、桟と骨が手つかずのまま残された戸や障子がなかったし、柄が満足なままの道具がなかったし、部屋のなかのワングル（植物の名）の皮で編んだ敷物も、寿命が尽きるまで敷かれて片づけられたことがないと言われた。台所の包丁は砥石をかけて一日が過ぎると、鋸《のこぎり》の歯のようにぼろぼろに欠けているのが普通だったし、素焼きの火鉢を蹴飛ばしてひっくり返さない日が稀だった。灯油皿はいつだって転げ回って灯油を撒き散らしていたし、部屋のなかの衣紋掛け用の紐などは二日と持たず、繋ぎ合わせて結び直さねばならなかった。一緒に『千字文』を学んだ鎮鉉《チンヒョン》と俊培《ジュンペ》もぼくに劣らぬいたずら小僧だったので、ぼくら三人が顔を揃えた場所ならいつだって、お祭り騒ぎやランチ気騒ぎが始まったのだ。たぶんわが家くらい昼寝に不便な家は、村中のどこを探し回ってもなかったのではないか。母屋にせよ表座敷にせよ大人と客たちばかりで、子どもらが手足を伸ばして眠れるなんて、どだい出来ない相談だった。ぼくらが大福の家にたむろし始めたのも、素っ裸になって縦横にひっくり返って眠ろうと、嫌味をいう人がいなかったからだった。一度はそうして眠り込んでいて、寝小便をちびって目を覚ましたこともあった。そのときずっと寝ていたら、大福のお母んがぼくに箕《みの》をかぶせて、寝小便をした子への慣わしでぼくの家へ塩をもらいに行かせると言って、ありとあらゆる口実を並べ立てただろうことは明らかだった。図らずもぼくは寝小便をすっかりお洩らしする直前に目を覚まし、目を覚ましたら大福の家の部屋のなかだった。ちらりと外を見やると、陽がかなり赤々と昇っている朝だった。ぼくはびっくり仰天して跳ね起きると、靴をあべこべに履いて庭の片隅のかまどに火をくべていた大福のお母んに、

「なしてこげな時間まで起こしてくれなんだんや？　お祖父《じい》ちゃんにぼくが大目玉を食らうのを見とうて起こさなんだのけ？」

まるで甕点にそうしたように食ってかかり、彼女の傍にあった火掻き棒や薪ざっぱから足蹴《あしげ》に

すると、庭先に蹴散らしながら暴れ回った。

「おや、どげえしたいうんや。何があったんや……」

大福のお母んがわけがわからなくて、素っ頓狂な声を出して立ち上がるのを見て、ぼくは彼女が尻に敷いて座っていたトアリ（座布団のような敷物）を、かまどのなかで燃え盛る炎の中へ勢いよく蹴飛ばしてしまった。表面にワングルの皮を見栄えよく巻きつけた愛用のトアリに火がつくと、彼女はそれを素手で引っ張り出して踏みつけ、火を消しながら、

「なしてそげな真似をするねやん……なして悪さをしおるんよ……」

という言葉ばかりつぶやいた。すでに二年目を一日のごとく、明け方に目を覚ますが早く表座敷へ行って祖父の前にひざまずき、朝の挨拶を済ませると学んだ『千字文』をひとしきり暗唱して見せ、それから表座敷の拭き掃除をして、祖父のヨガンと呼ばれている尿瓶《しびん》と痰壺をゆすいだ後で、朝の勉強をしてきたところなのに、初めてそのことを忘れたままよその家で朝寝坊までしてしまったぼくとしては、どこかへ永久に逃げ出してしまいたいくらい、どえらい過ちを犯した気分にならざるを得なかったのだ。大福のお母んがあんなに憎たらしかったことがあったろうか。みすみす何もかも承知していながら、わざと小半日も寝坊するままにしておいた彼女の魂胆もはっきりしていた。ひざまずいて祖父の小言を聞きながらぽろぽろと涙をこぼす、そんなぼくの姿を見物する愉しみから素知らぬふりをしていたに違いないのだ。

「さっさと白状せんね。どげな魂胆で起こしてくれなんだのじゃ。癪に障ったらこげな釜に、土を放り込んでくれるだぞ」

昔もいまもすぐにかっとなる性分のぼくは、折からもうもうと湯気を噴き上げていた、コンロの上の釜の上げ蓋を高々と振り上げると、遠くへ放り投げかねない剣幕で喚き散らした。ひとたび狂いだすと、目に見えるものがない性格だとよく知っていた大福のお母んは、素早くへらへらと笑顔を浮かべながらぼくに背を向けてひょいとしゃがみ込んだ。おぶってやるから怒るなと言うわけだった。すいとんの具が隠れん坊でもするように沸きたぎっている釜のつばに、たたきつけるようにして上げ蓋をすると、ぼくは力なくその場に座り込んでしまった。我慢するためではなかった。自分がとんでもない誤解と錯覚をしていたことが、気恥ずかしくなったからだった。放り投げようと熱い釜の上げ蓋を振り上げた隙に見たら、太陽はいままさに西の山の端に腰を掛けていたのだ。たっぷりと昼寝をして黄昏時に目を覚ますと、ひと晩眠った朝方と取り違えていたのだった。

「おぶーばせんとね?　おぶーばして……」

おぶらなければぼくの怒りが鎮まらないと思い込んでいる大福のお母んは、依然としておぶってやろうと向けている背中をじりじり近づけながら、尻を擦り寄せてきた。

「ぼくはいまが、明日の朝やと思い込んどったんや……」

このように気恥ずかしいことを、しれっとした顔で告白するしかなかった。それからもぼくは、眠っていてそうした錯覚を時たま経験してきたところだが、それにしてもこのときのように、濃厚な色彩をもってぼくの目のなかに残っている光景はなかった。明くる日の朝と錯覚していたというぼくの言葉に、大福のお母んはまるで鉄板の上でバターが溶けていくようにけたたましく笑いだしながら、ぼくの前にすいとんを入れたどんぶりを差し出してくれた。石臼で小麦をざっと挽いて杵で搗いた粉をこね、ちぎって入れたすいとんだったので口のなかでふすまがざらざらしていたけれど、新鮮な貝の身と熟していないカボチャの汁のおかげで、めっぽうおいしかったそのすいとんの味は、いまもちょっぴり口のなかに残っている感じがしたりする。それからというもの、ふすま混じりのように黄身がかった小麦粉を柔らかめにこね上げて、しゃもじの上にひと固まりずつ載せておいて、スプーンの柄で小指大にちぎり、沸きたぎる汁のなかへ落として沸かす、大福のお母ん流のすいとんの味に取りつかれたぼくは、大福のお母んがそうしたものをこしらえる気配を察しさえすると、決まって大福の家へ出かけていって座り込み、ご馳走になって席を立ったし、ときには甕点にそう言ってぼくのご飯を運ばせて、すいとんと取り替えっこをして食べたくらい、すごい珍味と心得たものだった。

大福の尻馬に乗って回りさえすればすべてはぼくの思いのままで、悪さをしても怖いものなしだった懐かしい時代——、それはぼくが七歳になった年からおよそ二年間の、ほんの僅かな歳月に過ぎなかったが、しかしふたたび夢のなかでまみえた大自然のごとくこのうえなく麗しく、まるで銀河を掻き分けて泳いでいくような心の乱れる郷愁にどっぷりと浸らせ、ときにはぼく一人だけが知っていて死んでいくかのように秘密めいていて、あるいは受け継がせることのできないかけがえのない財産のように思われたりした。

その頃は大福が、すでに「将来性のない悪ガキ」というあだ名で後ろ指をさされ、どこへ行っても邪魔者扱いされて当たり前のときでもあった。大福とたびたびつるんで遊び回っていた鉄浩

までが何かというと、

「あげな悪ガキを産むくらいやったら部屋の床に垂れ流して、蠅の餌にでもくれてやればよかったんや……」

とわけのわからぬことを口走りながら、できの悪い息子を持った趙笠が哀れだということを繰り返したものだった。それればかりではなかった。鉄造はぼくに対しても、一度や二度忠告したわけではなかった。いや鉄造よりも甕点のほうがもっと、にわかには信じがたい話を持ち出してぼくをたしなめようとした。

「キリスト教の礼拝堂とかお寺に三年も通っとる人とは、向き合うて座ってもいかんと言われとるんだわ……」

と彼女は言った。さらに声を落としてから、

「市場で三年間もごろごろしとったやつが、まっとうなはずがなかろうが。大福は掛け値なしの泥棒じゃけん、相手にしたらあかん言うとるんや。おめえ、大福の尻に従い回っとって巡査にふん捕まったらどげえする？ 盗人じゃと大福と一緒に縛られてったら、どげえするんや……」

甕点は本気で脅したけれど、理屈抜きで大福が好きでたまらなかったぼくの気持ちは、誰が何を言おうとどうすることもできないものだった。ぼくは母に、大福に従いて回って遊ぶのはよいことか悪いことかを、訊いてみたこともあった。「大福にばっかし似るでのはおよし。いくら大福がそうだからといっても、あんたにまで悪さを教え込んだりはしないだろうけど」

大福がぼくを自分の肉親のように可愛がり、大事にして庇《かば》っていることを知っていた母は、大

福のぼくに対する振る舞いばかりは誰よりも信頼していたらしかった。してみると甕点は、きっと大福のお母ん憎《にく》しからぼくに、大福の陰口をたたいていたのかもしれなかった。ぼくが甕点や鉄浩の忠告に耳を貸さないことにしたのもそのためだった。

田んぼの苔が青海苔の色に変わってきれいになってくると、新たに拡がったキンポウゲの葉の陰ではオタマジャクシの群れが、ごちゃごちゃと入り乱れて戯れ始める。ぼくらが毎年のように燕の啼き声から何日か遅れて、畦道で聞くことが出来た声は、嘴が鋭くて羽根がきらきら輝いていた青い鳥の声だった。カワセミをぼくたちは青い鳥《パランセ》と呼んでいたが、カワセミの巣を見つけることでは大福と競い合える相手など誰もいなかった。カワセミは谷間の奥深くの切り立った絶壁の土の壁に、カニの穴のように深々と穴を掘ってその中で暮らしていた。ぼくは大福の尻に従いて回って五、六メートル以上も深々とえぐり取られている真っ赤な黄土の洞穴のなかを、小半日もさまよい歩いたこともあったが、大福は一つの穴からカワセミの雛を三、四羽ずつ捕まえたりした。穴の入り口に蜘蛛の巣が張って山苔が青々と生えていて、何も棲んでいないように見える穴だけど、穴の主が入っているかいないかを間違いなしに的中させ、いっぺんもドジを踏んだことがなかったのだ。それが田の畦へオタマジャクシやメダカなどの餌を求めて出て行ったカワセミの穴なら、二、三時間ずつ待ちうけていて生け捕りにもした。

そもそも獲物を捕らえることにかけて、大福ほど熟達した人がほかにいたのか未だに疑問だ。そんな人を何と呼ぶのか、とりあえずその名称でも知ることが出来たら嬉しい心情でもある。彼には何であれ、見事なまでによく拾いよく見つけだせるところがあった。冬場の猟にしても、捕らえた獲物を売って暮らしの足しにするくらいだった。薬や罠を使って捕らえたキジは束ねたら一ダースにもなったし、冬場が過ぎて野うさぎの皮を売ったら一着分のスーツの値段になったりした。貝とカニはまたどれほどたくさん獲物にしただろうか。解氷期に入りさえすれば大福は、網で編んだ袋を背負って浜へ出かけていった。サザエなどの巻き貝やアサリならぼくにだって、ほかの子らと同じくらい捕まえることが出来たけれど、蛤《はまぐり》とか鏡貝のような値の張る貝類やマテガイ、ワタリガニなどを捕まえるとなると大福のほかにはいなかった。

入り江を横切って海へ出て行く船路は小潮のときも大潮のときも、ぼくの腰の上まで届く海水でなみなみと満ちているのが普通だった。そんな海水のなかでワタリガニを捕まえるのは、どんな遊びよりも愉しくご機嫌なことだった。ぼくたちは手に手に編み笠を逆さにしたみたいな魚籠《びく》をたずさえ、胸元まで浸してくる海のなかへ入っていって、海底の砂を一歩一歩踏みしめていく。するとあのなかから、眠っていたワタリガニどもが間違いなしに、ぼくらの足の指に食らいついてハサミで挟む。カニによっては足の指を切り落とさんばかりに、力まかせにハサミに挟んでみて放して逃げ出したりするけれど、たいていは放さずにハサミに挟んだままでいる。ぼくらはものすごく痛くて、その痛さの我慢にはよほどの苦痛が伴うけれど、挟まれた足の指を動かしたり声をだしたりすると逃げられてしまうので、ときには涙を飲み込みながらそっと手を入れて、獲物を捕らえて引き揚げた。ぼくらの手のひらほどの真っ赤な甲羅をしたワタリガニの子たちは、ひとたび魚籠のなかへ放り込まれると這い出すことを知らぬまま、小粒の泡ばかりぶくぶくと噴き出した。海水のなかに入っているとしばしば、殻をきらきらさせながら芝エビや糠《ぬか》エビが海面をひょいひょいと跳んでくる来る。それらは手のひらでつかみ取りするか、小さな捕虫網などでかぶせて捕まえなくてはならない。大エビは魚籠に入れても飛び出すので、捕まえたその場でさっさと食べてしまわねばならない。口のなかへ入れると生臭いながらもすぐにとろけてしまう甘味のあるエビの味は、海中の岩場に腰を掛けてかぶりつかなければ食べた気がしない岩牡蠣《いわがき》の味よりも、ずっと堪えられなかったと記憶している。

夏場が近づくと大福はぼくにも、五、六メートルくらいはある竹竿を伐って釣り竿をこしらえてくれた。たしかにキビの茎の中身をえぐり出して浮きをこしらえたちゃちな釣り竿だったけれど、ちょくちょくハゼの当たりがあることでは例外などあり得なかった。大福はハゼを釣る餌のゴカイを採ることにかけても、みんなが羨むくらいすばしこい技を持っていた。陽が落ちてきて潮時だなと思われる頃になると、釣り糸を垂らす暇もないくらい当たりがあって釣り上げられた。

「あれ、まあ、おめえも夕飯のおかずの材料は釣ってきたんやね。若奥様、この子がハゼを土鍋に一杯、捕まえて来ましたわ」

甕点が素っ頓狂な声を張り上げて、ぼくの魚籠のなかを覗き込みながらご注進に及んだけれど、しかしぼくがそれだけ釣り上げたのはせいぜい二度か三度でしかなく、たいていは大福の、自分の魚籠の中のものを、ぼくの魚籠に分けてくれなければ気が済まない気性のおかげであることが、ほとんどすべてだった。

大福はまた夏場になると、何度かずつ前後の村の堤防とか池などを訪ね歩いては上手に魚を捕らえた。彼は誰よりも腕っ節が強かったし、村の子たちは彼の命じることに文句なしに服従したので、子どもらに言いつけて金だらい、洗面器、じょうごなどを総動員して、一日かけて池や川の水を掻い出すのだった。フナやナマズ、ウナギなどは陶器のたらいに一杯は捕れるので、ぼくらはあらかじめ用意した若カボチャを刻んでコチュジャン（唐辛子味噌）と混ぜ合わせ、即席コンロに釜をかけて煮込んで食べたが、衣服が濡れ鼠になろうと履き物が失くなろうと、熱烈に大福に従いて回ったものだ。

大福は遊びをするにしても、必ずしもみんなを歓ばせることばかりを選んでしようとはしなかった。外野席のぼくらにはめっぽう面白かったりしたけれど、してやられた人たちの立場からするとまったく腸《はらわた》の煮えくり返ることであったはずだった。それはたいてい、ぼくらの集落の前方の干潟へカニを捕りに、青蘿面のように遠方から来る人たちを相手にした、地元の人間によるよそ者への嫌がらせみたいなことだった。近ごろでは大きな貯水池が出来て、釣り好きのソウルの男で知らぬ者などはモグリとなった場所だが、その頃までにしても青蘿面と言えば、一年十二ヵ月の間にトラック一台入ったことのない、栗やナツメなどの初物でも採れなければ、市場の見物にも出て来られなかった僻地の村だった。青蘿面でありながらぼくらの大川面と隣接していた、いまでこそ貯水池への水没区域になり人跡稀となったと言われているが、ヨスル・ボクベンイ・シルセンイ・タマン・イムチョクコルといった細々とした村の人々は、一年を通して食べているのが青物と山菜類でしかないせいかもしれないけれど、カニの一種のヌンジェンイとか磯ガニ、葦原ガニなどちっぽけな、干潟で採れる雑魚《ざこ》にひとしい小ガニどもを、まるでどえらい食材か何かのように思い込んでいるらしく、何かというと群れをなしてぼくらの村まで、カニ捕りにやって来たのだ。

　ぼくらはそんな彼らを「カニ捕り」と呼んだ。あらかじめ日取りを選んで一緒に出かけると決めてあったのか、たいてい十四、五人もしくは二十四、五人ずつ群れをなしてやって来たが、大部分が二十歳前後の若者たちで、それは距離が遠くて海に慣れていないせいらしかった。「カニ捕り」たちはいつも同じように、野良稼ぎや山仕事に出かけていくときのもっとも古くて汚れきった作業衣を選んで着て、網袋のなかには飲み水の入った空き瓶と、焦げ飯のおむすびとかそば粉などをこねて蒸した餅を包んだ、こぶし大の昼飯の包みが入っていて、言いたくないけど乞食と区別をつけようがない身なりだった。彼らは一日中干潟をほじくり返してカニを捕りサザエを拾いし、午後のおやつ時くらいに新作路のほとりへ出かけていると、てんでに網袋からカニの泡を吹かせながら帰っていく、「カニ捕り」たちのむさくるしい行列が現れたりした。

　新作路で待ち伏せていたぼくらは一斉に、口を揃えてからかい始めた。

「やい、こげな山奥育ちのもぐらども……」

「やい、こげなカニ乞食ども……」

「こげな、ど田舎の山猿どもめが……」

　ぼくらは彼らを怒らせて鼻息を挫いた。彼らはいっさい何の口答えもしなかった。地元の子どもらからよそ者として蔑ろにされるのを、当然のことと思っているのかもしれなかった。ちび助どもが前座をつとめるといよいよ大福の出番だ。

　彼は穏やかに「カニ捕り」たちの前に立ちはだかると、

「兄さんがた、よその街へきなすって、挨拶もなしに帰りなさるん?」

「……」

「よっしゃ、挨拶なしでも構わんけど、税金くらいは納めて帰りなせえや」

両の目を怒らせドスの利いた声で、ただでは通さぬというように身構える。すると先方は、

「みんな、腹を空かしとる連中やのに、早いとこ帰ってキムチと飯を食えるよう塩梅《あんばい》して下されや」

と、彼らのなかで図体も見栄えがよくて、話しぶりもしっかりして見える男のやつが、代弁でもしようという口調で進み出て立ちはだかった。

「誰が何と言いました、税金さえ納めてくれたら結構や、言うとるのに……」大福はのらりくらりと食い下がる作戦に出た。

「浜にも主《ぬし》がおることを、冠村へ来て初めて聞いたぞな」

「よその村の道路をただで通り過ぎる法なんぞねえのやからな……つべこべ言うとったら日が暮れるじゃろうから、通行税を払うて幕引きとするだよ」

「……」

「おや、通行税を取らいで済まされると思うとるのじゃろうか?」

「ひゃあ、この村ときたら、相当にせこい悪ガキどもがおるわい……」

彼らは結局それ以上とやかく言うこともできず、網袋や麻袋の中のカニの群れをひと握りずつ取りだし、ぼくたちが手にしている器に入れてくれた。ぼくたちは通行税として巻き上げたカニ

を大福に家へ持ち込んでいって、焼いて食べたり炒めて食べたりしたのだが、その味はぼくたちがじかに捕ってきたカニよりもずっとましだった気がする。そうこうする間にぼくは、大福に感染していた悪さを真似るようになっていたが、集落の大人たちは大福のそうした悪さを目の当たりにするたびに、ちっとも大目に見てやろうとはしない顔つきだった。よその家の子たちのいたずらだったら、「そげなことをしたらあかんがな」の一言で済ませるところだろけど、大福に対してだけは当然のごとく、「鴉の十二通りの啼き声に、役立ちそうな啼き声が一つでもあったかや……」

と吐き捨ててそっぽを向き、

「地下者《じげもん》の悪ガキじゃけん、遊びをするにしてもそげな塩梅に、えげつねえ遊びをしおるんや……」

といって罵声を浴びせたりした。地下者という言葉は賤しい生まれという意味だった。

ぼくが大福を真似て悪しき遊びをしたというのは、ほかでもなかった。その遊びは、市の立つ日しか出来ないことだったけど、やはり田舎者たちを笑い者にするいたずらだった。裏山には牛車でも通れるくらい、小径にしてはかなり幅のある道路が山の中腹を横切っており、こちら側の勾配の急な下り坂の道路の中腹には、大福の家の向こう側にある柴折り戸の傍の桃の木の根元からその坂道を見上げると、見通しのよいその場所にむしろを拡げたくらいの岩場が道路の脇に横たわっていた。人々は広いというので広場岩と呼んだりしたけれど、ぼくらがいたずらをするのにはは打ってつけの場所でもあった。市が立った日の暮れ方ともなると、その道路から尾根を越えて帰宅していくソエミ、海倉、新垈里などからやってきた市場の買い物客たちが、ひっきりなしに通り過ぎることになる。買い物客たちの手には市場で買い求めてきた、細々とした種々雑多な品々がぶら下げられていると決まっており、それらのなかでもいっとう頻繁に目に留まったのは、むやみに器に入れて持ち帰るわけにいかない苛性ソーダの包みだった。石鹸代わりの苛性ソーダは素手では触れないしろものだったので、商人が鑿で切り取って古新聞でくるむと、藁縄で縛って手で持てるようにしてくれるままに、手にぶらさげて帰っていくしかないはずだった。苛性ソーダはすでに少しずつ溶けて包んである古新聞は濡れているので、ひと休みして行くとしたら衣服や食べ物に触れないように、岩場の外れに置くか木の枝に吊るしておかなくてはならない。こうして一服つけた市場帰りの買い物客たちが重い腰を上げるときは、ほかの荷物をまとめることに気を取られて、十中八九は苛性ソーダの包みを置き忘れて帰るのだった。

ぼくらの悪さは、とうとうそんなものに手を出すまでになっていた。

ぼくらは苛性ソーダの欠けらと似た色の石英を拾ってきて、古紙にくるんで藁縄で輪に通して結んだ。苛性ソーダはほんの少しずつ溶けていくので、ぼくらがこしらえた偽物の苛性ソーダも古新聞をちょっぴり濡らしておかねばならない。真水で濡らすとすぐに乾いてしまうので、やむなく大福の家の垣根の陰におかれている小便壺に、半分ほど浸しておいて取りださなくてはならなかった。濡れてた古新聞の色といい匂いといい、何とまあ苛性ソーダにそっくりだったことか……ぼくらはそれを、買い物客たちがちょくちょく腰を下ろしてひと休みしていく、広場岩の端っことかその近くの木の枝などにぶら下げておいて、すぐに離れたところへ引き下がると、遊んでいるふりをしながらちらちらと様子をうかがった。

　買い物客たちのなかでも年輩のおばさんたちは、疑いもせずにそれを手に取って席を立った。前後の様子をさりげなく見回してから、平然と我がものとするのだ。苛性ソーダに手が触れると皮膚がただれるので、誰もその場で包みを解いてみようとはしなかった。ほとんどはあの遠い道のりを歩いて自分の家にたどりつくまで、小便壺の洗礼を受けた石英のかけらを後生大事に引っさげて行くはずだった。思えば思うほど愉快で笑いが込み上げてくる悪さだったので、ぼくらは市場で一日に普通十個くらいの偽苛性ソーダの包みをこしらえて、他人を困らせることをしたりしたものだった。

　鎮鉉や俊培の親たちが、ぼくらのそうした悪さを知らぬはずはなかった。二人の子の親たちは事実関係を確かめてみようともともせずに、万事は大福のせいだと思い込んでいた。さりとて、大福を呼びつけて叱ろうともしなかった。集落のなかですでに見限られた息子と決めつけられている大福を、いまさら叱りつけてみたところで何の得にもならぬことを、よく心得ていたからだ。

「キーセン（妓生＝芸者）が出来損なうと道端へ屋台をだしてどぶろくを売るっちゅうけんど、放かっとけや。どのみち身持ちの悪いげす野郎に成り下がったんや……」

　といいながら、自分の子たちの行動に厳しい目を光らせることは疎かにしなかった。ぼくはあべこべに、日が重なり月が経つにつれますます大福が好きになっていくばかりだった。大福が削ってくれた独楽はどうしてあんなによく回転したのやら、彼の手が届いたものは何であれ、ほかの誰かがこしらえたものよりも格段に見栄えがよかった。棒切れを飛ばして遊ぶ棒切れは倍以上も遠くへ飛んでいき、とんび凧であれエイ凧であれ、凧は糸が短くて高くまで上げられなかった。橇《そり》は冬中乗って遊んでも釘一本折れ曲がらなかったし、紙さえ預けておけばどこで葉銭を手に入れるのか、一日にいくつものチェギをこしらえてくれた。よその家のアヒルとか鶏を盗んできて料理をするので、ぼくはそれにありつく愉しみからたびたび睡眠時間が短くなったし、カラタチの垣根で囲われた果樹園に月のない闇夜に乗じて忍び込むと、麻袋がはち切れるくらい果物を詰め込んで帰ってきた。

年が代わるとぼくらの邑内でも、以前にはなかったことなどが一つずつ現れ始めた。見慣れない品々、聞いたこともない噂などが巡り巡っていつしか人々の口の端にのぼると、次第に現実のものとなっていた。最近になって時たま思い返してみるのだが、あのちっぽけな邑内としては、出くわしたものの使いこなせなくて持てあました、外来の文物に巻き込まれていきながら、本来の姿が変質していく過程ではなかったかと思われる。あの時代のこの地方の人たちとしては、帝国日本の植民地時代に痛い経験をしていたにもかかわらず、舶来品との実質的な接近はようやく本格化したばかりというわけだった。あの狭い邑内に突然、一日に二、三百名ものアメリカ兵が雪崩れ込んできて沸き返るようになったのだ。それは少なからぬ異変だった。いつかも書きつけておいたことがあるけれど、近ごろでは知らぬ人がないくらいの避暑地となった大川海水浴場だって、その頃初めてアメリカ軍によって開発されたものだった。アメリカ軍政時代の遺物だったアメリカ軍が大量に投入されると、それにつられて彼らを相手とする新手の商売が広まることになった。そのくせ邑内の住民たちは渋い顔をしていたのだから、後れまいと手を広げていくか、どっちつかずでぐずぐずしたりしていて、身を引いて立ち位置を失くしてしまう、多分に無秩序で混濁した雰囲気だったと記憶している。わかり易く言えば倫理的な守旧性と生活上の実利主義による計算がちぐはぐになった、筋道のない状態ではなかったかと思うのだ。なかでもソンビ(文人階級)気質から抜けきらない住民たちが大いに心配したのは、アメリカ兵たちの品の味見をするために多くの農民や漁民が、自分たちの食糧と変わらぬ生産品を持ち出していって、ためらうことなくアメリカ軍の物資と物々交換する風潮だった。

「グラス一杯のこのビールが牛肉五斤分じゃと、先に死んでたら心残りでどうなっておったことやら……」

と言って、一杯のビールに含まれる栄養価が五斤もの牛肉を飽食したくらい体によいと、我がちに交換して飲まなかった人たちが果たしてどれくらいいるだろうかと思われた。ハロー、オーケー、ヘブ　ノー、ナンバーワン……といった言葉も、口がきけない人を除いて口にしてみなかった人は稀だった。両班をひけらかして族譜を売り物にし、食事を失って知らぬふりをして暮らしてきた、ちょんまげ姿の年寄りたちだけは例外だろうと思う。

その年の夏のこと。徐々に大福の姿を見かけるのが容易でなくなり始めた。アメリカ兵の使いっ走りをして小銭にありつくことに味を占め、海水浴場へ出ずっぱりだとのことだった。大福のお母んもえらく誇らしく思っている顔つきだった。ぼくは大福が夏場におカネでもたくさん稼いでくれたらと期待し、夏の終わりばかりを待ちわびるしかなかった。大福はいいもの美味しいものがあるとぼくから先に食べさせて来たので、彼が稼いだおカネもぼくのために使うみたいな、とんでもない気持ちになってみたりもした。とはいえ少なからず心配もした。あの白や黒の、人間とも思えぬアメリカ兵たちのなかに紛れ込んだ大福の身が案じられたからだ。言葉も通じないのにどんな使いっ走りをしてやれるのだろうか。ぼくのそうした気がかりは昼夜の別なく止むことがなかった。あるいは、大福のお母んの話が嘘っぱちなのかもしれなかった。切れ切れと聞こえて来る噂もぼくの期待とは違っていたし、さほど好ましくない内容だった。ほかに聞こえた噂は、使いっ走りというのがアメリカ兵の靴を磨いてやることだとことだった。それは、金を稼ぐほどのことにはならないのかもしれなかった。ガムとかパン、キャンデーなどをもらって間食することで終わるということだった。

ひと月ほどしてからだったか、この人のこの話やあの人のあの話が盛んにかまびすしく行き交っていたある日のこと、あんなに入り乱れていた噂話があっさりと一つに整理されてしまった。黒の帽子に黒の制服姿の巡査が出しぬけに、大福を先に立たせて彼の家の垣根の中へ入り込んで来たのだ。ああ、ぼくはそのときどんなにびっくりしたことか。ものすごいショックだったし、怖ろしい事件だった。図らずもその日に限って、幸いにも市の立つ日だったので、村は空っぽでその様子を見た人はいなかったから、目撃者は大福のお母んとぼくだけだった。大福のお母んとぼくはどちらも内緒にしたので噂にならなかったけど、アメリカ兵の持ち物を盗んで見つかったとのことだった。巡査は、アメリカ兵相手のこそ泥が初めて出現したが、未成年なので情状を酌量して保護者に返してやるのだから、二度とこんなことがないようにして欲しいと、わざわざ頼むためにやって来たという話だった。

ぼくは堅く秘密を守ってやる代わりに事実でないことを願ったし、大福の口からじかに釈明されるだろうと期待していた。けれどもその間に、大福は人が変わってしまったのだろうか、釈明どころか村のどの子とも交わろうとはしなかった。

ぼくは大福のそんなに突然変異した態度に、何がなしある力が大いに感じられた気がした。日が経つにつれ大福の変貌は、さまざまな振る舞いからいつでも発見されていた。言葉遣いが乱暴になったうえ行動もまた、ならず者呼ばわりされてふさわしいことをして回っていた。大福の姿を見かけるのが難しくなったのも、彼が米軍部隊の周辺をうろついていた頃と変わるところがなかった。村を歩き回ることがなかったからではなくて、家に居着いている日がなかったからだった。どこをそんなにほっつき回っているのか、知っているという人はいなかった。信じがたい噂では、いまも海水浴場の周辺をうろついているということだったけど、証拠はなかった。時たま井戸端とか七星岩へ上がっていって、ちらりと彼を見つけたこともないではなかった。そのつどぼくは彼のところへ駆け寄って甘えてみるとか、話を聞きたい気持ちが萎えてきたりした。

夏がすっかり終わってアメリカ兵たちが引き揚げていくと、大福は外観から違う人間になっていきつつあった。集落の内外の誰もがまだ履いてみたこともない赤い軍靴を履くかと思えば、ときにはおニューのカーキ色のズボンを穿いて現れることもあった。近ごろ盛んに流行っているものにジーパンがあるけど、あの頃軍靴とかカーキ色のズボンが着用できた人たちといえば、ある意味では世間に知られた人物として遇されていた。通訳とか高級将校でもなければ、あんな片田舎では触ってみることも出来ないしろものだったから。大福もよほど大物ぶって威張り散らしたものだった。けれども、彼を羨んだり大物と思ったりした人は誰もいなかった。むしろ彼がいつどこでどんな不様《ぶざま》な姿をさらすかと、それとなく待ち受けていたところだった。

「やつが盗みでも働かなんだら、どこぞで触ってみれるしろものじゃろうか?」

誰もが自信ありげに吐きだしてみる言葉だった。ぼくはあくまでも村人たちの憶測であることを願い、大福自らがそうでないことを証拠づけてくれたらと思った。ぼくだけがそんな気持ちでいたのだろうか。それは大福のお母んと犬猿の仲だった、甕点も同じではなかったかと思う。大福とたびたび一つのお膳でご飯を食べ、つるんで遊びながらも警戒を怠らなかった鉄浩でさえ、同じ気持ちではなかったろうか。

大福はしかし、そうした期待にいささかも報いることはなかった。薪ざっぽうの一本も拾い集めてきたことがなかったし、唐辛子の苗を一本だって植えつけてみたことがなかったのだから、いまさら出来ることではないかもしれないが。

十ウォン銅貨一枚稼いでみたことがないくせに、いつの間に吸い始めた煙草だろうか、大人たちでさえ葉煙草で手作りの煙草を巻いて吸っているのに、大福ばかりは『白頭山』『芙蓉』『孔雀』など、高価な巻き煙草ばかり口にくわえて歩きながら、夜更けまで裏山の広場岩に座り込んでハーモニカを吹いたりしていた。人々はなるべく関わるまいと、努めて顔をそむけて過ごした。端から関心さえ持つまいと努めたのだった。結局は村人たちのそうした態度が、自からさまざまな不幸を招き寄せた恰好になったが。人々の関心の外で独りで行動していた大福は、病みつきの盗み癖を育てていったのだ。大福の姿がちらっと見られると決まって、何かが失くなるというのが村人たちの陰口だった。やれ鶏の数が減った、アヒルの数が足りない、味噌玉麹を仕込むためにだしておいた大豆の袋、コチュジャンを仕込む袋の行方が知れない、茶だんすのなかにしまっておいたごま油の瓶が失くなり、小さな柳行李に入れて棚の上に載せておいた麹の何枚かを、足跡も残さずに持って行った……三日とおかずに憎むべき噂が相次いでいた。

大福は依然として真夜中の十二時を回るまでハーモニカを吹いているばかり、集落にどんな噂が広まっているかに関しては、まるきり聞いたことがないといった顔つきだった。いま思えばあの誰もがうんざりするくらい吹き鳴らしていたハーモニカは、夜更けまで裏山の広場岩にいたではないかという、いわばアリバイとやらを用意しておくための、彼なりの猿知恵だったと判断される。

彼がそうした悪さを内外の集落でばかり働いて回り、いつまでも足を洗わないでいたら、しまいにはどんなことが起こったか想像に難くない。隣近所のよしみでじかに警察へ行って告発する人はなかったとしても、最小限きわめて遠方の他郷へ引っ越していくよう、強要されたであろうことは明瞭だった。盗みにも慣れっこになって自信ができたせいか、彼はほどなく近所の人たちを困らせることを断念したようで、その代わりあまり噂になっていない地域への泥棒行脚《あんぎゃ》を始めたのだ。行脚といっても、どこかすごく遠いところへ行って煙の立たないことをしたわけではなく、広川、洪城、熊川、青陽、長項など列車の便が稀でなくて日帰りが可能なところなら、市の立つ場所の広い狭いに関わりなく、陳列台に並んでいる闇売り品などの品定めをして回ったのだった。彼がそんな真似をして回っていることを知らぬではなかったけれど、せめて直接の被害を免れるだけでももっけの幸いと思いなした村では、誰一人として自分から進んで戸締まりをしっかりするよう呼びかける者はなかった。あるいは大福のお母んがどんな人間かをあまりにもよく知っていたので、迂闊な一言を洩らして彼女と敵同士になるのを嫌って、知らぬ顔の半兵衛を決め込んだのかもしれなかった。せいぜい、よくぞまあ大福のやつときたら捕まりもしないものだねえと、治安当局への不満でもこっそりと洩らしたに過ぎなかった。ひょっとしたらぼく一人のほかには、たいていがそうした不満を沸騰させていただろうと思う。厳しい刑罰が下されて一件落着することを期待したからではなくて、真人間《まにんげん》に生まれ変われるかもしれないという気持ちから——盗みを働いて得た収入をどこへ使ったのかという疑問も、取り沙汰されるには十分だったようだ。米粒一つ、びた銭一文だって生活費の足しにしてはいないもようだというのが、村人たちの共通する意見だったが、さりとて大福が斗酒なお辞さなかったとか、おしゃれにうつつを抜かしたとかいうわけでもなかった。どこかの料理屋の女にでもはまったか、博打に手を出して病みつきになったのではという推測で、さまざまな疑問にピリオドが打たれた。遅ればせに明らかになったことだが、世間の人々のそうした推測はどちらも当たらずといえども遠からずで、推測の中の一つが的《まと》を外していたのは、大福がよくぞまあ捕まりもしないものだねえと、治安当局への不満をこぼしていたことだった。大福はたびたび見つかっては当然のごとく連行されていき、すでに罪を犯しやすい少年として目をつけられ、前科が一つ一つ記録されていたのだ。ただ、罪状が重いものではなかったうえまだ未成年であることが酌量されて、横っ面の二、三発も張られて釈放されて来るのが十中八九だったに過ぎなかった。気持ちのうえでは彼の身にどんな不幸も生じないよう願いながらも、彼のためになぜぼくはじかに自分の言葉で一言も忠告できなかったのだろうか。それはぼく自身が、深く問いつめねばならない性質の事柄ではあるけれど、さし当たってわかることは、大福が徐々に怖くなってきたためだった。遠くから見かけるようになっても、どことなくますます気が重くて近寄りがたいばかりだったから。

いつだったか甕点は、母の耳許でこんなことをささやいた。

「若奥様、うちはさっき、市場へ行んでの帰り道に、ガソリンスタンドの前で大福を見かけましたんや……カーキのズボンに軍隊靴を履いて、頭にチックなんぞてかてか塗りおって……おかしくて見ちゃおれませんでしたわ」

甕点の話は事実だった。もはやどこで食べ、寝泊まりしているのかこの集落には顔も見せなかったけれど、市の日に市場にさえ行けば何度でも見かけるということまで。そうしたなかでも大福は、時には前触れもなしに自分の家へ舞い戻ってきて、泊まってから出かけて行くらしかった。そんな日にはぼくも、七星岩の辺りとか藁塚の隙間で不意に彼と出くわすことがあった。彼はぼくに会うと相変わらず自分のポケットをひっくり返してみて、つかみ出したものなら何でもためらいもなくぼくの手に握らせようとした。小さな皮のがま口、チューインガム、手鏡、ナイフ、古い万年筆……ところがそれらの品々は、すべて他人のポケットの中身をはたいて巻き上げた盗品だったのでためらわれ、努めて彼を避けることでもらえる機会をわざとつくるまいと、頭を働かせた記憶も新たに甦ってくる。もらって自分のものにしたい気持ちは実際に底知れなかった。鍛冶屋から捨てられた鉄の切れ端とかねじ釘、鍵の断片やさまざまな釘など、鉄片なら何でもござれでおもちゃにして、片っ端から集めておいた時分だったから。ぼくはそれくらい大福から遠ざかろうと、重ね重ね心に決めながら過ごしていた。ましてやある暮れ方に、大福のお母んがしていることを物陰に隠れてこっそりと目撃してからは、なおさらそうすることにしたのだった。

ある日の暮れ方だったと記憶している。そのとき大福のお母んは自分の家の垣根と麻畑の中間にあった綿畑で、ぼくの家の棉を摘んでいた。綿の花のまだ開いていない実を剝いて食べた覚えのある人にでも話すべきことだが、あのいくらか甘みのあるところなどは、色合いとか見栄えのよい果物の味に負けないことがわかっているはずだが、ぼくはそのとき棉畑の畝間に隠れて座り込み、綿の若い実を摘んで食べていて目撃したことだった。ぼくが最初に目撃したのは大福の家の枝折り戸の前で、巡査が大福のお母んに声を荒げて怒鳴りつけている光景だった。巡査は一人で、大福のお母んは畑からいつ出て行ったのか、両の手を巡査の鼻先へ突きつけながらしきりに罵声を浴びせているところだった。

「母親がこのざまじゃからガキまでがあの体《てい》たらくなんじゃ。ガキをこさえたんやったら責任をもって育てろいうとるんじゃ」

巡査がいまにも横っ面を張らんばかりの剣幕で怒鳴りつけると、大福のお母んも負けじとあらん限りの声を張り上げて悪態をついた。

「おや、そうかね、なるほどごもっともや。こげな何人もの人を食い物にしおるやつめ、うちの息子が盗みを働くところを、おめぇの目ん玉をひん剝いて見たんやったら、なしてさっさとふん捕まえなんだのじゃ？」

「こげなくたばり損ないめが、母親から先に痛い目に遭わせてやらんといかんな」

「こげなお仕置きにしてくれねばなんねぇやつと来たら。おめぇにはお父んもお母んもおらんのけ？　どなたに向かって妄《みだ》りにぞんざいな言葉を遣いおるんや」

「こげな面の皮の厚い女を見たことか、何月何日にどこそこで何と何を盗んだと種目別に並べてくれたろか？　人並み外れのことばかしさんざん並べ立てたんやったら、さっさと大福の遁ずら先を吐くんや。どこへ逃げた？」

「こげな、日本の醬油に漬けて清国味噌で固めてやりてぇ野郎めが。うちを捕まえていかんとね、うちを殺せ」

「よせや……よさんとね……」

巡査は持てあまして後ずさりし、大福のお母んはますます図に乗って、食らいつかんばかりに挑みかかって騒ぎ立てた。

「そうやったら、出来損ねぇの息子を持ったこの母親を、捕まえていけや、うちを捕まえて行けって……」

ぼくも以前から、警官と聞くと鳥肌が立つくらいよからぬ先入見を持っていた。けれどもこの場合は当然、大福のお母んが素直に謝罪してしかるべきだと思いながら見物していたのだった。彼女はますます悪あがきを続け、つかみかかって暴れた。

「この何かみてぇなやつが、年甲斐もなしに馬鹿な真似をしおるげな。暴れたら一番や思っちょるのけ、このぉ――」

たまりかねた巡査がいっぺん手を振り上げると、同時に大福のお母んもひっくり返ったが、彼女は地べたを転げ回りながら大声を上げて慟哭し、自分の上衣をむしり取ってはだけると胸元を掻きむしったりした。大福の連行は望み薄と知ったのか、巡査は垣根を回って上の邑の区長の家のほうへ後ろ姿を移していくと、大福のお母んはいつ何をしたのかと言うように鼻をいっぺんかんでから、もぞもぞと起き上がって棉畑へ入っていった。彼女が元通り棉畑の畝間へ入っていって、中途半端になっていた作業を続けると、ぼくは何とも言いようがないながらもひどく気分を害した。苦々しい後味だった。それが、まったく彼女を毛嫌いするようになった動機でもあった。彼女を見るとまるで膿を垂らしている疥癬掻きとか、傍でうろつくだけでもシラミやノミが移ってきそうな乞食と狭い路地で出くわし、すれ違って通り過ぎていくときみたいな、そんな具合に身の毛がよだったりするのだ。そんな感じは大福に対しても同じだった。おのれ独りの行為がもとで母親が横っ面を張られ、張られて当然と言われる真似をすることが、どうしてあり得ることだろうか。

大福のお母んはその後も、他人が忘れる頃になると警察へ呼び出されていったりした。彼女の話によると、指名手配中の大福の行方を白状しろと呼び出しを繰り返しているとのことだったが、ひと月ほどして警察への出入りが頻繁になった後は、大福が検察庁へ送致されるという噂が聞こえてきた。彼女の警察への出入りが面会と私食を差し入れるための、隠密行動だったことも併せて明らかになった。大福が藍浦のソプバジという集落へ忍び込んで牛を盗み出し、売り飛ばしたとのことだった。

大福のお母んは朝な夕なわが家へやって来ると、涙の涸れる暇もあらばこそ悲しみに打ちひしがれていた。結局は牛泥棒にまで行き着いたとは……ぼくだってものすごく裏切られた思いがしたし、口惜しかった。

検察庁は八里も離れた洪城郡の邑内にあったので、彼女は十日にいっぺん半月にいっぺんの割合で面会に通っていた。けれども、何ヵ月の懲役とか刑期がどれくらい残されているとかいう話を、口外したことは一度もなかった。こんなことがきっかけで真人間に生まれ変わって出てきたら、どんなに喜ばしかろうかと、ぼくの母は非現実的な慰め方をたびたび、大福のお母んにしてやったらしいけど、やれ星回りが悪かったの、身分の低い家柄が恨めしいなどといった泣き言のほかには、いささかも反省の色は見られなかったという。ぼくが聞いても気が滅入る話だった。わが家ではもともと、父のことで留置場への差し入れには経験が豊富だったので、冬の三ヵ月間を凍えて過ごす大福の境遇だって誰よりもよくわかっていた。そのため大福のお母んが洪城へ面会に出かけていく日には、そのつど手ぶらで行かることはなかったと承知している。着古しの肌着類とかきな粉餅などを包んで持たせてやり、ときには暮らし向きをやりくりして旅費の足しにさせてやることもあった。

その年の冬はあまりにも息詰まりそうでもの悲しかった。

甕点がお嫁に行き、鎮鉉一家がよその集落へ引っ越していったせいでそうなったわけではなかった。大福のいない冬を独りぼっちで過ごしたせいだった。それはまるきり、予期できなかった寂しいことだった。長くて長い冬の間ぼくは何も手につかなくて、部屋に閉じこもって手習いの練習なんかを、飽き飽きするくらい繰り返さなくてはならなかった。

雪が足の甲を埋めても、野ウサギやキジの罠を仕掛けてみることも出来なかったし、田んぼごとに氷が張ってもいっぺんだってスケートに乗ることが出来なかった。凧揚げにも興味がなかったし、独楽回しやジャチギ遊びなどにもやはり興が沸くはずはなかった。キジの罠にかかった山鳩とかカササギの肉は、冬場に大福の家に集まって祖父に内緒で味見した珍味だったけれど、その年以来二十五年という歳月が流れた今日に至るまで、二度とふたたび匂いを嗅ぐことも出来ずに暮らしてきた。ツツジの木の切り株を燃やした熾火で、一日に何羽も焼いて食べた昔の味が忘れがたくて、一昨年の冬だったかソウルで暮らして初めて、市民会館裏の路地のリヤカー屋台のテントのなかで、焼酎の肴に味わってみたことがあったが、どことなく昔の味と違うなと思ったら、孵化場でいちばん初めに生まれてきた子と飛べるようになったひな鳥とを選り分けた、ただの雛を焼いたものだと遅ればせに聞き出したりした。大福のぱちんこで雀を撃ち落とす腕前は、近ごろの誰かが散弾銃で撃ってもそんな腕前を真似て見せることが出来るかと思えるほど、見事なものだった。

大福の尻に従いて回ることで味わえた、冬至の日の夜の星空のように美しい時代の追憶も、その年の冬を最後に永遠に終わってしまった。

残酷な砂埃が馬を走らせる、大平原と変わらなかった寂しい冬が春の雪とともに溶けていきながら、世の中が次第に険悪なものに変質していく兆候がわが家へも忍び込んでくると、初夏を迎える頃からはぼくの生活環境そのものがすっかり覆されてしまったのだ。

大福の家の垣根がカボチャの蔓に覆われ、七星岩の岩場の陰からヒバリが空へと矢のように飛び上がりながら、もくもくと沸き起こる雲をうたいたてていたけれど、大福の家の垣根のなかの陰はひときわ濃くなっていた。大福が公州刑務所に移されたきり、未だに釈放されていなかったからだった。けれども将来どんなことが持ち上がることになるのやら、あらかじめ察していた人など誰もいなかった。戦争――、ぼくみたいに幼い者にはなおのこと夢にも想像できない、きわめて抽象的な出来事だった。にもかかわらずそれは、戦争は、ぼくがそれまで体験してみた事件のなかでも、もっとも具体的かつ実質的な姿をしていた。

六・二五動乱《ユギオ》（朝鮮戦争）の勃発とともにわが家は身の毛もよだつような無惨な廃墟と化してしまった。突如として惨劇の現状に変わってしまったのだ。あべこべに大福の家族にとっては、状況が変わった。もともとどこから見ても、ぼくの家とは相反する立場にあった。

大福が初めて村へ現れたのはその年の七月の晦日頃だった。意外にもちょっと見にはすぐにそれとは見分けがつかぬくらい、随分と変わり果てた姿で現れたのだった。北の人民軍の手で刑務所の扉が開かれて出所したといいながら、自分の家の次ぎに訪ねてきたのがぼくの家だった。自分の家に立ち寄りはしたものの、靴も脱いでみることなくわが家へやって来たのだ。彼は廃墟となったわが家のありさまを確認すると、慰めるのに困るくらいいきなり大声を上げて泣きだしてしまった。彼は泣きながらも途中でぼくの母にクンジョル（最敬礼のお辞儀）をしてから、喉の奥へしゃくり上げることをしばらくの間繰り返し、彼の健康を案じたぼくの母は早く泣き止むよう重ねて促した。どれくらいに経つだろうか、母の前から引き下がってきた大福はやがてぼくの両手をしっかりつかみ、ふたたびぼくの頭を撫でた。

「さぞかし驚いたやろな？　まんだ子どもなんやから、さぞかし驚いたことじゃろうて……」

とつぶやくと、またしてもひとしきり涙を流した。ああ、何と久しぶりに耳にする穏やかで優しさの籠もった声音だろうか。

「どうせこげになってしもうたんや、あんまり悲しむでねえだぞ。辛抱して耐え抜かねば……」

大福としては自分が味わってきた苦痛とぼくの家に襲いかかった不運とを、まぜこぜにして流した涙だったろうけど、ことによると彼の一生を通じて初めて熱い涙を流してみることができた、願ってもない機会だったのかもしれなかった。彼は出所したばかりとは思えぬくらい身なりもこざっぱりしていたし、健康そうだった。

「ここまでもらい食いしながら歩いて帰ったんじゃけど、足の裏になんべん水ぶくろが出来て破れたんやら、数え切れんくれえだったわ」

陽に灼けて黒くなった額から汗を拭いながら、

「人民軍が下って来なんだら、いつごろ出所できたやらわからなんだぞ、そうよ、まんだずっと先じゃったろうて……よっしゃ、何としても恩返しはきっちりとして見せるでよ、いまに見とれや」

それから彼は、さらに、

「いまこそええ世の中になったんや、人並みの暮らしをしてみるつもりよ」

ほんとうに新しい生き方をしてみる覚悟が出来たのか、厳粛な面持ちで決心して見せたりした。彼は周りに人たちにも、自分から進んで義勇軍としてでも出陣したいなどと、ためらいもなく見え透いたことを吹聴して歩いた。それはいまが無法時代であることを利用して、おのれの前科を赤い色で上塗りして粉飾しようという魂胆だったらしかった。これは、結果を見届けた感想ではなしに、あの頃の彼のことを知っていた人たちに共通の見解だった。


大福はまるで生き甲斐のある世の中に出くわした人みたいに、忙しなく歩き回った。邑内へも毎日一回ずつは行ってくるといっていたが、彼なりに働き口をこじ開けてみるための彷徨だったらしかった。動乱前に留置場とか刑務所につながれていた人で、のさばらない者がない時代だったから、ことさらに大福の邑内通いだけを取り上げて、おかしく思うわけにもいかないことだった。十年一日のごとく他人の家の作男として雇われようと、鉄工所の下働きをしながら一人前に育とうと、小学校さえ卒業していたら官公庁の書記に採用されない者など滅多にないありさまだった。そんな時代だったのに大福には、せめて口過ぎでもできるようにと頼み込んで、使いっ走りでもさせてもらえる相手さえなかったらしかった。常習の窃盗犯という経歴が災いして、そうした例外であり得たらしかった。結局彼には、義勇軍にでも志願していくよりほかに、北朝鮮の人民共和国に忠誠をもって報いる道はなかった。言葉では何と言おうと、大福は自らそれを実行に移せるほどの器量もない人間だった。果たせるかな義勇軍に取られまいと、あらゆる努力を始めた。彼なりの頭脳と猿知恵を働かせて、いくつかの仕事に本腰を入れて取り組んだのだ。

ぼくがしばしば見かけたのは、夜ごと南へ南へと下っていく牛車や馬車の牛馬が食べる飼い葉などの徴発と、それの調達だった。日が暮れてくると日がな一日隠されていた牛車など、武器や戦利品をうずたかく積み上げた牛車の列が、新作路狭しとばかりに南へ流れていった。荷鞍を載せたロバも一日に十余頭ずつその後に続いていった。

大福は家々を回り歩いては麦の小ぬかとかふすまなどを供出させ、徴発した飼い葉の材料を道路脇にだしておいて、通過する牛車やロバにまんべんなく分け与えたりした。彼の仕事はそれで終わったわけではなかった。犬を畜殺させるわ、蒸し餅をこさえてだせ、鶏を絞めて茹で差し出さなくてはならないなどと、昼夜の別なく縦横にのさばり返って回ったのだ。そうした振る舞いを片腹痛く思う気配が感じられる家があると、そのつど訪ねて回って、

「よっしゃ、いまに見ておれ」と捨て台詞を残して歯ぎしりをしたし、「よっしゃ、こげな家なんぞ、いつまで持ち堪えられるか見ておれや……」といって、仕返しを誓うのだった。

「夜中の盗人が、世の中がひっくり返ったら昼間の盗人になりおったぞな……」

いたぶられた揚げ句このように言う、歯に衣を着せぬ声もぼくは聞いていた。

「真人間になって見せるとご託《たく》を並べとったけど、まるきり役立たずになりおったのじゃから
……」

「あげなやつがおらんのを見るためにも、もういっぺん世の中がひっくり返らんといかんわな
……」

よほど毛嫌いしなければ、そうした危険な台詞まで吐きだせただろうか。

「あげなやつはそのうちにお陀仏しおるわいな、何がでけるとね。時局かてどのみち、なんぼもせぬうちにひっくり返るじゃろうに……」

「あげに目ん玉を血走らせ、狂犬みてえにかけずり回っとるさまを見なせえや、用心せんとな。まっとうなことを言うて口の利き方を直すことになったりせんように……」

誰もが口をつぐんで小さくなっていたので、これといった事件もなしに十日から二十日ほどは穏やかに過ぎていったらしかった。

村中の釜の蓋がたがた激しく揺れ動くくらい騒がしくなったのは、秋夕（お盆）を半月ほど後に控えたくらいの、稲穂やモロコシの穂が頭を垂れ始めたばかりの頃だった。大福が強姦未遂で逮捕されて留置されたのだ。それも大福にはとても手が届く相手ではない、参奉宅の孫娘に手をつけようとしたのだ。

参奉宅と言えば、家運は傾いて辛うじて持ち堪えているものの、家柄といい伝えられてきた礼節といい未だに厳しく守られていたし、参奉宅の嫁にしても若くして後家になり、子どもらの養育のために家事のほかの仕事にもしばしば関わってはいたけれど、元来が格式の高い家柄らしく家風を厳格に守り通してきた、滅多にない女性だった。彼女はまた、カビの生えた旧弊な家庭の主婦ではあったけれど、一台のミシンを元手に、長女の順心《スンシム》をはるばる群山へ送り出して高等教育を受けさせてもいた。順心は師範学校に在学中で、その年に十八歳だった。年齢は若かったが早めに嫁がせていたら、子どもの二、三人も生んでいるくらい成熟したほうでもあった。彼女は近ごろの、日本人観光客の接待専用の女の子たちみたいに、それほど垢抜けて勿体ないくらいの美人ではなかったけれど、これくらいならよかろうと思えるほど好ましい印象を残して脳裡に刻まれているが、夏休みとか冬休みにでもならなければ見かけることがなかった彼女と、久しぶりに近くで過ごしてみた当時のぼくの幼心にも、たいそう善良で純朴な乙女だったことは疑いない。

その頃の順心はぼくらにとって、すこぶる興味深い先生だった。村でただ独り高等教育を受けていたので、厭でも仕方がなかっただろうけど、しかし彼女はとてもまごころ籠めてぼくらを教えたのだ。左傾化した人がまるきりなかったうえ、アカい色に染まった身内もいなかった一族だったけれど、彼女はちょっと違っていたらしかった。ぼくらはご飯を食べ終わると糸早瀬を飛び越えたところの女性同盟事務所前に集まり、順心から命じられるままに二十数人もいるたくさんの子どもらが列をつくって行進し、さまざまなスローガンや新たに憶えた歌などを、おでこを空に向けてうたい上げたりした。お天気がひどく暑かったり市場が空襲を受けたりした日は集まりも夜になり、場所も広場岩脇の線路の築堤の傍をゆったりと流れる川の土手など、涼しい場所へたびたび移動しながら遊んだのだった。

大福がふだんから、順心に思いを寄せていたはずはないと言われた。ただ、やれ平等よ同権よとか、トンムトンム（同務＝同志）といって似たような仕事をしているのでたびたび出くわし、気兼ねなしに交わる間に欲がでたのだろうというのが衆論だった。一度は俊培の家へ遊びに行って、彼の両親が遣り取りするのを耳にしたけれど、世間の人たちもたいていそう解釈している顔つきだった。

「あげな賤しく生まれついとる悪ガキが、普段はじっとしとってから、戦争がおっ始まったら狂っとる本性を剝き出したんだわ……」

俊培の母親がまず、大福を罵った。

「平地に建てても寺は寺じゃのに、大福とて見とるよりするほうがましだってことが、わからんのじゃろう？」

俊培の父親は大福の肩を持ちたい口ぶりだった。

「麦飯を餌に糊の鯉を釣り上げる魂胆だわな、賤しいけものほど子から先に孕ませるいいおるけんど、出来損ないめが今度は人間を盗むことを始めたということだわな」

「積み肥に味噌玉麹を浮かべて食らい、盗んだ餅は厠へ行って食らうのと同じだがや。男と女がひっつくのにどげな勉強、どげな学問が要るのや？」

「樹木にかて向かい合うのがあるし、カエルかてオタマジャクシが大きうのうては子孫が増えんわな。ふざけた真似をしおってもほどほどでのうてはな。村人たちに顔向けでけなんで、実家へも帰られんじゃろう」

「韓国人は五人集まれば、決まって糞を垂れていくやつが一人はおるもんじゃ。あんたこそ行いを正しうすることやな」

「あたしの行いがどげえしたいうのや？　呆れた……」

「市場へ出かけていくとき道端にしゃがみ込んで、小便なんぞ垂れるなと言うことや」

順心が担当していた任務は、ぼくらちびっ子どもに北朝鮮の歌を教え込むことだったらしい。

ところがその日は、日がな一日雨が降っていた。大勢の子たちが集まれるほどの場所はなかったので、そんな日は自分の家のなかでてんでに遊ぶしかなかった。雨降りの日でも大福は、馬の餌にするふすまの徴集に歩き回っていた。大福が垣根の奥へ入っていったとき、順心は板の間に横になって昼寝をしていた。彼女の母親は水田の水の具合を見るために出かけていて留守で、彼女は留守番をしていていつしか眠ってしまったらしかった。

見てはいないことを妄《みだ》りに喋るわけにはいかないが、察するに大福は順心に躍りかかりながらも、一言も満足に引き出せなかったような気がする。

「サリマタの紐がゴム紐でさえあったら間違えなかったじゃろうに、布紐を使うとったもの、それがすぐに脱げるじゃろか」

そう言って、夜遊びに来た尚述の母親は腰を曲げて笑い転げたけれど、間に一人おいて耳に届いた大福の弁明は、意外なものだった。

「やつらが代々、両班《ヤンバン》として食らっておった間に、わしらみてえな人民の血をどれだけ吸い取りおったことか。貧しい無知な民衆の血をどれほどようさん吸い取っておったかというのや……そげなやつらにいまの世の中で恨みを晴らさなんだら、どげな世の中にならなんだらわしらの恨みを晴らすことがでけるのや……」

大福はさらに、

「わしは娘っ子の体が欲しうてあげな真似をしたのではないわい。わしらみてえな人民の恨みを晴らそうとしたまでじゃ。敵の両班の野郎どもに恨みを晴らしてくれようとしたまでじゃて」

まじろぎ一つせずに泰然とまくし立てながら、折しもマラリアを患い、一杯の水も飲み込めずに臥せっていた大福のお母んに頼まれ、やむなく身代わりに面会に行って、留置場のなかまで覗き込んできたという尚述《サンスル》の母親の話だった。

「下賤な不埒者……」

幼いぼくの目の前で聞くに堪えなかったのか、母は顔をそむけて嘆いた。尚述の母親の顔ばかりぼんやりと見上げていたぼくも、母と同じく顔をそむけた。

「なんぼ賤しい身分に生まれたにせよ、あの子はもともと希望のない子やったけん」

尚述の母親が話を締めくくると、

「両班が両班として振る舞うたことも、罪になるのじゃろうか？」

と、向かい側に問いかけた後で、

「あの子がいつから左利き（左翼）になったからというので、あんな具合にのさばるのやら不思議だったけど、本音はそんなところにあったんだね……メダカが十年経ってもフナになるのを見たことはないからね……」

とつぶやいて、母はかぶりを振った。

「豆柿の木に柿が実りますかいな。まだ熟しちゃおらんきゅうりよか、始末が悪いわな」

尚述の母親は面会に行ってきてやったことが悔やまれるのか、しきりに頼んでもいない悪口を浴びせかけた。しでかしたことがあまりにも、この集落始まって以来のことのうえ、留置場につながれてからもかなり痛めつけられたらしかったと、尚述の母親はつけ加えて語った。

「体の節々がばらばらになるくれえぶたれた様子でしたわ。体の屈伸がでけんと転げ回っとったもん」

尚述の母親ばかりか誰もが、よくぞ網にかかったと苦笑して止まなかったが、一人ぼくだけは例外だった。大福を庇いたくてそうしたのではなかった。理由があった。突拍子もないことだけど、ぼくは大福と順心がこの機会に結婚してしまえばいっとういいと思ったのだ。順心みたいに気立てがよくて綺麗な娘と新郎新婦になって暮らしたら、大福も真人間になるしかないだろうと思われたのだ。大福は拘留されてひと月近くなっても釈放されなかった。過去にあれこれと後ろ暗いところがある人間なので、しっかりと痛めつけて懲らしめるよう順心が裏工作をしたせいでそうなのかもしれないと言われたが、そればかりは根も葉もなしに広まった噂らしかった。

すっかり秋だった。虎岩の野茨の茂みの隙間から漆の木の葉が赤らんでちらほらと顔を覗かせて、広場岩に上がって座り込み、カリンと渋柿を一緒にかじると甘酸っぱい味に変わった。漬物用の蔬菜畑へ入り込んで日本種の大根を抜き取って食べると梨の味がするし、田んぼごとにバッタを捕まえていた子どもらが、豆畑へ潜り込んで豆を摘んできて焼いて食べている煙が、脱穀を終えた後に残る穀物の屑を焼いている焚き火が燃え広がるように、立ち上っていた。その日もぼくが捕まえたバッタを稲の茎に串刺しにした長さは、二メートル近くもあった。バッタに負けずに屑カニもふんだんにいた。バッタ狩りに飽きてくると、代わって屑カニを捕まえる工夫で気が急いた。ぼくがカニの穴へ差し込む針金の断片を見つけるために、脱兎のごとくわが家へ駆け込んできたときだった。そのとき、ぼくを驚かせながらわが家の表門の前に仁王立ちになって突っ立っていた男は、大福だった。ぼくは懐かしさが込み上げてきて、灯火の油皿みたいに目を大きく見張って彼を見上げた。

「元気だった？」

顔色がまるで豆腐のように白っぽく見える大福が、あの大きな口を黒々と開けて笑いながら手を差し出した。

「いつ出てきたの？」

ぼくはバッタの串刺しを握っている手を持てあましながら訊ね、

「ちょっと前に……」

彼はぼくの頭を撫でた。

「おまえ、お母んに会いたかったろ？」

彼はにこにこしながらうなずくばかりだった。

「お腹、空かしとったやろ？」

「何の……」

「このバッタ、焼いて食べるか？」

「後でな……飛行機が飛んでくると、怖かったやろ？」

「うん」

「人がようさん怪我をしたと？」

「うん」

「もう、やつらもおらんようになったのやから、学校へ通わんとな」

「うん」

「井戸水で手を洗わんね」

「ああ」

ぼくは彼にしたがって井戸端へ行った。井戸端では大福のお母んがぼくの家の米を研いでおいて、ぼくの家の畑から摘んできた蔬菜の手入れをしていた。

「なして前触れもなしに、出てきたん?」

彼女が言った。

「この子がおめえのことを、どれくれえ心配しとったかわかるん? きっとおめえのお父んとあたしの次ぎには、この子がいっとう心配したんじゃなかろか」

彼女がぼくを顎で指しながらそう言った。

「ほう、そうやったん。よっしゃ、これからおれは、毎日毎日、おめえとしか遊ばんことにするからな」

大福が歯を見せて笑いながら言った。大福はこんな大口をたたいたけれど、ぼくには大福とじゃれ合って遊んでいる余裕などなかった。それは大福とて同じだった。彼はぼくにこう言っていた。

「国防軍が攻めてきてくれなんだら、おれはいまもアカどものせいで留置場で腐っとるところじゃろうよ……国防軍が攻めてきてくれたのじゃから、よっしゃ、いまに見ておれや」

「国防軍に入るん?」

「いんにゃ、これから恨みを晴らさんとな、おれが苦労した恨みを晴らさんと」

彼は拳を堅く握りしめて見せながら語っていた。

世の中がひっくり返るたびに大福は自由の身になったりしたが、あべこべにぼくの一族はそのつど、厳しい災難に見舞われた。夏の間目の当たりにしてきたものなどが跡形もなくなり、代わりに韓国の太極旗がまたふたたび眺められるように、追いやられていた世の中は戻ってきたけれど、ぼくがそうした騒ぎを通して得たものというと、耳聡《さと》くなり目聡くなったことだけで、いっぺん出来てしまった痣はいつまでも消えなかった。

大福は大福なりにぼくらちび助らとは完全に反目し合い、自分の世界で生きていた。随分と圧《お》しが利くようになり、言動も大人びていた。そのせいか村には郷土防衛隊がへばりついて、見ず知らずの者がうろつくだけでも身分を確認しに来るくらい、あらかた秩序もととのっていったけれど、大福が北の人民軍に奉仕して国家への反逆に加担した事実に対しては、論議が蒸し返される気配は見られなかった。敵の占領下で拘留されていた事実だけでも、その程度の反逆行為など帳消しになれたのかもしれなかった。ところで大福には、それまでの彼になかった一つの癖が従いて回った。堂々として大人びた言動で一目置かれていても、酒が入るとまるきり人が変わるのだ。飲みっぷりも尋常ではなかった。飲むとすぐに酔ったし、酔いが回ってくると前後の見境なしに喋りまくり、やたらと騒ぎ立てわめき散らすのであった。

「よっしゃ、いまに見ておれ。アカのやつらの家からは、ぺんぺん草しか生えねえようにしてくれたるからな」

こんな具合にひとたび始まると、これを止める力持ちがいなかった。

「アカの手先になった女も男も、残らずたたき殺してくれたるからな。よっしゃ、恨みを晴らさいでおくもんか……」

酔いに紛らせて誰かの耳に入れようと、わざと酔ったふりをして見せているようでもあった。

参奉宅では朝な夕な表門を固く閉ざして、子どもらまでが夜はおちおち眠れないらしいと言われた。大福が斧とか刃物を振りかざして仕返しに押し込んでくるかもしれないので、とのことだった。大福の仕返しなら真夜中に家に放火することもあり得るという推測だったので、参奉宅とは関わりなく過ごしてきた人たちまでがともに心配になって、戦々兢々としていた。実際に大福が酒さえ入ると、やれぶち殺してくれたる、たたき殺してくれたる、根絶やしにしてくれたるなどと喚いたのも、参奉宅を指してのことだった。言動からするとすぐにも参奉宅へ乗り込んで、凶悪な事件を惹き起こしそうだったが、幸いにも何事も起こらずにいた。順心が行方をくらましていなかったら、とても見るに忍びない出来事を目の当たりにしたかもしれなかった。実際のところ順心の行方を知る人は誰もいなかった。敷居がすり減るくらい巡査が出入りしながら家族を責め立てたけれど、匂いすら嗅げないとのことだった。参奉宅の残された家族も、順心の身を案じて泣きの涙の歳月だとも言われた。どこに潜り込んだのかしっかりと身を隠しているらしかった。誰かは、彼女は後退していく文化工作隊員たちに従いていったから、北緯三十八度線の北へ越えて行ったと見られるといい、人民軍の敗残兵どもの尻に従いていったのだから、北へ越えていけなかったら死んだだろうと語っていた。北への途中で道を阻まれて山の中へ逃げ込んだのなら、共産ゲリラになっただろうという説もあったが……十中八九は死亡し、共産ゲリラになって生き延びたところでか弱い娘の身が、どうして耐え抜けようかと案じる人もいた。共産ゲリラの討伐隊に銃殺されたか、寒さに凍え、餓死しただろうというのだった。ちらほらと雪が降りだし寒風の末に薄氷が張りだすと、順心のことを心配していた人たちはますますやきもきした。

そんな時分だったのではないかと思う。いつも人々の度肝《どぎも》をぬいてきた大福がまたぞろ、村中をひっくり返るような騒ぎに巻き込んだのは。

誰もが驚かないではいなかった。しかり。村人たちはついには大福の精神状態まで疑いながら、開いた口が塞がらないありさまだった。しかし、驚いたことには変わりなかったけれどぼくはそうは思わなかった。むしろ当然で正しいことだと思ったし、自分だけでご機嫌になり、いまさらのごとく大福が好きになるくらい、彼の肩を持ちたかった。ああ、あの驚くべき事柄をどのようにして長々と、気を持たせて打ち明ける余裕などあろうか、大福が参奉宅に作男として奉公するようになったことを。

世間ではまたしても、参奉宅でいずれよからぬことが繰り広げられるのではと思い、誰もが不吉な予感と不安な感じでやきもきし始めた。ところが、いくら経っても何事もなかった。

「大福がようやく真人間になったみたいだね……」

大福が主人の言いつけでぼくの家へ塩を借りに来たとき、母があけすけに言ったことだ。

「へえ」

大福はとても穏やかな声でそう答えて、頭を下げた。

「やっぱり、そうでなくてはね。そうでなくてはいけないとも……この子ときたら、ひねくれ者だね、もうちょっと早くに、そうしてみないで」

「申し訳ございませんでした」

母は大福が過ちを悔いて謝罪する意味で作男奉公する気になったのだろうと言ったけれど、世間の人たちはそんなはずはないと言い張った。元来《がんらい》が食わせ者だから、一つ屋根の下に住み込みながらいつなんどき、どんな具合に悪さをしでかすやらわからないし、そんなことはないと言い張れるほどのどんな根拠もないと主張した。聞いてみると、もっともらしい話だった。順心でも家にいるとか、あるいは人民軍に協力した罪で留置場にいるとか刑務所に服役中であるとかするなら、いつの日か出所するのを待って彼女と結婚したい欲望から、そうすることもあり得なくはないけれど、順心は行方不明、何メートルもの長竿を振り回したところで、二十日鼠が口凌《しの》ぎしたじゃがいものかけらにも引っかかることはあるまいし、初冬から朝飯として炊いてしまうと夕飯どきの食べる物は跡形もなく、何でもって口凌ぎをしているので黄色くむくんだりせずに耐えているのかと、思わずにはいられないほど貧乏のどん底にある家へ、オンドルに焚く薪など拾い集めてやろうと作男として雇われた彼の胸のうちを、推し測ることが出来ないからだった。懺悔の意味でそうしているとしても、大福の人柄からするとふさわしくないと言われた。貧乏暮らしをしている農家の冬の仕事というと、薪を拾い集めてくることが唯一となる。大福は判で捺したように、二里もある道のりを聖住山の道（県）有林の森の中へ薪を拾いに通い、枯れ枝や枯れ木を集めて回った。よくよく見るとある日などは、空っぽの背負い子にこれを支える長い息杖と熊手の柄が、まるで物干し竿よろしく突っ立っているばかりで、背負《しょ》い子の荷台には縄だけが絡まっていることもあった。初めは山林監視人に拾い集めた薪を取り上げられたのだろうと思ったが、薪を売り飛ばして小遣い銭をこしらえていると判明した。それからは、大福のお母んがわが家へくると決まって口にしていた言葉があった。

「あげな親不孝者ときたら、薪を拾い集めて売り飛ばしたと言うおカネかて、びた一文見せちゃくれませんのや。いつぞやあの子のお父んに煙草を一箱買うてきてくれてからは、それきりじゃげな」

と言いながら、

「どうやら参奉宅のために、お米を仕入れとるみたいですげな」

と当て推量していた。彼女はさらに参奉宅のことを、

「野良仕事で穫れたものをすっかり取り上げられたうえ、野菜畑からも大根一本、白菜の葉っぱ一枚残さずにきれいに取り上げられてしもうて、何を食べていままで生きてきおったのじゃろうか。大福に食べさせてもろうて生き長らえとるに決まっとるげな」

参奉宅は順心が北の人民軍に協力したせいで、その年に収穫した農作物は田畑に手つかずのまま没収され、干葉を束ねたもの一つなかった。大福のお母んは、

「おのれの息子の顔が見とうても、夜空の星を数えるよか難しいのやから……息子でのうて敵ですわ」

と言ってしきりに愚痴をこぼした。

大福はほんとに、あまりにも忠実な作男になっていたのだ。

冬は通り過ぎていった。何事も起こらなかった。順心の逃げだした先、順心が隠れて暮らしている場所を大福が知っているから、冬の間静かだったのだろうという推測ばかりが広まっただけで。

ぼくらは学校へ通っていた。机も椅子もない床の上に並んで座って、一冊の教科書を三、四人が一緒に覗き込みながら、貧しく貧しく学校へ通ったのだ。満足に勉強も出来なかった。登校のときは教科書やノートを入れた風呂敷包みを腰に結びつけ、スコップとか鍬《くわ》を実習の道具みたいに担いで通いながら、屋根しか残されていない荒れ果てた学校の手入れをするために、土曜日も忘れなくてはならなかった。おまけにぼくらは、たびたび停車場へ駆り出されていって、当たり前みたいにまるごと一日を過ごしたりした。窓もない洞穴みたいな貨物列車にぎっしりと詰め込まれて行く、出征兵士たちの「ジョンド」を見送ってやるためだった。ジョンドという言葉を漢字で表記すると「戦道」となる。その頃に限っても戦争がもっとも熾烈をきわめていたので、兵士たちが戦っていて死亡するときはバックつまり後ろ盾がないから戦死するというので、「バック——」と叫びながら死んでいくと言われた時代だった。冠村集落だけでもすでに何人もの人が逝って戻らなかった。十二名が出征したけれど、命を落とさずに帰ってきたのは崔相泰《チェサンテ》と閔君植《ミングンシク》の二人だけだった。それでも崔相泰は、脚の片方が使えなくなった傷痍軍人であった。李南柱《イナムジュ》、蔡鴻徳《チェホンドク》、趙尚日《チョーサンイル》の三人は白骨となって帰還し、残りはとうとう消息が知れなかった。時期がそうした時期だったので、招集令状が届いたといえば二度と会えない人と見なしたばかりか、自分の家で最後に食べて家を後にした食事を死者飯（蔭膳）もしくは枕飯と決め込んでいた。生死の便りがない兵士たちの家族は、出征していった日をメモしておいて命日と定め、バックがないために先に死んでいったと信じて、おカネにものを言わせて兵隊に取られるのを免れた者を敵のように憎んだりした。実に多くの働き盛りの壮丁が徴集されて出征した。出征していく日ともなると郡内がざわついたが、郡庁所在地だったぼくらの邑内などは、その前日から人間の市が立って混雑し合ったりした。まるで市でも立つかのようなそのおびただしい人混みのなかで、顔に笑みを浮かべている者など一人として見かけることが出来なかった。ぼくらみたいな世間知らずのちび助どもばかりがどえらい見せ物のように思い込み、きゃーきゃーいいながらはしゃいでまわるだけで、出征していく日は邑内がまるきり喪家といったありさまだった。出征兵士を送るために邑へやってきた家族たちで、旅館や旅人宿ごとに泣き声の絶える間もなかったからだった。停車場の近所は黒山のような人だかりで、今生のお別れに最後に行く人たちを少しでも長く眺めていようと、停車場のトイレの窓とか石炭の山の上、漕運倉庫の屋根の上といったところにも、すっかり人だかりができていた。十四、五両ずつ連結されている貨車の扉の前では、銃剣を構えた憲兵が二名ずつ警備に当たっていたが、その憲兵たちを境にして、少しでも貨車の外を覗きたがっている壮丁たちと、外で騒ぎ立てている家族たちとが修羅場をなしていた。一言で表現することなどとても無理でしかない光景……誰もが泣きわめき停車場が割れんばかりなうえ、歓送に駆り出されてきた生徒たちが万歳と軍歌で加勢すると、それこそ天地が揺れ動いたものだった。

……殲滅《せんめつ》せよ　夷敵《いてき》　何千万ぞ／大韓男児の行くところ／塵芥なり……胸板をたたいて慟哭す

る老婆、誰それの名を息も絶え絶えに呼んで身もだえする老人、地べたをごろごろ転げ回りながらやたらと髪を掻きむしる女、制止していた憲兵に激しく押し倒されてひっくり返り、鼻血を出す女、憲兵の股ぐらにしがみついて離れようとはせず、身代わりに自分を戦場へ送ってくれと訴える老婆、憲兵の軍靴で蹴倒されて起き上がり、その憲兵の顔を掻きむしろうとつかみかかる老婆……戦友の亡骸《なきがら》を踏み越えて／前へ前へ……ぼくらの学校の全校生は喉も張り裂けよとばかりに軍歌をうたい、ホイッスルの音、警察官の叫び声と怒鳴り声、出発を告げて鳴き立てる汽笛の音、乳飲み子らの泣き叫ぶ声、中学・高校生たちが吹き鳴らしたたく太鼓の音とラッパの音……東の空が白む明け方の夢に／故郷を見てから背嚢を背負い／軍靴の紐をしっかりと結んで……軍歌をうたった。列車が動き出すともっと声を張り上げて軍歌をうたった。万歳を唱え拍手をしまくり……列車が飴の棒がしなうように山の端を巡って行ってしまうと、誰もいない空っぽの線路の上を素足で走って列車を追っていき、誰それの名を呼んでいてチマの裾を踏んでつんのめり、ふたたび起き上がっては万歳《マンセ》、万歳《マンセ》とわめき散らしていた白髪の老婆の泣き叫ぶ声、ゆらゆらと踊り出していて、正気を失くしてしまった白っぽい老婆の白っぽい瞳……ぼくたちは万歳を唱えては、軍歌ばかりを面白がってうたいまくった。

万歳と軍歌はそれからいくらも経たぬうちに、一日とおかずして繰り返されることになった。休戦協定に反対する決起大会とか、中立国の敵性監視委員団を追放しようという決起大会のときも、数えきれぬくらいうたわなくてはならなかったのだ。ぼくらはそうしたことを、ただされるからするといった調子で無意味に繰り返した。ましてや、軍隊に取られた家族とか身近な親戚が一人もいなかったぼくの場合など。僅かにぼくには一度きりの例外があったに過ぎない。

ただ一度の例外。それによって、家族を戦場へ送り出した遺家族たちのその、悲惨をきわめた心情がいっぺんに理解できた、そうしておよそ戦争の憎むべきこと、生命のはかなさ、人生の無常なこと、生活というものの虚しさ、歳月の呆気なさというものを少しずつ悟り始め、知りながら生きていいたい、わかりやすい言葉で感じをつかんできたきっかけにもなった。

大福が出征していくのを見守った日、例外はまさにその日だった。

ぼくは大福が洗濯してのり付けし、砧で打ったこざっぱりとした白の枕カバーで手拭い代わりにしっかりと鉢巻きし、有蓋貨車の扉の前の憲兵の背後に立って覗き込みながら、

「オムニ（お母ん）達者でな——アボジ（お父ん）も達者で暮らしなせえよ——」

と喉を詰まらせながら叫んでいた声を、いまでも憶えている。大福はその前日の晩、わが家の広い板の間でお膳を間に挟んでぼくと二人で夕ご飯を食べた。ぼくの母が気を遣って、歓送の意味で夕飯をもてなしたのだ。二十余年間もこうして身近で過ごしながらも、彼が素足でわが家の母屋の板の間へ上がってきて腰を降ろすなどはこれが初めてだった。わが家とて苗代をつくる四、五斗の種籾《たねもみ》のほかには、穀物を入れた器のどれもが底をさらけ出した春窮期とも言われる端境期《はざかいき》だった。屑米をまばらに混ぜ合わせたよもぎの蒸し餅、茹で上げたレンゲソウを小麦粉でこね合わせた蒸し餅などで三度の口凌ぎをしてきた大福の家では、実際のところ温かいご飯の一膳もろくすっぽ食べさせてやれずに、送り出さねばならぬ境遇にもあった。参奉宅の場合とて同様だった。

「いつ帰れるいう保証はねえ旅やけど、戦死せねばならん法もねえのんじゃ。よっしゃ、きっと生きて帰るでよ、いまに見とれや」

夕飯を済ませて外庭まで出てくると、大福はぼくの頭を撫でまわしながら大口をたたいた。大福のお母んは列車にしがみつこうと息せき切りながら、大福の名前ばかりを限りなく呼び立てていた。立ちはだかった憲兵が軍靴を踏み鳴らして身動きできないようにしたが、彼女は何とかして大福のズボンの裾にいっぺんでも余分に触ってみようと、あらゆる力を振り絞った。貨車の扉の前ごとに、そうした女たちとこれを制止する憲兵たちとの言い争いと喧嘩があった。ある女は憲兵の軍靴の爪先でアッパーカットを食らって、ものの見事にひっくり返ったり、ある女の一人は憲兵将校の指揮棒で、肩と背中を何度かずつ殴りつけられていた。停車場のこちら側で全校の生徒に混じって秩序整然と並んで立ち、まるで運動会の応援団みたいに規則正しく万歳を唱え軍歌をうたっていたぼくも、大福の近くへ行って元気で戦ってこいと、一言でも余分に声をかけてやりたい気持ちで一杯だったけれど、そんなことなど思いもよらぬ険しい修羅場だった。うっかり飛び込んでいったら誰に足蹴にされるやら、何を踏みつけてよろけてひっくり返るやらわからないありさまだった。いつものことだったけれど、いっぺんひっくり返ったりするとたちまち踏みつけられて、死んでしまうくらい混乱の極に達している状態だった。ぼくは心のなかでだけ、大福が無事に帰還することを祈っていた。銃弾を食らわず、捕虜になって引っ張られていかぬこと、ひどい負傷をして不具者にならぬこと、いや戦死さえしなければという燃えるような胸のうちを抑えることが出来なかった。大福はあのたくさんの生徒たちの間に紛れ込んでいるぼくの姿を、とうとう見つけ出せなかった。そんな余裕などありもしなかった。父親の趙笠と大福のお母んが入れ替わり立ち替わり泣きわめきしていたから。

列車が動き出すと万歳の声と泣き叫ぶ声とが、邑内を覆い尽くす喊声《かんせい》に変わっていくと決まっていたけれど、今回ばかりはぼくも上っ面ではなく遊び心からでもない、心底からの純粋な自分の声で大福の門出を見送った。目頭が熱くなってくるとクラスの生徒に涙を気づかれまいと、あらゆる身振りをして見せながら。

停車場の愁嘆場から学校へ戻っていった日は、刺激されることがたくさんあって心の落ち着きを失くしたせいで、授業だっていつものようにスムーズにはいかなかったから、大福を見送った日などはことさらに言うまでもなかった。

その日の学校へ戻る道はものすごく寂しくて物足らなく、落ち着きを失くしていた。手足の力がすっかり抜けてしまって満足に歩くことも出来なかったし、雲雀が空高く舞い上がってさえずる歌声も耳許には届かなかった。麦畑の畦《あぜ》に座り込んで麦の穂をむしり取り、口の中で噛み砕いてガムをつくったり、大根畑へ入り込んで大根を抜き取ってかじりついたりする気にもならなかった。

顔が上がらなかったので自分の影ばかり見下ろしながら、村の入り口の鍛冶屋の前へほとんど来たときだった。新作路の上に思いも寄らなかった人だかりが出来ているのが見えた。何らかの見せ物が現れたに違いなかった。子どもの喧嘩が大人同士の喧嘩になったとか、息子を兵隊に取られた家に戦死を告げる知らせが届いたとか。ところが人だかりが、口をしっかりとつぐんでまたとなく静まり返っているのが不思議なことだった。ぼくは駆けんばかりにして人だかりのなかへ割り込んだ。

驚くべきことだった。驚くべきことがそこにあった。ぼくは気が抜けて、手にしていた教科書の風呂敷包みを取り落とし、踏みつけられて筆記用具入れが潰れる音も聞こえなかった。頭を下げている女、順心を発見したのだ。水で色落ちするくらい洗って色褪せた白木綿ほどにも青白い顔をした順心は、まるで菩薩のようにまったく感情を表にださぬまま、淡々として落ち着き払っていたうえ、きわめて無表情な気配を示していた。彼女は警察へ連行されていくところだった。大福が出征するや順心が姿を現すことになった前後の事情に関しては、いついつまでも村人たちの食卓のおかず代わりにされたけれど、しかし誰一人として正否を言いつのり、是か非かの判別をしようとはしなかった。せいぜい順心の母親の後日談を唯一の根拠に、人々は自分なりに納得して、さもありなんと思い込んだに過ぎなかった。

ある日の晩のことだった。夜もかなり更けてようやく眠りにつこうかと思っていると、部屋のなかへ何者かが忍び込んできた気配がした。それが泥棒だと思ったら怖いものがなかった。盗んでいく物なんてシラミが沸いている継ぎ接ぎだらけの、衣服が何枚かしかなかったから。彼女は一瞬、いよいよ来るべきものが来たかと覚悟を決めることが出来た。すべては終わったという諦めの境地だったのかもしれない。彼女は家宅捜索に来た査察機関員たちよりも、大福の顔が先に浮かんできたと語った。震える手でマッチを探しだし、油皿に火を灯そうとしたけれど何の気配もなかった。室内が明るくなるより先に起き上がって座っていた順心が、先に声をかけた。

「大福じゃないの？　このままここで殺して頂戴……」

「……」

明かりをつけてみると部屋の片隅に仁王立ちになっていたのは、案の定大福だった。彼の手には何も握られていなかった。やがて大福がその場にどっかと腰を下ろした。

「このまま殺して頂戴……」

順心は繰り返し落ち着き払って告げた。

「今日まで随分と、苦労をしたんじゃろう？」

大福の最初の一言だった。彼は低い声で諄々《じゅんじゅん》と話し出した。

「ここへ忍び込んでくるまでは仕返しをするつもりやったんや。けど、順心の顔をこげにして我が目で見たら、とても出来ることでねえとわかったんや」

彼はさらに順心の母親に、

「警察へしょっ引いて行くつもりでしたんや。見つけ次第ぶっ殺してくれようという気持ちもありましたし。それなのに……見つからんようしっかりと隠れておらねばなりませんやろ。おれも口をつぐんでおりますけん、昨日みてえに尿瓶《しびん》の中身なんぞ捨てに出てきたら、とんでもねえことになりますでよ」

その日の夜、大福はくれぐれも体に気をつけるよう念を押して、こっそりと立ち去っていった。

順心は一睡もせずに夜を明かして、ふたたび穴蔵のなかへ潜り込んだ。彼女は雑多な物を仕舞い込んでいた小部屋のオンドルの煙道の上にあった何枚かの板状の石を取りだし、煙道を寝たり座ったりできる広さに掘り出すと、かますとむしろで部屋をこしらえて、もぐら暮らしをしてきたのだった。昼も夜もわからず食べたら眠った。小部屋の床には分厚い油紙の代わりにボール紙で下張りだけしてワングルの敷物を敷いたうえ、好き勝手に取り外しが出来る蓋をした板状の石の扉の上には、雑多な衣類を片づけて重くないようになっている簞笥を移して重石代わりにした。食べて飲むものを運び入れたりするときも、そのつど簞笥と敷物を取り除かねばならなくて厄介で煩わしくもあったけど、検挙されて苦労を重ねるつもりで自首する時期が来るまでは、耐え抜いてみるつもりだった。外気があまりにも寒いときなどは夜更けを待ってそっと穴蔵から抜けだすと、ほかほかするオンドルで体を温めたりした。大福が忍び込んできた夜も、そうしていたところだった。

いつでもその気になれば警察に情報を流せる大福だったので、一日いや片時も気を休めることが出来なかった。危なっかしくて、生きていながら生きた心地がしなかったある日のこと、ふたたび大福が姿を現した。自分から作男になりたいと申し入れてきたのだ。断るわけにいかない立場だった。いや、むしろ有り難く思わねばならなかった。

かれこれするうちに冬は去り、春がやってきた。大福にも召集令状が舞い込んだ。出征していく日も、順心の母親が新作路の入り口まで出かけて見送っただけで、順心は穴蔵のなかで寝転んでいなければならなかった。順心には耐え難かった。最後の旅かもしれずに発っていく人、家のなかに隠れてこっそりと後ろ姿だけでも見送ってやりたかった。彼女は弟にそう言ってたんすを押し退けさせると、自分から石の板を開けて家のなかへ出てきて、こっそりと外が見渡せるトイレへ潜り込んだ。時間になると大福の後ろ姿が路上に現れた。趙笠と大福のお母んそして自分の母親が、先になり後になりしながら歩いていくところだった。不意に大福の顔が見えた。大福が歩いていた足を止め、にわかに向きを変えてこちらをひと渡り見回しながら、家とか垣根、田畑とか木々など一つ一つに別れを告げていた。何ヵ月ぶりだったろうか、彼女が大福の顔を真っ昼間に明るい眼で眺めたのは。大福の後ろ姿が見えなくなるまで厠《かわや》の中にいた彼女は突然、抑えようもなく激しく突き上げてくる吐き気に襲われて、動転してしまった。ぼくにはいまでもわからない。つわり症状がどんなものかを。それからたまたますれ違った順心に気がついて、警察に告げ口したのが何者だったかも。

★1—蔡万植《チェマンシク》。一九二五年に『朝鮮文壇』誌に短編「三つの道へ」を発表してデビュー。出版社に勤めながら「人形の家をでてきて」ほか同伴者文学の印象が濃厚な作品を発表。一九三四年から長編『濁流』など風刺性の強い作品を発表した。（一九〇二〜一九五〇）

空山、月を吐く

冠村随筆5

相も変わらぬ駄弁になるが、去る九月初旬のいつだったか、ぼくはある新聞社の文化部からの電話でかなりの時間、口論めいた言い争いを繰り広げたことがあった。理由は、電話をかけてきた先方の用件が、さっぱり要領を得ないところにあった。

先方の用件は、その時分、善し悪しの世評がかまびすしかった映画「ゴッド・ファーザー」の上映を巡り、賛成派と反対派をそれぞれ一人ずつ選んで、彼らの主張を新聞に掲載して比べてみようというもので、ぼくはその映画を上映しても差し支えないという賛成派となり、大急ぎで映画を観て賛成する発言を、これまた大至急で書いて欲しいと言うことだった。

ぼくとも古くから面識があるほうだったその担当記者は、ものすごくねちっこくて粘り強いことで定評があったので、その電話もこちらがギブアップしてやらなければ、通話を終えることが出来なかった。

ぼくは幼い頃から、活動写真と聞くと食事も忘れて尻に従いて回ったくらい好きだったので、映画といえば決まって外国映画をあげたし、とりわけ西部劇となるとやみくもに最高と思い込んでいた。近ごろでもマカロニ・ウエスタンはもとより、荒唐無稽な隻腕シリーズのなれの果てのチャンバラ映画、007の部類の漫画チックなサスペンスまで、大量に殺したり切ったり張ったりするものなら、逃さずに努めて足を運んで観てきたのは事実だが、だからといってそうした面白半分から、「ゴッド・ファーザー」の上映に賛成論を書く羽目になったわけではなかった。映画の内容とか出来映えとは何ら関わりなく、純然とその記者の依頼を断り切れなかったせいだった。それから、図らずもその新聞社が主宰する何とか文学賞とやらが滑稽にも転がり込んできてからは、その新聞社からの依頼を断り切れなかったのが正直な告白だ。

ぼくが映画観賞を何よりも好んでいるのは事実だけれど、何やら観覧記とか映画の随想の類を書いてみた覚えがないのを口実に、なるべくなら書かなくても済まされるように突っ張ったけれど、賛成と反対の両論をどちらも作家に書かせることになっているといって、その記者もまた耳を貸さなかった。だとしたらなおさら断ると、ぼくも突っぱねた。

この国では千人を越す物書きのなかで、小説書きだけでも二百余名を上回るのに、ことさらにぼくに白羽の矢を立てるのか。人気とネームバリューというものが皆無の無名の雑草であるのを承知のうえで、ふだん面識があるというので気安く見たのか。いやぼくを知名人に仕立て上げた崇高な情実から、そうしていることもわからぬではない。けれどもこの場合、ぼくには百害あって無益なことだ。

「ところがですね。おっしゃいますがね……」

と、記者は言葉尻を引ったくりおっかぶせるようにまくし立てた。

「賛成派として前面に押しだせるほどの作家としては、誰が適任かということで部内でも意見が紛々としてたんですよ。日頃から気性が荒くて冷淡だとか、それからまた……冷酷で残忍なことにも驚かず、それからまた……そんな乱暴なことも経験しているようだし、それからまた……ともあれ以下同文なので省略します。とにかくそういう人でなければいけないというんですよ。いっひっひっ……」

それからまた……を繰り返したのは、それなりに穏やかな言葉を選んで話そうとするものだから、口ごもった箇所だった。

「それで？　そういう人物がほかならぬぼくだ、そうですか？」

呆れ返ってぼくが思わず声を荒げると、記者もきまりが悪かったのかすかさず抗弁でもするように、

「そうはおっしゃいますけど、満場一致で指名されたんですからね。いっひっひっ……」と語った。

「この、国民的な人格者を？　涙を拭うのが面倒で国産映画を観ないこと十年にもなるぼくを？うっふっふっ……」

「やはりわかってくれる人がいることが嬉しいみたいですね？　いっひっひ……」

「これこそまさにお笑い性如何《いかん》ともしがたい症というものでしょ。いやはや参ったなあ……」

ぼくが、返す言葉を見つからなくて言い淀んでいる隙に記者は、

「明日の午前中までに是非とも書いて下さいよ。原稿用紙で五枚程度にです」

と言って電話を切った。

「いやはや……参ったなあ……」

苦笑を洩らしたが笑いごとではなかった。一方では虚しくも苦々しいことで、身心ともにすっきりしなかった。悪意がなく実直な記者の冗談とのみ受け取るにはいささか釈然としなかったので、ぼくは背中を丸めて椅子に深々と座り込むと、自分自身を反省してみることを始めた。

一体いつ、どこでどんなことをどのようにしたから、今日になってそんなことを聞かされる羽目になったのだろうか。いくら考えてみても合点がいかなかった。これといった何らかのどえらいへまをやらかしたのかと言えば、そんなわけでもなかった。仮に近しい親友たちとか先輩たちまでがそんな目で見ていたのなら、どんなことになるだろうか。それは想像してみるより先に、身の毛から先によだつことだった。

それは裏を返して考えてみても同じことだった。淡々としているが互いに欠礼を慎み、体面と威信を守ってきたはずの人たちが、気性が激しいから冷酷な見せ物を好むだろうと見当をつけるようになった理由は何で、そうした認識から醸し出される結果はどんなに憎むべきことだろうか。失望と落胆、そして敗北感から震え上がらせるのにまたとなく打ってつけの言葉だった。どんな塩梅かといまさらのごとく鏡を覗き込んだりしてみたけれど、未練がましく鈍感に生まれついた冴えないご面相なだけで、さほど不様に見える面構えでもないらしかった。日常の言葉遣い

が乱暴ではあるが、それは気兼ねなく心安だてに交われる相手、言い換えると別の人よりは近しくて情が通じ、さらには似たり寄ったりの考え方の人ばかりを選んで、ほとんど遊びとして言ってみたのだった。ぼくはもう一つの、自分の好みと趣味を考えてみた。豊壌かつ素朴な味に酔って蔡万植《チェマンシク》、金裕貞《キムユジョン》★1、金東里《キムドンニ》★2の小説を読むとか鄭芝溶《チョンジヨン》★3の詩を暗唱したり、歌手の文珠蘭《ムンジュラン》の歌を好んで聴くこと、一時はポーカー賭博にはまって我を忘れたこともあったけれど、やはり根っから勝負欲がなかったので決まって有り金を残らず巻き上げられ、しょっぱなから引き下がってしまい夜更かしをした覚えがないこと、貸したカネを返して欲しいという一言が、カネを貸して欲しいと三、四回頼むよりもっと言い出しにくくて、借りていった相手が返してくれるより先に貸したことを忘れている気の弱さ、おのれの取り分すら自分のものにできずに生きてきた懶惰《らんだ》による物欲の欠如——煎じ詰めれば無気力かつ無能にほかならないが、それなりに縦横に伸ばしていくことにすると、果てしがないようだった。

どんなに無理な状況にあったとしても、他人の頼みを上の空で聞いている真似だけして見せて終わることがなかったし、私生活が掻き乱されることをみすみす承知しながらも、他人事とか公的な事柄から足抜きすることを知らぬ気の弱さや、道理、廉恥、威信、体面、経緯など、正しいことこそ第一と思い込もうとした田舎っぽさ——とはいえそうした常識的で平凡な人間であることをもとに、やたらと言い訳ばかりしているわけにはいかないものと承知している。

ぼくはむしろありきたりの俗物と決めつけられてはならないので、自分なりに体質を改善することに絶えず努力してきたことも、併せて明らかにしておきたい。

優柔不断の性格をたたき直そうと利害得失のそろばんを弾《はじ》くより先に、第六感と即興的な判断にしたがい一貫性のある言動を取ってきたし、生まれつき男らしさに欠け、内柔外剛の軽率な心構えしかなかったけれど、人品と徳望のある賢明で英知に富んだソンビ（文人）にあやかりたくて、いつも神経が鈍感にならぬよう管理してきたのも事実だった。

かなり反省してみると、ぼくは決して他人の根拠もない憶測のように冷酷、残忍、乱暴な人間でないことは確かだったし、そうした行為への肩入れをしたり庇い立てしたりした覚えがないことも明瞭だった。ところが対人関係ばかりはいささか偏屈で、川の中の砂利石のように硬くてなめらかな中身のある者と、言葉数が多くて不平不満ばかりこぼす出来損ないの人間、考え方が近視眼的で貧乏くさい偏狭な輩《やから》ごときは、冷たくあしらってきた事実は自ら認めざるを得なかった。わかりにくいかもしれないが、ぼくはなぜか自分と同じような性格の人間はさほど好ましく思わないのだ。そんな人の傍にいると、絶えず不安でさえあった。したがってぼくの好みの人たちは、何らの利害関係もなしに自分の性格でぼくを好いてくれた人たちであることは言うまでもない。

稀には例外がなくもないだろうけど、ぼくは誰よりも何らの打算なしにおのれの天性でぼくを好いてくれる人が好きだ。端からこれといった因縁もなかったうえ、財産や権勢、利害得失ごときは取るに足らぬと知りながら、ただ単にあるがままの姿で好きになれた人。幸いにもぼくはそうした人をたくさん知っている。遠くは数十里も離れていて一年にせいぜい一、二度しか会えなかった「千里相逢万里別」の先輩たちを初め、一日とおかずに交わってきたソウルのその人たち——、具体的な例を挙げても差し支えなければ大田市の二人の詩人、朴龍来《パクヨンネ》★4氏と任剛彬《イムガンピン》★5氏を引き合いにだすことができる。これといった因縁なるものがあったわけではない二人の詩人だが、失礼を顧みず果実にたとえていわく、まるで熟柿のようだといったらわかってくれるだろうか。熟柿は肌と中身が同一の色で、手触りがまたとなく柔軟な肌をしているけれど、外部からの強圧的な暴力さえ加わらなければ、自分から崩れて皮膚が破れたり潰れたりすることがないからだ。

一昨年、ちらほらと雪が舞った冬のある日の早朝、突然ぼくに会いたくてしゃにむに明け方の始発列車で上京したと言って、ぼくが出勤する前から勤務先の建物の地下の喫茶店で待ち受けていた朴龍来氏にしても、彼が情と恨で皮下出血している涙の詩人であることに気が付いたのは、何とその日の朝のことだった。

朝の九時から百済遺民の朴龍来氏とぼくは、ストーブがかっかと燃えている中華料理店の食卓にへばりつき、窓の外に舞い降りるぼたん雪を肴《さかな》に高粱酒《コーリャン》を飲んだ。冬空からの贈り物のように引きもきらずに降りしきる雪のせいであったろうけど、彼は出しぬけに思ってもみなかったことを話し出した。

「日本の植民地時代にわしが朝鮮銀行（現在の韓国銀行）に勤めていたときだが……」

彼は戦災民のように痩せ細った指先で、高粱酒のグラスを空にしてから口を開いた。

「朝鮮銀行券の現金を貨車にぎっしりと積み込んで京元線を突っ走るんだが、ウラジオストクまでノンストップで突っ走るんだがな……」

「警備員として従いていった——ということか……」

「おい、おまえ、どうしたんだ？　どうしたと言うのだ？　こう見えても武装警備員がわしを警備した時代があったんだぞ。現金輸送の責任をわしが志願して負ったんだ。おまえときたらまったく、おかしくなってきたなあ。どうしたんだ？　おお――この雪……このぼたん雪が……あの豆満江……」

「……」

「こんな雪でも雪だと思うのか？　雪だと思うのか？　おまえも嘆かわしいやつだ……元山駅を通過するとき雪がちらほらし始めたら、清津を通り過ぎたらむやみやたらと降ってくるんだが、ああ――あんな雪は初めてだったな……ああ――あの雪……あの雪……」

彼はすでに震え声だった。左右の目の縁には早くも、山水・甲山の暮れていく山裾に降りしきる雪片が溶けながら集まり、土壁でつくられた台所の瓶のなかの水のように揺れ動いていた。

「列車が豆満江の鉄橋を渡っていくのだが……おお！　豆満江――おお、豆満江！　わしの目に何が見えたろうか？　雪！　ただあの雪！　積もった雪、積もる雪……何にも見えず銀世界だった。そんな雪を眺めるわしの気持ちはどうだったろうか？　このわしの気持ちはどうだったか？」

「どうだったのか見ていないぼくにわかりますか」

「そうか、おい、おまえもものすごく嘆かわしいな。そんなありさまでどんな文学をするのだ。わしは……わしは泣いたぞ。ただただ泣いたな。豆満江に降りしきる雪片を眺めながら限りなく限りなく、ただ泣き続けたのさ……」

いつしか彼の両肩に豆満江の波のうねりが運ばれていき、両頬には川が流れていた。植民地時代の豆満江が流れていた。

「おお、豆満江……おお、豆満江の雪……おお……おお……」

彼は朝の九時半から豆満江を叫びながら泣きだし、その日の晩の九時半過ぎに旅館の一部屋へ転がり込み、夢路をたどって豆満江の舟唄がうたいだせるまで休まずに泣き続けた。

朴氏ともっとも昵懇な間柄でありながらも、タイプが異なる任剛彬氏と初めて会ったのも、同じ年の冬のことだった。迎え酒に五升ものどぶろくをぺろりと飲み干してからも平然と出勤する、寡黙にして無表情ながらも内面では燃え続けている彼もまた紛れもなく百済遺民だった。彼に初めて会った日、何があったのか大勢で酒盛りをしたのだが、最後までご機嫌で酒を酌み交わして問屋の酒が底をつくまで飲み干したのは、任氏とぼくの二人きりだった。まるで一族のなかの叔父と甥にでもなる間柄のように、ぼくを好意的な目で見てくれた彼は、いつしか夜中の十二時近くなると、酔いつぶれて正体のないぼくの耳許で、意外な密語をささやくのだった。

「おい、おまえと、独り寝なんぞ真っ平だろう？」

「独り寝こそ気楽じゃないですか」

「男は率直でなくてはいかんのだぞ」

「何の——女は要りませんよ」

「そうか、おい、申し訳ないことだがな、おまえが欲しいと言っても無駄なんだ。なぜかというとだな、今夜はわが家で祭祀（法事）があってな。家へ帰って祭祀を営むつもりなのに、そんな真似をさせられるか？　下賤の者ならいざ知らず……」

家忌（法事）があるのでいかに他人同士とはいえ、清浄ではない行為を取り持つとか、知っていて知らぬふりをするわけにはいかぬというのだった。彼は儒者だった。

暖冬だった今年の年始めに、ぼくはご両人を迎えて大田駅前のとある四階建てのホテルの一室で、十二時過ぎまで酒を飲んだことがある。ぼくたちは好き勝手に横になって眠ってしまったのだが、窓辺に訪れた雨の音に目を覚ました朴龍来氏のぶつくさ言う声に起こされた、任剛彬氏のがさごそさせる音にぼくが目覚めて見ると、打ちつける雨脚にガラス窓のへりには早春が息づいており、その向こうの空は啓蟄《けいちつ》を迎えて月の暈がかかっているセリ畑のように深くて淡かった。朴龍来氏がまず、朝鮮王朝末期の田舎の女たちが着ていた棉入りのパッチみたいな肌着姿でガラス窓を大きく開けると、いまにも涙が弾けでるような声で、

「正月五日、大田の庇の下に雨が降る……駅前の路地を回っていくリヤカーのネギの色……」

とつぶやいた。

「何を見てまた詩を一首詠むというのかね？」

と言いながら任剛彬氏が続いて外を覗き込んでから、

「あれがどうしてネギだね、セリじゃないか、セリの色と改めるんだな」

と注文をつけた。ぼくもつられて肌着のまま覗いて見た。雨の中を大根とほうれん草をぎっしりと積んだリヤカーが、くねくねした道を折れ曲がっていくところだった。

この詩人たちと気質が通じ合うばかりか、いろいろな点で似ているソウルの詩人には、薪を焚いて鉄の釜を焦がして炊いたスンニュン（おこげ器）のような味と香りがする朴在森《パクジェサム》★6氏がいる。

誰かがときと場所柄をわきまえずに、

「一杯やりますか？」

と誘うと、高銀《コウン》★7氏や李《イ》浩哲《ホチョル》★8氏に劣らぬ嬉しそうな笑みを浮かべながら、

「やらぬわけには参りますまい」

と舌なめずりから始めるこの昼酒の大家は、たとえ朴成龍氏が不在の席でだろうと必ずや一節唸らずには収まらなかった。

「へぼ詩人の難解な詩よりもこっちのほうが十倍も傑作だというのよ……」

彼は歌をうたいだす前に、決まって歌詞からひとくさり諳んじるのを正しい順序としていた。

船頭よ　船乗りよ　蔚珍の人よ
挨拶なしだが　訊いてみたい
鬱陵島の椿の花は　咲いていたか
懐かしいわが垣根では　鳥が啼いていたか

どうして話がここへ来てしまったのかわからない。けれどもせっかく話し出したことだから、ケリをつけるとしよう。またぞろ映画の観覧記に戻っていくと、「ゴッド・ファーザー」は一時間分以上もハサミを入れられて上映されたのに、残忍で冷酷なスクリーンであることは否定できなかった。むろんその程度の殺戮と流血が描かれている映画が、これまでにもなかったわけでは

ない。ただ、ほかのどの映画よりも現場感というか実感を、胸に色濃く刻みつけてくれる画面だった。幼稚ななりにぼくは、あらましこのように書いてやった。

社会の構成員の絶対多数として、歴史を導いていかねばならないこの地の主役は当然、庶民大衆だ。ところが今日の大衆は、おのれの立ち位置を掠め取られたまま周辺に追いやられ、観客の役割しか果たせないのが現実だ。けれども彼らは、その観客席にいることすら命の保全と本能の延長戦という、切羽詰まった意味が含まれているくらい孤独だ。こんな人たちがおのおの胸に抱いている体重を、束の間にせよ軽くしてくれる娯楽があるなら、とりもなおさずこれと似た映画が代行できるのではないかと思う。

それからぼくは、次のようにつけ加えた。よいメロディーには歌詞が重荷になることがあり、蒸し暑い夏の日に渇きを覚えたときは、衛生処理して沸かして冷ましたバケツ一杯の水よりも、井戸から汲みだしたばかりの一口の冷水のほうがずっとさわやかだ。したがってどのみち娯楽用であるからには、こき下ろすばかりもないと思われる。

明くる日、例の記者が電話をかけてきた。原稿料をどのように届けたら、互いに都合がよろしいかという内容だった。ぼくは幾らにもならぬ金額で行ったり来たりするのも煩《わずら》わしいだろうから、しばし預かっておくように告げた。用事で新聞社の近所へ出かける機会があれば立ち寄るつもりもなくはなかったが、実は長々と受け答えするのが面倒で言い繕《つくろ》ったもので、それはそのとき読んでいて中途半端になっていた新聞記事を、大急ぎで読み終えてしまいたかったからだった。

読みさして折りたたんであった記事の内容は、金《キム》某という十六歳の少年がソウルと城南市の間のとある街角で、タクシーの運転手を果物ナイフで刺し殺し、血まみれの千八百ウォンを奪って逃走するところを捕まったというものだった。兄弟や親戚の顔、郷里なども知らず、七歳で独りぼっちになって十余年をソウルの軒下で、なるがままにその日その日を生きてきたというその少年は、ソウルの人情があまりにも酷薄で生きていけなくて田舎へ行こうとし、田舎へ行く前に食べたかったものでもいっぺん食べてみて行こうと、そのカネを手に入れるためにそんなことをしでかしたというのだった。少年は続いて、そんなに食べたかったのは何だったのかという質問に、米の飯とコーラと葡萄と答えたらしかった。

ぼくは胸のどこかに大きなしこりが出来て、重い固まりが居座った感じを退けることが出来なかった。どんなに腹をすかしてひもじい思いをしたから、一膳の米の飯がそれほど食べたかったのだろうか。ぼくは脳裡に出しぬけに、幼い頃表門の前に立ってパガジにご飯をもらっていった幼い乞食と、軒下で食べて行った年老いた物乞いがうろつくたびに、何も言わずにご飯をよそってだしてやるようにさせていた母の顔が思い浮かんできた。それは何も善行でもお布施でもないのに、決まって小さなお膳に載せてだしてやるようにと厳しかった母の声が、またふたたび耳許で渦を巻いているのが聞こえた。

かつて、今年くらい人々を灼きつけ蒸した夏もなかったと思う。夏場の間ずっと清涼飲料を冷蔵庫にぎっしり詰め込み、冷や水でも飲むようにそれを飲んできた人も少なくないだろうに、よほど喉の渇きに苦しめられていなければ、あんなどこにでもあるコーラの一本も飲むことに、そんなに執着しただろうか。冷たさに歯がしびれる冷蔵飲料を数えきれぬくらい飲み干してからも、暑い暑いと夏場を敵としてきた自分が恥ずかしくもあった。

　ぼくはさらに、街の路地ごとの店先で十二色の色彩を誇りながら、見栄えもよく熟れて一つずつ山盛りにされ、ありふれているもぎたての果実の群れや、眺めるたびに食欲をそそる味をいまさらのごとく思い出したものだった。一つ一つがおのおの春夏秋に熟して、艶やかな姿形で食い気をもてあそんでいた果実たち。推測するにあのタクシー強盗・殺人少年はどうやら、それらからの誘惑を振り切ることにくたびれきってしまったのではなかったろうか。ところが万事はもはや手遅れだった。世知辛《せちがら》くかつ索漠としたソウルの人情に嫌気がさし、くたびれきった表情だったと新聞記事は結論づけていた。まるで農村とか山奥へ早くから移り住んでいたら、純朴な少年に育っていただろうに気の毒だといった口ぶりで――けれども、その少年があんな怖ろしいことをしでかす前に田舎へ移り住んでいたとしても、冷たい人情に骨の髄まで冒されていただろうと思う。この国のどこへ行こうと、果たして礼儀正しく純朴な人情が残されているだろうか。すでに一世代前から、郷里へ帰っても懐かしい故郷ではなかったと嘆いた詩人がいたではないか。

　三日後だった。秋夕の日の朝、新米の飯と肉入りスープで食事をしていたぼくはふと、留置場に入っている例の十六歳の少年強盗・殺人犯のことを思い出した。するとぼくの頭のなかはじきに、米のご飯とコーラの瓶と葡萄でいっぱいに満たされるのだった。食欲がなくなって食事が喉を通らなかった。ぼくはお膳を下げて庭先へ出てと、マサキの傍の芝生の上にのんびりと座り込んだ。陽射しがまぶしくこぼれ落ちている庭先には、甥や姪たちがビスニ（鳩子）とビドリ（鳩男）と名づけて飼っているひとつがいの鳩が、ばらまかれた餌をついばみながらよちよち歩き回り、鳩たちと親友のようにしている幼いネコは、鳩のための水の器の端に左右の足を載せて腰を下ろし、顔を洗うのに余念がなかった。

ぼくは煙草に火をつけて口にくわえると、一膳の飯をどんぶり一杯の金の粒よりもっと大切に思いなしていた、幼い頃の一時期が自ずと蘇ってきた。六・二五事変が勃発した年の冬のあの、身の毛もよだつ記憶が思い浮かんだのだった。およそ三ヵ月ほど、ぼくがまだどんな家と明かすことがはばかられる家で疎開生活をしていた頃のことだった。ぼくはただ飯を食べさせてもらう代わりに子守りをしながら、他人事としてのみ耳にしていた虐待と冷や飯がどんなものかを、初めて経験することで悟ることが出来たのだった。

そこは風がちょっと吹きつけるだけでも砂が舞い上がり、目を開けていられないひなびた漁村で、ぼくが居候をしていたのは大型漁船と発動機を備えた船が一隻ずつあって、食べるに事欠かない船主の家だった。早くから子どもらが残らずソウルへ留学し、ずっとソウルに居座って所帯を持っていたので、一・四後退を迎えたその年の冬は、ソウルから避難してきたその家の子たちとその家族、おまけにこの一家の親類縁者たちが疎開してきていたので、昼も夜もごった返していた。この家あの家の嫁婿の実家の家族たちまでが加わって、二十人近い見ず知らずの人たちが出たり入ったりし始めると、冬の初めからこの家で居候をしていたぼくは自ずと、喪家に訃報を伝えに来た縁起の悪い使者と変わらぬ境遇となり、疎《うと》んじられなくてはならなかったし、食糧と漬け物の節約という越冬対策が講じられて以後は、食い気が旺盛なばかりで役立たずの無駄飯食らいと決めつけられ、誰の目にも邪魔な存在とならざるを得なかった。

ぼくは自分の居候代を自分の手で稼ぎ出さねばと覚って、自分の判断で出来そうな仕事を見つけ出さなくてはならなかった。子守りになったのもそのせいだった。あの家にはやっと満一歳の誕生日を迎えた、ひどく癇癪の強い外孫がいたが、そうなるために癇癪が強かったのか、どんなに手がつけられないくらい泣き喚いても、ぼくの手が届きさえすればいつそんなことがあったのかというようにけろっと泣き止んで、おとなしくなるのだった。ぼくの背中から小便の匂いが去ることがなく、乾く暇とてなかった。着替えがなくて、着た切り雀で冬を過ごしながらもさして寒さを知らなかったのは、乳飲み子が風邪を引きはしまいかと、部屋の片隅の衣服を吊るしたカーテンのなかでばかり過ごし、寝床に潜り込むまではいつだってねんねこが体に巻き付いていて、オーバーコートの役割を果たしてくれたおかげだったはずだ。その前々年までにしたって大福《テボク》や大福のお母《か》ん、それから甕点《オンジョム》の背中を馬の鞍に見立て、日がな一日馬乗りを愉しんだことと比べると、呆れ果てた変わりようだったけれど、それもこれも時局のなせるところと諦め、辛うじて生き長らえながら、取るに足らぬ命にせよ失うまいと粘り強く気を張っていたのだ。

　これと似た山は成人してからもたびたび越えてきたものだが、どんなにうんざりする手かせ足かせがあっても自殺したり挫折したりせず、辛抱強く時節を待ち受けてきた我慢強さも、まさにこの頃を土台として積み重ね、鍛えてきた意志だと信じている。

　あの時分は昼飯という言葉すらなかったし、朝晩口すぎができたのは赤みがかって黄色っぽい小麦を挽いた、屑粉を炊いた飯を陶器の小鉢に一つがせいぜいだった。小麦を石臼で挽いて目の粗いふるいにかけ、粉を落とした小麦の屑粉は、元は飯が焦げないようご飯の下に敷いたものだったが、それはしかし台所の下働きの判順《パンスン》とぼく、それからブクデギという名の犬に食べさせるために、故意にそうしていたのだった。

判順は自分でじかに釜からよそって、かまどの焚き口の前にしゃがみ込んで食べたので、精一杯混ぜ合わせてときには飯粒にもお目にかかっていたはずだが、ぼくの器のなかの小麦を挽いた屑粉は、拳を固めて何度もこね回して固めなくては、なかなか固まってくれないくらい粘り気などなかった。このように固めてオンドルの焚き口に近い場所に二日ほどおいて寝かすと、立派な麹《こうじ》になるくらい飯粒一つ混じらないものとなった。ところがぼくはもの凄くひもじかったので、犬でさえためらう食い物だったけれどむさぼるようにして食べたが、それでも空きっ腹は満たされなくてひっきりなしに腹の虫がぐうぐう鳴りだした。

このように書いていたら不意に、あの頃がふたたび目の前に繰り広げられ、あの人たちがいまさらのごとく哀れになってきた。名ばかりの飯だったけど犬とぼくだけに麹を食べさせたことが恨めしかったからではなく、夜が更けてくる頃ともなると毎日のごとく、自分たちだけで夜食を食べていたことが思い起こされたのだ。彼らが夜食を食べる気配が感じられるとたちまち、ぼくまでがつられて空腹感を覚え、どれくらいたくさん生唾を飲み込んだかわからない。あんなものがどうしてあれほど食べたかったのだろうか。思い返すたびにいまでは何がなし軽く笑って終わってしまうが、夜ごと彼らが食べていた夜食なるものが何か特別なご馳走にでもなり得るものだったら、かえってそんなことはなかったはずだった。居候に内緒で好んでいた彼らの夜食は決まって、醤油と味噌甕置き場の下に埋めてあった甕のなかの、キムチの一種のドンチミ（汁キムチ）

だった。薄氷が張る甕の中からドンチミを引っ張り出してこぢんまりとした車座になり、細長く引き裂いて食べていたのだ。

米の飯とコーラと葡萄が欲しくて殺人と強盗をやらかした少年を、ぼくはとうてい憎むことが出来ない気がした。

ぼくが陽当たりのよい庭先に座り込んで、麹のかけらを干葉の入ったみそ汁とかき混ぜて食べながら、一膳の米の飯にお目にかかるのが願望だった時代に立ち返って来る間に、腹いっぱい餌をついばんだひとつがいの鳩は、ゴムの木の鉢の傍においてやったたらいほどの大きさの陶製の金魚鉢の縁に止まって、水を飲みながらククククと啼きたて、顔を洗い終えた子猫は子どもらが投げてやった熟していないナツメの実を、左右の足で代わる代わる蹴って転がしながら、我を忘れて自分だけのサッカーに打ち興じていた。

ぼくの気持ちはふたたび平穏を取り戻していた。この程度にでも生きてきたことをどれだけ満足すべきかという、ちっぽけな料簡の、狭い安逸のうちにぬくぬくと包み込まれていた。けれどもぼくは、ふたたびこれからも、決して平坦かつ安穏な運命に生まれついている人間ではないという、普段から抱いてきた基本姿勢を取り戻したうえ、取り乱した意識を落ち着かせて平静になりながら、併せてあの十六歳の強盗・殺人犯のような不遇な少年たちに、食事のいっぺんもプレゼントできなかった自分の才覚のなさに、嘘偽りのまったくない純真な自分の気持ちで慨嘆を繰り返していた。

あまりにもぽろぽろとこぼれ落ち、箸ではつまみ上げられなくて、犬でさえそっぽを向いて死んだねずみでも見つけて食べようと飛び出していった、小麦の屑を炊いた飯にうんざりして、まともな飯とドンチミの夜食が懐かしくて夜もろくに眠れなかった、過去を振り返ってみた後だったせいだろうか。ぼくはふと、どんな方法を用いても、長い歳月をかけて自らが犯した罪を悔いて身を震わせることになる少年強盗・殺人犯に、一度くらいたらふく飯でも食べさせてやれたらという心の動きに気がついていた。挙げ句の果てに、とうとうぼくはあることを思いつくにいたった。それは、まだ受け取ってはいないいくらにもならない、例の映画の上映に賛成して書いた原稿料を、少年犯に進呈したらどうかということだった。その原稿料はあの新聞社の、警察担当記者に頼めば簡単に届くはずだった。あるいは、担当の捜査官に頼めば差し支えなかろうと思われた。明日、出勤したらさっそく文化部の記者に電話でそうするよう頼むことを心に決めてようやく、ぼくはいささか満ち足りた気持ちであくびと同時に昼寝に入ることが出来た。

ところが翌日は、電話一本かける暇もないくらい忙しくて、この日は後回しにし、その次の日もまた忙しさに追いまくられて暇がなく、またしても一日が暮れてしまったせいで実現できなかった。いやその件は三、四ヵ月も経った今日まで実現していないが、それは中途でその計画が潰れてしまったためだった。秋夕を迎えて二日目にあった酒の席で、その計画にブレーキがかかったのだ。

酒を飲んでいると、肴が貧弱でも酒の味は格別なこともあるし、山海の珍味が並べられお膳の脚がしなっても、酒を受けつけない場合を数えきれぬほど経験していた。

ところがぼくには、そうした場合とうって変わって、ひたすら肉を食するために肴として酒を飲む機会もたびたびあった。それはひと月に一回の割合だが、それさえもすべてはおごられたもので、そのたびに身銭を切るのは小説家の韓南哲《ハムナムチョル》氏★9だった。韓氏は、ぼくとこっそり何かを話し合うことがあったからでもなければ、酒を酌み交わしたくてそうしたわけでもなかった。たらふく飲み食いしたとぼくにお世辞を言わせることを兼ね、自分の身の保全のためにそうしている気配だった。彼は毎回、多くの人がぼくの勤務先のオフィスで顔を揃えてごった返しているときでさえ、ただ一人ぼくだけを別途に呼び出したが、ぼくがあまりにも精肉を好む肉食性の食べ物好きであることを、韓氏がいち早く見抜いていたうえ、並々ならぬ健啖ぶりを見せつけるものだから、韓氏も刺激されて、食欲が湧いて一緒に食べることになるメリットがあって、そうしたのだろうと解釈される。そのため韓氏から電話さえ取ると、まずは口の中に生唾から先に溜まり、他人に気取られぬようにしてたったの二人で、こぢんまりとしたところでひっそりと向き合って座り、風炉で堅炭の火を起こして雌牛のあばら肉なるものを焼いて、たらふく食べるのがいつものことだった。持ち合わせに余裕がない場合は、斤《きん》で計って買い求めて焼くヒレ肉専門の店だったから、互いに食べることにかけては惜しむことがない性格だったので、一方的にご馳走にばかりなってもさほど負担には感じなかった。

その日も韓氏はぼくを海雲台カルビという店へ呼び出し、二人きりでそれを焼いて食べるために一本の焼酎瓶を真ん中に置き、向かい合った。そんな具合にして食べる席なもので、自ずと食べる話となるばかり。

ぼくはまたしても例の少年強盗・殺人犯を庇いながら、あの少年に幾ばくかの寸志を届けるつもりだと語り、少年がしでかした犯行自体がこの社会で生きているすべての人間の責任だと主張し、寸志という名目のちっぽけな同情がたいそう妥当なもののように強調した。韓氏はそうではないといって、ぼくの言葉が焼けこげたりしないよう箸を振り回して押しとどめてから、

「けれどもだな、殺された人のことを考えてみろや。殺された人は何だ。前触れもない雷だぞ。一体全体これはだな……」

といって、彼は熱弁を振るった。

あの少年は根本的に性根が腐っていた。あの少年のようにもっぱら自分だけという考え方しか持たない者は、どんな時代にもたくさんいた。そうした人間こそ残忍かつ冷酷な者たちだ。この国の人間すべてが贅沢三昧だったわけでもないのに、自分だけが独りぼっちだと考えることからして間違いだ。これまで、世話をしてくれる人もなしに何年もソウルの巷で生きてきたなら、普通の子どもと見なすことが出来るか。世間の人たちが何とか我慢して耐えているとき、脇道にそれていったのだから許されない。

殺害された運転手にどんな罪があるというのだ。二日働いて一日食べて暮らす交替役の運転手でもあり得るし、妻と子がうようよしている、八十歳の老母を養っている家長かもしれないし、誰かに目を剝いて睨まれるのも気の毒な善人の場合だってあるのに、単に食べたいものを解決するために、他人のかけがえのない命を好き勝手に処分するなんて出来ることだろうか。そんな許しがたい罪を犯した者への同情だとしたら、その同情の成分は何だろうか。

ぼくはすぐにはやり返せなかった。そんなにややこしく考えてみたことがなかったからだった。

「一体全体だな、カルビに酒を肴としておりながらだな、何をアミの塩辛みたいなご託を並べておるんかね」

と韓氏は言った。

ぼくは口をつぐんだ。ふと、あの不遇な少年の肩をもつことがとりもなおさず残忍なことで、結局は自分の本性をさらけだすことではないのかと疑わしかったし、だとしたら友人たちが語るそうしたぼくの欠点というのも、たいしたものではないなという安堵感に浸り込んでいた。

ほんとうに本性が善良で賢明でけなげな人間など、滅多にいないというところに及んで、その日の話題は種切れとなった。その間に十六歳の少年強盗・殺人犯のために手をつけなかった、ささやかな同情の財布の中身はどこかへ逃げ出してしまい、時間が流れていまに至るも戻って来なかった。なぜなのかわからないが、しかし朧気《おぼろげ》にせよ察しがつかないでもなかった。

それは、おのれ自身が犠牲になろうと隣人や他人のために身を投げることが出来た、ほんとうに善良でけなげな一個の久遠の人間像が、ぼくの心の中にしっかりと腰を据えているせいかもしれなかった。


それはぼくが、生涯を通して追慕しても尽きることがないくらい、馬齢を重ねて生き長らえるほどにいつまでも懐かしいばかりの人だった。彼の名は申賢石《シンヒョンソク》。享年三十七歳で、生きていたら今年で四十八歳になるはずだった。名前に「石」の字が入っていたせいか、生前の彼はことのほか石を好んだが、振り返って煎じ詰めると、彼自身が根っからの石のような堅物でもあった。そのため誰もが彼を石公《ソクゴン》というあだ名で呼ぶのを好んだし、当の彼もそうしたあだ名を嫌っていなかったと承知している。ぼくは石について知っていることはない。けれどもそれなりに石公のことを追憶し、彼の死を残念に思う挙げ句しばしば、石の出来具合や性質を併せて思い返してみたものだった。したがってぼくが知っている石の性質というのは、とりもなおさず石公というあだ名を持ったあの人物の性質と、ほとんど同じものであることをも意味している。

石は千年も何の価値もなく打ち捨てられていても、不意に必要とする者に役立つことが示されて、ようやく石材という地位を得て価値が与えられる。そうしたチャンスにありつけなかった石は万年を経ても骨董になるはずもなく、どんな品目に割り込む名分もない。このように石は容貌すなわち用途によるもので、梃子《てこ》でも動かないどっしりとした岩から面はゆいさざれ石に至るまで、もって生まれた性質ばかりは変わらぬようだった。暑さに伸び縮みすることがなく、長雨に打たれて柔らかくなることがなかったし、寒さに身をすくめることがなく、風に転げ回ろうと軽々と飛んではいかない。軽くなろうと重くなることはなく、槌で打たれて割れはしても歪むとか柔らかくなりはしなかった。昔の文章にも「丹可磨　而不可奪其赤　石可破　而不可奪其堅……（丹砂を磨いてもその赤を奪うことは出来ず、石を割ってもその堅さは奪うことが出来ない）」と教えていることを知っている。

石公がこのようだったと思うことを、ぼくはためらわない。山が高ければ月が小さく見えるように、あまりにも粗野な世の中に紛れ込んでいるので、ときには忘れて生きてきたことはあるけれど。

虎岩から陽が昇る方向へ三、四、五、六歩くらい離れたところには、たったいま歩くことを覚え始めた乳幼児にさえ容易く這い上がれるように、大きな牡牛みたいに背中をもたげてうつ伏している岩場が、四季を通じて子どもらの靴底ですり減らされてかてかしていたが、ぼくらはその岩を形のまま名づけて黄牛岩と呼んだ。その岩場は大福の家の背筋のところにある広くて平たい岩場をおいてぐるりと回っていく、小径の急傾斜になっているところの道端に脇腹をつけて横たわり、往き来する人たちのひそひそ話をあまりにもたくさん聞かされてきたせいか、七星岩の中でももっともふてぶてしく堂々として見える岩場だった。その黄牛岩はちょっと見に、まるでうちの畑の体面を保ってくれるチャンスン（註・村の入り口に立てられた天下大将軍・地下女将軍と書かれた柱）ように思われもしたけれど、それは道路を越えた向こう側に住んでいる申《シン》ソバンのえげつない仕業で、畑がますます道路に食い込まれていって、すでに何坪も減ってしまった後だったからだ。黄牛岩が寝そべって邪魔をしていなかったら、うちの畑はいくらか余分に道路として食い込まれることになったか、計り知ることもできないありさまだった。元来が山の尾根を越えたところにある小径の入り口だったので、黄牛岩を経て新作路へ伝って降りていったその道路は、辛うじて背負い子が通り抜けられるくらいのせせこましいものだった。その道路脇はぼくがいつも大福の尻に従いてカワセミのねぐらを探って回っていた、谷川が流れ落ちたところで広々とした渓流になっていて、申ソバンの家はその向かい側の高台に上がり込んでぽつんと建っていた。何年か前からだった。申ソバンはそんな狭い道路のへりを二、三歩の歩幅にツルハシで掘り起こすと、熊手鍬で畝間をつくっては、ワケギとかニラなどの青菜の種を植えつけて食べていた。春にインゲン豆の種を植えつけて取り入れると、若大根の種をまくとかカボチャのための穴を掘って幾つかずつ種を埋めることもあったし、横に拡がるトウモロコシと箒木《ははきぎ》を垣根のようにして育てることもあった。

「残りの土地、持ち主がおらんように見えて勿体ねえし、何じゃろうと播いた種は育てようと植えつけとるんじゃけど……人はすべからく、まめに働いてみるもんだわ……」

申ソバンは何かにつけそんなことを言っていたと記憶しているが、その実、播いた種の何十倍もが収穫され、内心では自分の菜園と決めつけ、利益を上げることに熱を上げていたのは明らかだった。申ソバンは草取り鎌の先で道路のへりをちょびちょび削り取って領地を押し広げてきて、次第にエゴマやら唐辛子の苗など、実をつけても数多くぶら下がる作物ばかりを選んで植えつける癖があったので、行き交う人たちは自ずと、他人が植えつけて栽培しているものを傷つけまいと避けて通ることになり、それに比例していくらか踏みつけてもはっきりと痕跡が残らない、広い畑のへりのほうへ足取りが集まるようになったので、ぼくの家の畑は指尺で十センチさらに十センチと浸食されることになったのだった。そのためわが家では、畑を鋤で掘り起こすたびに、通行人たちの足で踏み固められて道路になってしまった土地を取り戻すべく、石くれのように突き固められているところへ、開墾されていない土地を切り開くよりずっと多くの手間暇かけて、たっぷりと汗を流さなくてはならなかった。そうした場合わが家では、いつも黄牛岩の脇腹を基準として線を引き、失われた境界線を目測で取り戻すのが常だった。そのせいで申ソバンは、おそらく黄牛岩がよほど目障りではなかったかと思われるが、それでもその岩場をもっとも重宝に利用したのも、ほかならぬ申ソバン自身だったことは事実だった。岩の背中は滑りやすく筵《むしろ》の半分ほどの広さもあったので、申ソバンのかみさんが洗濯物を干すこともあれば、唐辛子とか輪切りにしたズッキーニーを拡げて乾したりしたけれど、それよりは酒に酔った申ソバンが、くだを巻く場所に利用されることのほうがずっと頻繁だったのだ。

冠村の人たちは申ソバンの家をしばしば花形の家と呼んだが、家構えが口の字形だったので、花びらになぞらえて名づけたものと承知している。毎年、屋根の藁を新しく葺き替え、いつもさっぱりしていて温もりが感じられるように見えながらも、裏庭の手入れされていない野茨の茂みの生け垣と、石ころが入っていて誰かが触ると音が賑やかな缶がぶら下げてある板戸の門のせいで、品位に欠けて見えた。それなのに畑と庭の片隅にはひと抱えもある一本のキササゲの木が、阿屋《あずまや》の傍らなどにある大樹のごとく根を張っていたし、その脇にはこざっぱりと手入れがされた豚小屋と堆肥置き場があって、風格のある家という印象を与えるには不足しなかった。

「二番目の娘を嫁にやるとき、箪笥の一つもこさえて持たせてやろうと、生まれてきた日に植えつけたキササゲやけんど、モリッチャン（小箪笥）を組み立てても一人分の裁縫箱は、十分にでけるじゃろうて」

と、申ソバンはキササゲの大樹を見上げながら何かにつけ自慢していたが、その頃のぼくは幼心にも、キササゲよりは庭のへりにずらりと並べてあった石のほうにより視線が向いたし、よさそうな石ばかりを熱心に拾い集めてきて並べていた、石公のこまやかで純朴な気質がいつも関心事だった。

石公は申ソバンの四男五女のなかの長男だった。彼がいつ頃から石に関心を持ち始めたのかは見当もつかないけれど、ことのほか石に深い愛情を持っていたようで、観賞する余裕も持っていたらしい。ぼくは石公のそうした一面を、近ごろの腹の膨れた人たちの盆石趣味と比べてみたことはない。やれ盆石愛好家よ水石研究家よと自称しながら、ダイエットのための運動を兼ね、もしくは神経性消化不良の治療代わりに歩き回りながら、庭園装飾用の庭石商売を目的としたそうした手合いのさもしさとは、比ぶべくもなかったのだ。近ごろの人たちは石を拾ってきて、物形石や山水景石、抽象石や紋様石に区分し、「創世記」「幻湖」「天女」などといった中身のない表題をつけて詐欺まがいのことをしているけれど、石公にはそうした悪さが出来るほどカネも暇もなかったし、そうした表題をでっち上げられるほどの人格も学識もなかった。彼は辛うじて小学校だけを終えると、幼少の頃から肉体労働が体に染みついていた、一介の百姓でしかなかったから。しいて世間並みに肩書きをつけるなら、石材コレクターとでも言おうか。彼は形と色彩、大きさなどがおのおの異なる、日常的に役に立つ石ばかりを集めてきたので、近所の家のかまどの礎石とかオンドルの煙道用として、ときには近所で煙突や塀を積み上げるとか、醤油と味噌甕置き場を拡げる際に快く分けてやったりした。いまにして思えば、彼は役に立ちそうな石は文句なしに拾い集めておいて、必要な人たちに分けてやる愉しみから石公になったみたいだった。

けれどもぼくは、石公のことが思い出されるたびに軒下に並べてあった石の群れよりもまず、彼の家の庭先が頭の中で拡げられたのは事実だった。彼と一緒にやがてぼくは、あの家の庭先で繰り広げられたこまやかなさまざまな追憶に浸ったたし、それらの追憶に順番が狂わぬようにして巡り会いたくて、もういっぺん幼年時代に戻っていき、あの家の庭外れに立ってみることにしたりした。一等最初の順序は決まって、石公が毎年二度ずつ庭先の土を新たに入れ替える姿が再演された。夏場の麦の脱穀と秋に刈り入れた稲の脱穀をするために、石公は春と秋に庭先の土を入れ替えた。崖崩れがあった山の黄土をもっこに十杯あまりを背負い子で背負って田んぼに運び込むと、代わり田んぼの土をその分だけ庭先へ運んで拡げておいて、田んぼの土と畑の土を入れ替えたのだ。高嶺土、カオリンのように粘っこくて白っぽい光を放つ田んぼの土塊を、しっかりとこねて一重に均《なら》してかぶせておくだけで石公は手足の泥を洗い落とした。残りの作業は近隣の集落のちび助どもがボランティアで締めくくってくれるからだった。そのちび助どもの群れから、一度としてぼくが脱けなかったことはいうまでもない。聞こえがいいのでボランティアなどと言い繕っているだけで、ぼくらはまるきり飛び跳ねる愉しさから進んでその作業を引き受けたのだった。粘っこい土がぬかるみみたいに柔らかくこねられて拡がっている上に、子どもらは竹ひごで編んだ簾とか古かますを敷いて、わいわい騒ぎ立てながら縦横に跳んだり踏みつけたりしてこね回したのだった。庭先の畑の粘っこい土がムクのように隆起してから、ソンピョン（お餅）やすいとんの団子のように少し固めになると、子どもらは竹ひごの簾やかますの上を踏みつけるというより、素足で泥土そのものを踏むほうをずっと愉しみにした。庭先を箒木の箒で掃いてきれいな埃が立つまで、二日も三日も子どもらはその庭先にばかり集まってきて遊んだ。庭先に爪の跡ほどの筋目一本残されることなく、きれいにこねられたのは当然の結果だった。子どもらの腕白ぶりのおかげで筵もなしにそのまま穀物をぶちまけて乾かすと、熊手やノッカレ（竹製の熊手）で掻き集めて盛っても、土塊のかけらとか細かな石ころが混じらなかったことは、石公もよく承知していたはずだ。たとえ他人の家の庭先ではあったにせよ、ぼくらの遊び場なら二番目に上げるのが惜しまれるくらいだった懐かしさが、いまもなお残されている。

ところがぼくは、石公の追憶が始まると自分が好んで遊び戯れた庭先というよりも、ぼくの父が生涯のうちたったの一度だけたわいもない遊びをした場所というところに、より貴重なものが感じられて忘れがたくなっていたことを明らかにしておきたい。それはぼくが七歳になった年の秋だった。

その頃は春の陽射しが豊かな陽の当たる場所よりも、目映い陽射しが世界中に射し込んでいくように、山や野にそして干潟に毎日のごとく降り注いでいた。まだ旅立てなかった燕たちは、毎朝、電線にずらりと並んで止まり、虎岩のぐるりの茨の藪にはカササギの餌が、唐辛子の畑よりもっと濃い色で真っ赤に熟して集まっていたし、大福の家の裏手にある広場岩の下の芝生には、抜き取って乾してある綿の幹の綿の実がひときわ膨らんで咲き、遠くの田んぼへイナゴ捕りに行くためには必ず傍を通っていくことになる、忠吉の家の蕎麦畑の咲き誇る蕎麦の花よりずっとまぶしく清潔に拡げられてもいた。

その日も朝っぱらから目に映るあらゆるものが、夢枕に聞こえていた馬の首につけた鈴の音ように、澄み切って幻想的な色をして輝いていた。畑の畝のあちら側と果樹園のカラタチの木の垣根にはカラタチが、稲穂よりもずっと黄色くなって棘の合間ごとに隠れていたし、華奢に成長して山のように咲いている紫色の野菊は、夏場にナデシコの花などがここかしこで赤みがかった刺繍をしていた、山の尾根の雑草たちの合間合間で夏の間ずっと生い茂っていたが、薄い初霜が降りて震え上がり、不様に伸びているカボチャの蔓にこれ見よがしに、ぺこぺことひっきりなしに頭を下げたり上げたりしていた。駆けだすと脱げてしまうゴム靴は端から履きにくいもの、野原のなかを素足で走り回っても陶磁器のひとかけらさえ突き刺さりそうにない、肌理こまやかで広々として見えるばかりの朝だった。

この日、ぼくは明け方から干潟の水門の間の葦原へ出かけていって、毛ガニ捕りを見物していた。

「カニ漁の小屋へオンニ（年上の兄弟。兄や姉を弟の立場から呼ぶ）の朝ご飯を届けてきてくれんとね？　そうしてくれるねん？」

といって、目を覚ますが早く甕点《オンジョム》がぼくばかりを相手に、せっついて止まなかったからだった。

「オンニが夜っぴてカニ漁の小屋におったん？」

初霜が降りそうだった垣根の向こうを覗き込みながら訊ねると、甕点は、

「もちろんだわな。きっと坊っちゃまがいっとうとぎょうさん捕まえとるげな……」

といって、彼女はぼくをけしかけたのだった。

「うちが届けに行んだら若奥様にご心配をかけるんだわ、馬みてえに大きな娘がはしたねえって」

という口実もあった。ぼくには逃げ道がなかった。ぼくの母は鉄浩《チョルホ》みたいにわが家の一員になった若い作男にさえ、一人で田畑へ出て行って野良稼ぎをする場合、甕点さえも田畑へ出かけさせ

ないくらい、男女が顔を合わせるのをとことん嫌っていたほどだから、ましてや中学生だったオンニの傍へなど。

「オンニにひもじい思いをさせてはいけないや」

といってぼくが乗り出すしかなかった。我が一族の慣わしというべきか、実の兄弟同士であれ一族同士であれ、同じ項列の目上に対しては、兄という呼称の代わりにオンニと呼ぶようになっていた。若くして夭折するその兄を訪ねて、甕点が教えてくれた葦原へいくと、かますと筵を組み合わせて建てた円錐形の掘っ立て小屋が二つもあった。小屋のなかに座って一夜を明かしたらしい兄は、陽射しが拡がって平穏になってきたせいか、刺し縫いの布団をひっかぶったまま盛んにいびきを掻いていた。小屋の前で夜を明かし、灯油が底を突き芯だけを燃やしながら、揺らめくランプの明かりのもとで、甕のなかには褐色の毛がハサミごとに生えている毛ガニの群れが、果たして何十四捕まえたのか見当もつかぬくらいうようよしていた。いつも水が流れて葦に染み込むくらいになり、澱がきれいに沈んでいる渓流のど真ん中を掘り起こし、縁の高さがぼくの背丈ほどもあるキムチを漬ける甕を埋めると、竹ひごで編んだ簾でもって囲んで塞いだので、ランプの明かりに惑わされて夜通し誘い込まれたカニの群れは、ことごとくキムチ甕のなかへ落ち込む仕組みになっていたのだ。

「オンニがいっとうたくさん、カニを捕まえたな、そうじゃろ?」

揺り起こしてこのように訊くと、

「大福《テボク》のほうがもっとたくさん捕まえたはずじゃが、行んで大福に、ここへきてこの飯を、一緒に食べやと言うて来い」

と言って、兄は甕のなかのカニからまずすくい上げ、ぼくに届けさせる支度を始めた。大福のカニ漁の小屋はちょっと離れて同じ恰好につくられていたが、すでに筵を敷いて座り込み、捕まえたカニを数えながら束ねていた。

「オンニがあっちへ来て、朝ご飯を一緒に食べろやと……やあ、おまえったらようさん捕まえたんやな」

ぼくがそう言うと大福は、

「やっと九束《たば》にしかならんけど、おめえのオンニは何匹だと言うとったん?」

大福は訊いてから、

「今日、申ソバンとこへ嫁はんが来おるそうやな? 石公のかみさん……」

と言うと、

「このカニが売れんと、お母んが祝儀を届けることもでけんのだわ……」

と洩らした。

「申ソバンの家で婚礼があるのけ?」

ぼくがびっくりすると大福は、

「石公が昨日、嫁はんをもろうたのをいま知ったのけ?」

「ああ、ほんで昨日からジョン（お好み焼）を焼く匂いとか、豚を茹でる匂いがぷんぷんしとったんやな……」

ぼくはにわかに胸騒ぎがして気持ちが落ち着きを失くしてきた。石公の嫁さんが来る見物を逃がしそうな気がして、一刻も早く石公の家の庭先へ走り出そうとした。ぼくははやる気持ちを鎮めることができなかった。

「大福は束ねたら九束にもなったんやけど。オンニは何匹やの?」

「八十三匹、大福のほうが一束余計に捕まえたな。七匹も余計に捕まとる」

そう言いながらカニをすくい上げて入れてある籠を指さして、

「大急ぎで家へ帰ってオモニに、大福が行んだらカニを残らず買い上げてやれと言うとくんや。もったいないからな」

と命じた。ぼくはそうすると答えてわが家を目指して駆けだしたが、もともと上の空で聞いていたので、じきに忘れてしまった記憶がいまでも鮮やかだ。わが家へ帰り着くとすぐに、父や母たち家族が下げた朝ご飯のお膳を拭き取っていた甕点が、ぼくを台所へ呼び入れた。彼女はぼくの手にひと固まりの豆入りご飯のお焦げを握らせながら、ひそひそと耳打ちした。

「ご飯を食べたら、申ソバンとこの嫁はんを見にうちと行かんね」

「……」

ぼくは返事をしてやるまいとしたけれど、しばらくして頷いてやった。ぼくを連れて行っていろいろと見せてやりたいという口実でもなければ、目上の人たちを差し置いてわが家から、下働きの彼女一人が表門を出ていくわけにいかないことに、ふと気が付いたのだ。

「声を立てんとさっさとお食べな」

甕点はご飯と汁を入れた器だけを木製の四角い お盆に載せてだすと、おかずはかまどの前に並べていきながら声を立てないようにと言った。ぼくを台所で、それもかまどの前に座らせてご飯を食べさせていると母が知ったら、甕点は間違いなしに大目玉を食らうはずだった。ところが、何という天の邪鬼の不埒千万な料簡だろうか。ぼくはかまどの前にトアリとか薪ざっぽうをおいてその上に尻を載せ、家々を巡り歩いて物乞いする乞食のようにしてご飯を食べることが、ままごと遊びのような気がしてものすごく愉しかったのだ。ぼくのそうした心のうちを甕点は誰よりもよく承知していた。ぼくには、正座して気を遣いながら大人たちの前で窮屈な思いをして食べるより、ご飯の味がずっと美味しかったのだ。この日も甕点と差し向かいで座り、互いに自分のご飯をすくって相手の口に入れてやりながら、くすくすと声を押し殺して笑ったりした。そうやって盛んに愉しんでいるところへ、奥の居間から母の声が聞こえてきたではないか。

「これ、甕点や、申ソバンのとこの披露宴の支度は、何とか整っていくと言ってたのかい？」

甕点がびっくり仰天してとっさに答えたのは、

「いいえ、うちがいつ？」

だった。とんちんかんな返答にしても、あまりにも途方もないものだった。うっかり、ぼくが台所でご飯を食べているのかを訊かれたと、勘違いしたらしかった。彼女はぼくがこっそり耳打ちしてやってようやくそのことに気が付いて、

「へえ、うちが鶏を届けに行んだら、何と雄鳥を二羽も下さったんか言うておりましたけど、どうにか支度するものは支度でけとるみてえで」

彼女は辛うじてこのように言い抜けると、込み上げる笑いを堪えきれなくて、口の中でもぐつかせていた食べ物を、くしゃみとともに口と鼻の穴から噴きだし、鼻の穴を刺激されて涙ぐんでいた。

「アイグ、むせ返ってひどい目に遭うたわ」

彼女はしきりにくしゃみを繰り返し、腹を抱えて声も立てずにけたたましく笑い転げた。彼女はしばらくしてふたたび口を開いた。

「よその人たちは小麦粉を一升とか、ムッ（註・豆腐のような食品。ドングリ粉などで作る）を何丁といったお祝いを届けてましたけど、若奥様は豆腐まで、一斗分の大豆を仕込んで届けおやりなすったんやから、さぞかし鼻が高いことで」

彼女が問いかけぬことまで口走ると、母はふたたび、

「花嫁さんはどこの娘さんだと言ってたんだい？」

「へえ、島育ちの嫁はんやと。舟島の娘さんやけど、海産物店へ出入りしとったどこぞの船乗りが仲人をしたんやと」

彼女はさらに、

「島者、島者言うて馬鹿にしとったけど、いざ見合いをしてみたらたいそう垢抜けした器量よしやったうえ、相性もすごくよかったと串ソバンのかみさんが自慢しとりましたけど」

「島育ちの娘さんだからって誰もが、黒く日灼けして、不細工に生まれついてるのかね？」

母がたしなめると、

「そげえなんよ。ちっぽけな伝馬船もあるし、漁船も働かせとる言うてましたけん、なんぼかええ暮らしをしとるお宅の娘さんみてえなんやけど。お昼時くれえに嫁はんが来たら、初対面の贈り物なんぞ遣り取りされるはずじゃけど、どげな贈り物があるんやら、後で嫁入り道具の見物に行んでみましょうか？」

「またぞろ足が疼いてきて、じっとしていられないみたいだね。馬みたいに図体の大きな娘が、大勢の人たちがお祝いに集まるというのに、どこへで行くというのよ？」

と叱りつけると、甕点は決まって聞くべき小言は残らず聞いたというように舌をぺろりと出してから、ふたたびぼくの口の中へ食べさしのご飯を匙ですくって入れてくれた。ぼくが甕点を通して仕入れることが出来た石公の花嫁に関する予備知識は、あらましその程度だった。わが家から二羽の雄鳥と一斗分の大豆で豆腐をこしらえてお祝いをしてやったということも、このとき初めて知った。花嫁は十八歳、花婿の石公が二十二歳だということも、彼女から初めて聞かされたことだったけれど……。

朝ご飯を終えると甕点は、折を見て一緒に行こうとぼくを引き留めたけれど、ぼくは冷たく彼女の腕を振り払った。その代わり、彼女も花嫁の嫁入りを見物できるよう一つの方法を耳打ちしてやった。昼飯どきにぼくを呼んで昼ご飯を食べさせるという口実で、家を抜け出せるよう知恵をつけてやったのだ。約三百メートル向こうの石公の家は、わが家の表座敷の板の間に座っていてもはっきりと見下ろせたから、慌てずとも、新作路にトラックが停車してトラックから降りた花嫁が、輿に乗り込むところまで正確に知ることが出来たけれど、その頃ぼくは日除けが高めに張り巡らされている、あの家の庭先へ飛び込んでいったのだ。あの家の庭先には白の粗《あら》織りの木綿の白衣を着込んだ内外の集落の長老たちが、藁筵と麦わらの座布団の上に座ってお祝いの蕎麦のお膳に向かっており、石公一家の身内らしい黄色いレーヨンのチョゴリの、袖先に付け足した藍色の部分をたくし上げ、筒型のチマを着ている主婦や娘たちが、白いポソン（足袋）の足首を見せつけながら、足の裏がすり減るくらい出たり入ったりして忙《せわ》しなく立ち回っていた。遠方の集落からも多くの人々がわがことのようにやってきて、祝いの宴の支度を手伝ってやっていたけど、彼らのほとんどは広場岩の前とか新作路の反物屋の前で、買い物をして帰る道すがらひと息入れるのを見かけているので、すでに見知った顔ぶれだった。ぼくはお祝いを受け取る仕事を手伝いに来ていた大福のお母んが近所の子どもらに、餅のかけらとか茶食（粉を固めた食べ物）の切れ端といったものを、こっそりと手に握らせてやるかもしれないので、そうしたことがないようあらかじめ片隅に引っ込んで、それやこれやの人の動きを注意深く観察しながら突っ立っていた。

どれくらい経ったろうか。誰かがそろそろ時間だよと言いながら、箒をつかんで周囲の掃き掃除をした後で、小川の上を横切って渡してある橋から新作路のほうに伸びている道路を掃き始めた。花嫁の到着時刻が近づいてきた気配だった。やがてヨカティに住んでいる、石公一家の身内に当たるとか言う南春《ナムチュン》と東春《トンチュン》兄弟が、山の尾根の黄土層のなかからたったいま掘り出してきたばかりとおぼしい、あじかに入れてある黄土を橋の上の左右にふた山ずつ、板切れを打ち付けた柴折り戸の左右にふた山ずつ、こんもりと盛り上げておいた。そうしている間に「プープー」という自動車の到着する音が、新作路の反物屋の辺りから聞こえてきて、「あれ、まあ、あの車できたんけ」「嫁はんの到着だわ」「トラックなんぞで運ばれてきおったのけ……」大人子どもの別なくおのおの生まれついたままの顔で、口にいっぱい溜め込んでいた言葉を吐きだしながら、新作路のほうへ駆け出し始めた。ぼくも巻き込まれて従いて行きたかったけれど、立ちつくしたまま自分を抑えて辛抱しなければならなかった。いま思えば笑止千万だったけれど、ちょうど『童蒙先習』を学んでいた頃だったので、祖父が教えるように文字を学ぶ人らしく振る舞わなくてはならなかったのだ。やがて堰《せき》を切ったように駆けていったちび助たちが、先になり後になりしながら戻ってくる声ががやがやと聞こえてきた。ぼくはとうとう我慢しきれなくて、小川を渡って行ってみることにした。紗帽（新郎がかぶる婚礼の帽子）をかぶってなす紺の団領（新郎の婚礼衣装）をまとい、恥ずかしさの余り身をすくめている石公の顔がちび助たちに取り囲まれて、押しだされるようにしてやってくるところだった。小鼻には澄んだ汗粒を宿しており、木履《ぼくり》を履いてかなりぎこちない足取りをしていた。石公の左右の肩越しに高々と掲げられて後から従いてきたブルーの薄絹の高張り提灯、青色の生糸の薄織りの絹の上下に赤色の絹で縁取りしてつくった、袋状の覆いをかぶせた吊り提灯もぼくは見た。続いてブルーの薄絹の高張り提灯の後ろに輿《こし》の屋根が見えると、ぼくもほかの子どもらと同様に輿の脇にすがりついて、花嫁の顔を覗き込んで見ようとしたけれど、輿の前へ来ていた婚礼の贈り物を持った人と甘酒の壺を持ったおばさんたち、それから花嫁への嫁ぎ先からの贈り物を入れた長持ちを運んでいたおじさんが怒鳴り声を上げながら制止し、輿を担いでいた二人の輿かきの足取りが、輿の簾を払いのけて見る余裕もないくらい早かったので、目的を遂げたかどうかは憶えていない。何よりもはっきりと記憶しているのは、贈り物を届ける儀礼を終えた花嫁が紅いチマを穿いて婚礼の衣装をまとい頭に冠を載せ、母屋の居間の上座にひざまずいて座り、気恥ずかしさに顔を上げられなかった姿と、ぼくがどれほどの間だったか花嫁を一人にしていた石公の家の奥の間の下座に、顎を上げて座り込んで花嫁の顔をじっくりと観察したことだった。幼心にも花嫁がありきたりの美しさではないように見えた。いくらおしろいで化粧をしているとしても、こんなにきれいなはずはないと思われた、色白で透き通った肌といい瓜の種に似たやや細面《ほそおもて》に通った鼻筋といい……誰が観察しようと島育ちの娘だからといって、やたらとけなしたり出来ないことは明らかだった。ぼくは昼飯どきが待ち遠しかったけれど、ひもじさも忘れて花嫁ばかり見つめていた。ほかの集落の子どもらはむろん一族の身内の子たちも、覗き込むとか出入りするとかを止められていたけど、ぼくに席を空けろとか部屋から出て行くよう期待した人は誰もいなかった。ふだん大福の家のほかにはよその家の垣根のなかへ入って行った覚えがないことで評判だったので、室内まで入ってきたことが稀しく奇特だったのか、それともとても出て行ってくれという言葉が出て来なくてそうしたのだろうと察せられた。ところがぼくは気が休まらなくて、苛立たしくて不安で、のべつ膝の後ろの窪みが疼くのを抑えることが出来なかった。それは、花嫁があんまり深々と頭を垂れていたので、いまにも頭に載せた冠が転げ落ちそうだった不安からだったし、この日の料理の支度のために昼となく夜となく続けざまに火を焚いて、ほとんどぐらぐら沸き返らんばかりに熱くなっている部屋のなかの、オンドルの焚き口にほど近い上座に一枚の座布団を敷いて座り込み、止めどもなく流れ落ちていた汗粒のせいで唇や両頬、額などにさした紅などの化粧が崩れて、まだら模様になりそうなことへの心配だった。頬紅や額の紅が流されて暈《かさ》に囲まれた月のように崩れてしまったら、花嫁の顔がどんなことになるかわかりきったことだった。

気が気でなくてやきもきさせられ、心配でじりじりさせられたのはそれだけではなかった。そう。花嫁に寄せた同情とか不安な思いはむしろ、取るに足らぬことだった。これはぼくが夕ご飯を済ませて、またぞろ石公の家の日除けが外された庭先へ駆け込んできてから、月が昇り夜が更けるまで続いた、怖れと老婆心めいたものが一緒くたになっていた、そしてその後のぼくの生涯を通じて、二度とふたたび味わってみたことがない純粋な思い出でもある。

石公の家の庭先の葉が落ちた梧桐《ごとう》の枝に月がかかり、その下で焚き火が米のとぎ汁よりずっと濃い煙を上げながら拡がると、ぼくらは豆のさやとか脱穀して残った穀物の屑を取り除いた籾殻と、乾いたごまの茎などをひと抱えずつ運んできて火の上に載せた。火がめらめらと燃え上がり赤々と炎が立ち上ると、近所の家々は豆のさやと稲穂、それから十分にはたき落とされていないごまが燃える、香ばしい匂いで溢れ返ったことだろうと思う。子どもらはどういう料簡から貧乏たらしくそんな真似をしたのだろうか。料理がたっぷりある祝宴が催される家の庭先なのに、焚き火の灰の中から転げ出てくる豆や、白っぽく揚げられたお焦げを拾い出して食べようと、かまどの神様顔負けに煤で顔中を真っ黒く汚しては、月が西の空へ大急ぎで突っ走っているとも知らずに遊び回っていた。けれどもぼくは、ほかのことに気を取られて夜がどうなったのかを知らずにいた。

「五斗の酒はわしがせしめておいたがな。こいつで花婿の尻を滅多打ちしてくれたら、花嫁が指にはめた指輪かて抜き取ってくれる言い出すわいな……」

すっかり酒に酔った双礼のお父んが、柄の折れた殻竿の棒の先端を、鎌で削り落としながら納屋でつぶやいた言葉を、ふとした拍子に小耳に挟んで以後、ぼくは石公のことが心配でやきもきするようになったのだ。

「肴はあんたがせしめろや。酒はわしがだすよって」

双礼《サンレ》のお父《と》んがにたにたしながら言うと、

「もちろん、酒幕へ種付けにだしてある豚を絞め殺させるか、あの鶏の十羽も首を絞めさせるか、肴の用意はわしがするでよ」

城隍堂の向こうに住んでいる福山《ボクサン》のお父んも、いつの間にか用意しておいた木の枝から、節くれの痕跡を小刀で削り落としていた。ぼくは早鐘を打つ胸を鎮めることができないまま、彼らがあまり酒に酔っていなければ、どんなによいだろうと思いながらその動きを熱心に見守っていた。

「なるほどそういうことけえ。そいつでもって足の裏を踵で蹴飛ばして、殴りつけんとね。わしはこの縄でしっかりと縛り上げ、大梁に吊してくれるでよ……」

徳吉《トクギル》の兄徳山《トクサン》もほろ酔い機嫌に酔い、ろれつが回らない口調で喋っていた。

「待てや、そげな手間暇かけるまでもなしに長え棒でもって、ジュリ（刑罰の一種。ここでは花婿いびり）をねじろうや。ジュリ棒でねじ上げなんだら、押し入れのなか、茶だんすのなか、果房（台所）のなかなんぞに隠しとる食べ物が自ずと出てきおらんがな……豚を絞め殺していつ茹で上げ、鶏の首を絞めていつ羽毛をむしり取るというんや、隠しとる料理を出させなんだら、食えんじゃろうが……」

積み上げた干し草や落ち葉の上に長々と寝そべっていた大福のお父んの趙笠が、ひげ面の揉み上げを撫でまわしながら、よたよたと起きあがりかけて座り込むとつぶやいていた。彼らが口走ったことを細大洩らさず耳にしたぼくは、そんなことをしないよう止めてくれる人はいないものか、四方へ気を配って見回したけれど、頼めそうな人は誰もいなかった。年は若いが鉄浩《チョルホ》と大福ならぼくの頼みを聞き入れてくれそうな気がしたが、そうした期待もじきに薄れてきたので諦めるしかなかった。尾根の広場岩のほうで「新羅の月夜」を喚くようにしてうたっているのが、酒を振る舞われた大福と鉄浩の声だということにすぐに気が付いたからだった。仕方なしにぼくは双礼のお父んと福山のお父んが動けば動くままに、移動すれば移動した場所までちょこまかと従いて回りながら、見張っているしかないことを覚った。彼らが石公をロープのようにしっかりして丈夫な機械よりの縄で縛り上げ、大梁に吊るしたり折れた殻竿の柄とか枯れ枝の棒切れで石公をたたいたら、ぼく一人ででも食ってかかって止めさせてみようと心に決めたのだ。ぼくはほんとにそうするつもりだった。自分の考えでも、ぼくが間に割り込んで石公を庇い立てしたら、ぼくがどこのオルシンネ（ご老体）の孫だと言うことだけを知っても、小突いたり突き飛ばしたり出来なくなるばかりか、彼らが負けてくれる気がしたのだ。ぼくは腹をくくってひたすら彼らばかりを見張っていたのだが、どこへ行くのかと従いていくと厠とか露天の小便壺だったりしたけれど、棍棒とか縄束を手放さぬ限り彼らへの警戒を怠るわけにいかなかった。

焚き火は引き続き燃やされているうえ、月の光はまたあまりにも明るくて、集落は夜っぴて黄昏どきと変わらなかったし、裏山の尾根の松林の中からは大人たちのいびきにも似たふくろうの啼き声が、縁の下で子犬が夢を見ているときの声のようにほほえましく聞こえていた。シュシュッシュシュッ……頭上では時たま雁の群れが通り過ぎていく音がことのほか大きかったし、クルックー――という雁の啼く声が聞こえてくる頃ともなると、庭外れには整然と並んでいく雁の群れの影が、月の光をひと握りずつ盗み取っては逃げ出していた。夜空からは星一つ拾い上げてみることが出来ないばかりか、ひと切れの雲さえこびりついてはいなかったし、ただただぼくの母の心のような月の固まりだけが所狭しと輝いているのをぼくは見た。月の光に追いやられて時折頬をかすめて降りてくる、薄い初霜の冷たさに襟元をととのえながら、小川の向こうにある果樹園の垣根のなかから、残されたリンゴとカラタチの実の香りが渦を巻き、天と地に生まれて来るべくして生まれてきたものがことごとく実を結び熟していくように、きめ細かに更けていく夜を見守っていた。もしかしたら酔っぱらいどもを見張っているというよりは、晩秋の夜にだけ実現し得る神秘的な情景に、魂が魅せられていたのかもしれなかった。突然ぼくの額に柔らかな、五、六月の露が宿るような感じがしたと思ったら、ぷーんとひまし油の匂いが鼻先をさえぎるのだった。

「旦那様がこげなことを知りなすったら、雷が落ちるだぞ……」

甕点がささやいた。

「……」

ぼくはかぶりを振って、額に届いている甕点の柔らかな前髪を耳の外へ退けた。「大旦那様がご心配なさるでよ……そろそろ帰ってお休みな」

夜っぴてこんな具合にここに突っ立っていたら、祖父から小言を聞かされるのはわかりきっていた。

「あげな人たちが石公を棍棒でたたくって言うだぞ……縄で縛り上げて天井から吊るすんじゃと」

ぼくは心配だったので、しょげかえった声でつぶやきながらしきりにいやいやをした。

「花婿さんを吊るしてお酒やご馳走をださせることけ。そげなこたあいつだって、遊びでやっとることだわな」

彼女はにたにた笑いさして、いきなりぼくを抱き上げておぶった。甕点の背中におぶわれて帰ってきながら、ぼくはまたしても空を見上げた。何という高くて果てしのない、まるで夢の中で見るように妖しく見えた空だったろうか。空をいっぱいに満たしていた月もぼくばかり見下ろしていたし、ぼくの影を追って表門の外まで従いてきていたことが、いまもなお鮮やかに目に残っている。甕点はぼくを奥の間の下座の、シーツをかけたふかふかする新しい敷き布団の上に降ろすと、洗い立ての匂いが体に染み込んでくる刺し縫いの掛け布団を掛けてくれながら悪戯っぽく笑い出して、さっさと寝入ることを期待していたけれど、ぼくは薄絹の帽子をかぶっていた石公の姿と、棍棒や縄の束をしっかりと握りしめて手ぐすねひいていた、双礼のお父んや福山のお父んと徳山、さらに鼻息が荒かった趙笠《チョーサッ》の顔つきが浮かんできて、なかなか寝付かれなかった。

「鼻っ柱が強うて将来のパルチャ（運勢）はどげえかわからんけど、たんすとか鏡台、針箱……それからまた、うちが見たら綿織物の布団が二組と絹織物の刺し縫いの布団……」

甕点は母の前に座り込んで、石公の花嫁が持ってきた嫁入り道具などをいかにも羨ましげに数え上げながら、夜中に喉が渇いたら飲むために用意してある器のなかのスンニュン（おこげ湯）を、ごくごくと飲み干していた。彼女はなおも、

「真鍮造りのおまる、真鍮造りのたらい、烏石の砧《きぬた》……ポソン（足袋）が十二足、ニュートン（新絹）のチマが二枚、中国産の緞子のチョゴリ（上衣）とかんざしが二つ、銀細工のかんざしと椿とエンドウをあしらったかんざしが一つずつ……それから串ソバンのかみさんの下着と白のからむしの上衣、串ソバンのカナキンの下着と小姑の夏用の上衣が一着……島者にしちゃけっこうわかって支度してましたんやけど、お裁縫の手並みも確かやし、身幅もたっぷりと取っとるのを見たら、花嫁さんは気っぷがええんやろうと評判でしたけど、うちの見るところでもとびきり上等の嫁はんをもろうてますね。鼻っ柱があんまりつんと立っとるんで、この先どげえなるやらわからんけど……」

と、唾が乾くくらい喋りまくっていたけれど、ぼくの耳はすでに垣根の向こうの石公の家の庭先へ向かっていた。

「ぽんぽぽん、ぽんぽぽぽん……」

ぼくは舌先で拍子を取る真似事をしていた。石公の家の庭先から、鉦と銅鑼なしの農楽（田楽のような芸能）の音が聞こえ始めていたのだ。それればかりではなかった。歌声までが一緒になって聞こえてきていた。心おきなく、精一杯声を張り上げてうたっている歌だった。

「ありゃあ、甕点よ、誰ぞがうたいおるげな……」

辛抱しきれなくてぼくがそう言うと、

「しいっ――あの歌やったら、うちの得意の歌やのに、しいっ――」

といって彼女も浮かれ気分なのか、すかさず切り返してきた。

大同江の浮碧楼へ散歩に行く／李秀一《イスイル》と沈順愛《シムスネ》の両人なり／手をつないでいくのも今日限り／夫婦が散歩するのも今日限りなれば……（註・『金色夜叉』を種本とした芝居『長恨夢』主題歌）。ぼくは体のそちこちがむず痒くなりちくちくしてきて、眠るどころか寝転んでいる気にもなれなかった。どんな口実をつくってわが家を抜けだしたのかは思い出せない。ぼくがふたたび石公の家の庭先へ駆け込んで行くと、庭先の焚き火はほとんど消えかけてしまい、人っ子一人見当たらなかった。けれども農楽の音と歌声は、柴折り戸の内側から賑やか響きわたっていた。相変わらず誰かが「歌」をうたっていた。筵の五、六枚も並べたほどの広さの内庭では大人たちが幾重にも輪になって、誰もが尻をゆっくりゆっくり揺らしながら、けれども誰もが無駄口なしに目と表情だけで愉しんでいた。

誰の声だったろうか、生まれて初めて聞いてみるあの渋い節回しは。石炭、白炭燃えるけど／煙ばかりがもくもくと上がるのに……／この俺の胸も燃えるのに／煙が一つも上がらないのは……。ぼくは背丈が足らなくて人の脚ばかりが集まっている縁側へ、大人たちを掻き分けて上がっていって内側を覗き込んだ。そしてびっくりした。

驚かないではいられなかったのだ。片方の手で酒や肴を載せてあるお膳のへりをたたきながら、座っているその場でうたっている大人、鼻と目が一段と大きくて声のほうも野太い紳士、それはぼくの父だった。ぼくは胸がいっぱいになってきて、満足に息をすることさえ出来なかった。誇らしくもあれば疑わしくもあったので、いくらか間をおいて穴が開くくらい見つめたが、紛れもなく父だった。父からするととうていあり得ぬことに陶酔している姿でもあった。まずは石公の家の垣根の内側へ足を踏み入れたことが現実とは思えなかったし、歌をうたっていることも事実ではないはずだが、万事は目に映った通りだった。父は内外の集落に住んでいるどこの誰の家へ行っても、垣根の内側まで足を踏み入れたことがなかった。一族同士の韓山・李《イ》氏の一員として年寄りの世話をしている一族とか、親族たちの主人の表座敷ならたまには出入りした程度で、それも垣根の内側まで足を踏み入れたことなど一度だってなかったのだから、ましてやかつては我が一族の家で下僕として仕えていた人の家なんて。申ソバンは肩をうごめかして踊っていたし、ぼくの父の前の席にひざまずいている花婿の石公は、絶えずにこにこと笑顔を見せながらも、込み上げる歓びを持て余してどうすることも出来ないと言った顔つきだった。父の歌が終わると割れんばかりの拍手が沸き起こり、申ソバンが両手で盃を差し出すと石公はやかんのなかの酒を注いだ。父が盃を受け取ると申ソバンは立ち上がってうたいだしたが、ああ、ぼくはそのときまたしてもびっくり仰天してしまった。もういっぺん思いもかけなかった光景が繰り広げられたからで、それは父が立ち上がると肩をうごめかせて踊り出したからだった。そのときまでぼくが知っていた父は、こんなに平凡な人ではなかった。祖父の面前では常にひざまずき、かしこまり、慇懃なことと小間使いと異なるところがなかったけれど、妻子を前にしては仲むつまじく、嬉しくて笑っても決して白い歯を見せたことがないくらい謹厳で、大川の砂原に講演場が設けられると、流れ者の行商人たちまでが店をたたんで場所を空けなくてはならないくらい、決まって数千人もの郡民が集まってきたものだし、山河が震動するかと思えるくらい火を吐くような雄弁が聞かれたが、そのつど聴衆たちから雷鳴より力強い歓声と拍手喝采で迎えられ、父を知っていたすべての人たちから先生様《ソンセンニム》という敬称を贈られた、いくらか距離をおいて眺めるしかない近寄りがたいばかりの人だった。どこにそんなことってあり得るのだろうか。他人の家の垣根のなかへ出入りしたばかりか、歌をうたい肩をうごめかして踊るなんて……物珍しさと驚きを抑えることが出来なくてぼくはひどくうろたえたけれど、しかしそうした気まずさもそれとなく和らいでいった。むしろを敷いた端っこへ引き下がっていた人たちの誰もが、まるで釣られるように一緒になって踊り出したからで、そのなかには棒切れや梶棒や縄の束を投げだした双礼のお父んや福山のお父ん、徳山や趙笠が交じり合って、誰よりも愉しそうに体を踊らせていたからだった。そうした愉しさに包み込まれながら流れていった夜は、どれくらい経ったろうか。居合わせた人たちの見送りを後にして、ぼくは父の尻に従いてわが家へ帰ってくるところだった。父の影を踏みつけまいとぼくはいくらか遅れて歩いていたのだが、影があまりにも長すぎると感じられてふと夜空を見上げたら、いつしか月はほとんど元いた場所を明け渡し、僅かにエプロンほどの広さの夜空を巡ったまま、大きな松の木の枝の隙間にかかっており、裏山の松林の中のフクロウだけが寝付かれなくてぶつくさ言っていた。父は表座敷の前へ戻るまで咳払い一つするでなく相変わらず謹厳だったし、ぼくはちょっぴり開けてあった表門を、きしんで音がしないようにそっと開け閉めしながら入っていくと、ほどなく深い眠りに落ちてしまった。明くる朝、目を覚ましてみたら敷き布団はぐっしょり濡れていて、漢江が流れたようだったたし、下半身は濡れ雑巾をまとっただったけど、恥ずかしくてとても起き上がれなかった。

「三十年も連れ添ってきながら初めて見せてもらったわ。きっと生まれて初めてじゃないの……」

母の声が聞こえていた。

「うちだけが初めや思うてましたけど、若奥様もでしたん?」

甕点の答える声も聞こえてきた。後でわかったことだが、母に生まれて初めて見せたこととは、あの日の晩に父自らが行ったすべてのことを指していた。帰る道すがら片方の足を踏み外したことも、そのなかに含まれていた。父の靴下の片方が、庭外れの井戸端のどぶの中で濡れていたのだ。ともあれ、あの日の晩にあった父の振る舞いは、永らくそちこちの集落でたいへんな話題になったと承知している。誰もが初めてのことで、同時に最後のことだろう推して知っていたからだった。いつもそうだったけど、それからというもの申ソバンは父を注意深く見ているようだったし、石公の表情からは、もしかすると自分の両親よりぼくの父のほうが、ずっと近寄りがたいながらも近しく接したい気持ちが、ありありとうかがえる様子が見て取れた。

その明くる日、陽が昇る頃になるが早く石公はわが家へ挨拶に来た。その隙にぼくはびしょ濡れの敷き布団と掛け布団を、勢いよくたたんで積み重ねると、家を抜け出すことが出来た。石公がぼくの祖父にクンジョル(最高級のお辞儀)で挨拶をしているとき、彼の水色のサテンのベストの背中と腰の真ん中から広い柄の牡丹の花びらが、障子戸の薄い桟に反射して艶を出しながら輝いている様子も見た。背負い子の背負い紐しかかけてみたことがなかった彼の左右の肩だったけど、生まれて初めて羽織った絹織物のベストだったのに、ほんの僅かな不自然さもないことをぼくは併せて発見した。石公はいやしくも彼の名前も知らぬくらい無関心だったぼくの祖父に、挨拶をするためにやって来たと言っていたけれど、それは単なる口実でしかなく、ひどく酒に酔って帰宅したぼくの父に変わりはないのか、挨拶するのが目的だったことを、ぼくの家族のなかでは知らぬ者がなかった。石公がわが家の縁側へ上がってきてみたのも、そのときが初めてではなかったかと思う。母は石公の挨拶に対して、ほとんど対等の立場からお辞儀を返して鄭重に遇したうえ、「まずは男の子から授からなくちゃね。孝養を尽くして夫婦仲睦まじくしなさいよ」と、格別に仕事にまごころ籠め精を出すよう諭すのを忘れなかった。さらに女子どもの習性も手伝って、だしぬけに「お嫁さんを迎えに島まで行ってきたそうだから、初夜の愉しさは当然だけど、結構なお嫁さんを迎えたそうだから、噂話のご馳走でもしてもらわなくちゃね」とせがんだ。

「顔の造りが大きめなだけで綺麗でも何でもねえのやけど、愉しさどころかさんざんな目に遭わされて来ましたんや。いまかて歩こうとしたら、この脚ががくがくしますんやから」

石公は気恥ずかしがったりためらったりする風情もなく、あっさりと答えた。

「何という島なの、舟で行ってからもそんなにたくさん歩くなんて。干潟に落ちたりしながら行ったみたいじゃないの……」

「それだけでねえですげな、どこぞの野郎とひとしきり、胸ぐらをつかむバカ騒ぎをおっ始めてしもうたんですわ」

そのときようやく石公は、決まり悪そうに顔を赤らめる気配が顔面に拡がるようだった。

「バカ騒ぎというと?」

母がさらに先をせかすや、

「へえ、それが、こげなことになってしもうたんですわ……」

と、石公は説明を加え始めた。

婚礼を済ませるとじきに日が暮れてきた。龍宮城に暮らしていてたったいまそこを抜けだしてきたせいか、波を掻き分け艪を漕いで迫ってきた月は、冠村で眺めた中秋の満月よりずっと大きくて明るい気がした。石公は床入りしてしまったら抜けだすことができない寝屋の屏風の陰で、そんな月夜を知らぬことがあまりにも惜しくて、しばらく床入りを遅らせたうえ、そうこうするうちに紛れ込んだのが婚礼の宴席だった。宴の遊びは島人や船乗りたちのほうがずっと豪快だと感じながら、勧められるままに酒をあおった。十五、六人もいる島の男たちは、実に上手に踊った。石公も彼らに混じって、一緒に踊ってやらねばならぬ羽目になった。石公は立ち上がって肩をうごめかし、肩踊りを始めることになり、そうしてようやく、自分が混じって戯れるにはかなり場違いな席だと気が付いた。かえって花婿の吊るし上げに引っ張り出され、若者たちの手で逆さ吊りにされて、足の裏を乱打されていたらまだしもかもしれなかった。ところが場所は、藁筵が何枚の敷かれている広い庭先だった。

「すると誰やらが、わしの足の甲を踏みつけ、踏みつぶそうとしおりますんや」

石公はいっぺん唾を飲み込んでから後を続けた。そこで彼は、それが仕事みたいに注意深く周りを探り始めた。ある一人の男の仕業だった。月見が恥ずかしいくらい陽焼けした面構えに、押し出しのがっしりした図体の大きなやつだった。やつは猫の額ほどのちっぽけな島に、何たる文明かと思えるくらいぴかぴかに磨いた靴を履いており、踊りを踊っていてそうなったふりをしてその靴のかかとで、ゴム靴を履いている石公の足の甲を、数えてみたわけではないが二十余回ほどは踏みつけたのだった。足でそれをしないときは肘を使ってでも、石公の肩と胸元を小突いたりしていた。喧嘩を売りたくて故意にそうしていることは明らかだった。痛いこともあったけれど、第一に気色が悪くて我慢がならなかった。

「にいさん、わしに何ぞ恨みでもあるんかいな？　ひじ鉄食わせるわ、靴を履いた足で踏みつけるわで……わしもおのれの気性を抑えきれなんでくると、前後の見境がつかなくなる性分じゃけん、堪えなされや」

というと、石公と同い年くらいにはなって見えるその相手はいきなり、

「こげな野郎が、不作法にもふざけたことをぬかすのを見たことか、おやあ、こげな下種《げす》が、拳を突きつけようとしおって」

石公は根っからの、おっとりしていて柔和な性格だったけれど、今度ばかりはそんなわけにいかなかった。その場で戯れていた若者たちの全員がやっこさんの手下に見えたうえ、自分が帰った後で、やっこさんの剣幕に恐れをなして木偶《でく》の坊みたいに、空威張りの一つもして見せることなく帰っていったと、不名誉な噂ばかりが広まっていくような気がしたのだ。そんなことになったら妻の実家の面子にも、「申し訳ないことになる」と思われた。

「横っ面を張り倒してやろう思いましたんやけど、思い切って担ぎ上げて力任せに放り投げてしもうたんですわ。無性に腹が立ったもんじゃけん。くたばったふりをしおるもんで生かしてやりましたわ」

謝罪は後で、初夜を迎える部屋で代わりに花嫁からされたと言って石公は笑った。花嫁の話によれば、永らく彼女に猛烈な片思いを寄せてきた同じ集落の、近所の若者だった。言うまでもなく何事もなかったけど、石公を恨んでみてもよいことはないのだから、堪えて欲しいと花嫁が哀願したらしい様子だった。花婿が迎えに来る前日の晩までもしきりに門の中を覗き込み、未練がましかったと吐露する花嫁に、隠しごとはないようだと言いながら、

「まるで何か重い罪でも犯したみてえに詫びるものを、いまさらどげえしますのや?」

石公はにこにこしながら帰っていくところだった。

「申ソバンもたいしたものだねえ。あんなに男らしい息子がいるんだから、きっと運が開けるだろうよ。空っぽの山に月が昇るというのは、ああいう息子を持ったと言うことなんだねえ……」

母は帰っていく石公の後ろ姿をしばらく見送りながら、褒めそやしてやまなかった。

その翌年の春のことだったか、ぼんやりした記憶だが、ぼくの父がある嫌疑で二、三週間ほど警察に拘留されてから釈放されたことがある。が、石公はほとんど毎日のように、自分の女房に命じてまごころ籠めてこしらえた食べ物で、一日三食の弁当を差し入れたが、石公自らがじかに弁当の包みを持って警察へ出入りしたこともあった。彼がこうして警察へ出かけていくときは、

一度として脇見をすることがなく、休みなしに駆けていったと言うことで、有り難うよ、有り難うよと感謝していたぼくの母が、じかに石公をわが家へ呼んで謝意を表し、差し入れに通うにしても一家を構えた人間らしく、堂々と胸を張って通うようにと言うと、

「食事が冷めねえうちにと思いましたんや。いつもろくなおかずしかのうて、申し訳ねえばかりで……」

と、まるで何かやり甲斐のあるどえらい仕事でも始めたような口ぶりで、けれども謙虚に語っていたとのことだった。

そのことが原因で、ぼくの父に何かの疑いがかけられて連行、取り調べを受けるときは石公もたびたび警察へ呼び出されて、罪人扱いされ、ときには拷問されたとも言われた。もちろん地下組織だのビラ撒きなどと言った父の仕事には、顔をちらつかせたこともなかった。彼はただすぐ近所で暮らし、ぼくの父を理屈抜きで畏敬しているという噂のせいで、理不尽な被害をこうむったのだ。ときには石公が自分からやって来て、表門のところでぼくの母と会って、ここはかくかくしかじか痛めつけられ、こちらはこれだけ殴りつけられて辛うじて屈伸できると、拷問された説明をしたりしたが、そうした機会に繰り返し強調したのは、ぼくの父つまり「先生様に恥ずかしくない男になろうと」、心にない言葉は一言も口外した覚えがなかったことを告げるのが、目的みたいだった。

「見るほどに勿体なかったねえ。学校の勉強をちっとでも余分にかじっていたら、さぞかししっかり者になっていただろうに。とにかく目に一丁の文字もない働き者なんだから……」

そう言って母はそうした心性の持ち主の彼が、やっと小学校卒業程度で終わってしまったことを残念がったけど、しかし彼には、学歴を求めるほど無為なことはないというのがぼくの感じだった。人柄といいもって生まれた才能といい、元来がそうした人間であるからには、学校で学ぶことをさらに続けていたとしてもその程度だったろうし、まったくの無学だったとしても同様だろうという感じなのだ。もっとも母の意見のように、かえって一字無識つまりは目に一丁文字もない無学文盲だったとか、きわめて賢くてしっかりと学んだ人だったなら、おのれの生涯くらいは自分の才覚通りに料理しただろうに、あれほど運命の悪戯《いたずら》としか思えない一生を終えることはなかったかもしれなかった。その一生に対する哀惜の思いを、どうして数行の作文でつづることができようか。とはいえ彼が、彼なりの考えと信念を持っておのれの人生を経営してきたことは明らかで、さらには二度と立ち上がれないへまをやらかしたのも事実だった。

黄牛岩の外れでサルナシの実が熟し、弾けて雪片となって咲いている綿の茎の隙間から、陽射しを受けてきらきらしている、霜の降りた朝の冷たい風が吹きつけてくるとき、つやつやと肥えた黒い山羊は堤防のしだれ柳の枝の下で居眠りをし、雲の下にとどまっていた一羽の鳶《とび》が村中を羽根の先端で測ってみながら、松林の中のキジの啼く声を盗み聞きしていると、虎岩の前方の野茨の蔓の茂みの中から、血の色のように濃い漆の木の葉を除けながら木の実を摘んで食べていたぼくは、いつかもいっぺん聞いたことがある申ソバンの泣き叫ぶ声に、びっくり仰天してしまった。

「こげな犬畜生どもめ——わし、この申某はまんだ死なんとここにおるだぞ……いまに見ておれ、この薄汚え畜生どもめ……どこの誰がもっとよくなるか、後で比べてみよう言うことじゃ、こげな敵と変わらぬやつらめ……」

申ソバンは大声を張り上げてわめいたけれど、しまいにはおいおい泣きだしながらわめき散らす始末だった。元来が呑兵衛だったし酒癖が悪かっただけに誰もが免疫で、村には彼の言い分に耳を傾ける人などいなかったけれど、彼は酒に酔うと決まってそうした悪口をぶちまけたのだが、その悪口が向けられる先も決まっていた。言うまでもなく幼い時分から、おのれを下僕の端くれとしてがんじがらめにしてきた李家一族へのそれで、そうすることで幾重にも積み重なっていた不満と抑えつけられてきた憂さを晴らし、胃もたれを癒やす薬代わりにしてきたのだった。けれどもこの日は、いつもと幾らか違うところがあったことをぼくは後になって知るに至った。嫁が産気づいたのだ。彼は孫を授かることへの期待と興奮から酒のいくらかを聞こし召した。孫を授かることで堂々と老人扱いされるに十分な根拠が用意されたわけだった。そこで、生涯にわたり冷たい仕打ちと蔑視で終始してきたやからよ、今後はわしを人並みに扱ってくれ。申ソバンの言い分はあらましそんなところだと聞かされた。この日、申ソバンはいつより大きな声で長時間にわたり、まるで狂ったように悪態をつきまくった。そのためぼくの母は聞くに堪えず、石公を呼んでどんな事情があったのかを調べさせることになった。考えようによっては、申ソバンとしてはいっぺんくらいそうしてみるに値する理由がなくもなかった。母が聞いてきた内情だけでも、少なからぬ話の種だったから。

石公の小学校時代の同窓生の一人が何とかいう新聞社の支局を運営していたが、面長とは相婿の間柄だった。その同窓生が石公を面事務所の職員として推薦したのだった。ところがとんとん拍子に進んでいた話に横槍が入って、元の木阿弥になってしまったのだ。

「面の事務所だったら、用務員でも月給が出るんだからよかったのに……警察へ呼ばれていったことがどんな罪になるからって……」

　といってぼくの母もすごく残念がっていた。申ソバンの願いが官公庁の月給取りになる息子をもつことだったのを、村で知らぬ者がないくらい広まった出来事だった。自分に悲しみを与えてきた家の息子たちのどれもが、出身地の官公庁の公務員とか銀行員だったので、なおさらそうだったはずだが、石公が面の事務所の雑役用務員になろうとしたことからも、申ソバンの期待と意気込みは並々ならぬものらしかった。何かの出世と考えていたのかもしれなかった。そう言えば臨時職員として雇われていて、面の書記に特別採用された例も稀ではなかった。申ソバンの膨れあがった夢は余すところなく潰え去った。それも日頃から目の敵としてきた、李家一族郎党のちょっかいによってだった。大なり小なり官庁なのに、一つ屋根の下へ肩を並べて出入りするわけにはいかないとして、面の書記を勤めていた李某という男が間に割り込み、誹謗・中傷したとのことだった。この男は、石公が官公庁に雇用されることが不当だという理由として、不穏な思想にかぶれていると無実の罪をでっち上げたのだ。この男はまた、石公が留置場に拘留されていたぼくの父に食事の差し入れをしたのがきっかけで、何度か警察へ連行されたことを誇張して、石公の不穏な思想とやらを裏づけようとしたらしかった。石公自身は何らの不満も表に出さなかった。それどころか分に過ぎる就職話でよそ見をしてしまったというように、恥ずかしがっている顔つきでもあった。申ソバンが飲んだくれて荒れた日の晩に、初孫が生まれた。男の子ではなかったので少なからず心残りだったろうけど、自棄酒《やけざけ》を飲んだという話は聞かれなかったようだ。

申ソバンが彼の一生の願いを、しばしのことにせよ叶えてみることができた年がやって来た。それは一九五〇年の八月と九月のことだった。石公が何かの役職に就いたのだ。面の事務所の用務員などではなくて、郡庁の書記になって出て行ったのだ。それは、ぼくの父を慕ったことと留置場への差し入れ、それがもとでされるしかなかった警察への連行と拷問など、それまで石公に加えられたいくつかの苦痛への、償いとして与えられた職責だった。ぼくの父はすでにその前に他界していたから、誰の配慮でそんな待遇を受けることになったのかはわからない。石公はすこぶる満足している顔つきだった。石公の家にはようやく、こうして我が世の春を迎えたというように昼夜を分かたず食客たちが出入りし、石公はことさらにゴム靴の代わりに白の運動靴を履いて郡庁へ通勤した。板切れを並べて編んだ柴折り戸にぶら下げた空き缶もようやく、本来の任務だった呼び鈴代わりの役割をまともに果たしてみる機会に巡り会い、石公の女房も陸地の男に嫁いできた歓びを感じている気配がありありだった。逮捕された警察官の家族たちが赤茶色の雄鳥を籠に押し込んで担ぐと、空き缶を吊るした針金が千切れんばかりに頻繁に出入りしたし、息子を義勇軍にだすわけにはいかないという老婆たちは、さまざまな種類の餅と青リンゴなどを、風呂敷に包んで頭に載せてやって来て敷居をすり減らした。しまいには大福のお母んと趙笠までがそうした人たちのなかで一役買って、順心《スンシム》を手込めにしようとして捕らえられた大福を釈放させるために、朝晩出たり入ったりしている姿も見かけられた。ところが石公は、そんな彼らのために何の役にも立ってやれなかったらしかった。力になってやれる地位に座れなかったせいだった。戦争前までこれといった業績があったわけでなし、もともと純粋な動機から与えられた職責だったので、何らかの実権といえるものがあり得なかったのも当然のことらしかった。彼は平凡で噂一つないありきたりの事務職員だった。申ソバンはところが、息子のそうした「出世」を不可解なまでに有り難迷惑そうにしていた。毎日のようにアメリカ軍の爆撃機による爆撃がものすごかったうえ、民心が浮ついていてぴりぴりした雰囲気が漂い、不安を感じていたのだろうか。そういうことでもなかったと信じたい。もともと彼は心して右寄りの人たちの肩を持ってきたし、それだけ左翼を憎んできたところだった。ぼくの父のすることにちっとも好意を示したことがなかったのが、その証拠だった。もとより何らかの主義主張が別途にあってそうしたわけでは、明らかになかった。ただ単に田畑を耕し、家畜の世話をして餌をやることと、田畑に肥やしを背負い子に一つでも余分にくれてやりたくてやきもきし、手持ちの田畑を耕すだけでも精一杯の、水飲み百姓の分際だと知り尽くしているためだった。どんな厄介なことも毛嫌いし、かつてなかったことは何事であれ嫌がっただろうことは紛れもなかった。これはその当時、まだ幼かったぼくの目に映ったことがこれと同じだったのを根拠に言っているのだ。

月給取りとか公務員の息子を持つことが夢だった父親申ソバンのために、石公はそもそもいくらぐらい稼いで家に入れたのだろうか。皆目見当もつかないけれど、ざっと見積もってみると、彼はおそらくかますに一つか二つの穀物を給料として家に入れることで、終わっているはずだった。その程度にしかこの頃の石公の印象が、記憶に残っていないせいでもある。石公はまだ明けやらぬうちから出勤して夜にでもならなければ帰宅しなかったし、ぼくらはまたぼくらで夜も昼も、女性同盟の村の責任者だった順心に引率され、奥まった山の麓とか森のなかを選んで分け入って遊ぶ、団体行動をしていたためだった。

それからその時期は束の間だった。秋夕が終わって幾日もせぬ間に韓国軍が進撃してくると、ほどなく警察が後に続いてきて治安を担当し始めたのだ。石公がいつどこへ避難していったのか、当初は家族たちでさえ行方を知らないと言っていた。深く潜り込んでしっかりと隠れているのか、あるいは越北——北朝鮮へ逃れたのか、さもなければ逃げ道を塞がれて捕らえられ、処刑されて狐の餌になったのか、知っていそうな人は誰もいなかった。石公の女房は泣きの涙で夜を明かしているため、瞼の上の部分が腫れぼったく肌荒れしていない日がなかった。彼女は満一歳の誕生日が近づいている娘の貞姫《ジョンヒ》をおぶったまま、石公が引き受けてしかるべき仕事に掛かり切りで、どこへ行ってもきりきり舞いをして我を忘れていたりした。申ソバンは憤怒の余り病を患って倒れ、起き上がることができず、申ソバンの女房つまり石公の母親は石公の直系の一族、母方つまりは自分の一族、さらには石公の女房の一族にまで一人残らず訪ねて行っては、息子の生死について訊いて回ることに余念がないとのことだった。幸か不幸か一つ不可解なことは、被疑者が行方をくらましてしまったのにその家族の身辺が無事なことだった。申ソバンが連行されていって脚をへし折られるとか、女房が厳しく責め立てられてどこかがおかしくなるとか、とにかく石公が検挙される日までは残された家族が生き地獄に落とされてこそ、その頃の状況に見合うやり方だったろうに、ありきたりの家宅捜査一つ行われるさまさえお目にかかれそうになかったのだ。

それなりに石公の女房は一人前の小作人になり、それも小作人がすっかり板についてで農具を手から放すことがなかったし、田畑の刈り入れや種蒔きなどで脱ぎ捨てた足袋や履き物を探しだす暇もなかった。積み肥と豚に食べさせる飼い葉を刈って運ぶ作業は背負い子を使っていたし、日照りでしおれていく青物の畑に水を運んで背負い子を担いだ晩も、麦をついて精白する臼の音が隣人たちの眠りを妨げたりしたものだった。

十月も終わりに近いある日、陽射しの短いおやつどきくらいになって持ち上がったことだ。ちび助たちのがやがや騒ぎたてる声と、けたたましく泣き叫ぶ声が耳に飛び込んできたので、外を覗いてみることになった。そして、石公の家の庭先の梧桐の木の下で、ただならぬ何事かが繰り広げられているのを知った。ぼくはとっさに、いよいよ怖ろしい出来事が始まるのかと当て推量した。すると肉屋の店先にぶら下がっていた肉の固まりの群れが思い浮かび、いつだったか豚を畜殺したとき陶製のたらいのなかで、乾いて硬くなってこびりついていた赤黒い血が、目の前が真っ暗になるくらい浮かんできた。両脚ががくがくしてきた。石公の死骸！　まったく縁起でもない連想だった。石公の家の庭先めざして駆けていきながらも、すっかり蜂の巣になった銃弾の痕跡、斧と熊手鍬で打ち砕かれた後頭部、銛や竹槍で突き刺された胸板と腹部……。そんなありさまの石公の図体が二倍、三倍に拡大されて目の前に浮かんできたのだ。その庭先は案の定、ぼくの予感と似たり寄ったりの現場だった。梧桐の木の下に転がされていたのは石公ではなくて、彼の女房だった。彼女が血を流しながら踏みつけられ足蹴にされて、全身が赤く血まみれになっていたのだ。傍らでは幼い石公の妹が身震いしながら泣きじゃくり、やっとよちよち歩きを始めた貞姫は、庭の隅をヒキガエルのように這いずり回りながら、目に見えるままに押し込むので土まみれの口の周りに、干し草や枯れ葉などをごちゃ混ぜにしてつけたまま無心に遊んでいた。身動きも叶わぬほど衰弱しきった申ソバンは、土間に座り込んで怒りに身を震わせ死んだふりをするしかなく、野次馬どもは大人も子どもも口がきけない真似をして、ただただ見物するしかなかった。誰がこんな惨たらしいことをしでかしたのだろうか。このとき「ぺっ」と言って、犬歯の間から唾を吐きつけた男がいた。見ず知らずの若い男で、まだ腹の虫が治まらなくて激しく息を弾ませている気配だった。「こげなすべためが」といって、その若い男はまたしても唾を吐きつけた。

ぼくはちらっと、その男が履いているぴかぴかに磨いた靴を見た。

「後家暮らしをしおるざまを、ちょいと見せろやっ、こげなすべたが」

見ず知らずの若い男はなおも、独りごちるようにつぶやいた。

「こげな家の男の野郎に嫁に来たら、贅沢三昧でけると思いおったのじゃろう？　ざまあ見ろや！　そげにお高く止まっとった報いだわ、すべためが、ようやくガキを一匹こさえて亭主を食い殺しおって。さぞかし満足じゃろうて、この雌豚め」

その男は庭先を出て帰っていきながらも、口にするのもはばかられる悪態を一言ずつ、さらに吐きだした。

「おめえみてえな女を何と呼んどるかわかるけ？　それこそまさに開けてやって横っ面を張られ、汁をこぼして土鍋を割られ、あそこの穴まで火傷をするというのよ、このすべたが……」

この男が、石公が舟島で婚礼を上げて初夜を迎える直前に、花嫁の家での宴の席で踊っているふりをして嫌がらせをして、石公の足の甲を踏みつけひじ鉄を食らわせ、石公からしたたか投げ飛ばされたというやつだった。実を結ばなかった片思いが高じて膿むと、こんな具合にも破裂するのかもしれなかった。

「あげなやつときたら、男も女房かて残らず踏みつけて痛めつけ、恨みを晴らしたと吹聴しとるそうやけど……あたしもいつかおカネをもうけたら、先の尖った靴を買うて履いて島へ渡って行んで、あたしがあげな男のどたまをたたき割ってやらいでおくものけ……」

吹き荒れた波風がいくらか凪《な》いでひと息つけるくらいになると、石公の女房が冗談めかして口にした言葉だった。あの日、例の男が乗り込んで来て藪から棒に、気が遠くなるくらい殴り、蹴り、踏みつけたときは、さすがの彼女もどうやらこれでこの世の見納めかと思ったらしい。あんな吹けば飛ぶような雑魚《ざこ》が、いつからそんなに力を持ったのかを考えてみるゆとりさえあったら、あれほど痛めつけられることはなかっただろうけど、あまりにも激しい剣幕で殺気がみなぎっていたので、とっさに治安系統の何かになっていて、仕返しをしにやってきたとばかり思い込んだとのことだった。ましてやきゃつは、顔を合わせるといきなり、

「たったいまわしは、おめえの亭主がくたばろうと気張っとるところを見てきたばかりや。弔いをだす支度でもするんやな、こげなすべた……さっさと警察へ行くんや、行んで骸《むくろ》でも担いで来るんや……しぶとい雌豚めが、共産主義の手先やった亭主が生きて戻るのを、期待しとったみてえやな……」

と言っていたというのである。このとき騙されたことが、返す返すも悔しいと彼女は残念がった。

「共産主義の手先はあいつもやったんやと。あいつも捕まっていってたっぷり痛めつけられ、釈放されて帰っていく行きがけの駄賃にここへ来たんやと」

といって、彼女は呆れてものも言えないという顔つきだった。あの男も敵の統治下で、自分の国に反逆するお先棒を担いだのだ。むろん生き長らえるために致し方なくそうしたのだろうけどと彼女は言っていたが、その男の罪状が何だったのかはそれからもわからなかった。何日か縛られていて解き放たれたことから推測するに、たいした罪ではなかっただろうと思われるだけだ。

石公は島の男が口走ったように、そのときすでに検挙されていたのだが、家族への連絡が届かなくて、家族と村人たちだけが知らずにいたのだ。石公が捕らわれていたのは農協の米蔵のなかだった。苛酷な拷問を受けたせいで、ほとんど瀕死の状態だったという。実際に見てきた人たちが伝えてくれたことだった。唐辛子を溶かした水をやかんに一杯鼻から残らず飲んでいたと語る人、棍棒で殴られるとき数えてみたら六十二回目に殴られて気絶したと語る人……僅かに、死んでしまったと告げた人だけがいなかったに過ぎなかった。石公が拷問を受けている知らせが伝えられた日から、女房は綿入れを仕立てることで眠れぬ夜を明かしたと言い、無心に縫い目の粗縫いをしていても外出着になるのやら、寿衣つまり死者に着せる帷子《かたびら》になるのやら用途に疑問が生じると、決まってそのつど縫い針をへし折ったとのことだった。まことに気の毒で痛ましいことだった。二十五歳という石公の若い盛りが計り知れぬくらい惜しまれたのだった。その頃でさえ彼女のこのような疑問に、誰彼を問わずすっきりと自信をもって答えられただろうか。

わが家では石公の女房を貞姫のオムマと呼んだ。貞姫は可愛い盛りだった。申ソバンの家で唯一の笑いの泉だった。

「あの娘でもいてくれなんだら、何にすがって生きていきますんや」

貞姫のオムマはいつもそんな言葉を繰り返していた。石公は判決通り大田刑務所へ移されていた。五年の懲役だった。五年という刑期が確定すると、ごろごろと横になって思い煩っていた申ソバンは、ふらふらと起き上がって働き手のない田畑へでて野良稼ぎを始め、貞姫のオムマも内と外の両面で働き者の作男顔負けの働きぶりを見せていた。彼女ががむしゃらに働く姿を見かけるにつけ、何がなし自虐的に、故意に苦しい仕事ばかりを選んでしているような感じがしたりした。そのおのれを痛めつけるところとがむしゃらなところは、いっぱしの男にさえとても真似ることが出来ないくらいだったから。

いずれも非業の死を遂げてこの世を去り、大人というと僅かに母一人だけだったわが家でも、少なからぬ変貌を遂げたまま辛うじてその日暮らしをしていた。祝祭日と平日の別なく、昼夜を分かたず来客の履き物が並んでいた表座敷の庭先と庭石は、緑色に苔むして時節が過ぎ去ったことを告げ、扉ごとに内側から固く閉ざされている表座敷の縁側には、夏場の埃と冬場のちりばかりがおのれの居場所を得たかのように積もり、沈んでいく陽射しと赤い夕陽を浴びながら落魄ばかりを重ねていた。とはいえ庭先はいつも来客で賑わっていたことを、何者の仕業というだろうか。夜となく昼となく村の女たちが集まってきたのだから、母屋の居間とでも名づけるべきだろうか。彼女たちは昼寝をするために来るのがいつものことだったし、幼児を預けに来たりもした。

気兼ねなしに好きなときに出入りしたので、母屋の居間はほとんど村の女たちの部屋と変わらなかった。おかげで母は寂しさを忘れたし、庭仕事や台所仕事を手伝ってくれる手が多くて、細々とした家事で腰を痛めることもなくなかった。貞姫のオムマもそうした村の女たちの一人だった。

「あたしはきっと、こげな鼻のせいで星回りがこげになったみたやわ」

彼女は何かというとこんなことを言い、

「娘の時分よその人たちがあたしを見て、器量よしやし目鼻立ちがすっきりしとる言うてくれると、分別もなしに嬉しがったものやけど、それってすべては何かの祟りやったみたいやねん。これから先男の子をこさえて嫁はんを迎えてやるとき、あたしみてえに鼻筋が高く突き出とってて、面長で色白の嫁はんは絶対に反対するわ」

自分の鼻と関連してそんなことも言っていた。彼女はおのれの容貌と容姿を貶めるために、苛酷で粗っぽい仕事ばかりを引き受けて片づけてきたのだった。彼女は語っていた。

「こないだ面会に行んだら貞姫のお父んが、以前みてえに付け髪も添えろ、リボンも吊るせ、袖先が色違いのチョゴリなども着たらどうやとうるさくいうものやから、あたしは厭や言うてやりましたんや。あんたが出てきたら束ねた髷を切ってパーマもかけるし、ベルベットのチマだって仕立てて着たるわと言うたら……生白く笑いながらぼろぼろ涙を流してましたわ」

傍で聞いていたぼくはふと、彼女が嫁いできた日のことを思い出し、鼻筋があまりにも通りすぎてどうなるやらわからないと言っていた、甕点の言葉も併せて思い返してみたりした。彼女は面会に出かけていく日を待つことで、あの忍苦に満ちた歳月を忘れながら暮らしていた。

始めから終わりがないので、とどのつまり束の間のことゆえ歳月と名づけたと言う。石公の服役期間がまさにそれと同じだったので、なおさらそんな感じがするのだろう。石公が模範囚として恩赦に浴し、刑期を半年ほど残して釈放されることになったのだ。その年の八月十五日の光復節つまり民族解放の日。朝から村はまるで何かの祝日を迎えた気分でざわめき、喜ばしい顔つきだった。夏休みだったので、石公の家の庭先狭しと集まって遊んでいた子どもらのなかにぼくも早くから紛れ込んで、じりじりしながら時間の経つのを待ち受けていた。村の前方の新作路を通り過ぎていくバスの時刻は午後四時頃だったので、ぼくは何と六時間以上もその庭の片隅に佇んでいたし、ほぼ一日という日を過ごさんばかりにしたわけだった。昼飯時くらいからはぱらぱらと雨の滴が落ちてきて、キササゲの葉の一枚一枚をまだら模様に変え、雨脚は次第にか細くなってきて肌理の細かな小雨に変わり、しとしとと降りしきるままに蜘蛛の巣ごとに小雨の滴が宿ると、蜘蛛の糸はしっかりと磨かれた銀のお盆を思わせる、きらびやかな姿に見えた。何時頃だったか不意にバスの停車する音がしてから、庭先のなかの視線が小川の向こうの果樹園のカラタチの垣根を挟んで、新作路のほうへ注がれていった。ぼくは自分が、ほかの子たちみたいに腕組みをして突っ立って、見物などしている立場にないことを知っていた。石公がぼくの父に示してきた情理へのささやかな答礼にもなり得ることなら、ぼくはおそらくどんなことでもためらわなかったはずだった。ぼくは何をどのようにすべきかわからずにいたので、ほかの人たちより先に挨拶でもすることが正しいような気がした。ぼくは走った。貞姫のオムマと貞姫、それから申ソバン夫婦、そして新作路の反物屋の前にいた村人たちに取り囲まれたまま、石公はにこにこしながら歩いてくるところだった。彼がお嫁さんをもらったとき殻竿の柄や縄の束などをひっつかんで、彼を大梁に吊して困らせてやろうと手ぐすね引いていたあの連中、双礼《サンレ》のお父んと趙笠《チョーサッ》、福山《ボクサン》のお父んもそのなかに紛れ込んでいた。想像とは大違いで、石公は健康そうで堂々として見えた。ぼくは村の子たちのいっとう前に立って、健康な体で生きて帰ってきてくれたことを心底から有り難く思いながら、頭だけ深々と下げた。彼が先に話しかけてくるまで、ぼくは何も話せなかった。

「見違えるだわ。ものすごく大きうなりおったな」

彼はぼくの手をつかむと何度も力強く振った。それでもぼくの口からは、一言も洩れて来ることがなかった。近ごろでもぼくは一日に十五、六回以上も、空振りでもするようにして形ばかりの握手をして暮らしているが、またこれからもいつもそのようにしかねないけれど、あのときしてみた石公との握手ばかりはいつまでも、忘れがたいと思うだろうことを自ら信じている。それはぼくが、生まれて初めて妻子ある成人と握手をしてみた、最初の経験だったという意味からもそういえる。

彼は顔色が生白くやつれた外見のほかには、ちっとも変わったところが見えなかった。いつの間にか彼はぼくの手を振り切るようにして退《しりぞ》けると、弾かれたようにいきなりぼくの背後へ飛び出した。そうして両の手が足の甲に届くくらい腰を折り曲げ、お辞儀をしていた。ぼくの母が石公の肩をさすってやりながら、微笑んで見せていた。あるいは泣いていたのかもしれない顔つきだったけど……。石公は顔を上げなかった。まるで自分が、こうして生きて帰ってきたことが何か大きな過ちにでもなるかのような表情で。母が先になって歩きだしてようやく、伸びきったゴムのように立ち止まっていた行列も徐々に動きだした。小川を渡って庭先へ足を踏み入れた。彼は懐かしのわが家へ戻ってきたのだった。石公はせかせかと垣根のなかへ入っていこうとした。何人もの人たちがその前に立ちはだかった。いつの間に先に戻っていたのか、串ソバンの女房が山のように豆腐を盛った白い平鉢を手にして立っていた。

「オムニときたらわけもなしに、豆腐を食えといいなさるねん」

石公がそれを拒んで、そのまま垣根のなかへ入っていこうとすると、串ソバンが厳しい顔つきでたしなめるように言った。（註・出獄者に豆腐を食べさせる風習がある）

「おめえ、その豆腐はあげな奥方様がこせえて下さったものや」

石公が串ソバンの視線に沿って振り向いてみた先には、ぼくの母の微笑があった。石公は頭を垂れた。彼は串ソバンの女房が口へ運んでくれるままに喉仏を動かしながら、自分の顔色くらい白い豆腐の固まりをがつがつと平らげてしまった。

明くる朝、おそらくこの集落で夜明けとともに一変して起き上がり、真っ先に農具の柄をつかんで現れたのは、石公ではなかったかと思う。貞姫のオムマの話では、その日の夜はまるきり一睡もせずに明かしたとのことだった。

「四年半も飢えてきた愛情の償いをしよう思ったら……」

口さがない尚述の母親は噴き出したため、しまいまで話し終えることが出来なかったけれど、貞姫のオムマは真顔で「働きたくて眠れなかった」石公のことで、詳しい解説を加えていた。刑務所に入っている間、妻子の次ぎに懐かしくて手に取りたくて我慢がならなかったのは、鎌と草取り鎌、熊手鍬などで、夜ごと耳許で聞こえてきたのが殻竿を打つ音と脱穀機の音だったと、吐露したとのことだった。よく飲み込めなかったけど、ぼくは貞姫のオムマの話をそっくり真に受けたかった。石公はもっとも模範的な働き手になっていった。彼ほど堅実な百姓も二度と現われることはないような気がした。村人たちは誰もが石公とだけ野良稼ぎの助け合いを望んだし、同じ手間賃なら石公の労力を買いたがって互いに争うのを止めなかった。彼は誰かに言われるより先に自分から進んで仕事を見つけ出し、他人がもたもたしてもサボっても、座して見過ごせない気性だった。とはいえ、年がら年中そうしているわけにはいかないらしかった。お天気が立て続けに悪くなったり、長雨の気配がしてくると判断されると、彼自らが過重な作業を控えながら、体調を崩さぬよう神経を尖らせたりした。拷問がもとで肉体的に後遺症があったうえ、刑務所の害毒までが体に染みこんで根を下ろしていたのだ。あまりにもひどく痛めつけられたせいだろうと言って、石公自身もしこりができて血液が固まっていることを認めていた。そのくせ健康を増進させ摂生をを保つために、何らかの対策を講じる様子はなかった。栄養補給のために牛のテール肉一個買い入れるでなし、補身湯（滋養強壮剤、犬肉のスープ）の食材を仕入れようともしなかったのは、何がなし自信でもあったのだろうか。それよりは農具の柄を握って動いているほうを、万病に効く特効薬と心得ていたのは明らかだった。彼は自分の家の野良仕事にばかり精を出したわけではなかった。近隣の集落の大事や小事からも、故意に外されたことはなかった。いや、彼なしにはまとまる話がさほどない体たらくだった。費用を各自負担したり応分の力を出し合ったりして、村の倉庫を修理するとか堤防の補修とかがあると、決まって石公が先頭になって仕切らなくては、もつれたりいがみ合ったりすることがなくならなかった。区長や班長がほかにいたけれど、石公の言葉でなければ説得されなかったし、その通りだろうと信じようとしたのだ。六・二五戦乱のどさくさに紛れてどんな経緯で失くなったのかわからない、村の葬礼機構が整うまで喪輿契と喪布契という、遺体を収めた柩を墓地まで運ぶ輿を支度する費用と、葬儀の際に使われる反物を購入する費用を貯える、頼母子講《たのもしこう》を起こして処理できたのも石公の力があったればこそだし、里中契という村起こしの頼母子講が年を重ねるにつれ盛んになったのも、まるきり彼の手柄だった。彼の気立てのよさは定評になっていて、小学校へ入学したばかりの新入生たちにまでそれとなく、近寄りがたい人だという先入観を植えつけていくようだった。石公の手助けが望まれるのは、何のかのと言ってもやはり朝ご飯を炊きながら夕飯の心配せねばならぬ人たちの家ほど切実で、必ずや彼が存在してこそ収まりがつくようだった。鬱陶しくて気が滅入るような場合ほど、なおさらそのように思われた。彼はひるむことなく、そして誠意を尽くしてことを処理していった。七月の暑い盛りの陽射しのもとで他人の家の死者のために墓を掘り、八月の長雨の季節に降りしきる夜の雨の中では嬰児の墓を掘ってやった。この集落で死んだ乳飲み子らの棺のほとんどは、石公が一人で担いで山へ登っていって埋葬してやるのが普通だったのだ。形ばかりの空虚な謝辞やお世辞のほかには、何らの報酬もなかった仕事の数々。まるでそうしたことへの奉仕だけがおのれの職分であり道理でもあるかのごとく、手術のさなかに息を引き取った血まみれの隣人の亡骸でさえ、一人で担いで墓場まで運び、酔いつぶれて市場の路上に寝転がっている人は一手に引き受け、助け出してやることをまるで日常の自分の仕事のようにしていた。痛んでいる屍体を清めてやり、古くからの墳墓のなかの屍体が別の墳墓に移されてそれまでの墳墓が破墳になると、腐った棺を真っ先に処分する作業も石公がほとんど一手に引き受けていた。

誰が彼をそんな人間になるようにしたのかは、とうとうわからなかった。いかに天性がそうした人物であるとしても、天性をひとまとめにして計算して語るというのは、あまりにも無謀すぎるという自覚を自からすることになった。忍苦の刑務所暮らしをした歳月から、何か体得したものがあったのだろうか。わからぬことを中途半端な話で投げだすわけにはいかない。

刑務所から出所した明くる年に、石公は息子を授かった。貞姫のオムマがモダンに付け髪を添え、頭髪をちりちりに焼いてパーマにしたうえ、黒のベルベットで仕立てたチマを穿いている姿も、一度だったか見かけた。次第に暮らし向きがよくなり、日常的なゆとりも増えていくことが目に見えたし、これに見合うように夏場の間ずっと麦飯を食べなくて済むように、野良仕事では毎年、大豊作だったようだった。期待していたことのうち、先の尖ったハイヒールだけを見かけなかった。刑務所ではあれほど身震いするくらい我慢しなくてはならなかった彼の願い、しかり、その願いを彼は悔いを残さぬくらい実らせたのだ。夜に通りがかりに聞くと、石公夫婦が寝起きしている玄関脇の部屋のほうからは決まって、ラジオの声が流れていた。ラジオ一台を手に入れることが一頭の小牛を買い入れるより、倍は難しい時代だった。彼は新聞を購読し、わかり易い内容の雑誌も買って熱心に読むゆとりを見せていた。

「嫁に来て初めて、生きとる愉しさを味わいながら暮らしてますんや……」

近隣の人たちのなかで一番にナイロン地で仕立てて着て自慢してきた貞姫のオムマは、喘息を患って床についているぼくの母の脚を団扇であおってやりながら、幸せいっぱいといった表情で語っていた。やれナイロンは贅沢品だ、そうではないなどとその輸入の是非を巡って、政府の社会部（省）と商工部が綱引きをしていた時期だった。

「自分が刑務所に入ってたとき苦労をかけたと、昔の高麗時代のことなんぞ話題にしながら、その償いをするいうて一着分仕入れてきましたんやと……思い切って仕立てて着てみましたんよ」

彼女はひと息ついてから、

「仕立屋さんに預けたら仕立て賃が、かますに一つ分の麦の値段と同じやったわ。頼母子講から長期の利息で借金してでも、ミシンの一台は買いたい思ってますんよ」

「そうだろうね……そうしなくちゃ……」

母はいまにも絶えそうな息の根にしがみついて、石公の奇特なことを繰り返し褒めそやした。石公は毎日のように病の床の母を見舞いに来た。容体が心配で寝つかれないと語ったこともあった。

母の帷子も石公の手で着せられた。幽宅すなわち墓もやはり石公の手で掘られた。どこの誰の墓よりもまごころ籠めて、勾配の緩やかな土饅頭の墳墓が積み上げられ、心を尽くして芝を植えた苦難がどれほどのものだったかを、ぼくとても知らぬではなかった。どこかによく効く薬があると聞くと、自分たちの穀物を入れた袋を担いで行ってでも彼は手に入れてきた。腕がいいと評判の医者にいっぺん見立ててもらうために、夜道も明け方の道も厭わずに駆けずり回った。

その頃のぼくはようやく中学二年生の世間知らずだったけど、そもそもどのようにしたら彼の誠意に少しでも報いることが出来るのか、思案しなければならなかった。それは参考書や辞書があるはずのない、長い歳月にわたるぼくの宿題でもあった。ぼくの気持ちはいつも恩返しをすることだったけれど、しかしそれも生易しくはなかった。引き続き冠村に住んでいる限りぼくのほうがかえって世話になり、助けを乞わねばならぬような気がしたし、実際にそうなったのもまた事実だったから。

ぼくらは、離別する最後の日の別れ際まで彼の世話になった。別に饐《す》えたどぶろくの一杯も振る舞ってやれないまま、ぼくらは故郷を後にしながら石公と別れたのだ。彼は言葉も出ないくらい、名残惜しさに我慢がならぬと言った風情だった。彼は言葉もなしに汗みずくになりながら、引っ越し荷物の運搬を手伝ってくれた。わが家の家財道具は、元来が邪魔くさくいがらくたばかりだった。開化以前から三代にわたって受け継がれてきたものだったので、その雑多なことはいかばかりだったろうか。正月前に田んぼから刈り入れた二十個余りの穀物のかますを除くと、貨物トラック一台分の荷物はすべてそうした役立ずのものばかりだった。この日、我らが集落の人たちは総がかりで、わが家の引っ越し荷物を停車場まで運んで貨車に積み込んでくれた。頭に載せて運び背中に背負って運んだけれど、背負い子を背負っている人で一回や二回は往復しない人がいなかった。このときも石公は十三、四往復以上も難儀するものばかりを選ぶと、背負って運んだみたいだった。途中で昼飯を食べる暇もあらばこそ、まるでピストンのように往復したのだった。

列車が出発したのは午後四時頃だった。貨車の中の荷物などがあらかた定められた場所に運ばれると、石公は紙巻き煙草の『青い鳥』を一服つけて口にくわえながら、背負い子の肩ひもを脱いで横たえた。

「いやあ、こりゃああんまり寂しうて、言葉も出てこねえのじゃけんど……どげえしよう、こうしてこのまま行《い》んでしまうんじゃけん、どげえしたら……」

彼は名残惜しさに耐えかねて、いても立ってもいられないといった様子だった。汽笛の音が長い尾を引いて鳴り響くと、石公はぼくの肩を自分の懐の中へしっかりと抱え込むように引き寄せながら、いくらかどもる口調で語りかけてきた。

「是非とも成功して、昔語りをしながら暮らさんとあかんだぞ。いつでも手紙を寄こすし、いっぺんでも帰ってきたらわしんとこから先に寄らんといけんよ……ちょくちょく手紙をくれるし、体に気いつけて無事に上京するだぞ……」

ぼくは胸が張り裂けそうで、どんな一言も口の外へは押し出せなかった。

ソウルに移住して果然、ぼくは彼にもっともたくさんの手紙を書いた。誰よりも遠慮なしにたびたび便りを送った。多くの手紙を受け取ってたびたび返事を書き送ってくれたことでは、石公もやはりぼくと同じだったろう。ほんとにぼくは、誰よりも複雑な内容の手紙をためらわずに書き送った。安否を問いかけたり伝えたりする儀礼的な手紙を、そんな具合にたびたび書いたわけではなくて、そのつど困っていて急を要する依頼ばかりを彼に、請け負わせるように押しつけたのだ。本籍地をよそへ移す転籍手続きが簡素化され、本籍をソウルの住所へ移し換えながら最後の戸籍謄本を送ってもらうまで、家族全員の戸籍抄本や卒業証明書、あの複雑でややこしい兵役関係の書類などを、石公一人で処理してくれたのだった。墓参のために帰郷すると真っ先に立ち寄り、腰を下ろしていて立ち上がったりしたのもむろん石公の家だった。四月革命（註・李承晩政権を倒した市民・学生革命）があった年の春に、祖父の墓をよそへ移転させるために出かけていったときだって、石公の家の暮らし向きもまずそれくらいならよかろうと思われたくらい、随分と豊かになっていた。土間には買い入れていくらも乗っていない新品の自転車があったし、まだ上塗りもはげ落ちていない一台の、穀物に混じったしいなや塵、籾殻などを選別して取り除く真新しい農具の唐箕《とうみの》も、肥料袋をかぶせたまま軒下におかれてあった。小学校へ通っている貞姫の上履き入れが板の間の片隅に転がっているかと思えば、刑務所を出て一周年を記念するように生まれてきた男の子も、小銭を与えると後ろも振り向かずに駄菓子屋へ走っていくくらい成長していた。いまやまさに石公は、昔語りをしながら暮らしているところだった。変わったのは石公の家の暮らしの規模ばかりではなかった。何人もの人たちから聞かされた話だけど、何よりも大きく変わったことといえば申ソバンの酒乱ぶりだった。彼の、酒に酔ってくだを巻く酒乱ならぬいちゃもんを聞かなくなってから、いつしか二年にもなるようだと言いながら、申ソバンの遠縁にあたるおばさんの一人は不思議がっていたのだ。言い換えればあの李氏一族に浴びせかけた罵詈雑言と拳を突きつける癖が、影をひそめたというのだ。申ソバンにしてみれば当然のことだろうと思われた。揉み上げがすっかりトウモロコシの髭みたいになるくらい年を取ったこともあるけれど、鬱陶しくて怒りをたぎらせる出来事が失くなって、それをしたくてもしかるべききっかけがつかめなくて出来そうになかった。七星岩のぐるりには洋風家屋が三、四棟建ち並び、大福一家が住んでいた家の屋根もトタン屋根に替えられていた。そればかりでなかった。虎岩のこちら側は積み肥置き場なのか、豚小屋を建てたけど壊した場所なのか、銀蠅が沸いているなかで肥やしの匂いが鼻を突き、飴牛岩の傍はエゴマの苗を植えつけており、尿瓶をゆすぎその後で雨が降らないせいで小便の匂いが充満して、鼻がひん曲がるほどだった。そのため七星岩の内側の祖父の墓を、よそへ移すしかないことを知らせてくれたのが石公だったし、ぼくが体一つで帰っていっても何の差し障りもないように、万事にわたって段取りがついていたのも、やはり石公の分別からだった。彼はあらゆる付随的な雑用まで自分で始めて片付けようとした。古い墳墓を廃棄する破封から土を盛り上げて新しい墳墓を仕上げるまで、石公は人手を借りずに自分の力だけで終えてくれた。一体どういう因縁からだろうか。説明にもならない、実感の伴わぬ空虚な文章ばかり書き殴り、不埒にも拙いものを残すわけにもいかない。顧みると石公は、三代にわたる我が一家の不幸の後始末をしてきたわけだった。祖父の代からぼくの兄弟まで、彼は非命と天寿による死を見守ってきたうえ、併せて死後の休息地まで自分の手で飾り立ててくれたではないか。

石公が初めてソウルへ上京してきたのは、来る日も来る日もかなり蒸し暑くてうだるような日々が続いた、五・一六（朴正煕による軍事クーデター）があった年の夏の盛りのことだった。ぼくはれっきとした大学の一年生だったけれど、どこかへ行ってたった一枚の十ウォン銅貨すら、工面できなかったほどのドジで、それくらい窮乏に苦しめられていた時期だった。石公は前もって手紙で知らせるとか予告があるでなく、ひょっこりとやってきた。彼はカーキ色の作業衣のズボンに白いからむしの半袖を涼しげに着込んで、洗濯した白の運動靴を履いていた。ぼくの家族はこれまで、どんな来客にもあんなに懐かしがったことはなかった。誰よ、誰なのよ、これって誰なのよといってぼくの姉は、石公たちの声を小耳の挟んだだけで表門の外まで、素足で飛び出していったほどだった。嘘を混ぜて言うなら、ぼくらのそうした出迎えに石公はいささか意外だというように、感激の色まで漂わせていた。ところが、おかしなことだった。やみくもに懐かしがってよい上京ではないかもしれないという、不吉な予感が脳裡をかすめ始めたのだ。農村のもっとも忙しい盛りに夫婦同伴で上京してきたことが第一の根拠で、おおざっぱにくるんだ古ぼけた包みを引っさげてやって来たのが第二の根拠だった。おまけに貞姫のオムマは、ときどき口に乳首を含ませてやらねばならない乳飲み子をおぶっていた。あの暑さのなかをどんな用事で、遠い道のりを訪ねてきたのだろうか。ありきたりの事情からではないようだった。石公は頬がげっそりとこけていたが、目はまたどうしてあんなに大きく見えたのか解しかねた。乳飲み子がいて眠らせてもらえなかったせいだろうか。貞姫のオムマもひどくくたびれてしまりのない顔つきで、ぐったりしていた。この夫婦がどうしてこうも貧乏たらしく、哀れっぽく見えるのか気になり、不安でじっとしていられないほどだった。

「初めてでしょ、ソウルは……」

みすみすわかりきったことを訊ねて、ぼくは彼らの気色をうかがい始めた。

「そうとも、生まれて初めてだわな」

石公は何かに追われている人みたいだった。どことなく落ち着きがなく、膝の後ろのひかがみがしびれているような表情のようでもあった。

「何日かゆっくり休んで見物もするし、遊んでいってくれなくちゃ」

ぼくは根っからの口下手ではあったけれど、不安な気持ちになってきて舌が強ばってくる感じだった。

「そうよ、そうしてもらわなくちゃ……」

お昼の支度をするためにキッチンから出たり入ったりしていた姉は、まるで待ちわびていた実家の兄でも迎えたみたいに、こっちへ来たりあっちへ行ったりしながら、それはもう並大抵のはしゃぎようではなかった。

「いんにゃ、明日の朝の列車で発たんと。ああ、いまがどげえ忙しい季節だか……」

石公は煙草の「建設」に火をつけて口にくわえると、遠くに拡がる空を見上げながらそう言った。

「その一年中している仕事に、嫌気がささないのかしら?」

姉はそう言ってずけずけと反駁したけれど、ぼくは何も言えなかった。石公の身に好ましくないことが生じている気配が、はっきりしてきたのだ。伸びるにまかせた髪の毛といい、水気を失くした青菜も同然の、艶気のない唇といい……憔悴しきった外見からしてそうした症状を物語っていた。

「憎たらしいあげな仕事……この人は仕事をしとって病気を買うたんやね……」

貞姫のオムマは石公の目の動きをうかがいながら、遣り取りされる話を締めくくるように、辛そうに言った。彼女もひどくくたびれている様子だった。やはり石公が健康を害したことによる、心配事があったのは明らかだった。彼女の話のように心身ともに仕事に没頭していて体力がすり減り、そのせいでの病気かもしれなかった。石公は順序立てて話した。これと言った症状もないままのべつ気だるくなり、すっきりしなくなって、ある日のこと突然、卒倒した。その後もたびたび目まいがした。失神して倒れることも時たまあった。失神が繰り返されはしたけれど、初めは大したことはないと気にかけなかった。仕事はきついし食べる物が芳しくないので、貧血を起こしたのだろうと思って気に止めなかった。しまいには病院へも足を運び、漢方医を訪ねて見立ててもらいもした。どちらも病名を探り当てることは出来なかった。その昔、拷問された後遺症がぶり返し、悪化してきたようにも思えた。どう考えてもその後遺症のような気がしたので、体力の回復に気を遣うことに決めた。ところが目まいの症状は、日を追うほどに頻繁になりひどくなってきた。そこで医師の勧めを受け容れ、大病院で診察を受けることにしたのだった。

「どげえしても大学病院へ行んでみねえと、あかんらしいようなんじゃが、いっそのことこげな塩梅になりおった体じゃ、由緒あって有名な病院ならええだわ。有名な病院やったら薬もふんだんにあるじゃろうけん……」

　と、石公は自分の言い分が滑稽だという顔つきになりながら、立て続けに煙草に火をつけた。

ぼくは延世大学のセブランス病院へ石公夫婦を案内してやった。新築工事がまだ終わってもいないのに開業したものだから、病院の構内のそちこちで重機の騒音がやかましく、真っ赤な黄土の固まりが積み重ねられていて、その荒れ果てたさまはたとえようもなかった。わが家からセブランス病院までは、よそ見をしながら歩いても五分なら十分に行ける、ほんの目と鼻の先だった。ぼくは石公名義の「生涯診察券」を発行してもらってやりながら、それが生涯を通じて必要のない健康な体であることを心のなかで念じた。二、三時間も経って石公は診察室から出てきた。簡単に診察してみたらしかった。

「何もなかったみてぇやな。こげえにして見ただけやったら、何とも言われんそうや……」

石公は手の甲で歪めている額の汗粒を拭った。ぼくらは臥牛山越しに暮れていく空が、麻浦江へ降りてきて流れていくのを眺め、しとしとと降りしきる霧雨のなかを歩きながら、どこかで鳴いている一匹のカエルの鳴き声を聞いた。夕食後に夏の果物のデザートを食べ終わると、石公夫婦はもぞもぞと席を立った。

「旅館はどっちのほうへ行んだらいくつもあるんじゃ?」

石公はぼくに問いかけて言った。

「暑いしガキもおることや、今夜は旅館へ行んでのびのびと寝るわ」

とんでもないとぼくの家族全員が引き留めたけれど、彼らにも言い出したことをひるがえす気配はなかった。ぼくは彼らを、ちょっと離れた広い通りまで従いていって案内した。旅館が決まったのを見届けて戻ろうとするぼくを呼び止め、石公が耳許でこのようにささやいた。

「おめえよ、薄情やと思わんでくれや。わしらはこれまで、客地へ出てきて旅館に泊まるなんてことを、いっぺんだってした覚えがねえでよ……実は今夜、あげなかみさんの願いを叶えてやろうと、旅館に泊まることにしたんだわ……」

　ソウルの時間が田舎のそれと違うので、列車の時間に急き立てられて改めて立ち寄れなくて帰ってきてしまったという、石公の手紙を受け取ったのはその四日後だったかだ。特別の客を平凡にもてなして永らく心残りだったぼくとしては、その間さしたる変わりがなかったとあったのでとりあえずひと安心し、何よりも大きな助けと思えてならなかった。その頃のぼくの身辺の事情や心情としては、それにも増して幸いなことはなかった時期だった。ところが、せいぜい一ヵ月余り経ってからかもしれない、貞姫のオムマが突然現れたのは……彼女は駆け込んで来るが早く縁側の片方に尻を載せてうつ伏し、込み上げてくる哀しみを一気に吐きだすように、泣き声のうちに叫んだ。

「あたし、うちの人を永遠に失くすかもしれんのや……元気を取り戻す望みはもうねえみてえやと……」

　ぼくは事情が飲み込めないながらも、すぐに思い当たる節があったので、脚ががくがく震えてきて立ち上がる気力さえなかった。

「どげえしたらええのや、どげえしたら……あたしは知らんわな、あたしは知らん言うたら……可哀想で気の毒なうちの人……」

　彼女は繰り言を並べ立てる気力さえ失せたのか、しばらくすると落ち着きを取り戻して身繕いをととのえるくらい冷静になったが、すでに田舎でひとしきり愁嘆場をくぐり抜けてきたところだったので、それが出来たのだろうと思った。朝ご飯を済ませて立ち上がろうとして失神して倒れ、とうとう意識が戻らなかったので、それを見てしゃにむにタクシーを借り切って突っ走ってきたとのことだった。ぼくはすぐさまセブランス病院へ駆けつけてみた。救急重症患者室のベッドに手足を伸ばして横たわっている石公は、人工呼吸器をくわえていた。医師たちも互いに体をぶつけ合いながら、石公の体のあっちを触ったりこっちを調べたりしながら汗を流していた。貞姫のオムマと一緒に石公に付き添ってきたという石公の弟は、入院費の工面がもっと急がれたので乗ってきたタクシーでとんぼ返りし、病室は純然たる病院のスタッフばかりで埋め尽くされているわけだった。石公の意識の回復が望み薄だったので、やむなく無理やりに酸素呼吸をしているらしかった。

弓張り月の明かりが窓越しに忍び込んできて、午前零時のサイレンが鳴り響いた後でようやく、病名が明らかになったと看護師の知らせが届いた。ぼくは貞姫のオムマの代理として医師に呼ばれていった。

「患者とはどんな間柄かな？　家族かな？」

田舎から来た人にはぞんざいな口調でなければ威信が保てないとでも心得ているのか、若造の医師はぼくにぞんざいな口ぶりで訊ねた。どこかで時折見たことがあるような名前の名札が、白いガウンのうえに吊るされていた。『思想界《ササンゲ》』だの『夜明け《セビョク》』などといった雑誌に、時たま随筆が載っている名前だった。

「親戚の兄です」

ぼくは何かの取り調べを受けるために呼び出されてきた被疑者みたいに、口ごもりながら答えた。

「難しいなあ」

医師が腐った木の枝でもへし折るようにきっぱりとした口調で告げたとき、ぼくはその場にへたり込みそうになった。

「白血病というのはだな……」

医師は一人で喋りまくり、聞こえるもの見えるものがなかったぼくは、主を失くした棒杭のように突っ立っているばかりだった。いや、ひと筋の意識があるにはあった。冷たくしかも憎たらしく喋りまくる医師の横っ面に、アッパーカットの一発も食らわせてやりたい衝動を、努めて押さえ込まねばならなかったから。

「まだ特効薬がない病気だからなあ……」

やつは白い首筋を後ろに反らしながら自信ありげに話していた。こんな犬畜生の随筆なんか読むなんて。ぼくは目の前が真っ暗で、よたよたとアヒルのような歩き方で病室へ戻ってきた。そして口をつぐんだ。貞姫のオムマは急《せ》かすようにして病名をしつこく訊いたけど、正しく答えることが出来なかった。だが、彼女が苛立っている心情に耐え続けることも出来なかった。

「白血病だそうです」

ぼくは淡々とした口調で告げた。

「白血病……それってどがいな病気やの?」

「ぼくにどうしてわかるって、そんなことを訊くんです?」

答える言葉がなくて、ぼくは突っけんどんに反問することで彼女の口を封じてしまい、

「詳しいことは明日の朝、訊いて下さい。あいつは医者の駆け出しで、素人と変わらないので信用できませんから……」

午前零時過ぎに交替で寝ずの付き添いをすることにして、貞姫のオムマから先に眠らせた。中秋の名月を迎えに行くところだったので、弓張り月は突拍子もなく明るいばかりだった。まるで石公が嫁さんをもらった日の晩の、夜空にいっぱい満ち溢れていたあの昔の月のように……あぁ、星屑の群れはまたどうしてあんなに、すぐにも息が絶えていかんばかりに瞬いていたのだろうか。星の輝きは見ればみるほど不安になるばかりだった。まったくの許し難い妄想だと思いながらも何がなし不安になっていった胸のうち、あの空のどれか一つの星でもぱっと消えてしまったら、石公の息遣いもまたそれと同時に止まってしまうのではと思われたその怖さ、そのあらがいがたい時々刻々の恐怖と焦燥感。どこかの病室で寝つかれぬ患者が聴いているラジオの歌声が、最後の悲鳴のようにきんきんと聞こえてきていた。病室を探していってラジオを取り上げ、木っ端微塵にしてやったらせいせいする気分だった。夜が更けていくほどに間歇的に聞こえていた患者たちのうめき声も聞こえなくなり、窓の向こうの新村駅のシグナルの灯火ばかりが、宙を浮遊する灯台のように根元がなくて浮かんでいた。夜は実に多くのことを考えさせてくれた。石公に関する細々とした記憶が引きも切らずに蘇ってきた。ぼくが描いた水彩画のように、濃い原色で蘇ってきたりした。ラジオの放送時間が終わってほんとに寂寞とした時間になると、かくも大地のあらゆるものが眠りについて休息に入るのに、天空だけが生きている夜の神秘について、もの

すごくセンチメンタルな雑念に取りつかれ、すると今夜もこの大地の上ではどれほど多くの苦しくて悲しい出来事が、人知れずに繰り広げられているかということが考えられた。人間の生涯の足跡などはすべて束の間の、はかなくも虚しい遊戯場でのちっぽけな痕跡に過ぎないという、初めて底知れぬ暗い虚無の深淵に落ち込んで抜け出せずにいた。静寂が陰鬱で乾いたり湿ったりした空気に変わって、病室にいっぱい漂っていることが感じられたとき、ぼくはひどくびっくりすると同時に全身が恐怖に包まれて震えだした。迫り来るもの、何かそんなものがあったのだ。こつっ、ぴたっ、こつっ、ぴたっ……聞こえてくる音はきわめて規則的でありながら、その音量は重かった。ぼくは何らの理由もなしに、初めから理屈に合わないまがまがしい予感に絡め取られていた。何かを奪い取りにやってくる音だった。そう。それは石公の息の根を止めにやってきた、あの世の使者の足音だった。どんなはずみで深い考えもなしにそのように決めつけたのだろうか。ためらいもなく自信に満ちた音量を、その長い長い廊下いっぱいにしたがえて迫ってきたせいかもしれなかった。冷や汗で水浴びでもしたようになりながら、ぼくは歯を食いしばって両の拳をしっかりと握りしめた。おそらくぼくはそうした瞬間、何らかの悲愴な覚悟を決めたに違いなかった。ぼくはあの世からやって来た跫音を迎え入れてみようと、病室のドアを大きく開けてしまった。あ——ぼくは口の外へ、か細い動物の声を吐きだした。白っぽい足がぎくりとしたみたいだったからだ。それはやはり、脚が四本もある怪物の形をしていた。片方の脚に幾重にも包帯を巻きつけ、左右の脇の下に松葉杖をあてがっている年寄りだった。

「トイレはあっちですよ」

ぼくは静かに、けれども重々しい口調でたしなめるように告げた。ぼくは立ち塞がって急いでドアを閉めると、それでもひょっとしたらと、石公が呼吸をしている顎の下の喉笛の様子をうかがった。気がつかなかった。石公が両の目を開けていた。少しは意識も取り戻した気配だった。ぼくが急いで近づいていくと、彼はいっとき戸惑っているらしかったが、ようやく何かが識別される気配だった。誰それがどうしたというのだ、ここはソウルなのか、心のなかでこう訊ねている仕草だった。ぼくはすぐさま貞姫のオムマをつねって起こした。彼女は石公の目の玉を見ると、ほとんど泣き叫ぶようにして嬉しがった。

「意識は戻ったん? あたしは誰やの、誰やのあたしは……、見分けがつくん、何やの?」

彼女が重ねてせっつくと、石公はこっくり頷きながら微笑まで浮かべた。それからもいくらか経ってようやく、

「わしは……」

と、舌先を動かしてみるのだった。

「わしは、死ぬわけにいかんのじゃ……」

と、石公が最初の一言を切り出した。彼はまず、自分の鼻に取りつけてある酸素吸入器が途轍もない医療器具みたいで、驚くべきものに見えたらしかった。

「わしは、生きておらねばならんとよ……」

発音がひときわなめらかではっきりしていた。そうした後でふたたび、しばらくぶりにぼくの手をまさぐって握りしめると、もうちょっと気力が沸いてきたというように、はっきりと語った。

「わしにはこれが、きっとこのまま逝《い》んでしまう道なんじゃろうのう。もういっぺん人間らしく生きていくのは覚束んようじゃけど……わしは長生きして逝くわな……六・二五《ユギオ》（朝鮮戦争）のとき死ぬ目に遭うても生き残ったんやし……九・二八《クイパル》（韓国軍のソウル奪還）のときかてくたばりかかったものの生き延びたんや……刑務所でも死にかけてから生き延びたわな……これでもわしは寿命の限り、しっかりと生きて逝くところなんや……」

「どうしてそんな気の弱いことを……」

ぼくは口をつぐんだ。石公がまたしても失神したからだった。

「アイグ、悔しいったらありゃせんわな、悔しうてどげえしよう。やっとこさ暮らしが立つまでになったんやのに、逝くんやなんて。悔しうてあたしゃ、生きていかれんわ」

貞姫のオムマはどさっと座り込むと、繰り言を並べながらすすり泣きを始めた。石公は、かいつまんで言うと一日の昼と一日の夜の間に十二回は意識を取り戻し、二十回よりもっと失神状態に落ち込んでいくようだった。そうしたことが一日や二日どころか、立て続けに一週間も繰り返された。傍に付き添う生きている人たちが死ぬほどの思いをしているのに、いっこうに快方に向かう気配はなかった。「人が災難に見舞われるときは、こげなものなんやと。これがよくねえ兆しやろ、まったく、眠くて生きちゃおれんわ。昼も夜も、座っても眠いし立っとっても眠気に襲われるんよ、なしてこうなんやらわからんわ……」

貞姫のオムマは一日に三、四回もそう言って訴えた。それは当然のことでだった。昼夜の別なくいたたまれなくてそわそわうろうろし、食べることも休むこともできぬまま神経ばかりすり減らしているのだから、そうなるしかなかった。昼間はぼくの姉が家事はそっちのけで病室に張りつき、夜は夜ごとぼくが寝ずの介護に当たった。それはものすごく辛い仕事だったけれど、石公が息を吹き返すのに役立つことなら何がどうなろうと、出来ぬことがないような気がしていた。昼間は日がな一日、ソウル市内を這いずり回るようにして薬局歩きで日を暮れさせた。卸売り小売りを問わず、薬局と名の付くところは欠かすことが出来なかった。製薬会社や製薬工場を訪ねて安養、始興、泰陵、議政府……ソウルに近接する製薬工場までも、調べられるところなら遠いことも厭わなかった。どういう薬なのか、あの医師のやつが英語で長ったらしく書き殴ってくれた名刺を大事に持ち歩いて、指定された薬を探し求めて日に十里ずつは歩き回ったのだ。足の裏は腫れ上がり、水ぶくれが出来ると破れたりして、ずきずきと痛んで歩くことさえままならなかったけど、時間を争う薬だったのでのべつ駆けずり回らねばならなかった。医師がメモしてくれた薬はしかし、どこからも手に入れることは出来なかった。国内にはまだないだろうと言うことだったし、注文はしたがまだ到着していないというところも何カ所かあった。たとえその薬が手に入ったとしても、石公がふたたび起きあがれる人でないことがわからぬでもなかった。この薬はせいぜい患者の苦痛を幾分和らげてくれながら、併せて何日か生き長らえさせてくれるかもしれないけれど、単なる鎮痛剤としての効果しか期待できないだろうというのが、ぼくが期待して訪ねていって、差し出した名刺を見た薬剤師たちの一様に吐き捨てた言葉だった。貞姫のオムマもしっかりと覚悟はしていたらしかった。汗みずくになって手ぶらで戻ってくるぼくを、何も期待していなかったというようにありきたりのまなざしで眺めていたのだ。国内にそんな薬はないということ、あるとしても特効薬ではないということ、そのため万事を諦めてしまっているそんな目つきだった。ぼくは石公の病床に付き添っていると、一日に一回の塩梅で襲ってくる途轍もない考えにそのつど身震いした。ひょっとするとそれは自分への嫌悪で、自らを恥じているのかもしれなかった。併せてしきりに、自分は何かの妖怪ではなかろうかという疑惑が生じたりした。そのため時たまぼくは自分が憎たらしくなってきて、憎悪したりもした。なぜか自分が不気味で、ツキから見放されたやつという思いがした。それは、ばからしい錯覚だとか幻想の類に似た性質のものではなかった。紛れもなく現実的な関心に基づいて滲み出てきたものだったのに、正体は現さなかったのだ。それは、いまにも途絶えそうな石公の息遣いを眺めていてもひょっこりと、疾《と》うの昔に忘れてしまって久しい十余年前のある日のいっときが目の前に繰り広げられながら、すぐさま現実と化するのだった。石公の家の庭先でひしめいている人たち、絹を引き裂くような悲鳴、石公の体を蜂の巣にした銃弾の跡、斧または熊手鍬を打ち込まれて割れてしまった頭蓋骨、銛と竹槍でめったやたらと突き刺された腹部と胸部の鮮血……そう、あの、豚を畜殺するたびに陶製のたらいの中で乾いて固まってこびりついた赤黒い血……ぼくは身震いしても飽き足らぬくらい悔やまれた。どうして十余年前に早くもそうした妄想を抱いていたのか、自分自身がこれほど呪わしく思われたことはなかった。十余年前にそうした妄想を抱いたせいで、とうとう石公の体がこうなってしまったのではなかろうかという感じを、何をもって退けることが出来たろうか。命旦夕に迫る石公の痛ましいさまを見守ることになったのも、そんな不埒千万な妄想を抱いたことへの当然の報いのように思われるばかりだった。石公が臥せっているベッドの下には大きな洗面器がおかれていて、そのなかには石公の体から続けざまにチューブで抜き取った、赤黒く死んでいる血液がなみなみと注ぎ込まれていた。その半透明のチューブはまるで数百年も生きてきたヒルのようにも見えたが、鼻から死んだ血液を抜き取り、左右の脇腹から内ももを貫いて入っていってからも同じことを続けているのだった。死んだ血液を抜き取るためにそちこちに描かれているメスのそれぞれの跡には、赤い薬物と赤い血液がまぜこぜになって凝固したまま、かさぶた状になっていた。片方の二の腕からは休みなしに新しい血液が輸血されていたけれど、死んで出てくる血液の分量と比べたらあまりにも貧弱な供給だった。それでも石公の息の根は、奇跡的につながっていた。最後の芯を燃やしている灯火のごとく、いまかいまかと思わせながら時間を稼いでいたのだ。

陽がゆらゆらと傾きだした暮れ方に、とうとう医師の最後の宣告が下された。医師は貞姫のオムマの肩に手をおきながら穏やかな、しかし冷厳な口調で告げた。

「奥さん、退院なさいな。いくらも残っておりませんから」

気が抜けて木偶《でく》の坊のように立っているぼくらを一瞥しながら、医師はさらにつぶやいた。

「できることなら、家へ帰って最期を迎えさせるべきではありませんか」

ぼくは貞姫のオムマのほうを振り向いた。むしろ淡々とした表情だった。彼女はぼくに目で語りかけ、ぼくは何も言わずに彼女の意見にしたがった。郵便局へ駆けていって電報を打った。「退院準備急がれる。上京を乞う」。その日の晩、石公はそれまでのいつよりも意識の昏迷が頻繁だったけれど、ひとたび意識を取り戻すと健常な人よりもずっとはっきりしていた。

「わしは生きておりたいのに、生きておりいたいのに、何としても連れて行こうしおるん……年老いたふた親を残して、ひと足先に逝くんか、いたいけなガキたちはどうしろと、わしを連れて逝くんじゃ……」

そう言っていたかと思うと彼は手足をばたつかせて目を剥き、狂ったように泣き叫ぶのだった。

「いかんて、わしは死んだらいかんのや。わしは生きておりたいんや、わしは死んだらいかんのや……」

言葉がこぼれだしてくると息をつく暇もなかった。

「おい、お母ん、大急ぎで大川へ帰って、田んぼを売ってこいや……畑も売るし、家も売るし……大急ぎで帰ってカネをこさえて来いいうのや……わしからまず生き延びなんだら……このままでは心残りでとても死にきれんて……」

彼はぼくの手をまさぐってつかむと、哀願するように言った。

「おめえはわしを見放すんけ、ちょっくらわしを生かしてくれろや、もっと生きておりたいんや……」

と言って顔面に痙攣を起こし、ぼくの手首に鳥肌が立つくらい指を震わせていた。彼は死にたくない、生きていたいと重ね重ね繰り返して念を押したけど、そのうちにひとたび目を大きく見開き始めると、ほとんど狂乱状態と変わりなくシーツを握りしめ、凄絶な叫び声をあげるのだった。

「放かっておけや、放かっておけと。おめえよ、このかみさんよ、家へ帰るでねえだぞ。絶対に帰ったらいかんとよ……わし一人が生き延びようと田んぼを売って畑を売ったら、ガキどもは何を食って生きていくんや、ガキどもを食わせて……あの子らを学ばせなんだら……売るでねえだぞ、売ったらいかんのじゃ……いっそのことわしがこのまま死んでしまうだわ。わし一人が死んで何人もの命を救わなんだら……」

ぼくの衣服の袖を引きちぎるようにしっかりとつかんで、彼は泣き叫んだ。「貞姫……再来年にはあの娘も中学へ入るはずなんや、おめえ、後からでもうちの貞姫を忘れんとな。お願いやからあの娘をちょっくら、勉強がでけるようにしてやってくれろや。おめえが嫁はんをもろうて所帯を構えたら、おめえの家へ連れてってお手伝いさんをさせてくれや。お手伝いさんをさせながら夜間学校へでも通わせてくれや……おめえが責任もって高校まで通わせてくれや……父親なしに大きうなるガキどもに、他人の半分くれえでも勉強させてやらんと……」

彼はこれをもって遺言としたわけだった。ぼくに残した遺言と変わらぬ言葉だった。それからも白々と夜が明けてくるまで昏迷を重ねながら、相反することを数えきれぬくらい繰り返したわけだが、そのほとんどがまともな意識を持って口走った言葉ではなかった。夜を明かしながら彼はずっと、同じ言葉を交えて泣き叫んだ。生き長らえねばならない、いや死なねばならない、わしが生き長らえたら多くの家族を死なせることになる、いやわしが生きおれば多くの家族を食べさせてやれる、田畑を残らず売り飛ばしてでも、わしの病を治してくれや、そんなことはするな、これ以上借金をせずにわしのことは放っておけ、けど、是非とも一年だけ長生きしたい、駄目だ、いま死なねければ子どもらが中学校へ通うことも出来ない、自分のことは諦めたから最後の願いを聞き届けて、せめて末期の水でもひと口飲ませて欲しい……明け方の四時半まで彼のわめ声は続いた。けれども五時近くなると完全に気力が尽きて、目を開けた屍と少しも変わるところのない状態だった。遅ればせに病室へ駆け込んできた石公の弟と、義理の兄弟になると言う姉妹の亭主が壁をたたいてすすり泣き、ぼくの姉はセメントの床に頭をぶつけながら痛哭したけれど、石公は何の表情も見せずにいた。その点はぼくとて変わらなかった。ぼくは彼らに代わって退院の手続きも済ませ、彼らを送り返す支度を整えている間、そう、涙でまぶたを一度も濡らしたことがなかったのだ。そんなことを考えるとぼくはやはりあくの強い人間で、冷酷かつ残忍な性格の持ち主なのかもしれなかった。ぼくは退院の手続きや入院費、治療費などの支払いを代わってしてやる際にも、たった十ウォン銅貨一枚さえ計算違いがないくらい冷静に処理できたし、後で最後の別れを告げる段になって石公にすることになる、お別れの挨拶まであらかじめ頭の中に準備しておいたくらいだった。

「またお目にかかれるよう、幸運があることをお祈りします。気をつけてお帰り下さい」

それから今度ばかしはぼくが先に手をさしのべて、握手をしようと心に決めていた。ぼくがあれこれと分別して、送り返す支度を抜かりなくととのえ終わった　ときには、梨花女子大学の裏手にある山の尾根から真っ赤な太陽の塊が昇っていた。石公はストレッチャーに乗せられたままエレベーターを経て、病院の裏手の広場まで運ばれた。タクシーの座席に割り込める隙でもあれば同行して従いていくところだったけれど、座席にそれほどの余裕もなく、いまやぼくはタクシーの傍にぼんやりと突っ立っているしかなかった。もはや手伝ってやり世話をしてやりすることも、すべてが終わってしまったのだ。タクシーのエンジンがかかると弟と義弟の腕のなかに抱え上げられたまま、瞳孔のない目をしていた石公がタクシーの窓越しに、ぼくがおろおろしていると不意に顎でぼくを呼びつける仕草をした。ぼくはふたたびタクシーのドアを開けた。いよいよ用意してあった言葉で告別の挨拶をして、手をさしのべて握手をして永訣しなければならない順番だった。ぼくが頭を車内へ押し込みながら口を開こうとすると、石公のほうが先に消え入るような声で、

「幸せに暮らしとるのを見て、この世におさらばせんといかんのに、このまま死ぬるので申し訳ない……くれぐれも幸せに暮らせや……」

と言って、動かぬ手で握手を求めてきた。ぼくは泣きだした。

★1―金裕貞《キムユジョン》。作家。一九三三年に純文芸運動を標榜した同人『九人会』に参加。一九三五年一月に「驟雨」と「鉱脈」が『朝鮮日報』と『中外日報』の懸賞募集に当選して文壇にデビュー。その後二年という短い間に「椿」「夜桜」「貞操」「さえない人」など三十余編の短編小説を発表。農村と都市の貧しい庶民の暮らしに分け入って土俗的な人間像を描いた（一九〇八～一九三七）。

★2―金東里《キムドンニ》。作家。一九三四年に短編「白鷺」が『朝鮮日報』の、三五年に「花郎の後裔」が『中央日報』の、三六年には「山火」が『東亜日報』の新春文芸作品募集に当選して文壇にデビュー。三六年にはまた同人誌『詩人部落』に詩を発表して詩人としても認められた。さらにこの年には代表作の「巫女図」や「岩」を、三九年には「黄土記」など初期の代表的な短編をものして植民地時代の韓国文学を支えた。一九四五年の民族解放後は「穴居部族」「駅馬」「興南撤収」「密茶苑時代」「等身仏」「サバンの十字架」などによって韓国文学を代表する存在となっ

た（一九一三〜一九九五）。

★3―鄭芝溶《チョンジヨン》。詩人。同志社大学英文学科を卒業後、梨花女子専門学校の教壇に立ち、一時は『京郷新聞』の編集局長も勤めた。篤実なカトリック信者だったが、民族解放後に左翼系の朝鮮文学家同盟に接近したが、思想的に共通する作品はない。一九五〇年六月の韓国動乱のさなかに北緯三十八度線を越えて北へ行って以後、消息を絶った。本格的な詩作は一九二六年頃、京都で始まった。留学生たちの雑誌『学潮』創刊号に処女作とおぼしい「カフェ・フランス」「悲しい印象画」があり、ソウルでその名が知られるのは一九二七年、『朝鮮之光』誌に「郷愁」を発表してから。以後、韓国の詩をほんものの現代詩として定立させるために寄与した（一九〇二〜一九五〇）。

★4―朴龍来《パクヨンネ》。詩人。一九四六年に大田で同人「椿詩人会」を発足させて創作活動を始めた。一九五六年『現代文学』誌に「黄土の道」「秋の歌」など郷土色の濃い作品を発表して注目された。一九六四年に詩集『あられ雪』を上梓した（一九二五〜一九八二）。

★5―任剛彬《イムガンピン》。詩人。一九五六年『現代文学』誌に「甕」「コスモス」「鳥」などの詩を発表してデビュー。その後も「夜明け」「公孫樹」「花」など多くの作品を発表して五〇年代の力量ある詩人の一人に選ばれた。詩集に『あなたの手』『多木』などがある（一九三一〜）。

★6―朴在森《パクジェサム》。詩人。東京生まれ。一九五三年に韓国固有の短歌、時調作品が『文芸』誌に載り、次いで『現代文学』誌に「摂理」「静寂」などの詩が掲載されてデビュー。『春香の心』『陽射しの中で』『雨を聞く秋の木』『追憶から』などの詩集がある（一九三三〜一九九七）。

★7―高銀《コウン》。一九五一年から六二年まで僧籍にあったが還俗。一九五八年『現代文学』誌に「春の夜のお言葉」「まなざし」「泉隠寺韻」などを発表してデビュー。一九六〇年の詩集『彼岸感性』を皮切りに『海辺の韻文集』『神・言語・最後の村』ほか少なからぬ詩集を上梓している（一九三三〜）。

★8―李浩哲《イホチョル》。作家。韓国動乱のとき北朝鮮を脱出、釜山で埠頭労働、米軍の警備員などを体験し、「脱郷」「裸像」ほか体験的な小説を『文学芸術』誌に発表して文壇にデビュー。その後も身辺小説的な素材を戦後の証言風に表現して文壇から注目された。「板門店」「すり減る肌の群れ」「白紙の風景」「ソウルは満員だ」その他がある（一九三二〜）。

★9―韓南哲《ハンナムチョル》。作家。一九五八年『思想界』誌に短編「失意」を発表してデビュー。極限状況にあるときの人間の心理と死への意識や韓国人の情恨の世界を体験をもとに形象化した。作品に「降雪」「陰地浮彫」「恐慌」「原色人間」ほかがある（一九三七〜）。

関山に芻《くさ》刈る人

冠村随筆6

海は夜になるとますます近くへ迫りながら、水先案内の風だけが戻っていって湿気を集めて雲となると、決まってうたた寝を始め、いつもそうしてきたように夢路をたどり始めた。月光が射し込み星明かりが洩れてくると、暗がりを映しだして荒波を立てながら踊り出していた海が、落ち葉に露が細かく宿る夜ともなると、目覚めた夢をふたたびひたすら紡いでいった。

海の夢路はいつも落ち着きがなく、とりとめがないうえ長く続き、戊夜（午前三時から五時まで）には衰えながら明けの明星が見えるまで終わることがなかったし、夢見が悪かったせいか潮が引く頃までは、輾転反側《てんてんはんそく》する身震いによって雷鳴と地鳴りを混ぜ合わせ、重々しく呻吟しつつ荒々しい息を吐きだした。防波堤を見くびって大きなうねりを上げていた細長い引き潮が、幾日にもわたって便りのない小潮の時期に至ると、せいぜい黄昏時だけがなくなる宵の口からそうした夢が繰り広げられ、そのとき鬼火たちの遊び場になっていたのだ。それらの鬼火どもが明かりを避け、昼寝をしに集まっていた巣窟はどこだったろうか。どこへ潜り込んで暮れ方まで眠り込んでいて、空の青い気運さえ地上に拡がるとこぼれだしてきて、あの騒ぎを惹き起こしたのだろうか。あれだけたくさんの鬼火どもが夜な夜な遊び女どもの溜まり場になっていた、大竹山のつづら折りにある、黒浦の干潟と葦原をたびたび漁り回っていた人たちでさえ、先のすり切れた箒一本、折れた棒切れ一本拾ってきたという噂がなかったのだから、鬼火どもは一人も減らぬまま群れをなして、疑いもなく黒浦周辺に住みついているものと思われたけれど、誰もが鬼火たちを忌み嫌って近くへ行こうとしなかったのは明らかだった。

夜が明けると誰もお化けのことは口に出さなかったけれど、薄暮がかかりだすと涼みにやってきた人たちの溜まり場ごとに、必ずやよもぎの匂いが濃い蚊遣り火の傍に斜めに座り込んで、海の向こうの漁り火を遠目に見つめていた。鬼火どもはぼくらが小正月頃の畑焼きを好むように、夜ごと火遊びをしたけれど、月の暈《かさ》が濃いとか雨上がりの涼しさが終わると、ますます突拍子もなく暴れまくった。鬼火は肩車と遠投から始まり、ほどなく隠れん坊に移っていくのが普通で、殻竿の柄《え》をたたきつけるように力強く投げつけてたたきつけ、交尾をしていてもこっちへ寄せられあっちへ追われする、徒党を組んでの諍いに夜を明かしたりした。鬼火どもは気性がせっかちで乱暴だったけれど、どれも口がきけないみたいだったし、ぼくらが畑焼きを始めるとふるいのように大きさが同じ穴の開いた空き缶に、松明の火を入れて振り回すように、鬼火どもが火のついた棍棒をサンモ（農楽芸人の帽子のリボン）を回転させるようにして振り回すと、見知らぬ男がのろのろと語り合う隙をうかがい、子どもじみた声でぺちゃくちゃと言い争う声も、谷間や野原に深く立ち籠める朝もやに閉じこめられた雀の群れのさえずりのように、遠方から聞こえてきたりした。それはいうまでもなく、新作路際の反物屋の前にたむろして雑談にふけっている夜遊びの人たちか、城隍堂側の人里離れたところにぽつんと立っていた、王松の木陰の夜遊びに出てきた人たちの溜まり場だった。ちびっ子たちは鬼火さえ見つけると、その正体が何かでいがみ合うのがいつものことで、するとちょっと年を食った人がすばやく間に割って入り、鬼火に聞かれるよといってたしなめるものと決まっていた。鬼火に聞かれたら何がどうなるというので、火の粉でも消すように急いで諍《いさか》いを止めさせようとしたのだろうか。その答えは誰も教えてくれなかった。わかっていてもことさらに知らないふりをして見せようとしたけれど、彼らも幼い頃から教えてくれた人がいなくて、これだと言ってさらけだして見せることができない様子は歴然としていた。それは、物干し台に灯火を吊るして筵の上に輪になって座り、麻糸を縒《よ》っているとか麻を鋸の端で梳くとかしていた年輩の女たちも、同様に見当がつけられなくて、鬼火を指さすと追ってくるということのほかには、別に話すことが出来ずにいた。彼女らは声をひそめて、鬼火たちは素っ裸で暮らしているらしいよと耳打ちしてくれたけれど、それは鬼火どもが夏場に、大竹山の麓の斜面とか浜辺へ出てきて火遊びをしていても、田の畦《あぜ》に咲いている豆の花が雁の影に散り、早稲田に穀物の花粉がつきはじめてからは、誰にも気取られぬよう跡形もなく消え失せてしまうのを見て、信じるに足る話だと言い張るばかりだった。

積み肥が晩《おそ》い秋に降る厳しい霜と同じく白っぽく固まっているうえに、蘭の花を描いていた筆先のようなニンニクが芽生え、麦畑の畝のへりに雄キジが降りて来るようになり、明くる年におくての糯稲を育てる水田の一隅から、クイナがつがいの片方を求めて啼く声に急かされ、カエルの田の畦を出入りするのが忙しかった夏場までは、鬼火たちも跡形もなく消え失せていた。けれどもまだ学齢期にも達していなかったぼくは、ほんとに知らなかった。冷たくなった風が厳しさを増し、干潟に霜柱が立つように白っぽく塩がかかる季節ともなると、暗くてじめじめした風が輪を描いて吹きつけて来なければ、暴れ回っていた鬼火もまったく出没しなくなることを。

大人たちが目をしょぼつかせながら、黒浦の干潟のほうばかり眺めるものではないとたしなめる晩には、塀の下に蛍ばかりがたびたび飛ぶだけでも、ロウソクに火をつけに一人で祠堂の扉を開けるときのように、首筋がぞくぞくしてきて気乗りしなくなり、塀の傍へも近づけないくらいその鬼火はありきたりの怖い存在ではなかった。そのため、そうした日にはどんなに蒸し暑くても、ヤブ蚊にさらわれていきたくないと言う口実で、夜遊びの溜まり場からはやばやと引き揚げて来たりした。そればかりかそれまでは一重の掛け布団一枚で、母屋の板の間で枕もなしに眠っていたことも忘れて、すぐに部屋へ入って宵寝と決め込んだりした。その頃も日脚が延びると明け方には眠りが浅くなり、たいていちょっとした物音にも驚いてふっと目を覚ました。その耳許をかすめたのがどんな音だったのか見当をつけている間に、眠気がすっかり覚めると顔をそむけて引き戸の高いガラス窓を見上げることで、家の外の気配を感じ取るのが癖になっていた。すると明け方の薄暗さがガラス窓に映しだされており、衣紋掛けの木製のフックの前に白々と立っているものがちらっと目に留まったが、とたんにぼくは胸がかっかしてきて、とっさにふたたび掛け布団をひっかぶって体を小さく丸めるのだった。

衣紋掛け用のフックに吊るされてぶら下がっていた、夏物の麻織りの衣服や油紙製の雨具などがそんなに怖く見えたのは、たびたびマラリアを患って起き上がれなくて、高熱にうなされている目に幻影が見え、怖ろしさの余り鳥肌が立つときに劣らぬありさまだった。そのたびにぼくは背筋に冷や汗が流れ、マラリアを瘧《おこり》と呼んだりして、わざと大袈裟に痛みを訴えたことが反芻されるのだった。そのくせ一方では下手の家から大福《テボク》が駆けつけて、

「おい、どげえした、ものすごく面白そうやぞ。さっさと行んでみんね。民求《ミング》よ、急いで出てこいや」

と、改名する前の古い名前で呼んで声をかけてくれるのを、じりじりしながら待ちわびた。そう、何かことがあるたびに大福は駆けつけてくれた。外で何か出来事があると真っ先にぼくを呼び出して、かくかくしかじかだとご注進に及ぶことで、ついでにわが家の全員の耳にも入るようにしてくれたのだ。ぼくがマラリアに罹って臥せりさえすると、いつの間にかカワセミとか雀を生け捕りにして脚を糸でつないで持ってきて、ぼくが大袈裟に苦痛を訴えて泣き叫ぶのを宥めてみようと、思いつくありとあらゆる遊びをして見せてくれた。それでも駄目だとぼくをおぶって宥めてみようと、またとないくらい苦心を重ねるのだった。幼い時分はどうしてあんなに頻繁にマラリアに罹ったのやら。ぼくがたいてい二日も起き上がれなくなると、大福は朝も終わる頃にわが家の台所へやって来て、誰にも気取られぬようにして甕点《オンジョム》と示し合わせ、マラリア退散の儀式をしてくれたものだ。

大福はわが家の朝ご飯がすっかり炊けると、ぼくのご飯から真っ先によそわせてその器を、空が見えないように何かで隠し持って自分の家へ駆け戻っていき、その器を自分の家の厠の床にしばし置いてからふたたび隠し持って取って返すと、そんなこととは知らぬぼくに食べさせるのだった。食べ終えて下げたお膳を運んでいきながらも、甕点はこともなげに何食わぬ顔で台所へ身を隠すのだが、それは大福がぼくの前へやって来て、

「おや、民求よ、おめえがさっきご飯を食べたとき、何かが混じっておらなんだか？　甕点がわしの家の便所に置いて告祀（厄落としの祈願）を上げたお供えの飯やのに……匂いがしたのも気がつかんと食うてしもたんやな？」

と赤っ恥を掻かせ、ぼくがそこらじゅうを転げ回りながら、やれ何々をする女よ、どこそこのあばずれよ、金棒引きよなどと大声を張り上げ、悪口を浴びせて駄々をこねだしたら、それを黙らせる強者などいないからだった。

そのおかげでマラリアが退散したのか、ただそうして駄々をこねさせてみただけなのかはわからないけれど、彼らはたびたびそうした遊びを繰り返したので、ぼくは自分がマラリアに冒されたと感じるとすぐに、二度とふたたび恥を掻かされまいとものすごく気をつけて用心したもので、そのことばかりは後になっても忘れなかった。とはいえ、ぼくが担《かつ》がれたかどうかはとても推し測ることが難しかった。日に三度の食事のうち、いつそんな真似をするやらわからないばかりでなく、子どもらはいつだって表座敷の大人たちの食事が終わった後で、下げられたお膳を囲んで食事をすることになっていたので、食欲だって失くなってきているうえいつもご飯は冷めていた

ので、疑心暗鬼のうちに食べていてふたたび担がれて赤っ恥を掻かされる羽目になったのだった。そこまでしてもぼくのマラリアが退散してくれないと、大福はいつもよその家の針仕事や機織りなどに駆り出されている自分の母親を呼び戻して、ほかの方法で厄落としをしてみるよう尻をたたくことを忘れなかった。すると大福のお母んは、陽があるうちに仕事をあらかた片づけておいて、頭に姉さん被りの手拭いをつけたまま、せかせかと駆け戻ってきてぼくの額に手をあてて、みながら、一日よくなると明くる日はもっと悪くなるし、いつも暮れ方に頭が急に熱くなってきたという甕点の説明に耳を傾けながら、

「一日おきに熱を出すのやからマラリアみてぇやな、間違いねぇわな、李道令《イドリョン》がおこりに罹りなすったんや……」

と言って歩き回りながらにこにこしたけれど、彼女のその笑い方はぼくが彼女の腕の中にだっこされて笑っていたそれを、そっくり真似たものだった。ぼくがよちよち歩きを始めたときからいつも、彼女の腕の中にだっこされていた時期があったからだろうけど、彼女がそんな具合にだっこをしてあやすと、ぼくははにかみながらも居心地がよくて、いくらでもご機嫌になったものだった。その間に甕点は、大急ぎで裏庭の味噌や醤油を仕込む甕置き場を歩き回りながら、厄落としの儀式の支度に忙しかった。

「大福のお母ん……」

甕点が声をかけて目で語りかけると、大福のお母んはぼくを抱えたまま裏庭の甕置き場へ行った。石の台の隙間ごとにねこじゃらしや蔓万年草が見事なまでに生えている甕置き場には、いつ

だって白い紙に一足分のポソン（足袋）の型を切り取って貼りつけておき、縁に炭と唐辛子が挟んである、不浄を除けるための〆縄を張り巡らした甕の二、三個を真ん中にして、前へ出るにつれ大きな甕や何斗も入る甕や、いっぺんに何升も入るガチョウ型の瓶や何合も入る注ぎ口のある瓶の類が、まるで漆を塗りつけて磨きをかけたみたいにつやつやして整然と並べてあった。

従いてきた大福が顎をしゃくって訊くと、甕点は水を入れて蓋をしておいた漬け物用の三つの甕を目で教えた。大福のお母んはぼくをいっぺん抱え上げて左の腕の中に抱え直すと、まるでいっぱしのムーダン（巫女）気取りで肩をそびやかしながら、右側の甕の蓋を開けて覗き込んで大声で、

「うちの嫁ごがここで機織《はたお》りをしていなさるとか？　おや、ここでねえみてえだな」

と言って元通りに蓋をすると、次に真ん中の空っぽの甕の蓋を開けて覗き込んだ。

「するとうちの嫁ごは、ここで機を織ってるでねえだか……おや、まあ、ここでもねえだか……」

といってすぐさま蓋を元に戻した。彼女はやがて、残りの一つの左側の甕の前で二、三べん空咳をしてから、

「そやから……うちの嫁ごはどこぞでおとなしう機織りばかししておりなさるんやら……するともしかしたら、ここのどこかにおりなさるんけ？」

と言って蓋を開けてみるのだった。そうすると決まって示し合わせてあったように、その甕の中には甕点があらかじめ入れておいた糸の束と、目の粗い九本縒《よ》りのおさが収まっているのだった。大福のお母んはいかにも嬉しそうにムーダン特有の節回しで、

「おほう、何とここにおいでやしたんか……さもありなん、さもありなん、いかにも左様、いかにも左様……うちの坊ちゃまが嫌がりなさるけえ、うちの坊ちゃまのことは端から考えずに、出てくることも止めにして、せいぜい機織りにでも精を出しておとなしうしておりんされや。今度また出てきおって、うちの坊ちゃまを煩わすようなことがありんさったらやな。あたしがさっそく髪をひっつかんで引きずって行んで、城隍鬼神の義父めにやもめ暮らしをさせてくれたるわい……」

と凄んで見せて蓋を閉じようとする。するとぼくはそうしてみた覚えがあったので、誰かに言われなくても甕の中へ三度ほど唾を吐きつけ、続いて甕の蓋が閉じられると、甕点が大急ぎでふるいなどを載せるY字型の木製の道具とか大鉢を蓋の上に載せ、さらにキムチや塩辛用の壺を抑えつけるために載せておいた石を移しておくのだった。ぼくがおかしくてじっと我慢していた笑いをくすくす洩らしたら、大福と甕点も互いに背中をつつき合ってけらけら笑い出した。

その甕は三日間、こうして蓋をしておかなければ瘧に取りつかれるということだったし、ほんとにそのおかげでそうなったのか、明くる日になるとぼくはすっきりした顔で起き上がって歩き回ることが出来た。

大竹山の麓の斜面につらなり、いつも海水が溜まっている葦の茂みが拡がっていた、黒浦の干潟に鬼火がうるさく出没するせいで、まどろんでいるなかで海が不吉な夢にうなされて夜っぴて寝返りを打ち、ぼくも手足を折り曲げて体を丸くし、早々と眠りについた次の日は決まって濃い霧に包まれたもので、外から入ってきて耳許をかすめていく物音に目を覚ますと、外で何があったのか見当をつけながらその気配をうかがおうと目を開けるたびに、しばしば幻影が目の前をちらついたりした。

　後で改めて見ると、それはたいてい衣紋掛け用のフックに吊るされていて、普段は目をくれる対象にもならない一対と見てきた、祖父の麻織りの衣服だったとか、黄色っぽくエゴマの油を染み込ませた油紙の雨傘といった類だった。ところがぼくはお化け怖さから、それらを昨夜のあのお化けの一人がぼくをさらっていこうと、とうとう部屋のなかまで入り込んできたと頭から当て推量したりした。ぼくは掛け布団をひっかぶり、手足がしびれてきても身じろぎ一つ出来ずに、誰かがさっさと目を覚まして音を立ててくれるのを待ちわびねばならなかった。そんな体たらくだったので、たとえ外で何が起ころうと見当もつかないばかりか、その気配すら推し測れなかったとしても、夢うつつのうちに耳許をかすめていった何らかの声がしたことだけは、はっきりと主張することが出来た。いくらも経たぬうちにいつだったかもそんな具合に聞こえていた声が、しばらくしていっぺんずつ繰り返されながら、ことさらに耳をそばだてて聞かなくてもおのずと耳に残ったからだった。やがてぼくは、その声の正体が何であるかをためらわずに言い当てることが出来た。

　それは狐が鳴いている声だった、百日咳に罹った赤ん坊が咳き込んだ揚げ句、いまにも息を引き取るかと思われるくらい忙しい息遣い、それは大福が土間の踏み石の端に顎を引っかけたままだした声で、ぼくを呼ばなくても十分にわかるものだった。これと似たような声は毎年何度かずつ、冬の夜の吹雪のなかからも途切れ途切れにつながりながら聞こえてきたものだが、そんな具合に鳴くのはほとんどがノロジカだったので、お化けの市が立つ夏場の夜の明け方の薄明かりを開けたのはいつも、紬の布目のように目が詰んでしっかりした狐の鳴き声そっくりだった。

それが狐だとはっきりしてくると、ぼくはかぶっていた掛け布団をしっかりとつかんで、縁起でもない石ころがこんもりと積み上げられたこぎれいな児葬墓が、そちこちに拡がっていた裏山のフクロウ峰の中腹を思い浮かべたりした。それは誰それと言った具合に大勢が群れをなし、ツツジ狩りに行くたびに道角にあって、どんなに見ないで行こうとしても徒労だった、ツツジが山のように咲き乱れ、花びらから血の滴がぽたぽたと落ちていた根方を狐が掘り起こし、柩代わりに用いていた陶器の甕がいくらか傾いて飛び出しており、その上手へサンショウウオの子たちが忙しなく逃げ出していた、古くからの児葬墓が鮮やかに浮かび上がってくるのだった。

それを見るたびにぼくは両目を涙で濡らし、山帰来の茂みに足をとられてちょくちょくゴム靴の片方が脱げ、たびたびタラノキの棘に耳許を引っ掻かれたものだった。その狐が触れた児葬墓が頭のなかへ入ってくると、自ずと狐の鳴き声も児葬墓の泣き声となって耳許で渦を巻いた。雑草が生い茂っている水を汲み入れて耕す水田で、地もぐりカエルの群れがつがいになって鳴き立てるように、小雨が止まない薄暗い夜ともなるとフクロウ峰でも児葬墓が鳴いていたというのだった。誰かが畑の草取りをして暮れ方に帰る道すがら耳にしたという噂も聞かれ、二人してどこかへ行こうと出かけていて、互いに自分が先に耳にしたと言い張る人たちもいたとのことだけど、事実はどうであれぼくは児葬墓の泣き声を信じていた。

「子どもの聞いとるところで話すのは何やけど、どれくれえもの悲しげに哀れっぽく泣きおるやら、聞いてみたことがねえ人にはわからんわな」

と語っていた大ほら吹きの甕点や、

「まるで狐の鳴き声いうのはタヌキの鳴き声みてえやし、遠くでオオカミが鳴いとる声みてえやけど、アイグ、ぞっとするわな……あたしは子を生んで失うた覚えがねえから聞いても何やけど、子を生んで失うた人はほんまに耳を塞ぎとうなる声やろうね」

といって肩をすくめて見せていた、大福のお喋りお母んの言葉は真に受けないとしても、曇りの日の暮れ方ともなるとフクロウ峰の児葬墓では、赤ん坊がものすごく泣きじゃくっていたという話だった。

ぼくが夢うつつでもないのに何かに取りつかれて、簾《すだれ》を編むときにぶら下げる石みたいに体は凍えているのに息苦しくなり、むかむかしてきていまにも死にそうになると、誰かがそれに合わせるようにしたみたいに大福がやって来て、土間の傍にある縁側の根太《ねだ》のところに、持ってきた長い棒を斜めに立てかけておいて、

「民求《ミング》よ、まだ眠っとるんけ？　おい、急いであの向かいへ行んで見ようや。さっさと出てきてみろや、おい」

と声をかけてぼくを救い出してくれるのだった。

「ええっ？」

ぼくは助かったという気持ちをこのように言い表しながら、子ネズミが暴れ回るようにして、扉の取っ手が抜け落ちてしまいかねないくらい扉を蹴飛ばしながら、部屋を飛び出した。

外はまだ薄暗くて、陽が昇ろうとも思っていない時間だった。

「こいつときたら、騒々しいやっちゃな……靴はどこで脱いどって見当たらん言いおるんじゃ？」

ぼくのゴム靴が見当たらないのは夜が明けきっていないからではなくて、オンドルの焚き口のある台所で脱ぎ捨てて、部屋へ入って眠ったからだった。

「おめえが入ってって見つけて来いや」

すると大福は、

「こいつときたら、急いどる言うのに……」

とぶつくさ言いながら、白の縁取りがされている黒のゴム靴を、手探りでなしにすぐに見つけだしてきた。

「もう、みんな、来とるはずや。さっさとおぶわれや。これを持って」

彼はぼくの服の端をつかみ上げると、自分の背中に載せた。歩みを急かせなくてはならない場合は、当然のごとくぼくをおぶって駆け出すのが彼の気性だった。ぼくは持たされた長い棒が邪魔にならぬように高く上げて、濃い霧のせいで彼が足を踏み違えたり、つまずいてひっくり返ったりしたらどうしようかとはらはらしている胸を、平べったくて横に広い彼の背中にぴたりと押しつけた。彼が何をしに行くところなのかをぼくは訊くより先にすでに見当をつけていたけれど、それでも途中でいっぺんは訊いてみなくては気が済まなかった。

「また狐が落ち込んだのけ？」

「霧がかかっとるのを見ろや」

わかりきったことを訊いた口先だけの言葉だと承知していたので、大福の返事もその一言で終わった。そんなとき折よくケーン——ケーン——と鳴き立てていて、鳴き止んだ狐がふたたび鳴き声を上げてくれると、大福は癇癪を起こした猛牛みたいに憤然と走り出したし、ぼくは高鳴る胸を抑えることが出来なくて、大福の肩にしがみついていた腕を彼の首筋に回して締めつけるのだった。

「首を締めつけたらあかん。この腕をどうにかせい」

叱りとばされてようやくぼくは我に返り、腕を緩めながら狐が海へ落ちた訳をいろいろと考えてみるのだった。けれどもその訳は、どんなに考えてみても探り出せないことだった。峰が高くて谷間が深いフクロウ峰の向こうに棲んでいるという狐が、村へ降りてきたなら鶏の一羽もくわえて山へ帰っていけばよいものを、どうしてことさらに海へなんぞ入って行って干潟にはまったのだろうか。どんなけものより敏感に匂いを嗅ぎ分けると言う狐が唯一、干潟の匂いばかりは嗅ぎ分けられないといった理屈もなかろうと思われた。もしかしたら、生臭い匂いに誘われて入っていったのだろうか。それにしてもあの抜け目のないけものが、潮の香りが鼻を突く干潟の上に魚介類が残っていると信じたとは思えなかった。泥沼のように足を取られる干潟の中へ、水が飲みたくて入り込んだとも思えなかった。ましてや、山のけものは塩味をもっとも嫌うと聞いていた。葦原をススキの茂みと錯覚したのだろうか。それとてもっともらしく思えなかった。狐が山を下りてきたのは民家があって、その民家から獲物を盗んで食べようという魂胆からだったはずだ。海辺には民家がなかった。ましてや集落と海の間には、夜中でも自動車が上下する新作路と鉄道が、肩を並べて横切って突っ走っていた。してみると狐にも、ことさらに海へ出かけなくてはならない、やむをえぬ事情があったはずだった。どんな事情があったのだろうか。それは歳月を加え年齢を重ねながら、これまでよくよく考えてみてもとうとうもわからぬことだった。

大福がぼくを背中から降ろしたのは、王松の木を通り過ぎて城隍堂の手前にある、潮汲み小屋の前だった。

潮汲み小屋の広場にはすでに何人もが出てきていた。出かけるところがあった地元の若い衆たちと、他人の家に雇われて村へ来ている男のほかには、何人にもならぬ暇を持て余しているこの村の男たちが、ほとんど残らず集まってきているのと変わらなかった。彼らも手に長い棒や柄の折れた穀竿などの棍棒で、手頃なものを一丁ずつ握りしめていた。

彼らは煙草を吸うとか指先で目やにを落とすとかしながらも、耳朶はひとしく干潟のほうへ向けていた。狐の居場所がわからなくてそんな具合に油を売っていたのだ。彼らも例によって、狐が霧のせいで道に迷い、海へ入っていって干潟に足を取られ、出て来られなくなったと信じ込んでいる顔つきだった。狐の居場所さえはっきりしてきたらたちまち飛び込んでいって、追い立てるか手にしている棍棒で叩きのめすかする魂胆だった。

ところが彼らは、ズボンの裾をまくり上げただけで、誰も先に干潟へ入っていこうとはしなかった。狐がどの辺にいるとまだ方向さえ見当もつけていないのは明らかだった。仮に自分だけで方向の見当をつけた人がいたとしても、むやみに飛び込んで行くにはまだ早い時間でもあった。もうちょっと霧が晴れて、前が開かれるのを待たねばならぬところだった。干潟にはとうてい数えきれぬくらいたくさんの、太い葦の茎で編んだ箱が埋められていたからだった。ちょっと焚いて塩田に軽く浸し、陽射しでさらして煮詰めた海水を釜に入れて沸騰させ、塩としてすくい上げるときまで貯蔵しておくためにつくられたそれらの箱は、深さが六メートルを越えるばかりでなく雨が降っても雨水が流れ込まぬように、瓶の首のように口が狭くて腹部が膨らんでいて、力自慢でさえひとたび落ち込むと、這い上がるのが難しくつくられていたのだ。

毎年、端午の節句の頃ともなると、女たちが群れをなして松明をかかげ、葦の茂みのなかへ入っていってブリキ製のじょうろと魚籠に、こぼれ出るくらい葦原ガニを捕まえたりしたものだが、そのほかにもさまざまな種類のカニがたくさんいる干潟へは入っていかなかったのも、ところどころに埋めてあるその箱に気をつけてのことだった。

「真夜中に眠っとって狐の鳴き声を耳にすると、何日かはまったくツキに見放されてしもうてな。わし、今度ばかしは何としても捕まえてしまうだよ」

塩の荷を背負って山奥へ行商に回っている満培《マンペ》のお父んが、新たに編んで履いている藁沓を片隅に片づけながら言った。

「おうよ、毛皮をひん剝いてもなんぼの値になるんやら。さっさとあいつを捕まえて市へいこうや」

福山《ボクサン》のお父んが、膝の上に煙草入れを取りだすとキセルに刻み煙草を詰め込みながら、喉をごろごろさせて軽い咳をした後で相づちを打った。

「おいおい、そこに座り込んで一人でご託を並べるのはほどほどにして、手足をたくし上げて動き出してみろや」

反物屋の主人が、忌々しげに睨んでいた目をそむけて吐きだした。

「若え者に何がわかる。お宅もわしと同じ歳になってみろや、男のいちもつをひと働きさせると、膝小僧ががくがくしてきおってあれが立たんようになるがな」

福山のお父んはいつどこでどんなことを話すにしても、幾らかは冗談でどこまでが本音かを、聞いてもわからぬように話すことで知られていた。

「こげな不作法者の口の利き方と来たらどうや。若えやつらが聞いとるところでは口を利いても、なるべくまっとうに利き方をせねばならんのに」

同年配の奉大《ボンテ》のお父んが反物屋の主人の肩をもった。すると福山のお父んもわざと八つ当たりをして見せ、

「風が吹くと眠る場所がねえそうやけど、カエルのあそこに毛が生えとるんを見たことがあるんけ、お宅はなしてちゃちゃを入れて邪魔ばかししなさるだ」

と言ってふくれっ面をして背を向けて座りながら、

「そがいにでも言わんといつまでもこげえに座り込んどって、恐れながらとお上に訴えでなんだらなんねえからな。狐を捕まえなくちゃ話になんねえのに、棍棒を抱えて座り込んでばかしおったら、誰が捕まえてきてくれるねん」

彼はごほんごほんと咳込んだ。その声はまるで狐がノロジカを捕らえるための罠にかかって喉

首を締め上げられ、いまにも息の根が止まる声のようだった。煙草屋の達明《ダルミョン》の義理のお父んで崔《チェ》なんとかという男が、袴衣《パジ》のポケットをつかんで帰って行きながら捨て台詞を残した。

「蟹には近ごろ咳をする声がいっとうよくなかったわ……ちょっこら医者に診てもろうたんかな？」

福山のお父んは辛うじて咳込みを鎮めると、痰が絡んだような声で、

「医者に診てもろうたからってどげえなるだね、酒と煙草を止めていつまでも苦しい暮らしを続けるくれえやったら、面白おかしく遊び暮らしてそろそろ潮時や思えるときに、両手を上げてひっくり返ってしもうたらそれきりじゃろうに」

彼の話し声には箸を握る力さえ籠もっていないみたいだった。

「昨夜も一杯ひっかけて、まんだ酔いが覚めちゃおらんみてえやな？」

達明の義理のお父んの捨て台詞を受けて反物屋の主人は、

「子どもの腹んなかへおとなしいものが入っていきおると、決まって言葉遣いがあげな具合になるものだわな……」

と、さらに一言つけ加えて福山のお父んをやりこめた。奉大のお父んは、

「面白おかしう遊ぶんやったらもっと体を大事にせんと。ただでさえ咳き込みの止む日がねえお人が、オンドルの煙道を背にして臥せっておらんと、いつも濃い霧の中へ出てきて明け方の風に吹かれてええことがあるはずがねえじゃろ？」

福山のお父んを早く家へ帰してしまおうと口説いた。

「冷や飯ばかしやったら寝つかれんのと同じや、背中がむず痒うて臥せっておれんがな。気になって外を覗いたらこっちへ集まりおったでよ……」

そう言いながら、彼はまたしてもぜいぜいと痰を絡ませた。

ぼくがそうした遣り取りに気を取られている間に、大福は熱心に霧のなかばかり探りながら、狐が潜り込みそうな場所の見当をつけていた。そうすることしばらくして、ようやく大福も投げやりな口調で一言吐き出した。

「忌々しい狐め、くたばっちまったんけ、なしてうんともすんとも言わんのや。きっと箱のなかにはまって、くたばっちまったに違えねえわい」

「そうかも知んねえな……」

満培のお父んも同じ考えだったかのように、米の磨ぎ汁みたいな干潟の中をじろりと見回した。それを見てようやくぼくも、果たしていつ頃からか狐の鳴き声がぴたりと止んでしまったことに、遅ればせに気がついた。ほかの人たちも尻馬に乗って一言ずつ吐きだした。

「道を見つけてフクロウ峰へ逃げ帰ったんじゃろ」

「船路へ落ちて海へ押し流されたのかもしれんがな」

「あれはほんまに、狐に違いなかったんじゃろうか?」

「誰も見ちゃおらんでねえけ」

「狐でのうて水神が人間を騙そうと、狐の鳴き声を真似たのではねえのけ?」

「鬼火の悪さかもしれんわな」

「おいおい、子どもが聞いとるのに恥ずかしいとは思わんのけ。格好をつけるようなことはたいげえにしたらどうやね」

あれこれ言い合う話には関心を示さず、大福は相変わらず霧がかなり薄れてきた干潟ばかりをねめ回していた。

「見ろや。何も見えねえでねえけ」

大福が大人たちのほうを振り向いてそう言った。いつの間にか霧が晴れて、そちこちにまばらに幾つもの黒ずんだ箱の口が浮かび上がってくると、ほどなく目映い朝の陽射しが拡がって干潟を余すところなく洗い流した。干潟に溜まっていた海水は蟹の穴へごろごろと吸い込まれて音を立て、松菜の株の根方ごとに小蟹どもがぞろぞろと這い出してきてごった返していた。水溜まりが陽射しを照り返して、干潟は火打ち石ですっかり覆われたかのように、ポプラの葉に宿った露の滴よりもっと目映くきらめいていた。

「狐狩りどころかまかり間違うたら、生きとる人狩りをするところやったな」

福山のお父んがキセルの雁首を火打ち石でたたきながら、ぼそぼそとつぶやいた。彼がそう言い出す前から、ほかの人たちも同じ気持ちだったはずだ。ぼくもそんな気持ちを飲み込みながら、呆れ返って舌打ちばかりして立っていた大福の顔ばかし見つめていたけれど。干潟の上では早くも大勢の人たちが、朝霧を掻き分けて出てきて働いていた。蟹の穴の中をほじくり返す女、アサリを掘り起こす女、青海苔を採るために船路へ行く女、きょろきょろと辺りを見回しながらけものようにうごめいているのは、仕事をしに出てきた女子どもたちで、麻織りの衣装をまとってしっかり着飾り、見物人のようにしゃなりしゃなりと気取って歩いているのは白鷺と青鷺だった。したがって海水が抜けた干潟とか、まだ海水が流れている船路には、狐に似たけものもいないことが確認されたわけだった。

「せっかくの眠る時間を大損したわい」

満培のお父んが脱ぎ捨ててあった藁沓を元通り履き直しながらつぶやいた。

「くそっ、その時間に苗木を移しとったら、昼寝なとたっぷりしとるわな」

奉大のお父んが線路へ登って行きながらぶつくさ言った。

「さあさあ、冷めんうちに朝飯でも食うとしようや」

達明の義父も尻を掻きながら従いて行った。けれども福山のお父んばかりは、喪家を訪れて弔問中に喪主の前で失言したというような顔つきで、座り込んでいるその場でもじもじしながら、

「おい、コプセ（せむし）とこの三回忌は明日やったんか、明後日やったんか？」

と、大福に訊いた。

「よそ様の家の祭祀（法事）が何日かをどうして知っとるからと、わしに訊きなさるねん」

大福はつっけんどんに言ってのけると、

「明け方からとんだ無駄骨を折ってしもうたな……さっさと引き揚げようや。朝の手習いをサボったと、大目玉を食らうところじゃ」

と言って、朝露に打たれてぐっしょりと濡れているパジ（ズボン）の股下を絞り上げると、先になって歩きだした。狐にしてやられたと思うと、それに伴い自ずと気色までよくはなかったけ

れど、致し方のないことだった。

「ちぇっ、また無駄骨やったんか」

一言でも吐きださずにいたら食欲が失くなるような気がしたので、ぼくも聞いている人がいないのに減らず口をたたいた。たびたび経験してきたことだった。狐を生け捕りにするどころか、そのつど見かけたという人さえいなかったし、干潟の上に狐の足跡一つ残されていたこともなかった。後で煎じ詰めると、せいぜい海のほうから狐のそれに似た鳴き声が聞こえていたようだ、という程度だった。それなのに人々はそのつど、手に何かしら一つずつをつかんで潮汲み小屋の前へ集まってきたし、とりとめもない言葉ばかり二言三言ずつ交わしては陽が昇り霧が晴れると、そそくさと引き揚げていくのがお定まりだった。そうした人々のなかでも一度として欠かすことなく真っ先に駆けつけ、他人からどう思われようと何を言われようと、理屈に合おうと合うまいとやたらと大声で喚き回るのは、福山のお父んと決まっていた。

いつも手ぶらでいるところから見て、いざ干潟に迷い込んだ狐が目の前に現れても、彼は後ろ手を組んで立って見物ばかりしている人だった。そのため彼はどこへ行っても目の敵《かたき》にされた。世間の人たちは彼をひどく毛嫌いした。大人たちだけがそうだったのではなかった。村の子どもらも往き来する路上で彼に出くわすと、かなりの距離をおいて逃げ出し遠ざかろうとした。まだ大人になりきらない子どもでもない大福ですら、誰に劣らず彼が近づいてくるのを嫌った。

この日の朝も、ぼくが彼をちらちら振り返りながらよろけると、大福はぶっきらぼうにけんつくを食わせた。

「民求よ、あげなしょぼくれた爺から何が出るからってなんべんも振り返るんや？　そのうちにわけもなしに、世迷い言なんぞ聞かされる羽目になるんやど……」

「……」

ぼくは何も答えなかった。大福の言いぐさが気に食わなかったせいもあるけれど、それよりも別のことを考えながら歩いていたので。ぼくは幾日もしないうちに眺めることになる出来事を、あらかじめ目の前に呼び込んでいたのだ。

それは、遠くの山へ運ばれていく花々で飾りつけた喪輿の行列だった。

弔旗と功布を道案内として押し立て、ひるがえる柩の幕が空を運んでいく花飾りの喪輿だった。肩口で担ぎ棒を上下に揺らしながらしみじみとした味わいの、あの世を差し招く喪輿担ぎの人々の歌声が頭上を取り囲んでいた。干潟に狐がはまったと騒ぎ立てた日は、ぼくの影が足許に這いずり込みそうになった頃に、決まって喪輿が運び出されていくのをぼくは知っていたのだ。

喪輿は邑内を後にして村を横切り、王松の木と潮汲み小屋の前を経て曲がり角の城隍堂を迂回していくとか、遠くの河口を渡って黒浦の山裾の傾斜地を通り過ぎて、大竹山の深い森のなかの山道へ消えていくのが普通だった。そのつどぼくは、この世を捨てて逝く人を知らないくせして、やたらと心が乱れてきてよほどの見せ物でも見つけ出せない限り、一日を通して愉しい気分になれなかった。

ぼくは人目につかぬように、裏山の芝生の上とか陽当たりのよい塀の陰で顎を降ろして座り込み、いかにももの悲しげに落ち込んでいて、突飛にもその訳を見つけ出そうと考え込んでいた。

けれども、その訳は最後までわからなかった。どうしてそんな日になると狐が鳴き出したのかを——。

「大人たちは福山のお父んを人間扱いせんじゃろ？　あげな人はろくでなしじゃ。あげな人みてえに汚らしくてだらしがのうて、おまけにけったいな人がほかにおったじゃろうか？」

その日も大福は、重ねてだめを押すように言った。

いつも決まってそう言われてきた人だったけど、しかしぼくには彼が汚らしいとばかりは思えなかった。大福や甕点がまるで恨みでもあるみたいに気味悪がったから、ぼくもつられてそう思い込んでしかるべきだったろうけど、福山のお父んを見る目ばかりは彼らの言葉に背くのと変わりがなかった。

それは、福山がぼくの幼友達だからというわけでもなかったし、福山のお父んがぼくを受け容れてくれようとしたので、そう見えたというのでもなかった。彼を見ると、彼の体から何か香ばしい匂いがするせいだとでも言わなければ、ぼくの言葉にならぬはずでだった。ところがそれは、誰も真に受けてくれない説明だった。彼は年がら年中、香ばしい匂いとは縁遠い仕事ばかりを引き受けて暮らしてきたのだから。むしろ彼の体にはいつも血生臭い匂いが染みついていたし、饐えたどぶろくと生のニンニクをたたいてつぶした匂いが混ざり、そこに味噌玉麹《みそだまこうじ》を発酵させている牛馬の小屋の積み肥の匂いが、ごちゃ混ぜになって漂っていると言ったほうが、世間の人たちが聞いても奇特に思ってくれる、そんな人間だった。実際に彼と出くわすと、村の犬どもさえ尻尾を巻いて逃げ出すのに忙しいありさまだった。村の子たちとか犬が顔をそむけて逃げ出す人といえば、すでに人間の屑と変わらぬありさまだったし、そのように思いなしていた大人が村に何人もいたことも、ぼくは推量で探り出すことが出来た。それでもぼくは、そんなことはないと誰にでも言い張りたいくらい、福山のお父んの彼が気に入っていた。

彼の名は柳千万《ユチョンマン》。日本の植民地時代に徴用に取られていってさんざんな目に遭わされたとか、四十四、五歳未満と聞いた気がするのにすでにくたびれて年齢より老け込んで見え、白髪のひと握りも付け足してやったらどこへ行っても座席を空けてくれる人が現れるくらい、すっかり出来上がっていくと思えた人だった。

わが家では作男として働いたことさえない彼を、幼いぼくが柳《ユ》ソバンとまるで目下の人でも呼ぶようにしていたのは、彼がぼくの縁続きの家である李藍浦《イナンポ》のお屋敷の「下男」として仕えていたことを根拠に、大人たちが貶めて呼んでいたのをそっくり真似て、同じく呼んだことが癖になったに過ぎない。朝鮮王朝末期に藍浦郡の郡守を勤めたという逸求《イルグ》お祖父さんは、ぼくが生まれてくるより先にこの世を去っていて、その頃は棲艾堂という宅号とともに、「採菊隅階」という歳月にさらされて色褪せた扁額とか、寂しくその昔の栄華を記念してきた三十三部屋つきの古い瓦屋根の屋敷だけが、村に取り残されているばかりだった。

それなのに柳千万は、棲艾堂をご主人様のお屋敷と称していたし、しかるべき時期が来ると彼の夫婦はもとより、その子の福山と福姫《ボクヒ》兄妹までが相変わらず、この屋敷の内外の大掃除のために駆り出されていき、手足がしもやけになるくらい後片づけを終えるまで、いささかも嫌がる気配を見せなかった。豆腐屋の話によると、柳千万は話し言葉の端々に時たま漢字を交えて使い、文盲ながら文章を書いていたのも、李藍浦の細々とした仕事を手伝っている間に耳に馴染んだ耳学問、つまりは聞きかじりによるものだった。

柳千万は時たま肝っ玉は小さいくせして大口をたたいたが、たとえばそれはこんなことだった。

「たとえわしが鈍根じゃろうと、性根ばかしは幕天席地＝天を帳《とばり》に地を席とするくれえ志は雄大だわな。人を安っぽく見たらなりませんや」

「手前みてえな小人がほかにおると？　わしみてえに起居無時＝好きなときに寝起きしとったら、のたまわく君子にしていいわく両班《ヤンバン》じゃわい」

「わしみてえな大工なんぞは民主主義だの共産主義だの、アオだのアカだのを区別するまでもなかろうよ、単なる食えれば結構主義が当世の冠じゃろうに……なるほど天下に億兆臣民あれもこれもとぎょうさんおるなかで、わしみてえな食の神仙なんぞ滅多にお目にかかれるものではないやろうけど……」

この台詞のように、なるほど彼は盛りの過ぎた遊び人くずれより自慢できるものはなかったけれど、そんじょそこらの無為徒食のやからでもなかった。

ドングリ豆腐《ムッ》を売っている豆腐屋は棲艾堂のすぐ下手にあった。李藍浦宅の雑用に使われてきた建物だったが、使い道もなかったうえ取り壊す手間をかける必要もなくて、あるがままにほったらかしてあった空き家へ入り込んで住みついたのだった。この家は部屋が二つと軒を支えるために取りつけた薪置き場と台所、庭先の松の枝で囲われているなかの屋根のない厠などがすべてで、縁側の欠けらもなく電気もついていないあばら屋だった。

彼は日がな一日、そうした薄暗い部屋の片隅の敷居を枕代わりに、ごろごろと寝そべっていた。どこかで一束ほどの藁でももらってくると女房に履かせる藁沓を編むのが、彼としては唯一の家事を手伝うことだったが、それとても滅多にお目にかかれないことだったし、おまけに女房のことを思って編むというよりは生きている代償として埋め合わせようという、しようことなしの最後のあがきとしか思えなかった。それでもキセルを道連れにほっつき歩いているときは、いつ見ても豊年を迎えたといった顔つきだった。彼の表情はいつも明るくて、長雨とか日照りを見いだすことが出来なかった。彼は顔がほかほかしていることも後頭部がかゆいこともわかっていたけれど、それを無視することで彼なりの人生を恥ずかしくないものにしようとつとめているらしかった。そのため彼は、誰もが手を出すことを自分だけは素知らぬふりをしたし、誰もが飛びつくことでも自分だけはそっぽを向いて、おのれの存在を自ら誇示しようとしているみたいだった。

耳にしたことを信じるなら、彼は徴用に取られて病を得て帰ってきてからというもの、仕事と名のつくものはとにかく避けてきたが、村人たちが彼を人間扱いするのをためらうようになったのも、そのぶらぶらするさまを見るのを嫌う余りだった。

彼が徴用に取られてどんな病を得たのかはわからない。ぼくが時折耳にしたことから知り得たところでは、八・一五民族解放の翌年だったかに腹膜炎を患い、半年も病床に臥せっていて辛うじて起き上がり、ある年の冬場だったかにはフクロウ峰へ登ってクヌギの切り株を掘り起こしていて、腰を痛めたのが肋膜炎にまで悪化し、ふたたび倒れたがようやく歩き回れるようになったということだけだった。起き上がるときに一変して養生とか摂生とかを満足に出来なくて悪化したのか、それとも中途半端に他人の言葉ばかり信じて治癒させてみるつもりが、かえって病気を悪化させ、完全に息の根が止まる前には退散しない病気に変えてしまったせいか、彼は煙草が切れるとよその家の煙草畑へ入り込んで、緑したたる子葉を摘んでかまどで焼いて吸うことはあっても、仕事と名のつくものは性に合わないと心得ているとのことだった。苗代に水を引いて苗を畝間に植えつける節気から、麦の脱穀に二毛作が重なり、秋の刈り入れと田に水を引かずに耕す作業などが締めくくられるまで、どこの農家も体を十二個に分けて働かせても手が届かなくて、せいぜい種くらいは救いだせるかだせない程度の休耕田が生まれても、彼は指一本動かそうとはしなかった。

　彼はとにかく力仕事が出来ないと言って、かまどの中の冷たい灰をざるに一杯ほど熊手で掻き出すだけでも、腰が千切れそうだと泣き言を並べたし、いつだったかは松の茂みから若松の根を掘り起こして、松の木でも何本か束ねて市場へ売りに出し、稼ぎを小遣いにしてみるとフクロウ峰へ登っていったものの、一度も鍬を振り上げることもなく下りてきたとも言われた。

　そうした噂を三つの集落に触れて回ったのは、彼の女房の豆腐屋だった。彼の女房、福山のお母んを世間ではドングリ豆腐《ムッ》屋と呼んだが、亭主が生ける屍になってから、この家の暮らしが彼女の腕一つで成り立つようになっていたので、外面の亭主柳千万より十倍はましだというので、好んで「しっかり者」と呼んでいた。

　彼女はフクロウ峰に黄ばんだ木の葉がちらほらするようになり、秋が山から野に下りてくる頃ともなると、幼い福山と福姫兄妹を左右にしたがえ、柏の木がどこよりもこんもりと生い茂っていた、フクロウ峰を越えたところにある大きな谷間を探り始めた。持ち主のない柏の実とクヌギの実つまりはドングリを、秋の間ずっと拾い集めることがとりもなおさず彼女たちの秋の取り入れだった。

シバクリの実とかハシバミの実を拾いに、ぼくが福山一家に従いていってみたのも一度や二度ではなかった。

木こりや薪拾いが頻繁に入り込むものだから、大きな谷間という呼び名とは大違いで、アケビの実とかサル梨の実などはお目にかかれなかったけれど、ハシバミの実とかサンザシの実などはごろごろしていたので、福山や福姫が拾い集めたものを分けてくれなくても、従いていくたびにぼくのポケットは千石取りの大地主など羨ましくないくらい、はち切れそうになっていった。兄妹の母親の豆腐屋は一日に二袋か三袋ずつ、柏の実とクヌギの実を拾い集めながらも、ホウキ茸のようにおカネになるものは目に留まり次第片っ端から拾い集めた。彼女はカミエビの蔓なども手当たり次第集めて予備の籠を満たしたが、並み外れた眼力とツキがあってあのカミエビの蔓を、まるで座布団でも編むようにして丸く編んで、こしき藁として売りつける魂胆だった。

日没前には上がる、周りの谷間を隅々まで歩いて拾い集めて回る作業を終えると、彼女は毎日のようにドングリ豆腐《ムッ》を仕込んで売り始めるのだが、彼女の豆腐の店は市場まで売りにいく間もなしに、決まって集落のなかで売り切れた。

歳は若くても締めるところは抜かりなく引き締めていた甕点は、表座敷の目上の人たちが他郷へ出かけたりして暇が出来るとか、家事への愉しい思いつきがあるとしばしば、籠を引っさげて来てぼくの母に山へ行かせて欲しいとせがんだ。

「若奥様、うちも今日は山へ行んで、お菜の食材なんぞ摘んできましょうか?」

「またぞろ遊びの虫が暴れ出したね……」

「しっかり者の行ぬるところばかし従いて回れば、うちかてあげな人なんぞ羨むことがねえくれえ摘めますだよ」

「お止しよ、お止しったら……」

春と秋には心が浮き立ってきて、外の風に吹かれたくなると口実がそれだった。忘れ草やヤマボクチなども摘むし、釣り鐘にんじんやキキョウの根を掘り起こしてお菜にしたいというのがそれで、ドングリを食材にしたドングリ豆腐（トドリムク）も仕込んでみせると言い張るのだった。

ところがその願いは、春と秋のひとシーズンに一日ずつしか許されなかった。ぼくの母は、

「ドングリ豆腐は豆腐屋で仕込んだものじゃなかったら、ドングリ豆腐でなかったよ。せっかくの食欲を台無しにしないで、ただ遊んでいるのが決まり悪いんだったら、ツル人参《にんじん》の何本かでも掘り起こしてみるんだね」

と言って、端からドングリ拾いをしたいというのを嫌がった。春の季節にも同じだった。

「この娘ったらまた狐憑きになったね。そのうちにつる人参のつもりでうっかり山に生えてる朝鮮にんじんを掘ったりしないか心配だよ」

「若奥様には、しっかり者だけが一番みてえやね」

「それでもキキョウ（トラジ）の釣り鐘にんじんは、豆腐店の手がかかっているものでなくちゃ

食べる気にならないね。瑞々しさがすっかり消えて柔らか味がなくなってしまったものなんぞ、かますにいっぱい摘んで来たって何の役に立つんだい？」

「後で民求に訊いてみたらわかりますやろけど。うちかてあれこれ余計なことさえしなけりゃ、しっかり者の手の汗くらいはそっちのけにでける自信がありますねん」

甕点は大法螺を吹きながらも気づかれぬようにぺろりと舌を出すと、自分の頭ほどの大きさの焦げ飯の固まりの弁当と、大福の家から借りだした道具を収めてぼくを先に立たせた。

甕点はぼくを歩かせたりおぶったりしながら、豆腐屋の後にしたがった。けれどもいざ道具を使う段になると、甕点など三文の値打ちもなかった。張り合う相手でもなかったし、その必要もないくらい甕点は愚図だった。いくらも辛抱できなくて、甕点はぼくを相手に浅知恵を働かせるようになった。

「ねえ、おめえって苦くて若えキキョウが好きやったん？　柔らかめに煮込んだほうがもっと好きやったん？」

それはぼくも、家を後にするときからあらかじめ承知していた彼女の下心だった。そこで、わざと返事を難しくしてやった。

「苦くて若えのは、どっちだって同じでねえのけ」

「甘さでは？」

「キキョウをお菜《かず》にして甘さで食うのけ？」

「食べるにはどっちがもっとええのじゃろうか？」

「柔らかめや」

「そやったらお菜の材料を掘りだすのけ、すぐに食べる材料を掘りだすのけ?」

「すぐに食べる材料や……」

甕点が後で家へ帰ってから、ぼくが若くて柔らかいほうだけを掘り出せと言うので、そればかり掘り起こしたと逃げ口上をうつことは、言わずと知れたことだった。甕点は豆腐屋の尻ばかりちょこまかと従いて回りながら、せいぜい豆腐屋が掘り起こそうとして、見捨てたものばかりを掘り起こすのも手に余り、息を弾ませた。彼女は豆腐屋よりもぼくが見ていることが気がかりで、ひっきりなしに豆腐屋に話しかけ、彼女の仕事の手を鈍らせることで自分の籠のなかの分量を塩梅していくつもりらしかった。

「それにしても福山のお母んは、上手に見分けるんやね。ほかの人と同じく二つの目をしとって、いっぺんに幾つも見分けることができるものやろか?」

甕点はそう言って相手に取り入り、その心をつかもうとした。

「子どもらと暮らしていこういうてしとることなんやから、こげなこともでけなんだらおまんまの食い上げやわな」

豆腐屋のほうも、退屈なところへようこそと言った顔つきだった。

「福山のお父んはどこがどげな塩梅やから、身動き一つせんと家族ばかし働かせるんやろか?」

「働かせるばかりかね?　せめてねちねちいびることだけでも止めてくれたら、活人積徳——人を活かして徳を積むことになるんやのに」

「近ごろも相変わらず、具合はよくなんねえみたいで？」

「咳き込みが始まって今日か明日の命や、言われたのがいつのことやったかな……」

と言いながら豆腐屋は袖口で目の縁を拭ったけど、甕点は見なかったみたいだった。

「そやったら一日や二日でなし、さぞかし腸が煮えくり返ることじゃろな」

「じめじめして陰気くそうて、うんざりするわな……」

「気を病んでばかしおるせいか、もうこげに若白髪がちらほらしとるわ」

「亭主を敵にせねばならんおなごの宿命やわな、間引いたところで黒髪が生えてくるでなし。いまとなっては取り返しのつかん身の上や」

「どのみちそげな具合になったんやから、お子たちが可哀想や思うてでも気持ちを強う持って、辛抱せんとね」

「第一、実家の家族に合わせる顔がのうて、生きちゃいかれんわ。実家のおっ母さんが別れてしまえ言うとったとき、すぐにもその言葉を聞いとったら、いま頃こげな苦労などせなんだじゃろに……」

「実家のおっ母さんも、まんだお達者でいなさるんやね？」

「うちのせいですっかり老け込んでしまっとるけど」

「そういえばどこぞで、酒幕を開いていなさるとか？」

「実家のおっ母さんはうちを敵と思っていなさるんやわ。うちの亭主の目が黒いうちは、自分を母親呼ばわりするないうことなんよ」

「……」

「日が暮れても男の役割が果たせるでなし、夜が明けても子どもらの父親の役割が果たせるでなし……前世からのどげな因果のせいで、不倶戴天の敵に巡り会うて運命を狂わされたんやら。こげなうちかて、幸せには呆れ返るくれえ見放されとるおなごだわ」

「歩き回る気力があるんやったら横になっとっても使えるじゃろうに、なして晩になっても男の役割が果たせない言いますのや？」

「ありゃりゃ——この娘ときたら生娘が、言うてええこといかんことがねえみたいだわ……」

甕点だってもはや、そうした嫌味に顔を赤らめる年頃ではなかった。彼女はかえってその上手を行き、

「福山のお父んは毎日のように気力がねえ気力がねえ言いなさるけんど、ほんまの力仕事は一人で歩き回りながら、残らずしとるでしょ？」

「それは別なんよね」

「別やなんて、村の豚とか山羊は、福山のお父んがどれも料理するやないの」

「そうや……そうでもせなんだらとても、酒の一杯も振る舞うてはもらえんからな」

二人の女たちの対話はぼくの気持ちをそっくり言い表していたけれど、豆腐屋よりも甕点の話のほうがよりしっかりしているようだった。

気力を失くしぶらぶらしていると言って後ろ手を組み、近所の集落の夜遊びの席をうろついていた柳千万だったけれど、いざ力仕事が生じそうになると真っ先に腕まくりして挑んでいったの

を、ぼくはいつも目撃してきたのだった。

その力仕事は田植えとか畑の畝を均《なら》すこととは大違いで、五、六月の脱穀のための殻竿打ちとか九、十月の庭先で稲の束を太い荒縄で束ねて稲こきをするのとも違ってはいたけれど、よほどの人たちでなくてはとても思いつかぬ仕事に、彼は躊躇せず挑んでいって容易くやってのけるのだった。

ぼくの家にしたって毎年何度かずつ、柳千万の手を煩わせねばならぬことが一つや二つではなかった。必ず彼の手を経なければ後腐れなくまともに処理されないことを、わが家はもとより村中の人たちもひとしく信じていたのだ。

凍てついた土が解け始める春先には決まってぼくの家の畑に現れ、陶磁器のかけら一つで子豚を去勢してくれたのが彼だったし、真夏のもっとも暑い盛りに年寄りが夏負けせぬようにするために犬肉が使われる場合、その犬を畜殺してくれたのも柳千万だった。

豚や山羊にさかりがついても、彼に頼んで種豚や雄山羊を物色して交尾させるようにし、飼っていた動物が病んで生かすのが難しいとその処理も彼にまかせた。誰彼の別なく尋常な事柄でないときはすぐに彼を呼びつけようと、互いに先を争うことになるのだった。

とはいえ、彼の行方をわざわざ探し回る必要はなかった。それというのも、誰それの家でどんな事情でどのような用件が生じるだろうということを、柳千万自らが推測してあらかじめ見当をつけ、時期が来ると自分から進んでその場に姿を現してくれるからだった。

大福がやってきてぼくの耳許で、どこそこで犬が交尾をしているから見に行こうと誘うので行ってみると、子どもらばかりが野次馬と決まっているそんな場所にも、彼は先に来ていた。彼はちび助どもに混じって火が消えているキセルをくわえて座り込んでいて、大福とかそれと同い年くらいで少しは頭の大きな連中を見ると、

「おめえ、あれが何をしとるところかわかっとって見とるのけ?」

と訊いた。訊かれた子どもがにたっと笑うばかりだったり頭を振ったりすると、

「雄犬が雌犬に養分をくれとるんや。そげえせんと雌犬の腹のなかでおっぱいがでけんし、子が生まれても育ててやれんのじゃろ」

と言って、引っ越して主のいない家の台所の扉みたいに大きな口を開け放ったりした。

秋夕や旧正月を一日二日後にひかえ、村で牛とか豚を畜殺して密売するというので出かけていってみると、唇と下顎を赤い血で染めたまま畜殺人としてのさばっていたのも柳千万だった。金槌や大槌を脳天に食らわせて倒すと喉笛を掻っ切り、流れ出る鮮血を別途に受け皿に溜めてから毛皮を剝ぎ、頭や脚などいくつかの部位に分けて切り落とし、内臓を部分けして汁物用などに分類し、買い求めに来た人々の注文通りに計りの目盛りに合わせ、切り落としてやる仕事も彼でなくては出来る人がいないとのことだった。そうしたことをしてくれる彼にも手間賃はあった。けれどもその手間賃は、もとより金銭や穀物ではなかった。包丁の切り屑とか俎《まないた》に残った肉の切れ端や脂身の幾つかと、鮮血を少し分けてもらって帰るのがせいぜいだった。

犬を畜殺して火にかけ、煤けさせて内臓を分け前にもらったり、山羊やウサギを畜殺してやって毛皮を分け前にもらって帰ることを、彼は何かどえらいツキにでも恵まれたかのように、ご機

嫌で独り占めしたのだ。

「こいつはわしのもんや。誰ぞ塩をちょっこら持ってこ……」

彼はだみ声を張り上げ、誰かが塩を差し出すとまずは湯気が立っている真っ赤な肝から三、四切れを切り取り、他人に味見するよう勧める間もあらばこそ、塩をつけると口のなかへ放り込んで飲み込んだし、心臓がよさそうだと切り落としては食べ、腎臓がいいと言っては切り取って口へ運んだ。

作業の分量に比して彼の手間賃はあまりにも微々たるものだった。それなのに他人の手が届く前に包丁研ぎから始めていたのは、菜食ばかりだったとか他人の肉を賞味したかったからとかではなく、そうした作業に興味を持つようもって生まれた性分のゆえらしかった。それは、こうした仕事を引き受けてやりながらも、飛び入りの雑役程度にしか見なされなくて、どぶろくの一杯にもありつくどころか、抜かりなく振る舞わなくては冷や飯の一杯にもありつくことがおぼつかない、祝いの宴が催される家へやって来て、自ら求めてそうした作業を請け負っていたことを見ても想像に難くない。

祝いの宴が催される家の積み肥小屋の脇にしゃがみ込み、鶏の首を幾つもひねって息の根を止め、熱湯に浸して羽根をむしり取ってやっても、そんな姿勢で井戸端にしゃがみ込み、目の下八寸ほどもあるガンギエイや、乳飲み子ほどもある大きさのニベやブリの造りをこしらえてやっても、鶏の頭一個サッパのえら一つも彼がありつくことはなかった。それでも彼は包丁の柄が他人の手のうちにあるのを見たがらなかった。仕事が終わればどぶろくの一、二杯にありつけたのは事実だったけれど、それも先方が祝いの宴が催される家ともなれば、誰も彼もが行き帰りにご馳走になることができた、隣人同士の人情に過ぎなかったから、漬け物の材料を畑から抜き取ってやって白菜の根っこをもらって食べるような、仕事の分量と比べてそれほど多いものはなかった。

かえってそうした仕事をしてやってまったく関わりがないときのほうが、実入りとしてはましなくらいだった。わが家がそうだったし、よそ様もそうだった。いわば犬が子を生むと、子犬を無償で分けてやるのが風習だった。柳千万はそうした部類からも外れることはなかった。いや、決まってこの人の分から決めておくのを順序と心得ていた。それにしても彼が子犬を手に入れようとしたら、子犬の持ち主に証明しなければならぬことが一つあった。それはその前日と前々日を通じて、少なくとも三、四日は手を血で染めていないという証言が必要だった。

甕点でさえそこはとことん守ろうとしていた。彼女は子犬を抱えて出てきて、表門の前で虚《うつ》けたように手ぶらの両手を拡げている柳千万に、

「正直に答えんされや。この何日かの間に手を赤いもの、血で染めとったらいま上げるわけにはいかんでよ、後で連れてって下されな」

と、断固とした口調で言ってのけた。すると彼は乱杭歯を見せつけながら、

「もう、いつから野菜ばかし食べさせられたんか、手のひらから草が生えてきおるわな」

と、何日もの間血生臭い匂いは嗅いだことがないと、釈明が長かった。

「不浄の祟りがあったら福山のお父んのせいやで。責任を取れますねん？」

その言葉には何も答えず、彼は子犬を引き寄せようとしながらとんでもないことを口走った。

「やあ、こいつ、ぐつぐつと煮込んで、酢みそをつけて食ったらさぞかしええ薬になるやろうな」
彼は子犬をもらっていってても飼ってみようとしたことはなかった。決まって市場へ連れ出して売り飛ばし、そのカネを使った。麦一斗分の値段なら相応の値だというのが、子犬一匹の通り相場だった。それでもって煙草銭にもするし、どぶろくの一杯も引っかけたというのが、女房の豆腐屋の言葉だった。

柳千万が村の弔いをだす家で、夜更かしをしなかったことはないというのも広く知られていることだった。知り合いが多くて遠方まで訃報を回し、喪輿の前では功布持ちとして先頭に立ち、墓地から帰ってくると門前の使者飯を片づけるのが、彼の好んでした仕事だった。弔いがあった家の喧嘩騒ぎは、彼が仲裁に入らねば収まりがつかなかったし、命日ごとの法事がある家へ来た物乞いたちも、そうめんを茹でる釜に火をくべていた彼の目に留まらねば、空きっ腹を抱えて引き揚げざるを得なかった。

彼は三、四人が顔を揃えただけでも、必ず自分も一枚加わろうとした。

引っ越していく家を訪ねて引っ越し荷物を運んでやっても、捨てていく使い古しの敷物一枚くれるでなし、引っ越してきた家へ現れてわが家の仕事も同様に手伝ってやっても、飴玉一個と取り替えるための折れた匙一つ拾って帰れないくせしてそうだった。屋根の藁を葺き替える家へ行っても、朝から晩まで梯子《はしご》を手にして軒先をうろちょろしていて、小昼にだされるのたった一杯の軽い食事で労をねぎらわれるのがオチだった。新築する家の棟上げ場にへばりついていて、大工の使いっ走りとか左官の弟子を勤めてくれても、蒸し餅のひと切れも味見をさせてもらえれば、それでその日は幸せに思った人間だった。

ばれたら小言を聞くはずの、一族の大人たちにこっそりとぼくが福山の竹馬の友になったのも、煎じ詰めれば福山がそんな彼の息子だったからかもしれなかった。福山だっていいやつだった。そのよさが大福にまで及ばなかったのは歳のせいだっただけで、気の良さはミニ大福と呼んでも差し支えないくらい、おおらかで気が利いていた。彼はぼくより二歳年長だったけれど、しているることを見ると父親柳千万の長所と母親しっかり者の長所とを、半々に分け合っているといった恰好だった。手先が器用でどんなことでもたちまち覚え込み、じきに手際よく真似られる才能にしてもそうだった。

福山も手先が器用なことは早くから知られていた。柏の木の実やクヌギの木の実を拾い集めるのを見ていても、彼の母親より劣ってはいないようだったし、ハシバミの実を拾うにしても、ぼくみたいな愚図などは従いていく気になれないくらい目ざとかった。彼は山へ登るとそれまでしていた手をしばし止めて、水流を探しだしてすぐにザリガニを捕まえたが、それを捕まえる手並みも尋常ではなくて、うっかりよそ見をしていようものなら、いつの間にか空き缶にぎっしりと捕まえていたが、それでもまだ物足らないと言った顔つきだった。ザリガニ狩りを終えるとすぐさま枯れ枝とか落ち葉などで焚き火を焚いて、その上にザリガニを入れた缶を載せて茹でて食べた。

おてんとさまが長々と照りつける夏場には空きっ腹を満たすために、よその家の豆畑などへもぐり込んで、自分の拳よりもっと大きなカエルを何匹かずつ紐につないで出てくると火を焚いた。

田の畦を漁って子蟹やタニシを捕まえてきて焼いて食べたし、イナゴはもちろんはなはだしくはとんぼでも、捕まえれば火の上に載せて食べた。

けれども福山はいつ見ても、貧しい暮らしをしている家の放し飼いにされている子どもらしくなかった。目上の人をはばかり、幼い子たちを分け隔てなく平等に可愛がった。他人がどんな用事を言いつけようと、顔色一つ変えるでなくよく聞き入れたし、持ち主のいるものは壊れたおもちゃのかけらさえ拾い上げようとしなかった。

ぼくは退屈すると、新作路際の鍛冶屋へ行って見物するふりをしながら、こっそりと鉄片をくすねてくるのを愉しみにしていたし、鋳掛け屋がハンダ付けをしている傍らでうろちょろしていて、ブリキの切れ端をくすねてくるのを歓びと心得ていたが、福山はそうしたこともまったく出来なかった。このように早くから思慮があり、奇特なところが多くてぼくは彼を好きになったのだろうか。それはさにあらず。

福山とつるんでいたのは、彼に従いて回れば何であれ得るものがあったからだった。彼も大福みたいに独楽を削りチェギと凧をつくったし、水鉄砲を譲ってくれたこともある。ビー玉つきをして勝った玉と、めんこを分けてくれたこともあった。ブリキの切れ端の切り抜きをしていろいろな遊び道具をこしらえてくれたこともあったし、道端で拾った何かのアクセサリーから落ちたかけら、錆びついたねじ、自転車のチェーンの切れ端、葉銭の類も仕舞い込んでおかずに、すべてぼくにくれたのだ。けれども福山がぼくにくれたもののなかで、もっとも愉しくおもちゃにして遊べたのは、豚の小便袋つまり膀胱だった。柳千万が豚の畜殺を頼まれると、その豚の膀胱は自ずと福山のものとなった。彼はそれを水洗いして、麦穂のストローで空気を吹き込んでボールをこしらえたが、欲しくて手を差し出す子がたくさんいても決まってぼくにくれたのだった。ぼくはそのボールで一日中サッカーをした。その豚の小便袋のボール蹴りくらい、飽きがきたり退屈しなかった遊びがほかにあったろうか。

ぼくは幼い頃から虚弱体質だったので、吹き出物などと縁が切れる日がなかったけど、マラリアの次ぎにたびたび罹ったのが目の病だった。片方の目の周りが赤味を帯びてきてずきずきしてくる症状がそれだった。

そんな症状が現れると母はすぐに表座敷へ知らせるようにした。祖父が半ば漢方医でもあったので、きっと何らかの処方がだされるからだった。そう。ぼくの吹き出物は祖父の処方があってこそ効果があった。お腹をこわすと三年経った醤油をスプーンに三杯飲ませて鎮めてくれたし、内ももに横根が生じると醤油で墨を擦って、腫れているリンパ腺におまじないを書きつけて鎮めるようにした。眼病も例外でなかった。ぼくの眼病のことが表座敷に知らされると祖父はすぐさま甕点を呼びつけて、誰がいつどこでどんな釘をどのように打ち込んだかを調べてくるよう言いつけた。その日の干支を確かめて邪気のない方位を選ばず、ときを選ばずやたらと壁や柱に釘を打ち込むと、必ずや柔弱な子どもの目に星目が出来るというのが祖父の見立てだったので、奥では事実関係は二の次で、さし当たり甕点に言いつけて、誰も釘を打ち付けた事実はないと言い訳から始めた。むろん釘を打ち付けた事実があれば、遅滞なくそれを抜き取らせた。台所や納屋から棚を下支えしている脚がぐらぐらしてやむなく釘を打ち込んだところも、祖父に知られたら雷が落ちるのでそのようにせざるを得なかった。それにしても、祖父が雷を落とすのを怖れて、ひとまずみんなは口をつぐんでいなくてはならなかった。

「へへん——釘を打ち込んでおらなんだら、子どもの目に星目ができるはずがあろうか？　もういっぺん調べて知らせろや。へへん……」

祖父はしかしそれ以上は叱ったりせず、甕点に赤い小豆をひと握りほど取りだしてくるよう言いつけると、ぼくを抱きかかえて離れへ行って座り込み、小豆を握っている手のひらでぼくのずきずきする目の縁をさすりながら、わけのわからぬおまじないをぶつぶつとつぶやくのだった。

だからといってすぐに星目が失くなるわけではなかった。ぼくは祖父の治療が終わると決まって、気心の知れた福山の家へ遊びに出かけた。それは、そうした目を見ても顔をそむけなかったのが大福と福山だけだったからでもあるけれど、福山は間違いなく父親の柳《ユ》ソバンに頼んで、ぼくに目新しい厄払いをしてくれるように仕向けたし、ぼくにはそれが理屈抜きで面白かったのだ。

「そげな目をしてどこへ行きおるとね」

と引き留めた甕点も、

「柳ソバンとこ」

というと何も言わなくなった。彼女にもその理由がわかっていたのだ。

福山が父親に、

「お父ん、この子が目が赤うなってヤニが溜まり、まぶしくなる病気にかかっとるんやだけど、なかなか治らんのやと」

と告げると、

「眼の病気を治すの、柳ソバンの得意やなかったん?」

とぼくも甘えて見せた。

「放かっておいたら目が見えんようになると思うてか?」

彼は土間から降りてきて、庭の隅を覗き込みながら訊いた。

「ぼくが治らんと、福山に伝染する思うんや」

ぼくがとぼけてそう言うと、彼はにたっと笑みを見せながら、

「なるほど、そげえなことになるわな」

彼はすぐに、庭の隅から細くて短い関節の骨を何個か拾い上げると、丹念に調べ始めた。鶏の骨か、豚の骨ではないかを確かめたのだ。

彼はやがて息子の福山に糸巻きを持って来させると、犬の骨二個を糸で通し、一個はぼくの服の裾の前のボタンに、もう一個は福山の服の前裾にぶら下げてくれた。

ぼくの眼病はひと晩眠って目を覚ましたら、きれいさっぱり治ってしまっていた。けれどもそれが、ところ嫌わず打ち込んだ釘を抜き取ったせいなのか、祖父のおまじないのおかげか、それとも犬の骨による厄落としのおかげだったのかは、とうとうわからずじまいだった。

来年にはぼくも小学校へ入学するとたびたび聞かされていたので、すでに二年間も小学校へ通っていた福山が、別に羨ましく見えなかった年だったと記憶している。その年の春も暮れ方の

ある日のこと、その日も大福の呼び声に誘われて明け方から朝露を踏んで出かけた。ぼくの耳にも道に迷った狐が干潟へ入り込み、這い出せなくてもがきながら鳴いているのがはっきり聞こえたけれど、やはり骨折り損に終わった。霧が晴れてから見渡すと、明け方の潮加減を見に干潟へ入っているはずの、簗《やな》の持ち主一人ちらついていない無人の海だった。霧も深くはなかったし潮時も頃合いだというのに、意外にも人っ子一人いなかった。

人影が見当たらないのは何も干潟ばかりではなかった。大福のように棍棒を握りしめて、潮汲み小屋の前へ集まってきた人もまったくいなかった。達明《ダルミョン》の義理の親父さんが後で、霧が晴れるかと思われる頃ちょこっと見回りに来て行くにはいったが、それだって狐のことが気がかりだったからではなくて、豆腐を仕込むために潮汲み小屋へにがりを汲み取りに来たのだった。

勢子が誰一人として姿を現していないことにびっくりしたぼくは、ふと独りぼっちになった気分にさせられて、にわかに心細くなってきたのをどうすることも出来なかった。そこですぐさま大福に、

「ほかの人たちには聞こえなんだのじゃろか、誰も出てきちゃおらんがな?」

と言い、大福も、

「そうなんや、けったいやあ……」

と言って小首をかしげるばかりで、ことの次第がよく飲み込めていなかった。ぼくはますます背筋がぞくぞくしてきて張り合いを失くし、じっとしていられない気がした。

「さっさと帰ろうや」

「何でや？　怖うなってきたんか？」

彼も心変わりしていたのか、それだけ言うときびすを返した。こんな日こそたくさんの人がいなくてはと思いながら、ぼくは大福より先になって歩いていた。足取りもこれまでらしくない投げやりでふて腐っていた。大福の背後から何かが従いてくるような気がしてぎょっとしてみたり、目の前をある見慣れないものがいまにも横切っていくような感じでもあった。

いわばそうした臆病風に吹かれてすっかり怯えきっていたぼくは、さらに次なる段階では鳥肌の立つ思いをしながら歩かねばならなかった。そんなときにもいつもの癖で、間もなく見ることになる例のものが、目の周りが狭くなるくらい迫ってきたからだった。喪輿だった。黒の裾回しを雨雲のようにひらひらとはためかせながら、渋い喉を聴かせる喪輿歌に運ばれてゆったりとたゆたっていく花飾りの喪輿の行列だった。ぼくはいつしか弔問客の一人になって、墓地へと向かう喪輿にしたがっているところだった。赤く剝けた黄土の上を紋白蝶が舞っている共同墓地へ、そろそろ到着するとささやく声も聞いていた。

「あげな狐め、いつかきっとわしの手で捕まえんとおくもんけ……」

大福はぼくに面目がないと思ったのか、喪輿歌の合間にそう言った。ぼくは息苦しくなってきて、何も答えられなかった。彼は別れ道まで来ると、ぼくを慰めるように言い足した。

「後でフクロウ峰へ、鳥の卵を取り出しに行こうや。キジの卵がごろごろしとるそうや……大急ぎで飯を食ってくるからな」

それでもぼくは答える気になれなかった。

ぼくはこっそりと台所へ入っていくと、おかずがおいてある広い板の間で朝ご飯を食べた。台所でご飯を食べているのを見つかると、甕点《オンジョム》がまずこっぴどくお目玉を食らうに決まっていたけれど、彼女はみすみすそうなることを承知していながらぼくの肩を持ってくれた。彼女にはわかっていた。ぼくがもっとも嫌っているのが何かを。ぼくは朝ご飯の箸と匙をおくが早く、表座敷に呼びつけられて粉板の前に正座させられ、習字の練習をしなければならなかった。筆を使って漢字を書く習字ほど退屈なことが、ほかにあっただろうか。ぼくが羽目を外して、なるべくなら家のなかにへばりついておるまいともがいたのも、それが嫌いだったからだ。ひとたび呼びつけられて行こうものなら、昼ご飯前には解き放たれないことも彼女は先刻承知していた。そしてそれを、彼女はひどく可哀想だと思ってくれていた。

ぼくが台所でご飯を食べると、彼女は身じろぎもせずにぼくの傍らに付き添い、匙に一品ずつ箸でお菜を載せて食べさせてくれた。茶だんすにねずみでも潜り込んだようながたごという音さえなければ、誰にも見つかることはなかった。奥ではてっきり表座敷で食べているものと、表座敷では母たちと一緒に食べているだろうと思っていたので、ぼくの食事ごときは大人たちの関心事になりえなかった。さりとてぼくが、まったく不安でなかったというわけではない。そんな風にして食べるご飯というのはいつだって、十分に炊けていない二度炊きの麦飯みたいに喉の奥に引っかかって、しっかりと喉を通ってくれなかった。食欲が失くてご飯の味が渋かったのだ。

「なしてご飯を、そげに残すんや?」

その日も彼女は、いつもの台詞を繰り返してから、

「大旦那さまがご心配なさるけん、遊ぶにしても呼ばれたらすぐに聞こえる場所で遊ぶんよ」

それも毎度お馴染みの台詞だった。

「大福がどこぞへ連れてってくれる言うとったんや」

すると彼女は、ものすごく声を落として言った。

「それでも、李藍浦《イナンポ》宅のほうへは行んだらあかんよ」

「なして?」

「豆腐屋の福山のお父んが死んだんや……」

ぼくはご飯を口へ運んでいた匙をおいた。にわかに、耳許をいっぱいに満たしてくる声があったからだ。それはあの世をうたった喪輿歌だったし、福山と福姫兄妹がすすり泣いている声だった。福山がボタンの穴から吊るした犬の骨を揺らしながら泣いている姿が、お菜置き場のガラス戸いっぱいに映しだされていた。

「今朝、明け方の一番鶏が啼いてから死んだのやけど……一番鶏が啼いてから死んだ亡霊は、あの世の扉が閉まっとるので上って行ぬることがでけんものじゃから、今夜までは屍体と一緒におるものなんや。あっちへはうろちょろせんときや、わかったん?」

ぼくは言いつけにしたがうふりはしたけれど、何も言わなかった。

大福は現れなかった。大福の家の柴折り戸も閉まったきりだった。残らず福山の家へ行って手伝ってやっているらしかった。忙しい季節だというのに、田畑へ出て野良稼ぎをしている人影もなかった。村に弔いがあると、村人全員が仕事の手を休めたのだ。甕点も洗濯をしなかった。葬儀が済むまでは洗濯物を干すとか砧を打つことも、遠慮する仕来りになっていた。

ぼくは裏山の雑草の茂みがある高台へ登っていった。そこへ登っていくと豆腐屋の動きが手に取るように眺められたのだ。ぼくはキジが雛を生みつけることができるように野アザミが密生し、ナデシコが花茣蓙《はなござ》を拡げたように敷きつめられている隙間にしゃがみ込んで、豆腐屋の様子をうかがった。すっかり朽ちて傾き加減の屋根の棟には、死者が息を引き取った直後に営まれた、死者の霊をふたたび呼び戻す儀式の折に使用された黄ばんだ麻織りの上衣が、空っぽの畦にひっくり返っている案山子《かかし》のように被さっており、日覆いもかけていない手のひらほどの手狭な庭の隅の新たに設けられたかまどからは、三度の食事にも事欠くと言われている家で何のための大釜を据えたのか、煙がたなびいていた。近所の人たち何人かがかまどの傍に臼の下敷きや筵を敷いて座り込み、香典として届けられたどぶろくを飲んでいた。紙銭と蝋燭を届けたというぼくの家の体面を考えても、同じ集落の人たちは精麦やどぶろく、薪、大豆もやしなどすぐにもなくてはならない品々を、香典代わりにしたのだろうと思われた。折しも大福のお母んが陶器の甕で水を汲み上げている様子がちらりと見え、ドングリの皮を剝く擦り臼に隠れて顔がよく見えない女の人が、かますのような袋を敷いて背を向けて座り、青々とした野菜を摘み取っているみたいだった。

泣き声とか話し声とかが聞こえないので、お弔いをだす家の雰囲気にしてはあまりにも静まり返っていた。子どもらも見えなかったし、新たに訪れた弔問客もなかった。亡くなった人が犬を畜殺して火を通すとき、誘われて集まった人の半分にもならない人が車座になって、自分たちが香典代わりに届けたものを減らしてやっているだけだった。

何かの物音に振り向いてみると、慎ましさに欠ける甕点が登ってきていた。彼女も不幸があった家の動きが気がかりで、じっとしていられなかった様子だった。

「何を見とるんや？　お棺にも入れんと、筵《むしろ》で巻いて埋めるんやろう言うとったけど、よほど困っとるんやねえ」

彼女はぼくの傍に腰を下ろしながら、いつ頃耳に入れたことなのかこう伝えておいて、

「おかみさんの心をさんざん踏みつけにしてきおったくせして……あの程度の暮らししかさせてやれんと死んでしまうくれえやったら、もっと早う死んでくれるとか……あれれ、まあ……」

話しかけていたことを言いあえぬまま、甕点が勢いよく立ち上がった。ぼくもびっくり仰天して、彼女に続いて首を伸ばして立ち上がった。

それは驚くべき光景だった。誰かが福山の家へ踊りながらやっ来て、大声で歌をうたいだしたのだ。それも女だった。編みかけた麻の籠を頭の上に載せているみたいに、付け髪のほかの髪が真っ白な年老いた女が、身なりもこざっぱりしているのに狂ったように振る舞っていたのだ。肩をうごめかしながら掛け声をかけて踊っていることは明らかだった。その声は棲艾堂の屋根瓦が跳ね上がるかと思われるくらい野太くて大きく伸びやかで、節回しも初めて耳にするものだった。

「狂っとるのと違うじゃろうか？」

「黙って、どげな歌か聴いてみるんやから……」

「泣いとるみてえだよ。そうやろ？」

「泣きながら踊るなんて、見たことあるんけ？」

そう言った甕点はひと呼吸おいて、自信ありげにつぶやいた。

「福山のお母んの、実家のお母んやわな。そうやとも……あの人でのうたら誰が、あげな真似するもんけ。しっかり聴いとくんや、間違えねえって」

甕点は的を射たみたいだった。歌の文句を聞けば聞くほどそんな気がした。

「柳千万よ、この敵よ、おまえはよくぞ逝ってくれたよ――あたしの娘ばかりさんざんいびり抜き、おまえはよくぞ逝ってくれたよ――この百年いや千年経とうと、腐りきれない人でなしが、こうして逝くならさっさと逝けばよいものを――この犬殺し、牛殺し、女房殺しめ、おまえはさっさとよくぞ逝ったよ――ああ、せいせいするよ、せいせいするって。きれいさっぱりとよくぞ逝きおった――」

涙声の混じった歌の節回しに乗って踊り続けることを、豆腐屋の実家の母親は福山の家の庭先へ足を踏み入れるまで止めなかった。彼女は庭の隅にあった石臼の敷物の上へ体を投げだすようにして座り込むと、またしても狂ったように大声を張り上げ、

「あげな敵の人でなしが、罰が当たってくたばっちまったよ、雷に打たれておっ死んでしもうた？」

と言うと、チョゴリの結び紐を解いて前をはだけ、煙草を取りだして口にくわえて、

「あげな嫌らしいやつがおっ死んでくれたでよ、わしまでが生き返ったわな。ああ、せいせいした……」

歌を繰り返した。

「どこぞで酒幕を開いとると聞いとったけど、お酒を飲んできたみたいやな。なんぼうんざりしとったから言うて、娘婿が死んだのや、歌がでてくるじゃろうか……飲み屋の端くれだけあって、いっぱしに踊りはでけるみたいやけど……」

甕点は癇癪を起こしてこき下ろしながらも、

「苦労の種を減らしてくれたんやから有り難かろうけど、野茨の茂みみてぇに歳を食って独り身になったんやから、いまさら亭主をもつこともでけんし、まったくの寄る辺なしだわな……」

豆腐屋の実家のお母んと同じようなことばかしつぶやいて、ねちねちと皮肉った。

「少なくとも泣いてやることはでけんまでも、いたいけな子たちにどげえに思えとあげなことをぬかすのや……おのれの娘はどのみち子たちにすがって生きていくはずやのに、骸《むくろ》の前であげに悪態をつくこともあらへんがな。身分の低い家の子たちやけど礼儀作法はわきまとったのに……」

柳千万が花飾りの喪輿に乗って天空へ旅立った日も、雲一つなく晴れ上がっていた。

ぼくは甕点と肩を並べて高台へ上がっていって、喪輿を運ぶ行列を見つめた。甕点は喪輿を見てつぶやいた。

「生きとる間は人間扱いされなんだけど、死んでしもうたら贅沢するわな。贅沢な花飾りの喪輿……」

ところが、豆腐屋の実家のお母んは口をつぐんでいた。庭の隅の離れたところに引っ込んで座り込み、ぼんやりと眺めているばかりだった。いざ喪輿の行列が動き出しても、胸が透くような別れの言葉一つなく、まるでムーダン（巫女）を呼んで行われる近所の家の、厄払いの儀式を見物しているみたいだった。喪輿が高台の下手の新作路へさしかかる頃になってようやく、彼女は膝をついて起き上がった。息を引き取った後で用いた掛け布団と死者の衣類、そして履き古した藁沓などだった。彼女は部屋から運び出してきた品々を、家を取り壊した跡地に積み上げた。彼女がそれらの上に一束の藁をばらばらにしてかぶせて火をつけると、じきに白い煙が地を這うようにして拡がっていき、まるで朝もやが立ち籠めたような恰好になった。

その朝もやのなかへ、喪輿の行列と一緒に歩いていた福山のお母んの泣き声が、干潟に入り込んだ狐のそれのように明け方の鳴き声となって聞こえてきた。その声は遠くてか細かったうえ、たびたび途切れて聞こえた。霧、狐の鳴き声、花飾りの喪輿の行列、あの世をうたうもの悲しい歌声――それらはあまりにもたびたび見聞きしてきた、きわめて見慣れた風景だった。

「涙の種は尽きんわな」

いつの間にか甕点がぼくの目の縁を盗み見て訊いた。

「福山が可哀想で泣いとるん？」

そうではなかった。けれどもぼくは恥ずかしかったので、とっさにこくりと頷いて見せた。甕点がぼくを抱え起こしながらささやいた。

「あの子はあれくれえの歳から礼儀正しうて、おのれの父親みてえにお母んが胸を痛めるような真似はせんから、心配せんでもええんやで。さあ……」

歳月は過ぎ去ったことを語らない。ただ、新たに成し遂げたことを見せてくれるだけだ。ぼくは日ごと新しくなってくるものを見るたびに、自分がそれだけ古くなってきたことを覚り、ときには侘びしく思うこともあったけれど、何がどれくらい変わったかはどうでもよかった。何がなぜ変わらなかったかを探り出すことのほうが、より重要なはずだったからだ。そしてそれは、冠村の集落を訪れるたびにいっそう切実に感じられた。

冠村の集落もどこに劣らず変わった。取り崩されたフクロウ峰には女子中・高等学校がより高い峰となってそそり立っていたし、狐が道に迷って泣き叫んでいた干潟は、四季を通じて堰《せき》の中の水がなみなみと流れる水路を真ん中にして、農道と田の畦が碁盤の目のように走っていた。喪輿が巡っていった城隍堂跡はラジオ店が占めており、数百年も生き長らえてきた王松の木があった場所には、二階建ての赤煉瓦の上にスレートの屋根をかぶせた農地改良組合の建物が、ブルーのセマウル（〝新しい村〟運動）の旗を高々となびかせていた。棲艾堂の跡地には教会の十字架がそびえ立ち、野アザミとナデシコが生い茂っていた裏山の高台には、塀に有刺鉄線を張り巡らしたそっくり同じ造りの不動産屋の建物が五、六軒以上も入り込んで建てられていたが、山と海が人間よりずっと信じがたい集落に変わってしまったのだった。それでも、柳福山《ユボクサン》は変わっていなかった。唯一変わっていないのが彼だった。フクロウ峰が変わり海が変わってしまったのに、彼一人は未だに手つかずのまま残されていた。

図らずもしがない物書きになったからと言って、ぼくがいまになって福山の人物評をやたらと書くことが許されるだろうか。それはしてはならないことだとぼく自身承知している。

たとえ先のちびた筆にせよ、いかにもそれなりに筆を走らせ、与えられたおのれ一人分の人生など胸を張って持ち堪えてきたのなら、可能なことかもしれない。けれどもぼくは、現実には命を惜しんでいたずらに生き長らえ、こんな取るに足らぬ暮らしにせよ享受できるように計らってきたし、端から儒教文化にしたがうことが出来ず、齢四等級にまで至るも口耳の学、学問の受け売りで生計を立てるにとどまっているのだから、顔を上げることは出来ても後ろ指をさされるのが恥ずかしくて、歩き回るのがはばかられるありさまに至っているではないか――。

故郷を守り、故郷を訪れるためには必ずや経なければならぬ山を関山と称してきたのは馬史――司馬遷の『史記』以来のことだった。ぼくにはいまや福山こそがその関山だった。彼がかの地にとどまってくれていなかったら、ぼくはあそこが故郷だという根拠を、一つとして持ち合わせないことになるところだった。彼はかの地に踏みとどまっていた。昔の文章を借りていうなら沐雨櫛風――雨をもって沐浴し、風になびかせ髪を洗う辛酸辛苦に耐えて勝ち抜いてきたのだから、彼を関山と思いなすのはけだし当然のことと信じている。

ドングリ拾いで中学へ進学した彼はすぐに誠実さが目にとまり、学校の温室係として働くことになり、その代償としてPTAの会費を免除され、農業高校まで卒業することになり、もともと田畑などはネコの額ほども持たなかったのに、いまではれっきとした一石もの収穫を上げる農民に成長して、どうやら暮らしも上向いていた。

彼はしかし、食を第一とし、博打や昼寝、色好みを二の次としながら、農閑期を長期の祝日として過ごしながらも、食糧が続く限り稼いで家計の足しにしないばかりか、あるいはそうしたことと関係なしに、働き者は稼いでおいてすぐに死んでしまうと、誰かが言っていた昔気質の農民ではなかった。一膳の麦飯に二食分の水を飲んで腹をふくらせ、初雪が降らなければ夏の衣服を冬物に着替えない、まさしくドングリを思わせる堅物の働き手だった。

彼は二日分の仕事を一日で片付けるくらい筋肉隆々としており、物乞いにやってきた乞食たちが垣根のなかで休息していけるよう気配りできる、しっかりした、度量の大きな、路傍の大樹ほどもある深く根を下ろした木陰になっていた。

薄っぺらなスレートを載せた彼の家は、どこの隅っこよりも忘れがたく、いつまでも忘れ去ることが出来なかった干潟の堤防、一軒の民家もなしに村の倉庫と向き合って潮風にさらされたまま廃れていった、潮汲み小屋の跡地に位置していた。その干潟の堤防——けれどもいまでは韓南チェーンストアとティファニー衣装室が向き合って建っている路地に入り込み、ニュータウンフォーモストの建物と韓一テレビ修理センターを通り過ぎ、キムス美容院とソウル旅人宿を経てからも、文明が陳列されている洋風家屋の軒下をしばらく通り抜けていって、横に掛け渡している田の畦に突き当たって路地が終わるところで踏みとどまらなければ、彼の家に出くわすことは出来なかった。

もっとも、最近訪ねていった今年の春も、彼は以前のようににこにことぼくの手を取って招き入れた。

彼は陽が落ちて薄暗くなってきた庭先に、豚の餌としてたったいま刈り取ってきたばかりらしい草の束をほぐしておいて、鎌の先で丹念に引っかき回しながら何やら注意深く探していた。

「何をそんなに探しているんだ?」

ぼくは自分が来たという挨拶をそんな具合にした。

「おや、たったいま来たところか?」

彼もほかに言葉を知らなかった。

「やはりあんたがここに住んでいるので、心強いわ」

「腰の曲がった木が先祖の墓を守るというけれど、わしがまさにそれだわな」

「結構なご時世を迎えてたびたび勤勉協同するから、顔の色艶だっていいじゃないか」

「働きながら闘うとなると、力が溢れてそうなるしか……」

「野良稼ぎも緒戦突破でやってのけたらいいのに」

「その間に何かいい出来事でもちょっとなかったのか?」

「ああ、ようやく予備軍を除隊したよ」

「すると民間防衛隊員にもなったことだし、その記念に嫁さんでももらえや。男のあれにカビが生えないうちに……」

「嫁さんをいっぺんもらおうと恋愛を十二回しようと、することは似たり寄ったりじゃないかな」

「すべてあるのに婚期を逸した独身男処置法はないんだな」

その言葉にぼくが照れ笑いすると、彼は家の奥に向かって声を張り上げた。

「玉童《オクトン》よ、顔を見せないか。お客様がお見えだ」

玉童は四、五歳になる彼の長女の名だったが、彼の妻を呼ぶ言葉でもあった。その言葉が発せられるが早く、妻が濡れている手をおくるみの端で拭きながら姿を現した。彼女は赤子をおぶっていた。

「おやあ、その間に家族が増えたのか。三番目かな?」

ぼくの言葉に福山は笑いもせず、

「去年、生まれたんだ。交通の便も悪いし生むのは止めさせようとしたのだけれど、誕生記念に餅を食わせたら直通で胃もたれしてね。仕方がないわな。生ませることにしたわ」

すると妻も調子を合わせるように、

「部屋の扉の鍵さえしっかりかけておいたら、子を生むのも難しいでしょうに」

と言ってからからと笑った。

「カネもこさえるし子もこさえるし、いまやまさにこさえることばかしが残されているわけか」

「カネ? 田舎のカネなんぞ名ばかりで、ソウルへ行ったら小半日ほどの風邪薬のネタにもならないカネ……」

「誰かさんの話だと、ひと財産隠してあるはずだと言ってたがな」

「金儲けがそんなに容易《たやす》かったら、あんただって飲んでしまったり、焼いてしまったり眠ってしまったりしていないで、故郷に土地でも少し買っておいたらどうかね? 暮らすための土地はなくても死んだときのための土地は支度しておかなくちゃならんだろう」

「いっとき立っている土地もないのに、ずっと横になる土地を用意しておけ? 到るところ青山ありて骨を埋めるも可というが、死んでしまった後で故郷もあるまい」

するとと福山の妻が割り込んできて、

「いくら話に持ち主はないと言っても、もう死んだ後の心配までありますの？」

そう言って亭主に白い目を剝いた。福山は鼻白んで顔をそむけた。

「遠路をはるばるいらしたんですからお疲れでしょうに。ちょっとおすすぎにならないと。この子はあんたが見ていて下さいな」

彼女がおぶっていた子を福山に手渡して家の中へ入っていくと、ぼくは赤子の顔を覗き込みながら名前を訊いた。福山はしまりなく笑いながら名前を告げた。「おや、図太く来たじゃないか、将来、大物になる名前みたいだな」

ぼくの言葉に答える代わりに、福山は声を落として、

「女というのは歳を食うと女狐になるというけど、あいつはその上手をいく女だわな。この子の名前もあいつがつけてもらってきたんだから……」

「つけてもらってきたというと？」

「この地方のお偉方が名付け親なのよ」

「郡守が？」

福山がにたにたしながら頷いた。郡守が名付け親になるまでには、容易ならざる経緯を踏まえたのだろうと思われた。彼の妻に急《せ》かされて手足をすすぐと夕食の膳が待ち受けていたので、その名付け親にまつわる経緯が聞けたのは夜が更けた後だった。

彼の部屋へ初めて足を踏み入れたとき、真っ先に目に飛び込んできたのが机だった。誰の家を訪問してもまずは机から見回してきたのが、雑誌の編集部に勤めだしてからのぼくに取りついた癖だった。彼の座り机の上には『山林経済』『セマウル』『自由公論』などの雑誌と、『忠清日報』がきちんとおかれてあった。田舎の家々を見て歩いた経験もあって、ぼくは訊かずとも彼がこの地域のセマウル運動の指導者か里長ではないかと、すぐに察しをつけることが出来た。したがって赤子の名付け親についても関心が薄れていった。公務を通じて郡守と近しく接していたら、名付け親の件一つくらい頼むことは、さほど難しくもないはずだったから。

福山が赤子の名前とそれにまつわる話を口の端にのぼせたのは、おまけだった。食事を終えると福山の妻が、叔父の家で営まれる祭祀に顔を出さぬわけにはいかないといって出かけた後で、福山がさっそく自分の妻の話を並べ立てたのだ。言うまでもなくそれは女房自慢で、のろけでもあった。たとえ学んだといえるものなどない女性ではあったけれど、意志が強くて働き者だったから、この程度に幾ばくかの田畑にせよ自分のものにして、暮らしていけるまでになったというわけだった。暮らしぶりに計画性があり金銭の計算に明るく、どんなことにせよいつも動いていなければ病気になる女だと彼は持ち上げた。そのくせ彼は、一線を引くべきところははっきりと引かねばならぬと前置きして、次のように切り出した。

「歳を食ったら狐になるのが女だと言うけど、わしのとこの子どもらのお母んのさかしらぶりも尋常の水準を越えるものでな。それが上手く作用すれば亭主一人を生かすことになり、悪く作用すれば何人ものご先祖さままでもういっぺん死なせるのが、女房どものさかしらぶりだわな……」
ところが幸いにも、これまでのところ、大きなへまをやらかして恥を掻かせることはなかったと彼は語った。誰が見てもはっきりとわかるような浅知恵を働かせながらも、しかし何らかの悪意があってひねり出した計略ではなかったし、人並み外れた才知があったので、いつだって後顧の憂いを招かずに済ませたというのが結論だった。

「赤ん坊の名前にしたってそうさ……」

彼は赤子の名前がつけられた経緯をぶちまけることで、その一事をもってしても自分の妻のすべてを理解してくれたらといった顔つきだった。

この前の国民投票を二日後かに控えた日のことだったと、彼は話題を切り替えた。事件にしても、こんな事件は滅多にあるものでないと彼は大袈裟に語っていた。それは妻が、出産予定日が今日か明日だとうそぶきながらも、産婦に食べさせるワカメ汁用のワカメの支度はおろか、あべこべに、生まれてこの方足を運んだこともない美容院へ行ってきたことだった。福山の考えでは、美容院へ出入りした事実だけでもただごとではなかった。ところが、事件はそれにとどまらなかった。ましてや見ものというべきは、どこかへ行って漢方薬をいくらか調合してもらってきて、こっそりと煎じて飲もうとするところが露見したことだった。福山は目の前が真っ暗になった。とんでもない考えまでがいろいろと思いめぐらされたのだ。さりとて何とも叱りつけようがなかった。

普段から肉のひと切れもろくすっぽ食べさせてやれなかったので、よほど出産に自信がなかったから、亭主の目を盗んで強壮剤を煎じて服《の》もうとしたのではなかろうかと思われて、胸が痛んだのだ。とはいえ、まったく素知らぬふりをしているわけにもいかなかった。怖くなってきたのだ。どうやら体のどこかがかなり弱っているとしか思えなかった。だんだん気が触れていくのではなかろうかと思い、医師に診せる決心までした。ところが、いくら観察していても言動に異常はなかったし、目の動きにも変わりはなかった。

彼は思案の揚げ句じかに問いつめることにした。ところが妻は、にこにこするばかりだった。彼女は国民投票の当日になって口を開いた。

「あたし、後で子を生むかもしれないからどこへも行かないでよ。投票をしに行くときも、あたしと一緒でなくちゃ駄目よ」

福山はその言葉を上の空で聞いて、

「気でも狂ったのか？　いまにも子を生もうというおなごが、投票しにあそこまで歩いて行くのか？」

けれども彼女も、おとなしく引き下がらなかった。

「おや、するとこんな大事な投票を、棄権しろといいますの？」

「自分が投票しなければ投票率が下がって、出来ることも出来なくなると思っているみたいだな」

「それでも自分だけで行っては厭よ」

「だったらわしも行かなければ済むことだな」

「しろと言われたことはしなければならないことも、少しは覚えておきなさい」

「やかましい――」

福山は腹が立ってきて、おとなしくじっとしていることが出来なかった。彼は扉を閉じてしっかりと縛って出てくると、近所に住んでいる妻の叔父の家へ出かけた。彼は叔母に、出産が近い妻の世話を頼んだ。行ったり来たりするだろうから、しっかりと引き止めてくれという言葉も抜かりなく告げた。気持ちのうえでは何もかも止めてしまいたかったけれど、いたずらに疑いを招く必要もないと思われたので、すぐさま投票所へと突っ走った。

投票所は邑内の郡庁の傍にある小学校の教室だった。大急ぎで一人で行って投票してきたと言わなくては、妻を部屋の中に閉じこめておいたことを、うまく取り繕うことが出来ないだろうと信じたのだった。福山はほんとに妻の身が案じられ、彼女を大切に思ってそうしたのだった。ところがそれは誤算だった。福山がときならぬ汗を流しながらわが家へ駆け戻ってみると、家には意外にも妻の幼い甥っ子と子どもらばかりが集まって留守番をしていた。妻の叔母と連れだって投票所へ行ってくると言い残して、出かけたとのことだった。彼は頭にきたけれど、仕方なしに自分を抑えて辛抱強く待ちながら、妻が無事に早く帰ってくることばかりを願った。他人ならぬ叔母まで加えて近所のかみさんたちと一緒に出かけたというので、多少は気持ちが休まりもした。ところが、帰って来る時間が過ぎたのに帰ってこなかった。一緒に出かけたという近所のかみさんたちからさえ音沙汰がなかった。福山は不安に駆られてじっとしていることが出来ず、路地へ出てきていたずらにうろうろしているしかなかった。

投票もすっかり締め切られたろうと思われた頃になって、近所のかみさんたちばかりが帰ってきた。それにしても不可解なのは、彼女らが明るい表情で歩いてくる様子だった。そのなかから、隣家の里長のかみさんが一歩前に出て歩み寄りながら告げた。

「玉童のお父んは嬉しいでしょ、今度もまた男の子が生まれてきて……」

「……」

福山が呆気に取られて返す言葉を見つけ出せずにいると、かみさんたちは順繰りに一言ずつ口にした。

「いま、学校の前の呉《オ》内科に入院していますけど、赤ちゃんも皮を剝いて洗った里芋みたいにしっかりしているそうですよ」

「道端でお産をした人には見えなかったですよ。外で子を生むと何かがどうこうするなんて言ってますけど、そんなこと……」

「木偶《でく》の坊みたいに突っ立ってばかりいないで、大急ぎで行ってみなくちゃ。邑長さんもお見舞い来たし、署長さんもお見舞いに来ているのに、赤ちゃんのお父んはなしてそんな具合に突っ立っていなさるばかりだね」

「入院費は署長さんが全額出しなさると言ってたって?」

「郡守が金一封を届けてくれて、名付け親にもなったんですってよ」

「ああ、この片田舎で金一封だなんてどこから……男の子を産んで金の塊をひと袋授かって……玉童のお母んにはありきたりの出世じゃないやね」

福山も初めは——あのくたばり損ないの女房めが、あれこれと恥を掻かせおって。罰当たりにも投票に行って道端であんな騒ぎを引き起こしおって――といってさんざん罵り、腹立ち紛れに妻の面倒を見てくれた近所のかみさんたちに、有り難うの挨拶一つなしに病院へ向かったけれど、歩きながら考えてみると、やたらと感情にまかせて振る舞うべき事柄ではないように思われた。今回のことは結局このようにケリをつけねばならぬように、あらかじめ決められていたことは明らかだったのだ。女房が生まれて初めて美容院へ行ってきたことがそれだし、先だって強壮剤を煎じて服んだことがまさにそれだった。虚しくもあればやりきれなくもあったけれど、どうにもならなかった。

前もって煎じて服んだ漢方薬にしても、後でわかってみたら強壮剤ではなくて出産予定日を二日間遅らせ、投票日に合わせるよう処方された出産遅延剤だった。郡内の慶事であるとして郡守が金一封の入った封筒のなかに、赤子につけた名前を書き込んだ紙切れを入れて届けてきた事実も、その日の晩に妻を退院させた後で知ったことだった。そこまで語って福山は、もう一つ笑わせることがあったと言って苦々しげに笑った。それは、金一封というので評判になった封筒は金塊入りの封筒ではなくて、万札が一枚入っていたことをありのままに打ち明けても、真に受けようとしなかった人たち一人一人をつかまえて、納得させるために脂汗をかかされたことだった。

「新聞には載らなかったみたいだな、載ってたらぼくも読んだはずだが」

ぼくが混ぜっ返して言うと、福山は真顔になって切り返した。

「全国各地で――道庁所在地でだけでもそうした出来事がごまんとあったのに、こんな片田舎の出来事なんぞ載せる順番が回ってくる隙があるかね？」

「なるほどその言葉にも、一理がなくはないようだけど」

ぼくが新聞で読んだことから見当をつけてそう言うと、福山はさらに、

「こう言っちゃ何だが、わからないことではあるけれど、あのときあんな具合にして生まれてきた赤子は、うちのかみさんみたいにあらかじめ、用意周到に計画がなされて生まれてきたみたいなんだ……」

福山の話が終わる頃になって彼の妻が戻ってきたので、その話はおのずとそこで打ち切られた。

「明日の朝、汁の支度をするから来るようにと言われたけど、お客様が見えていなさるので来られないと言っときました」

彼の妻が居間へ入っていきながらこちらに向かって告げた。

「まだ昔の風習が残っているようだな」

ぼくの言葉に福山は頭を振ってから、

「女房の叔父と言えばまるきり他人ではないけど……祭祀があった日の朝だからってどうってことはないさ。いつも食べてる飯に食べてるお菜じゃないか。肉入りの汁があるだけのことさ。いまでも祝祭日か祭祀の日でなければ、神仏に肉を供えることなどないからな。だからいまだって、飯を食いに来いとは言わんと、汁の支度をするから来るようにいわれたと言うじゃないか」

「随分よくなったそうだけどな」

「まるでわしだけがそれを知らずに暮らしているみたいだな……疲れただろうに、そろそろ寝るとしようか」

福山が床を取ってくれている間に、厠《かわや》を探して出て行った。農家ならたいていそうであるように、向こうの庭の片隅に別途に設けられていた。ぼくは庭先を横切って行きながら何気なしに干潟のほうを見渡していて、びっくり仰天してその場で硬くなってしまった。

ああ――ぼくは実に久しぶりに胸の高鳴りを感じた。鬼火――そうなのだ。大竹山の麓の黒浦の干潟に青白い光を吐きだしていた鬼火が、びっしりと並んで伸びていたのだ。

一、二、三、四……いつの間にかぼくは指で鬼火を数えていた。変わらぬものがもう一つあったという懐かしさ。懐かしさと嬉しさから浮き浮きしながらそれらを一つ一つ欠かさずに数え上げていった。

「四十五……」

とつぶやきながらぼくは指を震わせた。明日の明け方には朝もやも見られるだろうと信じて、胸の高鳴りに指の震えまできたのだった。誰にそんなことを言えるだろうか。昔に戻って、ひょっとしたら道に迷った狐が泣き叫ぶかもしれないことを。

「そこで何をしているんだ?」

福山が同じく小用を足しに出てきて、ぶつぶつと言った。

「ああ、鬼火だ……生きている間はもう見られないと思ってたのに見ることが出来て、いい気分だ。素晴らしいよ」

ぼくは向かい側を指さしながら浮き浮きした声でそう言った。

「何だって?」

「あの鬼火の行列……」

「何の火だって？」

「子どもの時分見ていた鬼火さ、そうじゃないのか？」

「何の火だって？　いやはや、だから嫁さんをもらえって」

「……」

「鬼火がそんなに好きか……あれが？　評判の呑兵衛でも肴をいろいろつまんでるので、戯言《ざれごと》を口走ることはないと思ってたのに……」

「だとすると、わからんなあ……」

「何がわからんのだ？　あれはソウルからやって来た釣り天狗どもが夜釣りをしている、カンテラの灯じゃないか。いやしくも文化人たる者が、夜釣りいっぺんしたことがなかったのか？」

ぼくは何かに持ち上げられ、空高く舞い上がっていって真っ逆さまに突き落とされた気分だった。まるで長い間の夢から瞬間的に目覚めたように、虚しくてきまりが悪かった。

「こちら側にずらりと並んで座っているところが水路だし、あっちの、あそこに丸くなって座っているところが貯水池だわな。河口の水が入ってきたら水門を閉じておいて、潮が退くとき開いて水抜きをするので、川魚と海の魚が交じり合ったりして獲物も蟹が大きくて、水路では雑魚でさえフナばかりが食いつくそうだ。藍浦と青蘿の次ぎにここがよく知られているとか」

それを聞いてようやくぼくは、ずらりと並んでいる灯火の群れがその場で身じろぎもしないことを覚った。肩車や隠れん坊をしている生きた鬼火ではないことだけでも早くにわかっていたら、四十五まで数えたりしなかったはずだった。ぼくはまるで財宝か何かを暗がりの中で失くし、探し出せなかったといった恰好で、重くなってきた胸を抱えて福山にしたがい部屋の中へ戻っていった。

ぼくはしばらく気の抜けた顔つきで天井ばかり見上げていた。外が騒がしくて容易には寝つかれそうにもなかった。

「この辺も発展して騒がしいな」

ぼくらはしばらくして騒音のことを話題にした。

「やれ公害よ何よというけど、わかってみればどれもこれも人間による公害だわな。あいつらもいっぺんあんな具合に騒ぎ出したら、夜っぴて眠りもしないからな。明日の明け方、辺りが白みかかるまであの騒ぎは続くだろうよ……注意したからって聞き入れるかね、村の連中だから告発も出来ないし。えいっ……」

ギターを爪弾く音が次第に大きくなってきた。畦道でゴーゴーでも踊っているのか、騒ぎようはソウル近郊の遊園地に劣らなかった。ましてやポップソングを合唱するときなどは、まったく耳がついていることが恨めしいほどだった。福山は、あれでもそっとしておくしかないと重ねて強調した。村の人情もいままでは、子どもらが畦道に入り込んで、実をつけた豆をもいで焼いて食べているのが見つかっただけで、告発されるくらい近代化されていたので、あんな二十歳前後の若僧どもといえども迂闊に手出しをしたら、赤っ恥を掻かされコケ呼ばわりされるのがオチだとのことだった。近所の集落のことも眼中にないし、近所同士のつきあいもわかっていない若僧たちだったので、誰がどこの家の息子かわかっていても端から知らないと言うのが、もっとも無難な身の処し方になると言って福山は嘆息した。そのうちに彼はまたしても、

「わしこそ幼い子たちがどんどん大きくなっていくし、どうしたらよいのか頭が痛いよ」

と言って、いまさらのごとく溜め息をついた。

「もう教育のことを心配しているのか?」

ぼくは福山らしからぬ言葉が気に食わなくて、ぶっきらぼうに問いかけた。

「教育がなってないからさ。ここだけにしたって、人間による公害が普通を越えるんだ」

「あの、ギターを弾いて踊っている子どもらのせいで?」

「あいつらなんぞは別物さ。問題はあんたが言うように、あの鬼火さ」

と言って福山はぎこちなく笑った。

「そんな、観光客だって呼び込もうというときに、釣り人たちなんかは自分の足できてゼニを落としていくんだから、所得増大を兼ねてどんなに有り難い存在か。よその地方では釣り人を釣り上げようと、貯水池に稚魚を数十万匹も放流して育てているというのに、カネをかけて宣伝しないまでも、カネを落としたいとやってくる連中まで邪魔者扱いすることはあるまい」

ぼくも釣り人同好会から誘われ全羅道まで行ってみたことがあって、興味を覚えて訊いてみた。

「その通りよ。この近辺だけでも釣り人相手のめし屋、飲み屋、釣具屋などに転身した家が三、四軒はあるさ」

福山はひとまずこのように前置きして、

「やっこさんたちが来てゼニだけを落として帰ってくれるなら御《おん》の字だけど、ただではないのさ。きっちり一つ、頭痛の種を残すんだわ。もちろん誰もがそうだというわけではないさ、一部の自覚のない連中がそれこそ、わしの口から人間公害という言葉を吐きださせるんだわ」

と言って、ぼくがさらに問いかけようとすると、

「さっきあんたが来るとき、わしが豚に食わせる草を撒き散らして何を探してたか言おうか?」

「農薬に汚染された草とか毒草?」

「豚を殺してはいかんと思って、人間がこびりついとる薬を探してたんだよ」

「何がこびりついてる、何を探してたって?」

「人間の薬だよ」

福山はそれがコンドームだと言った。

「よそではどうか知らないけれど、ここは海水浴場が傍にひっついてるせいか、夏場いっぱい雑草のなかへ入って行くと、それが散らばってるくらいなんだわ。水路の土手といい貯水池の周り、畦道……土くれが見えないくらい雑草が育ったといえばたいていそれが見つかるんだけど、草刈りをする人がいちいちそれを区別しながら鎌を振り上げるかね……一度なんぞ金応弼《キムウンピル》といってこの近くに住んでいる、干潟を耕して作物をこさえている人だけど、ある日突然、すっかり育った豚がおっ死んでしまったんだわ」

「……」

「いったいどうしたわけか調べてみなくちゃと、その豚を解剖してもらったじゃないか。もち

ろん毒薬による中毒でさえなければ、たとえば心臓麻痺とか高血圧とか動脈硬化、何かの癌みたいなものに罹って死んだのなら、病気でも高級なものだから食べられるかもしれないというので、死んだ豚の肉を売り飛ばす魂胆もあったのだろうけど。ところが腹を裂いてみたら、なるほど毒物中毒には違いなかったけれど農薬ではなくて、人間中毒だったんだわ。コンドームというのは消化されるものかね。それも一個や二個でなくて、ひと握りも胃袋のなかに固まってたというのだ。草刈りをして草を食べさせるたびに、よく確かめて選り分けてやってたら無事だったはずなのに、そのときだってそんなことがあるなんて、誰が考えてみたかね……言葉もなかったよ」

「……」

ぼくは呆れ返って笑う気にもなれなかった。

「新聞によると昌慶苑（ソウルの王宮の庭園）動物園の象とかカバは、見物人たちが投げてくれるパンを袋ごと食べて、胃袋の中にビニールの固まりができて死んだというけど、この村の豚は……」

ぼくはしまいまで言葉が続かなかった。福山が言った。

「子どもらに何がわかる、風船みたいに膨れ上がるからおもちゃだと思い込んだじゃないか。あの広くて素晴らしい野原に子どもらを遊びにだしてやれないなら、言うこともあるまい。子どもを育てられるでなし、家畜をまともに飼えるでなし……くそっ、世の中がよくなると言ってたのに、まったく……」

「そりゃあ、どこへ行ったって同じだろうけど、公害から平準化されていくわけでもないだろうし」

ぼくは口にすべき言葉が適切でないようで、口をつぐんでしまった。しばらく呼吸を整えていた福山が、不意に顔を上げて机の上の丸形の置き時計に目をやると、

「もうこんな時間になったのか」

とつぶやいて、居間に聞こえるように大きな声で話しかけた。

「おい、眠ってしまったのか?」

「いいえ――」

彼の妻が言い返した。襲ってくる睡魔に辛うじて耐えている声だった。

「そろそろ時間だから、ちょっこら起きてラーメンでも一個茹でてくれや」

「わかってるから支度をしようとしているのに、急《せ》かすのね。くたびれて死にそうなのに」

彼の妻はすっかりつむじを曲げて、鋭く切り返した。

「この夜更けにラーメンだなんて、どういうことだ?」

ぼくは目を丸くして訊いた。夜食を食べようと言い出すのかもしれないと、早合点したのだった。福山はぼくの問いには答えずふたたび居間に向かって、

「いいから明日まで堪えてこさえろや。明後日帰ると言う日に帰ってくれれば、終わるじゃないか」

「とにかくこの人ったら、いまのまんましか暮らせないんだから。火傷の跡がひりひりするくらい切りつめて暮らしたって間に合わないのに、余計なことに無駄遣いをするんだもの。二百ウォンはおカネじゃないのかしら」

「止めておけって」

「何を止めるのよ？　おカネもおカネだけどこれは何なのよ。毎晩、眠りかけて途中から起き出し、泥棒働きでもするみたいにみんなは眠ってるのにがたごと音を立てながら……こんな暮らしはもううんざりだわ」

「わしが堪えねばならないか」

福山はつぶやきかけて、居間のほうに聞き耳を立てた。扉を開け閉めする音に続いてステンレスのボウルをいじり、オンドル用の練炭の焚き口を開ける音が細々と聞こえてきた。

「もっともわしもあいつも、近ごろはお互いに無理をしとるんだわ」

福山は生唾を飲み込みながらひそひそとささやいた。

「何のラーメンだ？」

ぼくはわけがわからなくて、繰り返し訊ねた。

「さっきあの、前のほうの鬼火の行列を見たじゃないか？」

彼が笑い出したので、ぼくも笑いながら頷いた。

「あそこが貯水池なんだが、さほど広くはないけれど四季を通じて海水が溢れ返ってるんだ。昔の航路だったから深さだってかなりあってな」

ぼくはすぐさま、かつてのあのけぶる波が揺らめき、空がどんよりと曇って風が凪いでいた海を思い浮かべた。大型漁船が出入りし、元山島や挿矢島へと向かう汽船が、精米所の杵が米を搗《つ》いている音を立てながら往き来していた航路も、併せておのれの姿を現した。福山が言葉を継いだ。

「ところがその貯水池で、毎年のように一度は決まって事故が起こるんだわ。殺人事件とか自殺騒ぎが起こるとかして、とにかく一年に一人は誰かが死ぬか殺されるんだわ……こんなちっぽけな地域だというのに、そんなことが持ち上がるんだわ」

「地元の人たちが？」

「もちろん。ほんの何日か前も……半月ほど経ったかな、ところがまた殺人事件があったんだわ。二十歳近くなった娘さんが海に浮かんだのだけれど、電気のコードで首を絞められたまま沈められてから浮かび上がったのよ、いまはまだ身元もはっきりしちゃおらんけど」

「身元も突き止められなくて、どんな捜査をする？」

「犯人さえ逮捕すれば自ずと身元もはっきりするだろうて……聞き込み捜査をしてみたって、まだ失踪した娘さんがおらんところから見て、地元の娘さんではないらしいや」

「身元がわからなくては犯人を逮捕できないだろうに、犯人が逮捕されたら身元がはっきりする？　さっぱりわからんな」

「わしだってわかるかいな。だからもう半月近くも、刑事が殺人現場にへばりついて張り込んでおるんやけど、収穫がないみたいだわ」

「現場の張り込みはどうして？」

「どんな犯人でも犯行を冒すと不安に駆られて、必ずいっぺんは犯行現場へ姿を現す——現すだろう、現れたら逮捕できる、と来る日も来る日も、昼となく夜となく、釣り人に身なりを変えて順繰りに釣場に出張っとるんだわ」

「ああ、だから張り込みの刑事に毎晩、夜食としてラーメンをこさえて届けてる?」

ぼくがようやく合点がいって問いかけた。

「ラーメン一杯で済むかね。当然、焼酎の一本も下げていくことになるわな」

福山はふたたび机の上の置き時計をじっと見つめた。午前零時を回った時刻だった。ぼくが訊いた。

「してみると、あんたがこの地域の里長の仕事をしているわけか?」

ところが福山はしれっとした顔つきで、

「里長どころか下《した》っ端《ぱ》班長でもないさ」

「だったらどうしてそんなことをしているんだ。厄介なのに」

「いつもしているわけではないさ。これで六日目だわな。それまでは里長がしていたんだ。ところが、里長がセマウル研修院へ講習を受けに行ってしまって、近ごろ空席になってるんだ。明日が七日目だから、明後日には戻るだろうよ。自分が講習を受けに行っている間、面倒を見てくれる人がいなくて困ったと、ことさらにわしの顔さえ見るとこぼすものだから、引き受けようと言ってやったんだわ。聞かぬふりをするわけのもいかなんだし」

「そうはいっても……」

「これしきのこと、夜風に吹かれることを兼ねてわしは構わんて。わしは構わんのだけどうちのやつが堪えきれんらしいんだわ」

「里長の次の集落の有志だから、有志税を払わされているわけか」

「有志だと、結構なことよ。有志でもなし乞食でもなしさ……それなのにどうして、よりによってこのわしに、そんなことが頼めたらと思うか、察しがつくかね？」

「父子相伝で、我がことはそっちのけ、他人のことから面倒をみてくれる性分だと知ってのことだろうよ」

「それだけでもないんだな。なぜかというと、この村に住んでいる唯一の地元の人間だということさ。他郷から流れてきた十人の勤め人よりは、ましだろうと劣ろうと、それでも地元の人間一人のほうがずっとましだ——ということさ。そのためわしは、いつもやるせないくらい忙しいのよ」

福山が話し終える頃彼の妻が、扉の外へすり寄ってきて告げた。

「出来上がりましたから伸びる前に持って行ってあげるか止めるか、好きなようになさいな」

「あんたは先に眠れや。どのみちわしは器が空くのを待たねばならんし、行けば焼酎の一杯も付き合ってやらなくては、そのままでは戻れんじゃろうから。待たずに眠ってくれや」

福山が立ち上がった。それを見てようやく彼が夜更けまで、昼間から着ていた作業服姿のまま布団の上に座っていたことも納得できた。福山は着ていた春物のセーターの上に、古着の予備軍服を重ね着して外へ出て行った。ぼくはその後ろ姿を見た瞬間、ふとあの昔の柳千万のことを思い出した。彼は福山の父親だった。他人の荒仕事ばかり手伝ってきた村のよろず屋でもある後始末屋で、他人の嫌がる厄介なことばかりを選んでは、自分から求めて取り仕切ることに忙しかった取り柄だけが、そっくりそのまま受け継がれていたのだ。

ギターを奏でる音がやかましくもあったけれど、昔のことが思い出されてすぐには寝つかれなかった。福山が戻るまでまんじりともしなかった。

いつ眠り込みどれくらい眠ったのか、夢うつつのうちに何かの物音がして目を覚ました。東の空がかなり明けていた。ちらりとかすめる音がふたたびあった。ぼくは何気なしに、干潟に迷い込んだ朝靄の中の狐を思い描いてみて、それが狐の鳴き声かもしれないと思った。

ぼくは外を覗いて見ようと及び腰になって立ち上がり、手探りで煙草とマッチを探した。やがてマッチの火をつけると、ぐっすりと眠り込んでいると思っていた福山が寝言のようにつぶやいた。

「あの釣り師どもの騒がしさで、明け方になっても甘い眠りはむさぼれないんだ……」

ぼくも元通り横になりながら、苦い煙草に火をつけてくわえた。

謡《うわさ》に与《くみ》し序《はじまり》を註《せつめい》す

冠村随筆7

滅多にない旅行で、しかも実務的な出張で大都市の何カ所かを出入りしたことが旅行のすべてだったので、急行さえ停車しなくて景観のさえない片田舎の停車場の寒々とした姿から、ふと過ぎ去った日のおのれのみすぼらしかった姿を思い起こすことは容易だろう。

そんな停車場の「駅前」にはたいてい、生まれてこのかた海を見たこともないみたいなちびっ子どもが、鴉のそれを思わせる真っ黒な足で縄跳びやら石蹴りやらをするのに騒がしく、列車が通過しなければ陽が昇るのか沈むのか判断もつかないヨンガム（ご老体）が、立ち飲み屋でひっかける一杯の酒が恋しくてきびすを返すことができず、田んぼの水の出入り具合を確かめて戻るところだったがシャベルの柄を尻に敷いて座り込み、ぼんやりと遠方を眺めていると決まっていた。そしてその傍らには、竹細工の籠に板切れを渡してその上にふかし芋や熟し柿を並べ売っている三、四人の老婆や、背負い子と並んでごろ寝して昼寝をむさぼる荷物担ぎの二、三人は目に留まるものだった。

軍隊を除隊したばかりらしい髪の短い若者が、荷物の載っていない自転車を十回余り漕いで回り、思い立ってソウルへ旅立っていくのにふさわしく、白っぽく薄化粧をした三、四人の娘たちが故障している待合室のドアにもたれかかり、自転車を乗り回している若者の首筋を目で追いながらぺちゃくちゃやって笑っているのも、そうした「駅前」でなければすぐには思い起こすことが難しい、あの窮乏に耐えていた時代の名残だろう。

植民地時代の伝説のように薄暗くてじめじめした待合室に、桝取りが筵を片づけた米店とか、鍛え直すよう注文された道具類に小半日とせず焼きを入れ、ふいごを片づけて引き揚げてしまった鍛冶屋みたいに、いつも吹き抜けていたあの冷たい風、それは麦嶺とも春窮期とも呼ばれた春の端境期《はざかいき》を迎え、悲嘆に暮れた人々が旅立ちながら残していった溜め息かもしれなかった。

けれども、それらが冠村の集落から姿を消して、いつしか半世紀が過ぎ去ったようだ。小都市の変遷に合わせて歴史も変わったのだ。もとより慶州駅とか修徳寺駅のように、昔らしさを保とうという意味が込められているわけでなし、列車が到着するが早く「春香歌」(パンソリの名曲)をたっぷりと聴かせてくれる南原駅を真似て、風流をひけらかしたわけでもなかった。せいぜいコンクリート施工法に合わせてセメント的に変貌を遂げたに過ぎなかった。

風がちょっと吹きつけるだけで空が石炭の粉塵にさえぎられた「駅前」も、セメントに覆われて露天の待合室に様変わりしていた。タクシー乗り場が設けられ、市内バスのターミナルも入り込んでいた。時間の経つのがわからぬようにいつも時間を引き留めている時計塔が建っていたし、レストランとコーヒーショップを揃えたモーテルと、出入りする客を今度はまたいつ会えるだろうかといった具合に扱う喫茶店も、二軒おきに一軒ずつの割合で並んでいるのだった。

それでも、一万二千峰もの金剛山があの場所にあんな具合に整然と立ち並んでいるとしても、その停車場は姿形や色合いからして好ましいものではなく、駅としてもふさわしくなかった。原住民が追い出されて流れ者たちが真ん中を占領し、引き続き固まっていくせいばかりでもないだろうけど、地元出身のぼくが見たところでもぶざまで寒々としているさまは、いちいち枚挙に暇がないくらいだった。

ぼくがあそこにいたあの日がそうだったように、市の立たぬ日も市の立つ日に負けぬくらい、その駅前通りはそれだけ賑わうはずだった。

待ってから帰ろうと待ち受けている人々に、彼らがさっさと帰っていくことを待ち受けている人々と、待ち受けていた人の到着を待つ人や、待ち受けようとやって来た人を待ちきれなくて出てきた人に、それもこれも違う人たちを加えて、駅前通りはこの日も賑わい、汚れ、せせこましかった。

その日はぼくも待ち受けてから行こうと待っていた群れのなかの一人となり、その場でうろついていた。もともと鈍行列車は頻繁にあっても普通急行は一日に二回しかない路線だったので、早々とやってきた甲斐もなく鈍行列車をそのまま見送ってからは、仕方なしに三、四時間後かにあるという午後三時の列車を予約しておいて、余った待ち時間をつぶす適当な方法がなくて、そうしてうろついていたのだった。そのうちにぼくも、よそ見をする目で意外なものを発見できるかもしれないとちらっと大言を吐いたけれど、それはその年の瀬の市場が顔負けするほど賑わう駅前通りで、申龍模《シンヨンモ》を見分けることが出来たからだった。

ぼくが躊躇せず彼に顔見知りとして振る舞うことが出来たのは、何よりも彼のお面相にまだかなり子供っぽさが残っていたおかげだったが、何代ものご先祖さまをおのれの土地に葬って守ってきた、農民の子に生まれて家業を継いでいる男にふさわしく、長い歳月陽に灼かれ雨風に打たれてきたうえ、汗で塩漬けにしてきた体はがっしりしていたが目許《めもと》にあどけなさが、さらに頬っぺたには幼い頃の面影が残されていたのだ。ぼくにはそれが、もって生まれた体質と品性のおかげのように思えた。洟垂れ小僧の頃から壮丁になるまで隣人として過ごしてきただけに、ぼくは龍模の気質を誰よりもよく知っていた。どこでどんなことに出くわそうと、たとえそれが他人の目には急を要することだろうと、そのためさっさと衝突して片を付けるべきことは片を付けてからにしろと、督促の矢が雨あられのごとく降り注ごうと、当事者の彼はいつだって知らぬ顔の半兵衛を決め込んだ。またいちゃもんを付けることはさんざんにつけておいて、せしめるべきことはすべて抜かりなく我がものとする大物ぶりを発揮した挙げ句、さりげなくちょっかいをだす、老け込むことを知らぬ人物が彼だった。

何事につけ煮え切らなくて気が弱かった龍模の性格はしかし、身の程もわきまえず軽はずみなのより必ずしもましだとばかりは言えなかった。それは、沈着で控えめなこととは異なる性質のものだからだった。ついでに言うなら、物事のあらましとか発端を知ってやたらと慌てふためくかなかったとか、背筋がぴんと張っていて肝が据わっているように見せかけるために、愚図愚図して見せたのではなくて、ほとんどの場合、前後の事情に疎くて物事の筋道がわからず、対策の立てようがなくておろおろした結果だった。経済的には恵まれた家の息子のくせして中学きりで学ぶのを止めるしかなかったのも、もとは両親の体面を考えて卒業証書でももらってやろうと無理やり進学させたからで、いかに親心からだったとはいえ、それから上への進学は学費を惜しんだらしかった。生まれつき愚鈍で何事にも興味が持てず、どんなことにも無関心だったので、いっぺん耳打ちしてやるだけで十分すぎるところを、十回二十回と教えてみても何の役にも立たなかった。どんな話でも聞いているその場限りで、その場から背を向けたら元の木阿弥だった。神経が鈍くて風采が上がらずぱっとしなかっただけに、彼の背中にはまるでかさぶたみたいにさまざまなニックネームがべたべたと張りついていたけれど、それら幾つものニックネームの中には龍模自身にもその意味がわからなかったものが一つあって、「チャン・プシク」というのがそれだった。「いつも（チャン）知らない（不識）」という意味であることは言うまでもないが、実際に肝心のニックネームの主ばかりはその意味を知らされていなかったのだ。

その日、駅前通りで思いがけず十数年ぶりに出くわした瞬間にも、ぼくは彼の本名よりもチャン・プシクというニックネームから先に思い浮かんで、失言する直前に幸いにも本名を思い出して、せっかく成人して出会った機会を無難にやり過ごすことが出来た。

彼は、自分の顔色より色合いが薄いとはいえない栗色のコールテンのズボンに、年深くて色褪せた空色のチョゴリをグレーの長袖シャツの上に羽織っていたが、その身なりにしても、他人にはそんな真似をしてみたくても仕方がわからなくて出来ないくらい、垢抜けなくて田舎じみた装いだった。彼はぼくの声を聞き分けるが早く、近づいてきて袖口をつかんだ。彼は開いた口が塞がらないらしく、

「どこぞへ行んで酒の一杯もやらんといかんのじゃが、時間がこげに早うてはそれかて無理やし……これからあそこの喫茶店で会わねばならん人がおるんじゃが、わしと一緒に行かんね」

と言って、袖口をつかんでいた手で背中を押した。ぼくは拒む理由もなかったけれど、愚鈍でしつこい性質の、滅多に急くことのなかった人間が焦燥に駆られ、歪んだ形相で急いでいるさまがただごととは思えなかったので、彼の変貌ぶりをもうちょっと確かめてみるためにも、従いて行ってみるに値するような気がした。彼は駅前茶房というところへぼくを押し込んだ。喫茶店のなかはひどく薄暗かったが、広さが三、四間にもならなかったので、入っていってすぐに店内をひと目で見渡せた。龍模が会うことになっている人物はまだ来ていないらしかった。ぼくが片隅の席に腰を下ろすと、龍模が向かいの席に座りながら、

「どうしてわざわざ、こんな複雑な日にこんな場所で会うことになるんだ。余裕を持ってきたのなら、わしらのところへもちょっこら寄って泊まっていったらええのに……」

と責めながらささやいた。ぼくは済まないと詫びて言い訳するよりも、何がそんなに複雑なのかを訊ねた。

「弱い者ばかり死なねばならん世の中なのやら、弱り目と聞くととんでもねえ疫病神までが人の心を腐らせおるんだわ、くそっ――忌々しい」

彼は煙草に火をつけながら、痰の絡んだ声でぶつくさとこぼした。注文を取りに来たウェイトレスが彼のひどくむくれている形相をみて怖じ気づき、声をかけることも出来なくてもじもじしていたが、水を入れたグラスだけをテーブルにおいて背を向けると、彼はほんの僅か触れるだけでたちまち食ってかかりそうな視線を、彼女の後頭部に突き立てながら言った。

「ママさんよ——ここへ冷や水ばかし二杯も運んできて帰るんじゃなくて、カネを取れる飲み物も二、三杯運んできてくれなくちゃ」

ウェイトレスが笑みを残した顔のまま振り向いて、

「わたし、ママさんではありませんわ」

「ママさんでなければ姉さんかね」

「コーヒーを差し上げましょうか？」

「差し上げなんでも結構じゃ……ほれ、あの、田舎者どもが砂糖味で飲んでどるあれがあるやろ？　笑うなって、ロバの腹を見てパンツを濡らす娘のくせして……」

龍模はグラスの中の水を一気に飲み干してから、

「ソウルは明るいところやから、結構じゃろうな。こげな片田舎では蒸し蒸ししとって我慢がなんねえだよ。たらふく食えるか食えないかが問題でのうて、腹立たしくて生きちゃおられんだよ。にっちもさっちもいかねえんだからな」

と言ってまた、新しい煙草を抜き取って口にくわえた。

「どういうことなのか、ぼくが知っても無駄か？」

ぼくが繰り返し問いかけてようやく、彼は話を切り出すつもりで出入り口のほうをいっぺん振り向いたが、折りからドアが開いて革ジャン姿の中年男が眼鏡のレンズをきらきらさせて入って来ると、龍模は急いで及び腰に尻を上げて見せてから、

「やっと来たんか。女房の叔父貴なんや、話は後でするとして、ここにおれや。長くはかからんでよ」

と言い残してその革ジャンの後に続いた。彼らはぼくの座席から三つ四つ離れた、窓側の明るいテーブルを選んで向かい合った。少し距離をおいて様子をうかがうと、龍模は何かに土壇場まで追いつめられているらしく、ひどく焦って見えたし、どことなくくたびれて不安そうな気配を色濃く漂わせていた。彼の力ではどうにもならない何か厄介な問題に縛られ、よほど責められている気配だったが、彼の表情といい言動といいかつてのチャン・プシクのそれではなかった。すでにむしり取られるだけむしり取られて、もはや中身しか残されていない印象だった。龍模が内側に積み上げられて固まっていたものを急いで訴えたい気持ちから、熱気を帯びたまなざしを繰り返し見せるのに、龍模の女房の叔父貴は座席の背もたれをいくらか斜めに倒しながら、革ジャンの下から皮バンドをさらけ出して腰をかけ、素知らぬふりをした。

「おい、ちょっと、ミス鄭《チョン》、わしに電話がなかったか？　誰か訪ねて来なかったか？」

ウェイトレスたちがなかったと答えると、

「ちょっと来てくれ――おい、こっちへ来てくれ――公報室長からも、何のあれもなかったのか？　すると、大日企業の姜《カン》社長からも電話はなかった、そういうことか？　おかしいな。おい

おい――電話はあったのに、誰か別の者が間違って受けたんじゃないのか？　そんなはずはないんだがな。おい、『亀甲船《コブッソン》』があったらひと箱持ってきてくれ」

　革ジャンはひとしきりやかましく騒ぎ立ててからも、龍模の話には上の空だった。ぼくは革ジャンの、虎の威を借りておのれをひけらかすやり方といい口ぶりといい、すべてが他人に聞かせようとことさらに騒ぎ立てる、一人芝居だと推測した。彼は入り口のドアがちょっと動くだけでもちらちらと目をくれ、レジの電話が鳴るたびに振り向いて眺め、ウェイトレスたちが往き来するたびに内ももとか尻を触ったりしたので、それが何を意味するかも併せて見当がついたが、言うところの邑内の有志たちの虚勢というものだった。ただでたかり取れるものがありそうだと、こんなときはこうして張りつき、別のときはあんな具合に張りつきながら偉そうに振る舞い、国の財産をむさぼり他人のものは掠め取るが、取り引きが簡単なので噂が立たず、実利を優先させ互いに目をつぶってやりながら棲息する、品性の低い手合いの手垢にまみれたやり方だった。弱みがあったり自分より劣って見える相手には文章を書いていびり、力が強そうに見える相手には賢い走狗となって吠えてくれる、そうした部類の系譜ある悪癖を型通りに見せてくれたのだ。したがってぼくの推量でも、龍模がどんなことを依頼しているのかは知る由もなかったが、それが叶うと端から期待できることではないように見えた。

　それなのに龍模は、何を頼み込んでいるのであんなに人目もはばからずぺこぺこしているのやら、しきりに背筋を伸び縮みさせながら口が酸っぱくなるくらい喋りまくっていた。またしても入り口にドアが開け閉めされると、急いで顔を上げて眺めた革ジャンが大声で話しかけた。

「ミス鄭、済まんけどな、副郡守が戻ってきたか、ちょっと電話をかけてみてくれや。戻っていたら、わしがここにおると伝えてくれ」

しばらくしてレジのウェイトレスが電話をかけると、彼に伝えた。

「崔《チェ》局長さんはいま、いらっしゃるそうです」

「そうか、だったらわしが、これからそっちへ行くから、しばらく待つように伝えてくれ」

彼は席を立つと龍模を見下ろしながら、こちらの隅まで聞こえるように大声で、

「とにかくどのみちそうなったこと、抜け道はないわな。罰金のなんぼかでケリをつけなくちゃ」

と言い残すと、風を食らって出て行った。龍模は肩を重そうに怒らせてやって来て、ぼくの前の座席にどっかと腰を下ろしながらぼやいた。

「昔から女房の叔父貴の墓の草取りなどするやつはおらんと言われとるで、なぜだろかとえらく不思議やったけど、今日のあいつを見てそのわけがわかったわ」

と言ってから、ぼくのグラスにあった水まですっかり飲み干すと、

「庭一つ隔ててるだけで、五代前の先祖が同じでも子孫は他人というのは当たってるわな。おのれが困っとると訪ねてきて、盛りがついた豚みてえな声をだしていても、こっちが助けてもらいてえときはどいつもこいつも、知らぬ顔の半兵衛だと。互いに知らぬが仏で、たった一つのことも聞いちゃくれんのだわ、汚えったら……」

彼は込み上げる鬱憤を鎮めることが出来なくて、両手の指を折って節々の折れる音を賑やかに立てながらも、どうすることも出来ずにいた。

「何があったというのだ?」

いままさに腹を立てているところなので、詳しく話して聞かせてくれるとは期待していなかったけれど、ぼくまでが巻き添えを食らって気分を害し、手持ちぶさたに座り込んでいるのが窮屈になってきて、かけた一言だった。

「つまんねえことに手を出して裁判沙汰になっちまったんだから、まともな神経を持った人間なら肝っ玉がひっくり返る事件ではないかということよ。わしとしたことがまったく」

龍模はためらわずに吐きだした。意外だった。どんな裁判かとさらに訊ねた。「遊びでもねえし、狂ったわけでもねえし……ツキがなければこのざまさ」

「誰かと争ったのか？　誰かが貸したカネを返さずに食い逃げしたのか？　でなければ何があったのだ。他人の女房と不倫をする器量があるでなし……」

ぼくが立て続けに訊いたのは、彼がにたにたしながらしきりに頭を振ったせいだったけど、ぼくの話がすっかり終った後でようやく、龍模は元来の自分の顔に戻っていって重みのある声で語り出した。

「わしらみてえに生まれてこの方お上に痛めつけられても、ぐうの音一つだしてみたことのない木偶の坊なんぞは、どこかから来いと言われたら来るし、行けと言われたら行くよりほかに、息の根をまかせられるところがどこかにあると思うね？　懲役に行けと言われたら行くし、罰金を払えと言われたら払わねばなんねえし……そういうことよ」

龍模は興奮を抑え切れないといった顔つきで、しかし諦めているらしいまなざしを伏せながら語った。

「裁判に勝てば済むじゃないか。負けそうなのか?」

ぼくが彼の気持ちも知らずに喋っていても、龍模は尖ることを知らなかった昔とそっくりの節回しのままに、間延びした声で受け答えした。

「ここがソウルかね。勝ったら顔が売れるし、負けたら財産が吹っ飛ぶのが田舎の裁判やのに、わしのこれはそれでもなくて、人間だけ使いものにならんようちゃらかしておけというものなのさ。だからわしが、近ごろおのれの正気で生きてきたと思うか。何日か頭を悩ましたら歩き回る気力さえないわい」

「もういっぺん訊くけど、人権に関する問題か?」

「人権とか人格とかは学のある人が、学のあるところを見せつける言葉さ。こんな田舎でこうして暮らしとるわしみてえなやつらは、ただ生きていけるようにさえしてくれたら御《おん》の字さ。他人を困らせる真似はしないし迷惑をかけないから、あるがままに暮らしていけるようにしてくれたら有り難いというのよ」

龍模はしかしそれ以上は話すことがはばかられるのか、しばらく口をつぐんだ。ぼくは龍模自らが口を開くまでじっくり待つことにした。何年も記者として法廷を見て回りながら傍聴してきた経験があり、内容によってはぼくの意見が彼の役に立つかもしれなかったので、まずことの次第から知らねばならなかったのだ。しばらくしてようやく龍模が口を開いた。

「後でわしの裁判に、一緒に行ってみるか? わしには生まれて初めてだでよ……」

「午後三時の列車に乗るんだ」

「だったら十分じゃ。裁判の時間は十三時零分やから。十三時が午後一時だと。午後一時なら一時やし、正刻なら正刻じゃろうに、十三時零分とは何事や」

「ここの裁判所は行ってみなかったけど、前に話は聞いてるよ」

この地域の裁判所の慣習について龍模がそれ以上のことを知らずにいたので、ぼくは自分が耳にしているままを伝えてやった。それというのも龍模が前もって気後れしてしまい、法廷で周章狼狽するとか自分から罪を認めてしまうとかせぬように、サポートしてやるためだった。ぼくが知っていたのはおよそこんなことだった。

ここの巡回裁判所は週に一度、水曜日の午後一時から二時までの一時間ずつ開かれる。近隣の郡の地方法院分院の判事が午前十二時の鈍行でやって来て法廷を開き、午後三時の普通急行で戻っていった。事件は民事と刑事を問わないが、たいていは即決裁判で時間が過ぎた。検事と弁護士が立ち会わないのも特徴の一つだが、それは検事や弁護士がこの地域に常住していないためというよりも、事件そのものが軽くて大きくなかったからだった。けれども事件の種類ばかりは強盗、殺人及び通行禁止令違反事項だけが大都市圏と異なるだけで、暴行、背任、詐欺、横領、窃盗、強姦、姦通（不倫）などひと通りいろいろと発生していた。もっとも頻繁に扱われる事件は第一に姦通罪で、金銭の取り引きがこれに続いた。

これはここで三十九年目の代書業を営んでいる、南某《ナム》さんから聞いた話だった。ぼくの話を聞き終えると、

「しかし人間が人間の値打ちがあるところでなくちゃ。今度のことだって道理をわかっとる連中が、かえって法律をおかしく思うておるんやからな。何が間違っとるのかわからんわしみてえなやつらは、どこへ行んでこげな理不尽な事情を訴えたらええのやら、ちょっくら考えてもみろや。わかっとらん連中はわからねえから仕方がねえとしよう。何かをわかっとる連中は抜け穴を知っとるでよ、かえって悪さを仕掛けようとするでねえか」

龍模は腹立ち紛れに、しっかりと握りしめていた拳をテーブルにたたきつけた。クルミの殻に劣らず硬かった平たいアルマイトの灰皿が、ぴょんと飛び上がって煙草の灰を撒き散らしながら落ちてきたけれど、彼は腹立たしさが込み上げてきてそれも目に入らないらしかった。

「わしとしたことがまったく、ツキのないときはメダカにおちんちんを噛みつかれるというけど、まっとうな神経をしてバカになろうとしたら、とんでもねえおかしなことまでが起きたりして、泣くに泣けねえってことよ」

話を聞いてみると、龍模としては怒りを爆発させざるを得ないことだった。龍模は興奮を静めた後で、順序を前後させることなくわかりやすく並べ立てた。

龍模の一家が冠村の集落から引っ越して行ったのは、集落の前方の干潟が水田に改良される頃だった。貯水池と干拓地とをつなぐ水路が、彼の家を真っ二つに引き裂いて通り過ぎていったのだ。家を一軒取り壊されてしまったとしても、そんな具合にすっかり引っ越して行ったりはしない人たちだったけれど、家の前と後ろにあった水田と畑までが左右に引き裂かれて水路に食い込まれ、冠村の集落にそのまま踏みとどまって根を下ろし続けていたら、暮らしを持ち堪えることなど覚束《おぼつか》ないありさまになったのだ。彼の一家はほかになすすべがなかったので、支払われるという立ち退き補償金をくれるまま受け取って立ち退かねばならなかった。見かけ倒しのチョウセンカラスウリの喩えではないが補償金とは名ばかりで、それすら一年近くもずるずると引き延ばしながら、三回に分けて支払われたので、まとまったカネが入ってきても気が済まないのに、まとまったカネをつかむことができなかったのだ。

締まり屋なうえ几帳面なことでは近郷でも一番だろうという評判通り、龍模の父親はたとえまとまったカネではなかったにせよ、一文たりとも無駄遣いしなかった。けれどもそのカネで失った程度の田畑を手に入れようとしたら、元の場所から少なくとも六キロは山奥へ入り込み、天空に手が届く村でなければ足を踏み入れることも出来なかった。補償金そのものが時価より低く値を付けた金額で支払われたせいだった。龍模が未だにトラックさえ入っていかない、ヌルムセと呼ばれている山奥へ移り住み、両親をその近くに葬り、いまも電灯の明かりすら見物できずに暮らしているのも、そうした経緯からだった。

ヌルムセは当時からいまも、上と下の集落をひっくるめて十五軒ほどにしかならない、ネコの額ほどの山麓の村だった。あまりにも人里離れた辺鄙な山奥だったので、よほどのことがなければ街中から人を訪ねてきて覗き込んでいくこともなかったし、ああしろこうしろと口うるさく言う、役所の下っ端役人もいないので、そうした煩わしさのないこと一つだけでも、どうにか暮らすに値したと語って龍模は笑った。ヌルムセというのはそれほど滅多に人が来ないうえ、山麓の集落にふさわしく人跡稀な僻地が少なくなく、九十九《つづら》折りの坂道が幾つもあって、年がら年中人の足が途絶えている奥まった森林が拡がっていた。したがってアナグマや狸、イタチや山猫など地元で手に入る獣皮がいろいろあったし、鷲とか鷹、フクロウなどの鳥類もうようよしていた。それらの中でも山鳩とキジはあまりにもたくさんいるので、見るのも飽き飽きするくらいだった。そのため放っておいたら生き残ることが覚束ないのが畑作だった。以前は野ねずみとか雀どもが暴れ回ったので、人間の手許に残るものが少なかったけれど、よその地方と同様に野生動物保護令が発布されて以後、近年はキジの狼藉による被害がもっとも深刻だった。

ところが誰も、それらを撃退してみようと工夫をしなかった。やみくもに罠や落とし穴を仕掛けて一、二羽減らしたところで効果があるはずもなかったが、およそ誰彼の別なく家業に埋もれて暮らしていこうとすると、そんな暇もなかったのだ。

龍模の完全に気が触れた振る舞いが始まったのは、この前の市が立った後だった。四日前の市の日のこと、ヌルムセではよほどの変人でなければ、ひと月に六回やってくる五日ごとの市の立つ日ともなると、当然のごとく市場へ繰り出していってその日を過ごすことが習慣になっており、龍模とてもそれは例外でなかった。人々はどんなに忙しくても、やれ草取り鎌を研ぎにださねばとか鎌の柄の穴を詰めに行くなどといって、たいていはそういう細々とした用事を口実に出かけていったし、まるきり用事がなければ穀物の価格を見に行くとか、キジや鶏、アヒルなどの相場はどうかを調べるといった口実を設けた。せめて空っぽの背負い子でも担いで出かけなければ格好がつかなかったのだ。

久しぶりに寒さが緩んで日陰が解けるようなぽかぽか陽気でもあったけれど、これといってすることもまたなかったので、この日も龍模は漫然と立ち上がった。靴を履く気配に、薄暗い部屋の片隅で大豆もやしを入れたこしきを据え付けていた女房が、すっかりむくれてしまって顔を覗かせようともせずに、

「冬場ずっと器に一杯のアミの塩辛も買って食べたことのない市場へなんぞ、何しに行くのよ。まぐさを炊くとなると、いっぺん炊き上がるまで焚き続けるための干し草の貯えもなかったのに、熊手の柄をつないで藁屑の塊を引っ掻くとか、土に埋まったまま腐っている松の切り株を割っておくとかしないで」

と言って引き留めたとき、その言葉にしたがっていたらこんな事件は起こらなかったはずだった。

「いんにゃ、面事務所へ行んでちょっこら会わねばなんねえ人がおるだわ」

彼はことさらに見え透いた嘘までついて、後も振り向かず柴折り戸の外へ出てきたのだった。山道がぬかるんでいて道連れなしに突っ走っても、馬でさえひと釜分はたっぷりとまぐさを食わせてやらねば、邑内まで行き着けるかどうかわからない距離だったので、龍模は尻にずっしりくるくらい急ぎ足で歩いた。

彼が韓南松《ハンナムソン》といって、ベトナム戦争にも行ってきた男が開いた精米所を彼方に見下ろしながら、ハゲワシ峠の頂にたどり着いたばかりのときだった。見かけぬ子どもが自分の背丈ほどもある大きくて真っ赤な一羽のキジを、小脇に抱きかかえて降りていくところだった。長く伸びている尻尾の羽根をこれくらいのところから眺めても、たったいま捕まえてきたことははっきりしていた。

龍模はことのついでに、自分も一羽捕まえて炒めて食べたら体力がつくだろうと思ったけれど、そんな思いは何歩も行かぬうちに打ち消した。

峠を下ってきた浅瀬が走り、冬中凍てつかずに流れている早瀬があって、靴を脱がなくても渡れるように、若々しさを失くした榛の木を三、四本渡した丸木橋があった。龍模はその丸木橋を渡りきって、鼠火と呼ばれている、野ねずみを追い払うために火を放ち、黒々と焼け焦げて横たわっている田の畦を迂回すると、新作路にたどりついた。新作路までやってくるとようやく人里へ来たような気がした。韓南松の精米所からは、臼を搗いているモーターの音が気ぜわしげに聞こえてきたし、精米所の垣根の傍らに立っているポプラの木には、枝がたわむくらい雀の群れがずらりととまってさえずり、荷物を頭の上に載せたり担いだりして、市へ店を出す人たちが三、四人ずつ群れをなして、ひそひそ話を交わしながら先を行き後に続いていたりした。

精米所の前には米俵の一つも精米してもらって、市へ出して売るために来たとおぼしいヌルムセの趙順万《チョースンマン》と、やはり米を入れるかますを編んで家で使おうとやって来たと思われる、墓堀人の呉寿吉《オスギル》が見慣れぬ子どもを前にして軽口をたたいていた。呉寿吉がまず龍模に親しげに声をかけてきた。

「どこへ行くだね?」

「退屈しのぎにここまで出てきてみたんだわ」

龍模が近寄って答えると趙順万も真顔になって、

「市場へで行くとこけ?」

と訊いた。

「朝っぱらから市場へ行んだところでたいした用事はねえさ。ライターに油でも入れようかと……」

と話していると、傍にいた少年がぺこりと頭を下げるのでよくよく見ると、ヌルムセの上の集落に住んでいる高学成《コハクソン》の息子の星文《ソンムン》だった。少年は小脇にキジを抱えていた。

「どげえしたとね。おめえが捕まえたん？」

龍模が訊いた。

「葛のツルで試しに罠を仕掛けておいて、今朝行んでみたら首に絡まって死んどったんやと」

呉寿吉が少年に代わってそう教えてくれた。

「捕まえたなら患っとるお父んにでも炒めて食わせたらよかろうに、どこへ持って行ぬるんや？」

龍模が責めるような口ぶりで言ったことに呉寿吉は、

「学成のやつ、まんだ起き上がれねえみたいなんだわ。どこがどげな塩梅《あんばい》に悪うて起き上がれんのじゃろうか？　臥せってひと月近くもなるはずやのに」

といって心配し、趙順万は、

「もともと暮らしが貧しうて、薬を服みたくても手がだせねえみてえだわ。煙草銭にしてえから売ってこいと言われたんやと」

雄キジを軽く撫でまわしながら、星文に代わって言葉を挟んだ。

「ちっとはよくなったのか、相も変わらんのか、わしもちょくちょく見舞ってやれんと……おめえのお父んが、売ってこい言うとったいうのけ?」

龍模が星文に念を押すと、少年もその通りだと答えた。

「いくらくれえかな?」

趙順万が訊いた。

「誰が売ってみたことがあるね?」

呉寿吉が小首をかしげると、

「三千ウォンより下なら売らないよ」

星文が子どもらしからぬ注文をつけてきた。

「そうやなあ、滅多にねえものやけど、そのカネを払うて食う人間がおるじゃろか?……」

龍模は何となくつぶやいて、目指す市場へふたたび歩みを促したのだが、星文がちょこまかとその後に従いてきた。

龍模が星文からキジを手渡されて小脇に挟んだのは、邑内の入り口へ足を踏み入れる直前だった。それは、キジの値をつける駆け引きに少年ではあまりにも幼かったばかりでなく、横合いから二言、三言でも加勢してやって、なるべく一ウォンでも高値で売れるようにしてやりたかったからだった。

龍模はキジの羽根の付け根をつかんで前後左右をきょろきょろしながら、買い物客たちのなかを掻き分けて行った。キジを見せろという人さえ出てきたらしめたもの、誰だろうと引き留めて値段を交渉し、そこそこの売値ならすぐにも手渡して、少年を早くに家へ帰す心づもりだった。彼はいつものことでまずキジやアヒル、鶏などを扱っている店へ立ち寄った。この日も子豚、山羊、鶏、カモから無理やりに乳離れをさせた子犬、二十日鼠ほどの大きさの子猫に至るまで、実にさまざまな生き物が売りに出されていたが、龍模が真っ先に足を運んだのはキジの買い手がいるかもしれないと思ったからではなくて、市場へ来ると決まってその店から見て回った習慣からだった。したがって有り体に言うと、手でつかんでいるキジよりも床につながれ動き回っている生き物のほうに気を取られていた。

彼が店をひとわたり見て回って、いまにも牛市場へ足を踏み入れようとしたときだった。

「それは売り物かね?」

と言う声がして肘を小突かれた。そのはずみで振り向くと、紺のズボンに誰もが羽織っている栗色のナイロンジャンバーを着た中年男だった。まったくの見ず知らずでなくどこかで何度か見かけた顔で、近くに店をだしているか飲食店の主人といった印象だった。龍模はまるきりの見ず知らずより話しやすかろうと踏んで、鄭重に、

「へえ、今朝方捕まえたばかりなのでむっちりしていて、滅多にない上物ですわ。持ってみなさいな、かなり重いですよ」

と言ってキジを男に手渡した。男はキジを受け取るとそちこちを調べ回しながら、

「薬で捕まえたのかな、何で捕まえたのかな……」

とつぶやき、龍模はすかさず、

「罠に決まってるでしょ。近ごろやたらと薬なんぞ使えますかいな。安心して食べられますよ」

と答えた。男は頷いて見せながら、

「あっちまでちょっと来てくれんか」

と言って龍模の背中をさりげなく押した。龍模は思わず脇道へそれてしまって、鶏やカモなどの生き物を売っている店先を振り向いてよろけた。多くの人たちの視線が一斉に自分の顔面にばかり注がれて絡みつく様子から、ただならぬ感じだった。そのくせ自分がどうなるのかまったく覚ることができず、なぜか星文を見失った気がして、脇道へそれて出て来るが早く振り向いてきょろきょろしてからも、まっとうな相手にめぐり会えたという気分でいるばかりだった。

まっとうな相手にめぐり会ったのは事実だった。自分よりすばしこくていち早く雲隠れしたことにも気がつかず、龍模が星文を探しだそうときょろきょろしていると、

「何をしているのかね。体面を考えて穏やかに扱ってるんだから、それくらいのことはわかってくれなくちゃ」

と言って男は龍模の脇腹をぐいっと小突いた。その痛みからようやく男が何者かを察して、龍模は目の前が真っ暗になり、見えるものも見えなくなってきた。それでもいっぺん話すだけは話してみようと、

「何をしなさるだよ。そのう――わしは何でもねえだよ、キジの持ち主は別におるのに」

「行けばわかるって」

「そうじゃないいんだ。話を聞いてみもせんとそげなことをされたらどうするね」

「礼儀作法をわきまえた人も嘘をつきなさるのかな。端からわしが見ておったのに……」

「そんな、そうじゃないって。わしらの村の小学校へ通っている子どもが捕まえてきたもので、わしが代わりに売ってやろうとしばらく持ってただけのこと、わしには何の関係もねえと言うとるだよ」

「だからさ、何の関係もないんだったら行ってそう話すんだ。行ってそう言えばいいじゃないか」

「何の罪もないのにどうして行くだね」

「わしはいま、めしを食ってすることがなくて、罪もない人を困らせておるとでも言うのかね？　この男と来たら――あんた、この市のど真ん中で骨の一本もへし折ってもらいたいのかね？　いい年をした野郎が聞き分けのない。誰に向かって意地を張り通そうというのだ。捕まえたらいかんというキジを捕まえたんだ、間違いだってことくらい知らなくちゃ。かえって子どもをだしに使って意地を張り通す。このしぶとい野郎が――」

龍模は左右の拳が代わる代わる横っ面へ飛ぶと、呆気に取られて辛うじて体を持ち堪えた。いくら高くまで飛び跳ねて否認しても、無駄骨のような気がした。買い物客たちが群れてきて十重《とえ》二十重《はたえ》と取り囲んでいた。龍模は見知った人がなかに紛れ込んでいるような気がして、素早くうなだれた。考えてみたら、なるべく急いで他人の目に触れない場所へ行って、頼み込んでみるにしくはないと思われた。彼は男から言われるままにおとなしく従いていった。キジを捕まえたのが少年だったことや、滅多にないことなので、それを売って父親の煙草銭にするという言葉をけなげに思っただけ、その先のことを考えなかったのは間違いだった、ましてや牛肉店とか鳥肉店などにはスリが出没するし、市の立つ日には決まって刑事が潜んでいることも、あらかじめ考えておくべきだった。

その男を同じところにいる者は崔《チェ》巡警と呼んだ。日曜日で非番だったので私服を着ていただけのことで、鶏肉店付近に潜んでいたのはスリの取り締まりが目的ではなくて、その間に伝染病が拡がり、汚染された鶏を売ってしまおうとやって来る不埒な田舎の人たちがたくさんおり、その伝染病が鳥肉店から各地へ拡がるにつれ被害が深刻になり、畜産組合から特に取り締まるよう要請があったので、たまたま派遣されてきていたのだった。

龍模が連行されていった先は駅前通りから少し離れたところの、農協と銀行の支店の脇に腰を据えた派出所だった。日曜日なのに、市が立っているせいか制服の巡警が二人も警備に当たっていた。ストーブまでがいい加減なもので、派出所の外よりもひんやりするため龍模は肘が冷え込むし、膝ががくがく震えた。彼は言われるままに、崔巡警のデスクの上に住民登録証と予備軍手帳を取りだして対座した。本籍地、現住所、姓名、生年月日、住民登録証番号、職業に続いて、

「捕まえた時間は、何時かね?」

と訊かれた。龍模はどぎまぎしながら、

「朝飯を食ってから行ってみたと言ってたから、九時頃にはなってたでしょ」

と答えた。

「罠を仕掛けたと言ってたな? どんな罠だ?」

「それがですな……」

「訊かれたことに答えるんだ。ねずみ捕り器ではないだろうし、どんな罠だったのかね?」

「だから、それがそうでないと言ってるんですよ」

「何がそうでない? 罠は幾つあるのかね? 密猟を専門にしようと器具まで取り揃えたりしてだ、あんた、質《たち》が悪いな。それからこれで何羽目になる?」

「そんな、お巡りさんたら。無実の罪を着せようなんて、そうでないって言ってるのに」

「あんたを助けてやろうとしているんだからよく聞くんだ。そのほうが簡単なんだ。問題をややこしくすることはないんだ。野生の鳥類、野生動物を保護することは知らぬ人がないのにだな……子どもらだって山へ鳥の巣なんぞこしらえて、木に吊るしてやったりしておるのに、あんたはキジだけを捕まえたわけではないはずだ。いつ何と何を捕まえ、どんな方法で何羽、または何匹捕まえたと正直に白状しなければ、いいことはないよ。長い間家へ帰れなくなるって。最低六ヵ月の懲役だな」

「アイグ、気が変になるよ。お巡りさんだってさっき見かけたはずじゃないですか。ちっぽけな子が一人、従いてきてたじゃないかと言ってるんですよ。あの子は高学成といってわしらと同じ集落に住んどる人の息子でね、あの子が捕まえてきたものをですね……」

「その子はあんたの息子じゃないか――」

「そんな――あの子はですね……」

「この男と来たら、性根をたたき直さなくてはいかんようだな。こんなやつがおるかね、こんな――おのれの犯した罪を幼い息子におっかぶせる? こんなやつがどこにおる……親の面汚しめ、おい、貴様、ちょっとそこに立ってみろ。立てっ……」

という声とともに腰をかけていた龍模は、天井を仰ぎ見ながらに後ろへひっくり返り、後頭部をしたたか壁にたたきつけられた。靴の踵《かかと》が内ももを踏みつけると下っ腹へ移っていって脇腹を蹴り、次ぎに尻を蹴り上げ肩口へ移っていった。論山の新兵訓練所へ入所して以来、十数年ぶりに味わうもてなしだった。

「おのれの幼い子どもに罪を着せる？　この男、けしからんな」

「こんな男は性根をしっかりたたき直してやらんといかん」

派出所に居合わせた男たちも一言ずつ加勢していた。龍模が辛うじて体をかがめ、椅子を元に戻して腰をかけると、崔巡警が強面《こわもて》を和らげて語りかけた。

「申龍模《シンヨンモ》さん、お互いに用件を手軽に済ませましょうや。どういうことかおわかりかね？　罪のあるなし、罰を加える加えないはいずれ裁判長が決めることだし、わしは取り調べさえすればいい人ですわ。おべんちゃらを言ってわしによく見せようとする必要もなし、さりとて年甲斐もなく、卑劣にも嘘っぱちなんぞこく必要もないんだわ。また嘘っぱちをこいてみたところで、通用もせんわな。あんたの言葉に騙される人間に見えるかね？　わしも女房子どものおる人間だで、事情もあり得るし、人情もなくはない人間じゃけど、もういっぺん言うとあんたが紳士的に出てくれたら、わしも考慮してやれるところがあるはずだ――と言うわけだわ。なぜか。わしも人間だったということだわな。どういうことかというと、わしには罪のあるなし、罰を加える加えないとか言う資格はないけれど、罪が大きくなるのを小さくしたり、重い罰が下されるのをある程度軽く下されるようにすることは出来る人間だ——といった次第ですわ。中龍模さん、どういうことかおわかりかな？」

「へえ、もちろんですよ。よくわかりますとも」

とっさにこのように答えてしまった龍模は、いざ調書が作成される段になっても事実を事実として主張することもならず、事実でないことを事実でないと突っぱねるのも難しくなっていた。ましてや崔巡警は、途中でこんな言葉まで挟んだという。

「中龍模さん、わしらがこんなことがきっかけでこうして知り合ったのは、お互いに残念なことですな。さりとてわしらは、ここに一日二日暮らして終わりにする人間ではないのだから、これもすべて因縁ですわ。さっきわしは興奮のあまり、自分でも思わず手を振り上げたりしましたけど、それこそ何らかの嫌疑から故意にしたことでしょう。わしにはちょっと手を振り上げる悪い癖があってそうなっただけのことで、生きている間にはこんな経験もするしあんな経験もするものですわい。悪く思わずいっぺん結構な経験をしたと思いなされ。それからこうした事件はですな、最近の新聞紙上を通しても、ラジオやテレビの報道を見てもそれはもうたいそうやかましく統制し、処罰しておるところでしてな。今回の事件も当然、拘束して立件すべきところですが、あんたは初犯だそうだからその言葉を信じることにして、特別に考慮して即決裁判に回す程度にしますから、そのつもりでいるように。考えても見なされ。この雪の降る厳冬の寒さの中を、刑務所の冷たい板敷きの床の上で辛抱できますか？　あんたにツキがあったから運が開けて、わしみたいな人間に巡り会えたとでも思うことですな」

話を聞くと不利なところは何一つなく、有利なことばかりがあるようだったので、有り難いという言葉のほかにいうことがなかったから、崔巡警が陳述書を手渡しながらいっぺん読んでみて拇印を捺すよう指図したときは、龍模も何も言わずそのようにしたのだった。

――被疑者申龍模は上記居住地において、小集落の農業に従事しながら生計を立てる者にして、平素より田畑の作物に対する、生けるキジの被害が多大であると認めて生けるキジの駆除に腐心してきたところ、器具を用いて捕獲することを企図し、被疑者所有の麦畑の片隅の小径に締具を設置しておきたるところ、今月三日九時頃生けるキジ一羽を捕獲したる事実を有し、被疑者は日用の生活費の窮乏を痛感していた折から、本邑の市の日を期して不法取得物を競売し、生活費への転用を企図したる事実を有する者にして、野生動物保護令が実施されてからも故意に歪曲、違反したる……。

龍模が目を通した内容はあらましこんなものだった。崔巡警は夕方もしばらくして釈放してくれながら、水曜日十三時零分までに必ず巡回裁判所の法廷に出頭するよう指示した。龍模は釈放されたその足で、邑内で相談ができそうな身内を残らず訪ねて回った。やれ不条理の除去よ、庶政の刷新よ、とどんなに騒ぎ立てようと、カネさえ使えば揉み消せると信じていたのだ。たとえ罰金よりカネが余分にかかろうと、法廷への出頭だけは免れたかったのだ。それは、実刑と決まれば法廷での拘束を執行する可能性も残されていたからだった。ところが何カ所にもならなかったけれど、市の立つ日だというのに十ウォン札一枚工面することが出来なかった。口先では、そこまでしなくたって貧乏人からカネを巻き上げるなんて、どうしてそんな阿漕《あこぎ》な真似が出来るだろうかと言った様子がありありだった。カネが出来なければ崔巡警に会って、せめて言葉でもよろしく取りなしてはもらえまいかと、性急に取りすがってみても無駄骨だった。普段からの顔見知りが平身低頭してしつこく頼み込んだら、調書が回っていかないかもしれないと思ってそうしてみたのだが、いますぐ自分たちが困っていることではなかったので、眉毛一本動かす者はいなかった。夏場は補身湯、冬場は酔い醒ましの汁を売り物に店を開いて三年目になる父親の従兄弟は、ただでさえむしり取られるカネが多すぎて店仕舞いしたいくらいだと言ってかぶりを振り、自動車の部品を扱う店を出している母方の従姉妹も同様だった。そんな些細なことで借りをつくってしまったら、後でほんとに何か困ったことが生じて急を要するときには、利用できなくなるというわけだった。新聞社の支局長をしている女房の叔父貴とて変わるところはなかった。会って話を聞いてみてやると、裁判のある日に駅前茶房へ来れば結果がわかるはずだと言ってたのが、いざとなるとかえって龍模に堪えるよう説得したのだった。

「どのみち裁判所へ渡ってしまった事件だ、仕方がないからおとなしく辛抱して、判事の前で余計なことは言わんように。崔巡警とわしとは宗氏（同一の祖先の家系）の間柄だし、互いにいがみ合うわけにはいかんのだ。ちょっとでもこじれたら互いに困った立場になるのだから、せめてわしのメンツに免じてでも、罰金を払ってケリをつけろや」

龍模は革ジャンと眼鏡のレンズばかりてかてかさせていて、副郡守に会いに行くとかいって、コーヒー代も払わずに喫茶店を出て行った男の口調を真似て見せてから諦め顔になった。女房の叔父貴のメンツに免じてではなくて、おのれの将来のために堪えなくてはなるまいということだった。裁判の場で陳述をひっくり返したら後の祟りがあるかもしれなくて、それを怖れているらしかった。ちっぽけな地域で暮らしていくには、誰かから疑いの目を向けられたり恨みを買ったりしたら、生きていけないというのが龍模の意見だった。龍模の話が終わって、ぼくは彼がもうちょっと勇気を持って事実をあるがままに明らかにすることで、真実が虚偽の力で隠蔽される事態が生じないことを願った。それを龍模に期待するのは無理かもしれなかった。それでもぼくは龍模に忠告したかった。ぼく自身、自分の言いたいことが言えずに暮らしている分際で忠告などおこがましいけど、全面的に他人事と決めつけてしまうわけにもいかなかったのだ。真実はいつでも万古不動の存在ではあるけれど、時代と場所によっては一時的に虚偽の横暴に抑え込まれて難儀な目に遭うことも、あり得なくはないとぼくは話した。そのため真実を見抜いている人たちも、致し方がないときは虚偽の横暴の前に屈服する姿勢を取ることもあるが、しかしそれはどこまでも表向きだけのことでしかなく、真実そのものとはいかなるときも関わりがないと語って、真実を知る者が片時と言えどもそうした姿勢を取ってみせるのは、真実が公開される日までその証拠を完全な形で保つための避けがたい手段であり、その証拠のもっとも完璧な形がとりもなおさず良心だが、正義が秩序を取り戻したときその証拠によって真実は公認されるのだと、それからそれを信じる行為が生の土台になるだろうと語ったのだった。龍模の場合、法廷でさえも本意ならぬ虚偽の陳述をひっくり返さぬ限り、生の棄権と変わりないはずだった。おまけに事実を目撃している星文とその父親学成のほかにも、精米所へ来ていた趙順万と呉寿吉など二人の隣人たちがさらにいた。ところが龍模は、正式の裁判を請求できるほどの器量の持ち主ではなかったし、虚偽の陳述をひっくり返そうと目論むほどの度胸など持ち合わせていないように見えた。

龍模は昼飯も食べさせずに帰してしまったら後々まで悔やまれるといって、駅前茶房の脇にある看板のない店へ入って、汁めしと焼酎を振る舞ってくれた。

裁判所は駅前通りから一本道で、ちょっと奥へ入っていって以前の油倉庫の跡地に、赤煉瓦で新たに二階建てにした登記所の建物の片隅にあった。登記所のみすぼらしい建物の中に居候をしている法廷を見て、ぼくは裁判所という実感が湧かなくて面白そうなところだと感じた。それほどみすぼらしい建物の隅っこの部屋でも厳粛な雰囲気のうちに法律が執行され、人権の有無、闘争の勝敗、一族の攻防、男女の離合、財産の得失など人間のさまざまな喜怒哀楽が決定されていくことが信じられなかったのだ。それはもとより、何年にもわたってぼくの親しい友人や文壇の先輩たちが、ここでは明らかにすることがはばかられる事件に巻き込まれ、法廷への出入りが当たり前になると、ぼくもその尻馬に乗ってせっせと足を運んできた法廷の印象が、あまりにも色濃く影を落としていたからだったし、それからいままでは、せめてもの傍聴とやらさえあれやこれやと口実を設けて止めにした、吹けば飛ぶようなぼく自身を自から弔う屈辱感が、五臓六腑に根を下ろしているからのようでもあった。

龍模とぼくが法廷へ入っていったときにはすでに、身なりの薄汚い人たちばかりをどこかから選び出してきたみたいに、服装がまちまちの人々二十人ほどが腰をかけていた。一つの場所に並んで腰をかけていたけれど、彼らの身分が即決被疑者を初め原告、被告、証人、傍聴人など、人ごとにその立場が異なるのは明らかだった。チョゴリ姿の中老の男が二人と残りは壮年の男たちで、鉄工所の工員風のもじゃもじゃ頭の青年が人目を引いた。法廷は二十坪余に見えた。床の上には小学校の生徒用を思わせる、三人掛けの長い木製のベンチ六個が二列におかれていたが、この数の人たちだけで空席はなかった。ちょっと見によその法廷と異なるのは、検事と弁護士と書記の席と証言台がなくて、すべての備品の規模が小さくて簡単なものであることだった。

人々はコートと帽子を脱いで注意深く腰をかけ、裁判長の席の傍らで真っ赤に焼けている扇風機ほどの大きさの石油ストーブを眺めたり、背もたれに赤いビロードがかぶせてある裁判長の椅子を見上げたりしているようだった。出入り口の前の、裁判に立ち会うためにやってきた司法警察官の一人も、被疑者さながらにおとなしく腰をかけていた。龍模とぼくは最後列の端っこに陣取った。誰かが前方の席のどこかから、「時間はどうなっとるんじゃ？」「そろそろ時間だわな」と言う声が聞こえたとき、廷吏が書類の束を抱えて現れて判事の席の前のテーブルの上においた。ほどなく、

「起立――」という声に全員が一斉に立ち上がって、二十五歳より上ではないらしい若い判事に続いて、ざわざわとそれぞれの席へ腰を下ろした。

判事は腰をかけるが早く、いっとう上においてある記録を覗き込みながら事件の関係者の名を読み上げた。

「方相浩《パンサンホ》さん、姜英春《カンヨンチュン》さん」

白髪交じりの髪を額の広い部分にだけ残してすっかり刈り上げた、六十がらみのチョゴリ姿の中老の男と、栗色の革ジャンに長靴を履いた四十がらみの被告が判事の前へ進み出た。

「姜英春さん、六ヵ月前に方相浩さんからひと月の期限で五万ウォンを借用して、現在まで元金と利息を返済していないのは事実ですか？」

判事が革ジャンに向かって訊ねた。

「違いますよ。景気がよくなるまで待って欲しいと、頼んだんですよ。それなのに駄目だとしきりに督促するから、どうあっても駄目ならわしが持ってるのは石炭しかないから、それでも代わりに持って行きたければ持って行けと言いました。返済しないと言った覚えはありません」

「方相浩さんが人夫を雇って石炭を運びだしに行ったら、ごろつきを動員して脅迫したので、人夫たちは身の危険を感じて帰ってきたというのはどういうことです？」

判事が問い返すと姜英春が答弁した。彼は炭坑の採掘下請け人らしかった。

「絶対にそんな事実はありません。方さんの中傷誹謗ですよ。人間は感情の動物なのに、方爺さんが、ほんとに、これじゃ気に入りませんね」

すると原告の方爺さんが、腰を低くして発言した。

「いまも脅迫したのを、判事さんだってご覧になったでしょ？　人夫たちが石炭を運び出せなくて手ぶらで引き揚げてきたので、どうしてそうなったのかと訊ねたところ、何と答えたかと申しますと、ごろつきみたいな若者ら十人余りが、石炭の山へどっと駆け上がっていってよろしからぬ目つきで睨みつけながら、いまにも難癖をつけようと身構えたとのことでした。だから、殴られたら殴られたやつだけが損する思ったので、手ぶらで戻ってきたというのです。あの人たちだって日雇い仕事で食べているのに、空《から》の車で引き揚げてくるはずがありませんよ」

「この爺と来たら——はっきり言ったらどうなんだ。一体全体どういう料簡でそんな世迷い言をぬかすんだ。だから人間は感情の動物なのに、自分たちが命がけで掘り出した石炭を、得体の知れないやつらがやってきて有無を言わさず運び出そうとしたら、炭坑夫だって人間なのにおとなしく眺めてばかりいるかね？　どこがごろつきみたいだったと言うんだ。ごろつきだと額に書きつけてありましたかね？　いまがどんな時代です？　そんなこと、止して下さいよ、その調子で国民和合をぶちこわすなと言うことですよ。それに、他人のカネを使って何ヵ月か利息が滞《とどこお》るくらい当たり前でしょ、近ごろ韓国の財閥といわれている人たちだって、初めは誰もが一度や二度そうした苦境を乗り越えなかったと思ってるんですかい？　あの人たちは国から借りたカネだって、何年も返しちゃいませんでしたよ。お互いに見知った間柄なのに、これしきのことで告訴だなんて水くさい、告訴だなんて……わしとしたことが、ツイてないときは……」

「するとあなたは、いつか財閥になるために、太っ腹になる予行演習として借金を踏み倒そうというのですか？　それとも誠意がなかったと言うことですか？」

判事が一言挟んでさらに言葉を継ごうとすると、姜英春が先に言った。

「手段や方法を考えずがむしゃらに取り立てようとする人には、返そうと努めることはないんですよ。人間は感情の動物なのに……。初めからおとなしくしてたらいざ知らず、そんな態度で出られたら石炭でも持っていけ、これですよ。方爺さんも法律がすべてだと思い込んでいるみたいですけど、好きなようにして下さい。わしだってわざわざこんなところまで引っ張り出されてきて、さんざん赤っ恥を掻かされている人間なんだから」

「言葉に気をつけなさい——法廷侮辱罪で入りたいの？　謝罪しなさい！」

判事が血相を変えて叱りつけた。

「はい。国民のみなさんに申し訳なく思います。お許し下さい」

姜英春がすかさず腰を半分に折り曲げながら、話がどんな具合に展開していくのかを承知のうえで、しかし口からでまかせにまくし立てた。

「この人ったらとても救いようがないわね……被告は十五日午後五時までに、原告に元金と利息を返済すること。利息は六ヵ月分とする。それから原告の訴訟費用八百二十ウォンも被告の負担とする」

判事が記録を脇に押し退けながら宣告した。ぼくは失笑した。姜英春が感情の動物うんぬんを繰り返していて、自縄自縛の結果というよりも、近年になって食べて暮らしていけるようになった人間が猫も杓子も、ラジオやテレビに出演すると決まって紋切り型の、「国民のみなさんのおかげ」と言う台詞を口にしないことがなく、「国家と民族の前に頭を垂れて感謝する」とのたまうことを知らぬ者がなかったようだけど、いまや即決裁判所へ出廷した被疑者までがそうして台詞を口にしなくてはならないと心得ているさまが、滑稽だったのだ。

「張国善《チャングクソン》さん——」

判事はすぐに次の事件の被告を呼んだ。これに返事をして進み出たのは、油にまみれててかてかするジーパンを穿いて、ピンクのセーターを着込んだもじゃもじゃ頭の若者だった。自動車の整備工か鉄工所の工員で、十中八九は未成年に違いなかった。衣服だけが油まみれだったわけではなくて、両手と顔まで黒っぽく汚れている様子は、まるでろくすっぽ顔も洗っていないといったありさまだった。しょぼくれているところから見るに、留置場でエビのように体を丸くして一夜を過ごしたらしかった。

陳述を聞くと邑内の片隅にある鉄工所の職工で、主人から煙草を買って来るよう頼まれて、しばし鉄工所の外へ出てきて長髪禁止令違反で逮捕され、髪を切るのを拒絶したため即決裁判に回されてきたのだった。ソウルだったら長髪取り締まり期間中だろうと、大手を振ってまかり通るにふさわしい長髪だった。都市と農村の人々の目はまだ平準化されていないと見えた。判事が何かの言葉の終わりかにこう語った。

「だから被告人は、どうしてここまで来たのかよくわかっている、というわけかな」

ところが被告は、喉仏のリンパ腺でも腫れ上がっているような声で、可愛げのないことを答えた。

「そうじゃないんです。あの床屋に率直に、おじさんは理髪師の資格がないからおれの髪を触るなって、また率直に言って、道端でやたらと髪を切らせるわけにはいかないから、そっとしておいてくれって言ったら、頭ごなしにあの野郎この野郎ってめったやたらと罵ったんですよ」

判事の表情は笑みを含んでいたけれど、傍聴席は強ばった表情のままだった。

「言語道断の言辞をもって本件の司法警察官を愚弄し、公務の執行を妨害した――妨害したとあるが?　どのように妨害したのか話してみなさい」

「それは率直に言って、その人がおれに、そんなにしっかりしてるならもっと早く判事や検事になるべきだったのに、どうして鉄工所の職工に出世しようとしているのかって皮肉ったので、率直に言っておじさんだってそんなにしっかりしていて力が強いのに、どうしてこんな田舎にくすぶって、こんな床屋仕事をしているのかって言っただけですよ」

判事が陳述記録にざっと目を通して言った。

「その前に言ったことがほかにあるわね……長髪取り締まりは歴史への逆行うんぬんして誹謗した——となっているけど、これはどういうことかしら?」

「それは率直に言って、あの人がおれに、おまえは出来がよくて賢いから、五千年の歴史上わが国で断髪令が下されて百年を超えることを、よく知ってるだろうって言って嘲笑《あざわら》ったんですよ。だもんでおれも、率直に言っておじさんも賢くて歴史をよくご存知だから、おれたちの国の五千年の歴史のなかで四千九百年間は、世界最高の長髪族の国だったという歴史的な事実も、知って下さいって言ったんですよ……そうしたらあのおじさんが、だったらおまえもちょんまげを結って笠をかぶって歩くか、鶏龍山(註・迷信的宗教の本部が多く集まった、一種の聖地)で迷信を信じている人たちみたいに、髪を長く伸ばして編んだらよかろう、そうしたら取り締まらないからって、そう言いました。それでおれが率直に、それならどうして髪を切らないのか、あれが長髪でないと定められた法律でもあるのかって言ったらあのおじさんが、あの人たちには宗教的な信念があるからなんだって言うんですよ。だからおれも率直に、おれにも信念があるから髪を切るわけにはいかないって言ったんですよ」

「その信念というのはどういうものか説明してみなさい。どんな信念です?」

判事は笑いを堪えようと顔を真っ赤にしながら訊いた。被告は一瞬たじろいだかに見えたが、

「それはですね……美観的にも必要だと思われたものですから……」

と言って頭を掻いた。判事が片方の腕を被告のほうに伸ばしながら命じた。「美観的にって？美観的なのは結構だけど、ちょっとこっちへ来てみなさい。もうちょっとこっちへ近づいて」

被告がさらに二、三歩近づいていくと、判事は被告の左側の耳をつかんで触ってみたり引っ張ってみたり、首筋とか襟首を観察してみたりしてから、陳述調書を取り上げると脇へおいて判決を申し渡した。

「美観上の信念のために、この耳の裏と首筋の垢でもちょっと落としなさい。こんな薄汚れた恰好で美観上だなんて、ちゃんちゃらおかしい……」

と言うと、続いて出入り口の傍らに腰をかけていた警察官に命じた。

「この人を連れてってお風呂に入れてやり、理髪をさせて家へ帰しなさい」

次の順番が龍模だった。龍模は返事をして立ち上がりながら、

「いくら考えてみてもだな、むやみに問題をこじらせるべきでなく、わしのしたこととして引っかぶるしかなさそうだ」

ぼくに耳打ちしてから出て行った。彼が動き出すと、昼飯のとき飲んだ酒の匂いがいまさらのごとく辺りに漂った。判事は陳述調書にざっと目を通してから、「野生の鳥類や動物ばかりか、入山禁止と落ち葉の採取禁止を初め、自然を保護しようというのが我が国民の当面する課題だということを、理解できるはずの方がなぜこんなことをなさったのです？」

判事の口調はこれまでよりずっと穏やかだったけれど、それだけに威厳が備わっているようで

もあった。龍模は何度も腰をかがめてお辞儀をしてからも、正面を向いていることが出来なくてろくすっぽ口もきけなかった。

「キジは天然記念物ではありませんけど、たとえ雀一羽といえどもそれは保護すべき価値があるから保護しようというのに、保護する人が別にいて害する人が別にいるでよろしいのですか？」

判事が繰り返したしなめるとようやく龍模は答えた。ところが意外にも、気後《きおく》れしているとか恐れおののいているという声ではなかった。

「もちろんそうですよ。けれどもですね、キジはですね、果たして現在、保護するほどの価値があるのかということも問題なんですよ。保護すべきものは保護してしかるべきですけど、そうでないものはその必要がないということですよ。実際に農作物を駄目にする害鳥は、決まって雀ばかしだと思われてますけどね、キジの被害はですね、実際のところ農民にとってはですね、ずっと深刻だということですよ。このことはただ、参考までに知っておいて頂きたくて申し上げたまでです」

龍模は何も気兼ねをすることはないと言った口調で元気よく語った。それは酒の力のおかげでもないようだった。犯した罪もないのにぺこぺこ頭を下げて暮らしてきた人間が、久しぶりに両の腕を宙に拡げて、思い切り伸びをするような身振りと信じなければならないような気がした。

判事は首をかしげてから龍模を睨みつけながら問いかけた。

「だからキジは捕まえても構わない、害鳥を退治した——ということですか？」

「斧の柄にする木材を切り倒すときは、手にしている斧の柄を基準にして切り倒すという話もありますけどですね、もちろんそれと違います」

「どこが違うのです。あなたみたいな考えをする人に迫害されて野生動物が生き残れないから、保護しようというのではないですか?」

「もう一言申し上げますけど、何もわたしは処罰が怖いからではなくてですね。ええ。わたしが間違いを犯したことは、罰を受けて当然でしょう。ええ、受けますとも。けれどもですね。わたしだって法律に保護されたいですよ……こんなことを申し上げてよろしいのかわかりませんけど……」

「よろしいからいま、あなたはこうして話しているのではないですか?」

「はい、そうでしたね。ここは外の世界と違っていろいろなものを保護してくれる法廷だから、こんなことも申し上げることが出来るのに、ですね。動物に物格があるなら、わたしにも人格があるのに、ですね、わたしだって野生の動物——あ、いや、そうでなくて、野生の人間なのにですね……野生の人格が物格より低いなら、ですね……そんなわけにはいかないので申し上げているのですよ」

ぼくは龍模の後ろ姿を眺めていて、ふと、水は柔らかいけれど寒い冬に凍りつくと硬くなって折れると言ってた、どこかで聞いた話を思い浮かべた。

判事は陳述調書を押し退けて判決を言い渡した。

「被疑者には改悛の情がまったく認められず……法廷へ出頭するに際しても酒に酔ってきて条理に合わぬことを申し立て、情状を酌量する余地がまったく認められぬによって……このような人物は一罰百戒をもって懲らしめ、他の者への範とするのが妥当である。罰金二万ウォン――」

月谷の夜の後

冠村随筆8

彼にも夢があった。たとえ成し遂げることは出来なかったにせよ、思春期とともに芽生えたもののゆえ熱意を尽くしてはぐくんできたつもりだった。そうして、夢というものはせいぜい、夢うつつのうちに繰り広げられるものだと気がついたときには、年齢がすでに三十を越えていた。

彼は三十二歳になった年の正月から、その夢を虚無に代えて抱え込んだ。それは金熙燦《キムヒチャン》というまっとうな名前の価値にさえ、自分から背いた心ない振る舞いだったけれど、彼の才覚からしたらそれよりももっとましだといえるような、別の方法なども思いつかなかった。この年の二月、中央へ上京してきて半年ぶりに、彼はようやく金儲けを始めた。それは実に、彼がカネというものの顔を知ってから二十五年ぶりのことだった。業種としては文筆業と無理やりにこじつけられる仕事だった。強いて名づけるとしたら世界名作改作師——かつては韓国文学の中興と、世界的な舞台への進出に尽くすことができる作家になろうとした、初心の頃の夢とは大いに懸け離れてしまったけれど、とりあえずはそんなところにとどまるよりほかに、思案を異にしてみることが出来る境遇にもなかった。彼は毎朝七時になると出かけていって、夜中の十二時に帰ってきた。潜りの出版社といくつものぞっき本屋が群れている、鍾路五街の路地裏の隅っこにあるみすぼらしい韓国風家屋、その統一旅人宿の薄暗い部屋の片隅がいうなれば職場だった。座り机三、四個の上に赤のボールペンが何本か、ひしゃげたやかんと喫茶店からくすねてきた湯飲み茶碗の二、三個が事務用具のすべてだった。ここが奥付に登録番号も住所や電話番号も載っていない、新しい本を出版するたびに社名が変わる幽霊出版社のオフィスだった。ここへ出勤した熙燦はすでに名高い出版社から翻訳・出版されている小説本を開いておいて、ところどころをいい加減に読んでいきながら、気が向くままにつくり変えていくのが仕事だった。作品の全面に手を加えるのではなくて、文章ごとに書き出しの部分の何文字かもしくは締めくくりの部分の何文字かの表現を変えて、翻訳者がまるきり別人であるかのように偽装する作業だった。たとえば、「その日の晩から二週間が経った。ナンシーはわたしに、自分がいましつこくつきまとわれていることを打ち明けた。一人は駐屯地の沖縄から帰ってきた空軍大尉で、もう一人は保険業者のテディーだった。けれどもそれは、彼女がわたしをより好きになるのを妨げるものではなかった」とある文章が、熙燦の手にかかると「あれから二週間が経った。ナンシーはぼくに、自分がいま執拗につきまとわれていると打ち明けた。一人は駐屯地の沖縄から帰ってきた空軍大尉で、もう一人は保険業者のテディーだった。けれどもそれは、彼女がわたしをもっと好きになるのを妨げはしなかったのである」と変わるのだった。煕燦が受け取る原稿料ならぬ改作料は、一ページにつき八ウォンだった。出版社はボールペンの赤文字だらけになっているその本を原稿にして造版し、広く知られている外国文学の教授の名前と似たり寄ったりの名前をつけて架空の人物の名前で必要な部数だけ印刷し、カバーだけ華やかなものにして売りに出すのだが、それらはたいてい定価の三、四割線で現金に代えられ、地方の書店などへと渡されていった。しばしばノーベル文学賞受賞作がそのようになったが、それらはたいがい十巻または二十巻で一セットになり、世界文学全集と銘打って売りに出されたし、単行本として単独で売られることもあった。とりわけ『デミヤン』『二十五時』『悲しみよこんにちわ』『星の王子様』『ラブストーリー』などは、煕燦の手でだけでも三、四回から五、六回以上も改作されていった。外国の文学作品ばかりがそんな具合に、改作されたわけでもなかった。『土亭秘訣』『家庭宝鑑』『家庭医学大典』『雄辯百科』『最新養鶏全書』『最新養豚全書』『新高等蔬菜法』の類もそんな具合にして編まれた。その結果、彼は時たま同じ台詞を繰り返した。

「ぼくの人生をダンピング人生だなんてちゃかしたら、国際的に恥を掻くんだぞ、東西古今の世界的な名作にことごとく加筆、補完しているこの国宝的な文章をありきたりのものと思い込むようなら、それは国際ペンクラブの総会で討議される問題だからな」

この部屋には、煕燦より十歳くらいは歳を食っている人たちが三人もいた。彼らは煕燦より三倍ほど収入が多い、日本文の翻訳者たちだった。日本の通俗小説を初めとして畜産、園芸、特用作物栽培法、食餌療法、指圧術、それから重機の整備、冷凍機の修理、旋盤工作といった各種の技術書なども、彼らの手を経て国産化されていった。翻訳料は二百字用の原稿用紙一枚につきせいぜい三十ウォンだったけれど、たいていは五十ウォン程度で請け負った人に三十ウォンに値切って下請けにださなければ、それさえもありつくことが容易《たやす》くないくらい競争が激しかった。翻訳は、一日に百枚以上こなさなければ煙草銭も出ない重労働だった。そんなとてもじゃない重労働に、熙燦は四ヵ月ほど耐えていて投げだした。それだって、それ以上は良心が許さなかったとか、仕事の種が尽きたというわけではなかった。日がな一日手足いっぺん伸ばすこともならずに、背中を丸めて座り込んでいた代償として関節炎を背負い込んだのだ。彼は田舎から送らせたカネで関節炎の治療をしている間に、五級公務員の公募を受けてみようと受験準備もしてみた。幽霊出版社へ出入りしながら抜き取っておいたぞっき本のなかから、一般行政職任用高等試験問題集と参考書の類が何種類もあったので、そればかりを頼りに始めた行為だった。それだって言葉では、「おれほどの文章家なら当代の中央の高級官僚なのに、地方公務員ごときに応募する？

どう見たって末期的現象だ」とこぼしながらも、その実ありきたりの熱心さではなかった。ところが彼は、試験日を目前まで引き寄せておいて放棄してしまった。その試験にも、裏取引による不正行為がなされるような感じがしたからだった。それはソウルでも指折りのバス会社の路線乗務をしている、同郷の友人柳《ユ》から聞いたことをもとに推測したのだった。自動車の運転免許を取得するための試験だけでも、八万ウォンもすると柳は語っていた。試験の答案用紙はコンピューターで一括処理されるので、採点そのものに不正が行われる余地はあり得ないが、あらかじめ試験監督につかませておけば、試験場でそれだけの働きはしてくれるというのだ。方法は、試験場へ入ってほかの受験者たちから怪しまれないように、答案を書き込むふりをして十分ほどつぶした後で手を挙げ、よく読み取れない問題が何ヵ所かあると申し出ると、試験監督が別の答案用紙と取り替えてくれるのだった。こうして取り替えてくれた答案用紙には、一つ一つ正解が表示されると決まっていた。それから、必ず十分ほど経ってから手を挙げなければならないのには理由があった。それというのは第一に、つかませてやった相手が誰かわからなかったし、十分程度経ってしまうと一般の受験者のなかからは、答案用紙を取り替えて欲しいと申し出る者などなかったからだった。そんなことを話しながら柳は、試験の種類によっては数十万ウォンまで値が付けられるそうだとも語っていた。せめて公務員の端くれにでもなってみたいと思うささやかな夢まで破れると、熙燦はいまさらのごとくおのれの身の程というものを考えるようになり、併せておのれのもっとも際立った欠点と病弊が何かということも自覚した。それは、煙草銭と交通費を稼ごうと昼夜を分かたず読書を続けたせいで、役立たずの物知りになったということだった。彼は自分の生活と関わりのない知識過剰状態の恥ずかしさに気がついて、遅ればせに後悔もしたけれど、なくても生きていけそうなものとあると不便なものを自分なりに適当に線引きして、いつまでも身につけておくべきものとさっさと捨て去るべきものとを区分けしようと努力した。それはさほど難しいと思わなくても思い通りに出来た。彼は都落ちつまり帰農を心に決めたのだ。

しばし都落ちをためらわせた美愛《ミエ》まで柳に押しつけてしまうと、こんなに身軽に感じられたことはなかった。美愛は彼が息詰まってくるたびに会いたいと呼び出して、体を埋めて過ごしてきた間柄だったので、意中の人であるとかないとかの詮索より先に、他人同士の関係に戻ろうと言い出すのが難しくなっている女だった。それを柳は、一言のもとにきれいさっぱりと片づけたのだった。熙燦が故意にさりげなく席を立った隙に、柳は美愛にまたとないくらい真面目くさった顔つきで、耳打ちでもするようにしてささやいたのだ。柳はこのように語りかけた。

「趙美愛さんの郷里は論山か錦山のどこかだと言ってたようだけど、実家は農家なんでしょうね？」

彼女はすぐに農家の娘だと答えるのがためらわれたのか、そういうわけでもないといった口ぶりでどっちとも取れる頷き方をした。柳は端からうまくいくと確信を持っていたので口ごもることなく言った。

「熙燦もいまではすっかり心を入れ替えました。郷里へ帰っていく決心をしたところを見ると、これまでは別の胸算用があったみたいでした。ふたたび水清く空気の美味しい田舎で暮らすようになったら、その胸算用だってもうどうでもいいことになるだろうし、ここよりいいとかよくないとかもなくなるでしょう。美愛さんがいてくれなかったらその間に、どんな怖ろしいことをやらかしたかわからないところですけど、親しい友人の一人として有り難く思ってますよ。是非ともご両親のお許しを得て、思い切って後を追って田舎へ行ってやって下さい。美愛さんが傍にいて世話をしてやらなければ、もっとひどくなるかもしれませんからね。どのみち治せない遺伝ですから、結婚は遅く見積もって三年後くらいになさることにして、その間に公害のないところで十分に療養させればどんな病気だろうと、いまよりはずっとよくなっているはずですから」

「そうですの？　それにしても、どこがどんな具合によくないと言うんです？」とうとう人の顔色が読めない彼女が、怪訝《けげん》そうなまなざしで問いかけた。待ってましたとばかりに柳はますますとぼけて見せた。

「あいつって、あの持病があるじゃないですか？」

「何をおっしゃってるのかわからないわ。疑問符を付けないでお話下さいな」

彼女は苛立たしげにそう言ったけれど、それは熙燦の健康を心配してではなくて、普段からひょっとしたら騙されているのではなかろうかという、彼女自身のかねてからの疑念がとうとう鎌首をもたげたに過ぎなかった。

「すると美愛さんは、まだご存知なかったんで？　もっとも、三十歳を越してからはそんなに頻繁ではなかったからな。ひと月にいっぺん程度しか発作は起こらなかったから」

その台詞の終わりに素早くてんかんだという言葉をつけ加えた柳は、しかしそれからはしきりに頷いて見せるだけで済み、その後彼女は二度と熙燦を訪ねたりしなかったのだ。

熙燦は何一つ実ることがなかったソウルの巷《ちまた》を、生涯かけて振り向かないもののようにきっぱりと見切りをつけ、郷里へ舞い戻った。彼は舞い戻ってほどなく、冠村の集落からも白菜の根をくり抜くようにして離れていったが、彼が移っていってとぐろを巻くようにして腰を据えたのは、冠村からさえ二里も奥まったところにある種採里だった。仕事としてそこまで足を運んで行かなくては互いに消息を伝えることさえ困難な、奥深い僻地だった。そんなところで彼は人づてに知り合ったよしみで、他人の果樹園の仕事を請け負うこと二年目に入ると語った。

ぼくは彼を訪ねていった。どんな暮らしをしているのか気になっていたので、せめていっぺんくらい覗いてみてやろうと訪ねていったのだった。場所がそんな山奥だったので朝のうちに出るバスに乗っても、正午にならなくては行き着けなかった。彼は話に聞いていたとおり、秋には防衛兵として服務することになる三番目の弟の寿燦《スチャン》と、果樹園の片隅にある古ぼけた民家の玄関脇の一室で自炊生活をしていた。傾斜が急でない千坪ほどの荒れ地を開墾した、拓いて何年も経っていないうえろくすっぽ手入れをしていなかったので、昨年になってようやく梨とリンゴを初めて収穫したという、できたばかりの果樹園だった。その日熙燦は、一人で果樹の下を耕して拓いたイチゴ畑の草取りをしていた。彼は一年間の肥料と農薬、労働などを請け負ってからも秋に収穫して、果樹園の持ち主の取り分四十パーセントを支払ったら、手許に何も残らなかったのが昨年の例だったといいながら、思案の末にイチゴを間作することにして、来年の一シーズン様子を見ることにしたと語った。熙燦は首に巻きつけていた手拭いをねじって絞ると、足裏より分厚く見える額を拭いながら木陰へ入ってきた。彼は、都市の陰で過ごして垢抜けたぼくの顔色をうかがいながら、

「相変わらずビタミン不足の顔色だな。くわばらくわばら」

と言って口許に白っぽい泡を噛んだ。ぼくも笑いながらやり返した。

「水清らかにして空気のいいところで暮らしてたら、よくなるだろうと言ってた柳常務の言葉が当たってたな。して、てんかんはすっかり治まったのか？」

「ここではてんかん（買春）を起こそうにも、せせこましい土地柄のこと、起こせないのさ」

そう言いながら熙燦はアカシアの垣根の外にある井戸端へ連れて行って、ぼくに汗を流させ自分も背中を洗い流した。

「おれのために仕事をほったらかして来たんだな。せっかくだからゆっくりしていけや。初めから予定にはなかったんだから、無理をするなって」

言葉ではそう言いながらもすっかり百姓ぶりが板に付いている熙燦を、ぼくは頼もしく思った。

「随分と騒がれてたようだけど、ここも無事に済んだのかな?」

「活字に嫌気がさして新聞一枚読まずに暮らしてるんだから、何がよくなったのか具体的に知るはずもなかろ」

「『最新果樹百科全書』みたいな本まで偽造出版したんだから、前科に学んで所得増大に拍車をかけたらどうなんだ?」

ぼくは、せっかく苦労をして他人の果樹園の小作をするからには、土地が余って他人に貸し出す余裕がある地主の、投資を誘導しろと言った。

「これまで農村の、中途半端な学識層が本に書かれたものばかり信じて何かをしてみようとすると、決まって失敗した理由をこっちへきてやっと納得したよ」

熙燦はそれを、情報産業時代の副作用という難しい言葉で表現しながら語った。いわば活字と電波による、情報公害という言葉で要約できる内容だった。ある地方の誰がある品種をどのように経営し、所得増大にどんな成果があり、併せて住民の啓発と農村の近代化にどれだけ貢献したといった調子の、ありふれたニュースに刺激されて性急に意欲を発揮することで、たいていは試行錯誤することになったというのだった。そんなことになったまた別の原因は、言うまでもなく幽霊出版社どもの書籍の内容の偽造だった。既成の学識層は目新しいものに手をつけようとすると、物足りなさが残るけれど値段が安い旨味から、そうした内容が偽造されている書籍を教材としたのだ。農業経営に関する国内の学者と専門家の著書がないわけではなかったが、それらは現実性が乏しかった。値が張るばかりでなく購入も容易ではなかったし、よしんばそうした著書にめぐり会えたとしても、普通のレベルの農業経営者が理解するにはあまりにも難解だという、決定的な欠陥があった。大半が外来語と学術的な専門用語でなっている研究論文中心の書籍には、現場性があり得なかったのだ。したがって市の日に露店でも買える見てくれだけの本などを買い込んで読み、学習しなければならなかった。彼らはどんなことであれ、本から得た知識を土台に始めた。ところが彼らは、原稿用紙一枚につきたったの三十ウォンという惨憺たる原稿料を稼ごうと、植民地時代の残り滓を元手に一日に百余枚ずつ無責任にも翻訳して退《の》けた、その書籍のなかのすべての実験と理論が、日本を基準に展開されていることを知る由もなかった。気温と土壌からして根本的に異なる日本の風土事情は、玄海灘のこちらの実情にまるきり合わなかったのだ。実を結ぶ樹木の接ぎ木がそうだったし、動物の伝染病予防と接種や飼料の配合も違っていたのは当然のことだった。日本で四月の種蒔きがこの国の四月と同じであるはずがなく、あちらの五月初旬の田植えがこちらの五月初旬の田植えと同じではあり得なかった。ほんものの農村復興は、在来式の経営方式から脱皮できていない、既成の農民と六十年代以後に教育を受けたハングル世代との農業経営権の交替が、先行した後で期待すべきことだと熙燦は主張した。経験によるものだと注釈をつけながら、政府の政策は論外として語ったことであった。ぼくが独りごちるようにからかった。

「『最新国内営農大典』と謙遜した表題をつけて著書を刊行したら、カネ儲けが出来て嬉しいし、農村の近代化に貢献したとお上から金一封と首にぶら下げるペンダントだってくれるかもしれないし、いっぺん試してみる値打ちがあるじゃん」

熙燦はにこりともせず答えた。

「まず急がれるのは『各種の肥料施肥正解』と『最新農薬適切解説集』の刊行だけど、肥料や農薬の名前までが学術的な外来語で表記されているありさまだからたいした意味もないけれど、鍾路五街（出版社街）の連中が一ページにつき十ウォンずつ払って偽造してきたことを考えたらとにかく……焼酎一杯で昼寝をひと眠りするほどの値打ちもないだろうよ」

熙燦はつまらないことを言ったと思ったのか、すぐにつけ加えた。

「誰もおらんので体がむず痒くなってきたよ。焼酎の一杯も引っかけなくてはいかんのだが、あいつはどこへ行ったんだ」

彼は身動きするのがおっくうで、弟の寿燦でもいてくれたらときょろきょろするばかりだった。

「人がたくさん集まってくるみたいだな」

「こう見えてもここは、この辺の人たちの溜まり場でね、人が集まると仕事にならないし、さりとてやっこさんたちが好き勝手に出入りするのを、来るなと言うわけにもいかんし」

熙燦はその果樹園が界隈の人々の溜まり場になるしかない根拠を、いくつかに分けて説明した。

強烈な農薬をたびたび散布するので、蚊などに食われる心配がないことがその一つだった。果樹園全体が濃い緑陰に包まれているので、昼日中に来て油を売っていてもすぐには人目につかないのが、二番目に都合のいいところだった。野良稼ぎがたけなわの頃ともなるとどんなにくたびれていても、世間の人たちの目にはぶらぶら遊んでいるように見えるので、気が休まらなくて休んではいられない集落だった。里長の家とセマウル会館が隣接していることも、通りすがりの人たちが立ち寄ってちょっと覗き込んで行かせる要因だった。しかし何よりも、誰もがときを選ばず出入りしても差し障りない溜まり場になることで、人が立ち寄るたびにさまざまなニュースと、他人の家の台所事情まで見当がつくくらいたくさんの言葉が落とされていくことが、聞きかじりでしか世間の物情に接することが出来なかった人々が溜まり場とするようになった理由だった。そのためにそうなるといまでは面とか支署からきた官公庁の役人たちまでが、里長宅をさしおいて果樹園から先に訪ねてくる癖がついたと言って熙燦は笑った。がたびしいう古ぼけた木製のベッドと、気をつけて腰掛けなければ完全にぺしゃんこになるようにぺらぺらの板切れでこしらえた二脚の椅子、庭先に敷いてある一枚の筵、それらが来訪客たちのために用意されている家具だった。

ナシは新聞紙でこしらえた袋が被さっていてわからなかったけれど、リンゴはカラタチの実ほどにも大きくなっていた。リンゴの品種ではインドとゴールデンが中心の果樹園を見渡すと、ほんの僅かな土地さえただで遊ばせておこうとはしない熙燦の、堅実な仕事ぶりがいまさらのごとく際立っていた。木の根方はイチゴが半ば以上も覆い尽くしていたし、そのほかにも若大根、冬葵、ニラ、カボチャの類、木陰でも耐えられる蔬菜はいろいろと栽培されていた。熙燦がそれらを指さしながら語った。

「こうしたものがなかったら、夏の間一文だって生活費の出所がないんだ、果樹園くらい現金が必要なところもないからな」

熙燦は言葉を継いだ。

「寿燦がこないだの春に農業高校の園芸科を卒業したんでね。剪定《せんてい》はすべてあいつの作品だよ」

「たった二頭しか山羊を飼わないなんてことをしないで、ほかのものだってもうちょっと飼ってみたらどうだ。鶏や豚、そのほかは省略」

ぼくは垣根の陰で音も立てずにアカシアの葉をむしり取って食べている仔山羊たちを発見して、思いつきでそう言った。

「人間の食糧を心配するよりも、家畜の餌を心配するほうがずっと気が揉めることも知らずに言ってくれるね。人間なんぞ一食や二食抜いたって我慢できるけれど、口もきけない動物にはとてもできないのがそれなんだぞ」

熙燦のその一言は、ぼくの口を封じるのに十分だった。農薬を散布してからいっぺんも雨がなかったそうだが、それでも農薬の匂いに鼻先がむず痒く、花が散っていくらも経っていないはずが、アカシアの葉身の新鮮な香りは以前ほどでなかった。

垣根に沿ってほとんど一周する頃になって果樹園の門の辺りが、群れをなして雪崩れ込んでくる男たちの跫音で騒がしかった。

「暇つぶしに来た人たちみたいだな?」

「暇つぶしに来た連中ではなくて、この近所の4H(農村改革運動のクラブ)の子どもらだけど、寿燦がそのボスさ」

熙燦はそう言って問わず語りのことをつけ加えた。

「近ごろの子どもらというのは怖いよなあ。おれたちの時代は学生であることが唯一の拠り所だったけれど、近ごろのやつらは腕力がすべてなんだ。どんなことでも力ずくで解決しようとするところがあるんだ。だからといってはっきりと、これと言った主観が出来上がってるわけでもないのに、とにかく怖いものなしで後始末もなしなんだ。どんなことであれまず手をつけておいて様子を見るのだが、上にいる人たちがあまりにも言葉より行動、理屈より実践と叫んできた影響からか、うかうかすると事故を起こしかねないんだ。力ずくであれ何であれ、とにかくなせばなると言った考え方ばかりなんだ」

「それだけ発展もしたんだろうよ」

ぼくは煙草を取りだして一服つけながら、垣根の外のポプラの梢で啼いているセミの声に耳を傾けた。熙燦が柔らかくなって地面に落ちてきて、足許に転がっているナシを足で踏みつぶしながら言った。

「何をこそこそやっているのか、行って聞いてみなくちゃいかんな。おれの感じでは、どうやらガキじみた悪さをしでかそうとしているようで、気が気じゃないんだ」

ぼくも熙燦にしたがい、筵が敷かれている古ぼけた民家の庭先へ入っていった。似たり寄ったりの年頃の若者たちで庭先は溢れ返っていた。彼らが人見知りするのもお構いなしに、ぼくは彼らをひとわたり見回した。やはりすぐには見当がつかないのが、田舎の人たちの年齢の見分けだった。ソウルっ子たちの顔立ちと比べてほとんどが、実際の年齢より何歳かずつ老けて見える肌をしているのが普通の彼らなのに、けれども一人か二人の見分けがつかないだけでどれもが未成年ばかりだった。髪型から判断すると高校の在学生も三、四人は混じっているらしかった。彼らは色褪せたジーパン姿か教練服のほかに半袖の開襟シャツを着ていたが、上衣は衣服と言うより色柄だけを拾い集め、下縫いして着込んでいるように見えた。熙燦が群れの中から、もっともいかめしく目を吊り上げているように見える長髪の若者を呼び出して言った。

「こいつが三番目だ、寿燦といって」

彼は寿燦に、ぼくに挨拶をさせた。寿燦はすでに女の体をたびたび経験している気配が感じられるくらい、成年に達した体格と目つきをしていた。

「信炯《シンヒョン》はどうやって工場から脱けだしてきたのかな?」

熙燦が訊くと、群れの中でサンダルを履いている若者が答えた。

「予備軍の補充教育があるっていったら、何も言ってませんでしたよ。予備軍の訓練がせめて週に一回ずつでもあってくれたら有り難いですね」

「誰だったか、訓練通知書が届くと誕生日を迎えた気分だったと言ってたけど、そんな人間がこの村にも一人いたのか」

熙燦は彼らの中断した話し合いがスムーズに引き継がれていくように、庭の端を歩き回りながらとぼけて見せた。その場から遠慮するのが妥当なような気がして、ぼくも庭先から出てきた。民家といっても部屋が一つ、台所も軒下を筵で仕切った形ばかりのもので、かえって少し奥まったところにある山羊小屋のほうが、もっとましに見えるくらいだった。以前は豚も飼っていたし何羽もの鶏も飼っていたらしく、ブロックとスレートで倉庫まで兼ねて建てられたもので、山羊だけひとつがいが暮らすにはあまりにも贅沢すぎるほうだった。食べる量が多ければ残飯などで豚の一頭も十分に飼うことが出来るはずだが、あまりにも食べる量が少なくてひよこの一羽さえ飼うだけの欲が持てないらしかった。ちらほらと話し声が聞こえてきたのでぼくは耳を傾けた。

「宵の口ではあまりにも早すぎるな。誰かが引き留めるかもしれないから、むしろ遅めに始めるんだ」

よく聞くと寿燦の声だった。

「この村は晩の九時になるともう、真夜中だからな」

と相槌を打つ間延びした話し方の主は、やっと声変わりしたばかりのか細い声をしていた。ぼくは山羊小屋を覆っている栗の木の幹を撫でまわした。蟻が行列をつくってよじ登っていき、ときには大急ぎで下って来ることもあった。山羊小屋のスレートの屋根の上には栗の花が散りながら、陽射しに灼かれて松虫のようにかさかさになって縮こまったまま、真っ黒くひっくり返っていた。

「どこへ行ってもあのことを聞かされると、みっともなくて行きたいところへも行かれないったら」

誰かが忌々《いまいま》しげにぶっきらぼうな声で吐き出した。後先なしに愚痴をこぼす声がこれに続いた。熙燦が言うように、何かを企んでいるのははっきりしていた。熙燦には厳しく説諭する隙もないらしかった。頻繁に声の主が代わりながら、話の順序が回転していった。

「警察支署へ呼び出されていって厳しく取り調べられただけでも、何人になる？　わしなんぞ三べんも引っ張られていって、聞きたいこと聞きたくないこと、とんでもない話まで聞かされて帰されたんだぞ、くそったれ」

「くそったれ、おれはあいつからぶん殴られたんだ」

「あの事件以来おれが白い目で見られてきたことは、いちいち話せないくらいだ。ときにはうちのお母《か》んやお父《と》んまでが、おれを疑いの目で見ようとしたくらいだからな」

「おいおい、おれは隣近所へ遊びにも出かけられなかったぞ。わけもなしに人に注目されているような気がして、歩き回ることも出来なかったって」

「くそっ、おれなんぞ邑内へでかけても顔見知りに会うんじゃねえかって、避けて通ってるんだ。おれに向かって、ひょっとしたらおめえの仕業じゃねえのかってぬかしやがるんだ。冗談も休み休みいえってんだ、忌々しい」

「だから、あの野郎を今夜のうちに片づけてしまうことにして、残りは……してしまわなくちゃ」

人手が足らなくて、山羊小屋と積み肥置き場の間には色とりどりの草花が生い茂って絡み合い、足の踏み場にも難儀するありさまだった。そのスベリヒユ、メヒシバ、シャゼンソウ、タンポポ、ヒユ、ヤナギタデ、ヨモギ、アカザ、オミナエシ、カワラヨモギの類は、いますぐに人が摘んで食べても栄養になるかのように、食べ頃に見える瑞々しさだった。

果樹園の下手にはよくある棚田が一画ごとに層をなしながら、水田の水の出入り口がその下のちびっ子どもの夏場の水浴びをする小川を目指して、雪崩を打つように激しい勢いで流れ込んでいた。その水しぶきは肌に触れてもひんやりとはしなかったが、草木が育つ息吹を孕んでいて静かなうちにも力強さと欲望が漲っている感じだった。水田のどこかからは時たまクイナの啼くのが聞こえたし、堰を開けてある水の出入り口から流れ出る豊かな水の音は、かなりの規模の早瀬で逆巻く流れの音に引けを取らぬくらいひんやりと聞こえた。不意に集落のなかのあらゆる動きを静止させる、熙燦の声が聞こえてきた。

「おまえたち、本気か？　一歳でも余計に食ってる人間が何かを喋ったら、十言のうち一言くらいは聞いているふりでもすべきではないのか。どうした、おれの言うことでは話にならないのか？　どうしてもやると言うなら出て行け。ここはそんな物騒な企てをするための場所ではないから、よそへ行ってするなりしないなりしてくれ。教育を受けている人たちがどうして、一ばかり知って二を知ろうとはしないんだ？　哀れなことよ」

何も反論がなかった。熙燦の腹を立てている声が続いた。

「なるほど忌々しい事件ではあるけれど、すでに慰謝料が払われて和解し、警察当局だって目をつぶってくれたものを、おまえたちがどうしようというのだ。悪いことは言わない、後生だから止めにしてくれや。世の中がこんなであればあるほど、なるべく冷静で沈着に事理を判断し、合理的な身の処し方をしなければならんのだ。そうしてこそ教育を受けた甲斐があるというものだし、将来は大きなことも出来るのであって、興奮から先にしてしまったらどうなる？　おまえらの心意気がわからないからではなくて、世の中の道理がそれだけでは駄目だと言うんだ。頼むから、いい加減に取り止めにしてくれや。この忙しい時期に何という人騒がせなことだ。当事者たちがおとなしくしているのに、どうして外野席のおまえらが先に騒ぎだそうとするのだ？　とにかくここは、そんな物騒な企てをする場所ではないから、さっさと出て行ってくれ。おれだって後で何か問題が起きてから、とやかく言われたくないからな」

やがてどやどやとその場を離れていく跫音《あしおと》が聞こえてきた。煙草の吸い殻が散らばっている庭先を、箒を使って掃きながら煕燦がつぶやいた。

「止め立てしても無駄だが、暴力を迫力と信じている連中だから、手の打ちようがないんだ」

「何があったんだ？」

ぼくが椅子に腰をかけながら問いかけた。

「話を始めたら、小半日では足らんはずだが」

煕燦は掃き掃除を終えるとゆっくり頭を振りながら、ベッドの上に両脚を伸ばして腰を下ろした。彼はどういうつもりか、たったいま追い出したばかりの寿燦の仲間たちを、名前に枕詞《まくらことば》まで加えながら詳しく形容した。縮れ毛がドェセに住んでいる洪思燮《ホンサソプ》、眉毛の濃いのがトドゥルに住んでいる洪思燮の従兄弟の洪思明《ホンサミョン》、ニキビだらけがオチ村の閔炳吉《ミンビョンギル》、角刈り頭はドレシルに住んでいる徐万善《ソマンソン》、寿燦の左手に座っていたのはガッパイの李尚植《イサンシク》、それから女物のブラウスを、袖をたくし上げて着ていたのがドルモリに住んでいる李尚植の甥っ子、「亀甲船」を吸っていたのがテットゥクに住んでいる具在書《クジェソ》、赤いベレー帽をかぶっていたのが具在書の甥っ子の具光熙《クグァンヒ》、工場に勤めていると言ってたのはボルモク村の趙信炯《チョシンヒョン》だと言いながら、全員がそちこちに散らばっている集落から集まってきた、種採里の若者たちだとつけ加えた。彼らのたいていは田畑一つを頼りに暮らしている良家の息子たちで、そのなかには高校在学生が二人、残りは大学の代わりに軍隊への入隊を前にして野良仕事を習い覚えている、いずれはこの村を背負って立つ働き手ばかりだと語った。

そんな彼らが近所の年配者たちの目を盗んで集まり、謀議を始めたことは二日前から気がついていた。けれども彼らの動きが、具体的にはどんなものかを熙燦としては詳しく探り出すことが出来なかった。寿燦が立て続けにふた晩も外泊して帰らなかったからだ。それでも熙燦は察しをつけていた。それは金宣永《キムソンヨン》が少女を強姦したスキャンダルに、彼らなりの天誅《てんちゅう》を加えようという動きだとはっきりしていたからだった。

少女への強姦事件が明るみに出たのはひと月余り前だった。それも、ひょんなことがきっかけで知られるようになったのだった。被害者は亡くなってまだ間もない崔圭哲《チェギュチョル》の十四歳になる長女で、ようやく今年の春に小学校六年生になったばかりの、ポルモク村の順伊《スニ》だった。今度の夏休みで学校が休みに入った最初の日のことだった。順伊は母親が担ぎ行商に出かけていって不在で、幼い弟と退屈しながら留守番をしていたが、弟が眠り込んだ隙に三、四軒離れている趙信炯の家へ遊びに行った。この家の長女が同い年だったのだ。思いもかけなかった出来事はまず、その家の柴折り戸の前で持ち上がった。その前の日に子を生んだばかりの飼い犬が、いきなり縁の下から飛び出してきて、これまではそんなことがなかった順伊の向こうずねに噛みついたのだ。ぎゃっと言う悲鳴とともに口から泡を吹いて、順伊はその場にひっくり返った。多くの人たちが駆けつけ、隣近所の家からも何事かと首を出して覗き込んだ。急を要するなりにとりあえず冷や水を飲ませて気を鎮めさせてから、近所の家々を家捜しして薬という薬は残らず掻き集め、噛みつかれた傷口から手当をした。野次馬たちの意見のままに予防と厄除けを兼ねて、しまいには噛みついた犬の毛をひと握りほど刈り取って焼くと、その灰を味噌でこねて傷口に塗りつけてやりもした。やがて彼らは何気なしに順伊のチマの下へ目をやって、びっくり仰天してしまった。それはとても想像もつかぬ、呆れ返ったことだった。手足が震えて腰を抜かすところだったと言う人もいた。他人事とは思えなくて、悔しさの余り幾日も眠れなかったという人も一人や二人ではなかった。順伊はその場で流産して見せたのだった。瞬く間に噂は拡がり、内外の集落がひっくり返る騒ぎとなった。家々から人々が村の会館前広場に集まってきて、口を揃えて嘆き合った。何人かは順伊の母親につきまとい、彼女が発作的に自殺などしないよう夜通し慰めてやらねばならなかった。子を孕んで三、四ヵ月にはなっていたようだという言葉が、人々の口から洩れてきた。そんな状態が続いて何日か経った。順伊は小学校を退学して家に引き籠もり、娘の母親は気を取り直して以前のように行商に出かけていった。けれども犯人は明らかにされなかった。警察支署から巡警が一日おきくらいにやってきて、とんでもないことまで言いながら少女の口を割らせてみようと試みても、怯えきった彼女は口を開かなかった。娘の母親や近所の女たちが、あやしたりすかしたりしても無駄骨だった。羽が生えた噂は届かぬところがなく、捜査を急がねばならぬ状況なのに、少女はいっぺん閉ざした口を死に物狂いで開こうとしなかった。その間あの集落この集落から、学生を初めチョンガーや若い男やもめのなかで、支署へ呼び出されなかった者がなかった。ところが誰にも、疑いをかけることが出来なかった。種採里はとうとう近隣の村や邑の人々から、善良でない人たちばかりが住んでいる、学ぶことのない集落、子育てにふさわしくない、娘を嫁にやれない集落、はなはだしくは人並みの人間が住んでいない集落のレッテルを貼られても、返す言葉がなくなってしまった。しまいには、おまえの妹は大丈夫か、おまえの娘は無事だったかという一族や親戚の挨拶まで、受けなくてはならなかった。その犯人を最後まで逮捕できなければ、この近所から嫁をもらうことが気が重くて、花嫁を遠方から輸入してくることになるだろうという話まで広まっていた。どこの家の娘がどんな目に遭わされているか、知れたものではないというのだ。いつしか人々の目が血走るようになっていた。けれどもやはり、にわか雨は長続きしないものだった。この事件もひと月近く経った頃、一瞬のうちに解決した。そしてその手柄を立てたのは、ほかならぬ熙燦だった。寿燦の仲間が果樹園へ集まってきて謀《はかりごと》を巡らそうとしていたのも、事件が果樹園のなかで解決されたからだった。それもほんの四日前のことだったと熙燦は説明した。

その日、支署の沈《シム》巡警が私服で近所へ姿を現したのは、中伏になって豚の密殺があるだろうという、集落のなかの手先からのタレコミがあったからだった。中伏と盆とが重なるとか一日違いになる場合、集落では豚を密殺して小分けし、密売するのが慣例だったのだ。沈巡警も近所まで来ると、決まって果樹園からまず立ち寄る癖があった。何らかの聞き込みをしようとしたらどうしても、果樹園の庭先にこぼされていった噂話の落ち穂拾いからすることが、もっとも気軽にそしてまんべんなく拾い集められることを承知していたのだ。

その日も熙燦は、沈巡警と向き合って腰をかけ、あの事件を話題にして閑人《かんじん》よろしく喋り合っていた。ところが、事件がそんな具合にして解決されようとしていたのか、しばらく顔を見ることも難しかった順伊が自分の足でやってきたのだった。少女は秤《はかり》を借りに来たと言った。そんな少女を目の前に座らせて、沈巡警は優しくあれやこれやと問いかけ始めた。少女としては耳にたこができるくらい聞かされてきたことだったので、すっかり慣れっこになっていたから、どうぞお話下さいわたしが聞いて上げますよといったしれっとした顔つきをしていた。熙燦はそんな少女のことが痛ましく、見るに見かねていきなり思ってもみなかったことを口走った。

「ねえ、順伊、このおじさんはものすごく高い地位の人なんだよ。巡査なんかより何倍も偉い刑事さんなんだ。正直に答えなくちゃいけないよ」

「そうだよ、あんたがこっそりと教えてくれたら、おじさんだけ知っていて、いままであんたにひどいことを言ってた巡査たちも、おじさんが責任をもってどやしつけてやるから」

崔巡警が話し終わるとにわかに少女の顔色が変わり、しばらくためらった末に声を震わせながら口を開いた。

「ほんとに、おじさんたち二人しか知らないことにしてくれる?」

少女はこのように念を押してからも、かなりの時間が経ってからそれは鳳子《ポンジャ》のお父んだと打ち明けた。テットゥクから奥まったポルモクの、人里離れたところに住んでいる金宣永を指していた。

金宣永といえばそれまで、誰も疑いの目を向けたことのない人物だった。それだけの理由があった。年齢もそこそこで四十一歳かにはなっていたし、子どもが三人で農協の部長代理かを勤めていて退職した、学識もあると言う人物だった。それればかりか、悪化した肺結核がもとで病床にあること一年を超える患者だった。

金宣永がポルモクへ引っ越してきたのは二年前だった。水清らかで空気のよいところを探し求めて療養のために来たとのことで、退職金をすっかりはたいたとかで田畑も何千坪か買い入れていた。田畑は端から他人に貸して小作をさせる心積もりらしかった。彼は忠清南道舒川郡庇仁面の生まれではあったけれど、長い客地暮らしのせいで故郷が別にあるわけではないとも言われた。彼の妻は邑内の役所通りの片側に、小さな美容院を持っていた。この美容院は金宣永が病気療養中の治療費をひねり出す方便として開いたもので、年数としては三年目になるわけだった。彼の妻は粘り強くて働き者だったので、朝晩は通勤バスで出勤して帰宅しながら、美容院を無難にこなしているというのが世間の噂だった。金宣永の病状は熙燦の目にもよくなっているようには見えなかった。彼は外見的に、中期肺結核患者の特徴をおしなべて備えていた。滅多に出歩くこともなかったけれど、時たま他人の目に触れても自分から距離をおいたし、それもたいていはテットゥクの前の貯水池で釣り糸を垂らし、一人で時間をつぶしているのが普通だった。したがって、集落には彼と格別に親しくしている者はなく、村に何か問題が持ち上がってもしばしば除外していくのが通例だった。民間防衛訓練にもいつだって欠席したけれど、それを出席扱いにしても文句を言う人さえいなかった。いわばそれほど、回復してふたたび人並みの働きをすることが難しく見えたのだった。長女の鳳子は何かにつけ順伊と一緒に遊んだが、それは二人の少女が同じクラスに属していたうえ、どちらも暗くならなくては母親の顔を拝めない共通点があったからだと言われた。その日も順伊は、鳳子を誘いにあの家へ行ったとのことだった。行ってみると少女は留守だった。母親と一緒に邑内へ出かけていたのだ。順伊が怖ろしさの余り泣きだしたら、金宣永が衣服を着せてくれながら、百ウォン銅貨二枚を握らせてくれたことも打ち明けた。

沈巡警は少女を帰すとすぐさま金宣永を訪ねていって、事実を認めさせた気配だった。けれども金宣永を連行していくことはなかった。彼はその日の晩に里長の黄俊成《ファンシュンソン》を訪ねていって丸め込み、里長は順伊の母親と夜を明かして掛け合った。一番鶏が時をつくる頃になって交渉は成立した。順伊の母親が現金三万ウォンと二千坪分の田畑の登記書類を慰藉料として手渡されて、金宣永があらかじめ作成しておいた合意書に印鑑を捺してやったのだった。金宣永の自首と双方の示談が成立したという噂が同時に広まったのは、明くる日の朝方だった。事件のケリをつけようと、里長が故意に噂を立てて回ったのだ。集落の内外がもういっぺんひっくり返る騒ぎになった。とはいえ世も末だと嘆声を吐きだすだけで、処理の仕方が正しいとか間違っているなどとクレームをつける者はなかった。順伊の母親が満足に思っているのに、陰に回ってつべこべ言って回る閑人もなかった。

「赦すべからず（不可赦也）だって、すべては時代によりけりだわな」

煕燦が話を終えた。

「果樹園の仕事に精を出しているとばかり思ってたら、沈巡警のタレコミ屋まで勤めていたとはなあ」

ぼくは笑わせようとそう言いながらも、寿燦の仲間たちがしでかすかもしれぬことにばかり気を取られていた。ぼくは訊いた。

「だから、既成の世代は物質的な合意を容認しても、村の若い連中は道徳的に容認できない——ゆえに倫理的な制裁を加えたい、そういうことか？」

図星だと熙燦は語った。彼はさらに、

「やたらと村の衆ばかり困らせたりするのでなくて、深く考えてみたらそのほうがましなんだよ。骨と皮しか残っていないんだ、放っといたって明日か明後日には勝手にくたばるしかないようなやつ、憎たらしさからいったら八つ裂きにしたって飽き足らないけど、刑務所へぶち込んだってどうなるでなし。娘の将来を考えたら、どのみちこの村を出て行かねばならんのに、出て行こうにもすぐさま食べていく当てがねえありさまだし。娘一人を失くしたつもりで、言われた通りにして印鑑を捺してしまったんだわ。婿さんが出来たら、あいつから取り上げた畑でも売ってやれば」

と言ってたという、順伊の母親の口ぶりを真似て見せたりした。熙燦はいまや高みの見物だけが残されたわけだと言って、明るく笑いながら立ち上がった。

「喉が渇いたからあの下手へ行って、どぶろくでも飲んでお湿りをくれようや。卸元《おろしもと》の酒だけど水がおいしいから、飲んだら止められねえぞ」

ぼくも小腹が空いていたのでそうしたかった。無断でもいでいかれる果実がまだなくて、果樹園は留守にしても差し支えないらしかった。ぼくは熙燦の後にしたがい、荷車の通る道路をとぼとぼと下っていった。

テットゥク部落の前のさして広くはない貯水池のほとりに、風に吹かれて倒れかけた一軒のあばら屋があった。ちょっと見にも天井から北斗七星が眺められるほどに古ぼけ、穴蔵ほどにも薄暗そうに見えた。客地から足を運んで来る釣り人を当て込んで、成人した娘ばかりが二人もいる後家さんがどぶろくを売っているとのことだった。熙燦は言葉尻につけ加えた。

「上の娘は明実《ミョンシル》といって十九歳、その下が十七歳、あの娘たちの母親は四十五——ところで、そのなかでおれが手をつけたのはどれだと思う?」

ぼくはすかさず答えた。

「そりゃあ、十歳の年長さんだろうよ」

「酔いにまかせて三、四回も乳繰り合ってやったら有り難がって、それからはおれを恩人扱いするんだな」

「恩返ししたかったら娘の婿さんにしろと言えば。それがいちばんいい方法だと思うよ」

「そうはいかんのだな。うかうかしたらおれが花婿の兄ってことになりそうなんだ。寿燦のやつがあの家の上の娘の明実と出来ちゃったらしい。おれだけが知らなくて、疾《と》うから噂は広まっていたらしいんだ」

「年寄りは年寄り同士、若いやつは若い者同士で、上手《うま》い具合に相性が合うじゃないか」

「おれが娘の母親と関係したことも口が裂けたって言えないし、あいつらを引き離す何か上手い方法はないものかな？　娘がおとなしければいくらか救われるんだが、これがまた評判のしっかり者だというじゃないか。邑内のある男とも複雑な関係だったとか。そんな娘を弟の嫁さんにするわけにはいかんしなあ」

熙燦はせっかく話し出したことを中途半端にして、耳をそばだてた。どこからか女同士が、悪態をつきながら激しく言い争う声がしたのだ。どこからかではない、まさしく目指すあばら屋からする声だった。熙燦は小首をかしげながら近づいていった。漆の木と野茨が絡み合って生えている茂みの外れを迂回すると、諍《いさか》う声はすぐ目の前から聞こえてきた。熙燦は歩みを止めた。

「そうかい、この、殺されて当然の女めが、独り身になって酒を商って暮らしてはいるけれど、おまえみたいな女が偉ぶったって可笑しいとも何とも思っちゃいないさ。お宅様にはどんな自慢の種があるからって、筋違いにも他人のあら探しなんぞして回ってるんだい。その嘴を引き裂いてやりたい女め」

「あの鼻息の荒いのが後家さんで、おれの愛人だからな」

とささやいて熙燦が笑った。

「罰当たりなことを言うんじゃないよ。いくら何だって、母親みたいではないだろうけど。だからそんな話が聞きたくなかったら、娘をしっかり教えたらどうなんだい。嫁にもやらずに腹がせり出すことがないように」

「お仕置きにかけてやろうか、この女が。おのれの尻ぬぐいも出来ないくせして、他人の尻ぬぐいをしたいってお節介を焼いてるよ。いまどきの世の中はガキを三、四人生んでから婚姻したって、あらにはなんないね。今年の秋にでも式を上げれば済むものを、何でおまえみたいなあばずれが、腕まくりなんぞしてしゃしゃり出るんだね」

「おやまあ、だったらさっさとそうしたら。誰か邪魔でもしたかね?」

「おまえも言葉遣いに気をつけるんだね、その嘴を引き裂かれないように……」「生娘の腹がソウルの南山みたいにせりだしているのを見ても、知らぬ顔でいろというのかい? 世間の人はみんな知ってるのにおまえだけが知らないのが気の毒で、おまえの耳に入るようにそうしたんじゃないか」

「よくぞご親切に、そうしてくれたもんだ」

「そうだとも、親切心がそうさせたのさ」

ちょっと諍《いさか》いが途切れた隙に、熙燦は空咳《からぜき》をして人の気配をだした。庭先へ入っていくと諍いは自ずとうやむやになり、酒幕のおかみ一人が土間の外れにどっかと腰を据えて、諍いの相手もなしに息を切らせていた。

「誰にそんな怖ろしい剣幕で息巻いていたのかね?」

熙燦は筵に上がって腰を下ろしながら訊いた。

「煙草屋の女が、あのお喋りの金棒引きが用事もないのにやってきて、他人様の五臓六腑をまるきりひっくり返して帰ってったじゃないの。ひどい目に遭わせてやろうと思ったら、こそこそと逃げ出してしまったよ」

饐えている若大根のキムチの切れ端をかじりながら、熙燦とぼくはどぶろくを飲んだ。おかみは誰もいないので一人で酒を運んでくれたり、精麦を茹で上げて夕飯を炊いたり、キムチの材料をととのえたりと、ひどく忙しそうだった。

「何か耳にしたことはなかったのか?」

熙燦がおかみに問いかけた。

「引き籠もっているあたしの耳にどんな噂が入るのよ」

彼女はぶっきらぼうに答えた。熙燦は彼女の耳に届かないくらいになるとぼくにささやいた。煙草屋のかみさんの話のように明実の腹がせり出しているのが事実だとすると、とどのつまり十中八九は寿燦の仕業だろう、けれども邑内のあるやつの種かもしれない、もしも寿燦の子種ならなるべく流してしまうのが望ましい、いやそうすべきだ、後で寿燦を見かけたらそう言ってやってはくれまいか、まだ子を生んで育てるには若すぎる、そんなことは暮らしがよくなってからでも遅くはない、などといったことを。そしてとどのつまり、寿燦に一言忠告してやって欲しいというのだった。ぼくは聞かなかったことにした。年長者としての熙燦の通俗的な話の、すべてを正しいとするのが厭だったのだ。またそんな真似をしたところで、効果があろうはずがなかった。おまけに寿燦が、そんな野暮な忠告に耳を傾けるほど世間知らずの若者ではないと思われた。

「小説を何編も書いていても、いざこうした人生問題に直面すると手も足も出ないというわけか」

熙燦がねちねちと嫌味を言った。ぼくも一言やり返した。

「世界文学の名作を数限りなく改作なさった当代の文豪も、目前の恋愛問題一つ解決できないようにな」

彼とぼくは陽が沈んで星がきらめくまで、酒幕の庭先に腰を据えて酒を飲み続けた。貯水池を渡ってくる夜風はたいそう涼しかったけれど、泥臭さの交じった水の生臭い匂いと蚊の群れにはすっかり閉口させられた。昼中に誰かが言ってたように、夜の九時頃になると村は鼠の鳴く声も聞こえないくらい、まるきり真夜中になっていた。ぼくも果樹園へ戻って来るとそのまま倒れ込んで眠ってしまった。熙燦がやたらと小突かなかったら、明くる日に陽がこうして昇ってからでなければ、目を覚ますこともなかったはずだった。

「おい、おまえったら、起きろって」

ぼくは夢うつつのうちに熙燦が呼んでいる声を聞いた。ぼくは目を覚ましながら喉の渇きを覚えた。熙燦があんまり小突いたせいか腕や脚までが疼いた。

「あいつらがあそこで、何やらおっ始めているらしいんだ。金宣永を引っ張り出してきて痛めつけるみたいだ。騒ぎを起こす前に一緒に行ってみないか?」

ぼくも気になっていたことなので、しばらくして何とか酔いを覚ましながら従いていった。

「どこかで何か、音でもするのか?」

「あそこに明かりがついてるだろう、村民会館のなかに」

熙燦が指をさした。ランプの明かりが三、四ヵ所に灯されているらしかった。ぼくと熙燦は近づくほどに跫音を殺して、手探りのようにして歩いた。

「行き過ぎがなかったら見なかったふりをするし、度を越していたらお節介を焼くつもりだ」

熙燦が自分の心積もりを耳打ちした。ぼくは熙燦にしたがい、講壇のある横手のドアの前を経て裏口のドアのほうへ回っていった。そっと手で触ってみると裏口のドアは内側からキーがかかっていた。左右両側に一つずつ取りつけてあるガラス窓も閉ざされていた。声が外へ洩れないように、暑さを顧みず閉めきっているらしかった。熙燦と一緒になってぼくも裏口のドアのガラス窓に顔を押しつけた。ざっと見積もって会館の広さは三十坪余りになって見え、講壇の上には芯を長くしたランプが二個並んで立っていて、煤煙を吐き出していた。三、四人ずつ座れるベンチを裏口のほうへ押しつけておき、昼中に顔を見せた若者たちが一人の男を真ん中に座らせ、取り囲んで立っていた。裏門に面しているほうだけは開けておいて、半円を描くようにして立ち並んでいた。彼らは一様に長い棒を一本ずつ握りしめていた。棍棒を握っているわけだった。その中で男はひざまずかされていた。それは金宣永のはずだった。彼は処分を待つばかりといった風情で、悄然とうなだれていた。熙燦が息を殺した。ぼくもドアの隙間に耳を押しつけた。折しも大小のローマ字が散らばっているピンク地の女物のブラウスを羽織っている若者が発言中だった。

「あんたにせよおれたちにせよ、八・一五民族解放後、一緒に歳を食っている立場にあるんだ。だから敬語を使わないからって悪く思わず、正直に言ってみろ。どうするつもりだ？　この地で墓を掘るか、家財道具をまとめるか？」

赤のベレー帽が手にした長い棒を振り上げて鼻先へ突きつけながら、この発言を引き継いだ。

「明日、明後日には頭にごま塩の髪を戴く野郎が、することがなければおとなしく病気療養に専念すればいいものを、何というざまだ、この夢も希望もない野郎が」

続いて昼間はサンダルを履いていた趙信炯が、履き替えてきたバスケットシューズの鼻先で金宣永の下顎を二、三回軽く突き上げてから発言した。

「人面獣心――人の顔をしてけだものの心を持つという言葉は、小説本のなかにしか出て来ないと思っていたら、この集落にいけしゃあしゃあと生きておったんだわ。この犬畜生にも似たけだものを、こいつをこの場でたたき殺して犬の代金四千五百ウォン也を払ってやるか?」

顔中がまるきりニキビだらけの閔炳吉が登場した。彼は杖代わりの角材で金宣永の首筋と脇腹をぐいぐいと小突いてから、

「おい、貴様、よく聞け。我々の境遇を躍進の足場として創造力と開拓精神を育て、公益と秩序をかかげて能率と実質をあがめ尊び、敬愛と信義に根ざした互いに助け合う伝統を受け継いでいく――おい、おまえにはこれが何だかよくわかるだろう?」

金宣永が知らないというように、頭を振るのが見えた。

「国民教育憲章も知らないから、幼い少女に悪さなんぞしおったんや。こんなやつ、このまま……」

閔炳吉は力任せにセメントの床へ角材を振り下ろした。縮れ毛の洪《ホン》が腰をかがめて金宣永の顎に目を当て、静かに問いかけた。

「おい、貴様、ここはどこだ?」

金宣永の後頭部がちょっと動いたような気がした。洪は言葉を継いだ。

「そうだろ? 月谷面種採里に違いないな? わかるか? ここは人間の住むところだ。貴様

みたいなけだものの棲むところではないのよ。どうする？　明日の明け方、荷物をまとめて出て行ったら？　おやあ、こいつ、まだ返事がないぞ。だったらわしらが行って、貴様の家のなかの柱を根こそぎ伐り倒すご苦労をしてくれと言うのか、どうなんだ？」

「四の五の言うまでもねえだぞ、この場で骨を拾ってやるとしようや」

後ろ姿しか見えなくて誰かわからぬ男が言葉を挟んだ。洪がさらに脅し文句を吐いた。

「そうしようか？　ここで死んでみるか？」

いまにも棍棒で滅多打ちが始まる気がして、ぼくは熙燦のほうを振り向いた。洩れてくる薄明かりにも悲愴に見えた熙燦の表情に、ようやく闘う気配が蘇ってきたようだった。金宣永は相変わらず硬くなっていた。角刈りの徐万善《ソマンソン》が言い出した。

「おい、貴様、いまがどんなときだ？　どんなときなんだって？　そうだろ？　それなのに貴様は何をしたんだ？　わしらが一段あたり四百五十キロ収穫、一戸あたり九十万ウォンの所得を目指して昼夜の別なく頑張っているとき、貴様は何をしてたんだ？　小学生の貴様の娘の親友を、どうしたと言うんだ？　この犬畜生めが」

徐万善が握っていた棍棒を高々と振り上げていまにも振り下ろそうとすると、素早く手を挙げて押しとどめながら進み出てきたのは、そのときまで腕組みをしたまま睨みつけるばかりの寿燦だった。寿燦は両の手を左右の腰に載せてゆっくりと話した。

「おれたちが地域社会の発展と近代化を目指して、全力を尽くすために立ち上がったことは、あんただってよく知っているはずだ。頭を働かせていい知恵を絞り出し、手を働かせて奉仕し、真実にして同情する気持ちから健康を保ち、家庭と地域社会に尽くそうというのがおれたちの集まりの目的だったということよ。おれたちはもちろん四H競進大会へ出場して、まだ入賞はしてみていないさ。なぜか？　始めてまだいくらも経っていないからさ。けど、早急な電化のためにいろいろと推進してきたことは、あんたも知っての通りだろうよ。客土の投入、堆肥の増産に拍車を加えたし、その結果として面内第二位という成果を収めたからな。それだってもちろん、素手ではそんな具合にならなかったろうよ。面役場の職員たちにめしを食わせてやったり酒を飲ませてやったり、煙草銭までおれたちの懐を痛めてくれてやったからさ。そのおかげで来年には電気が通ることになってるんだ。だから、人並みの暮らしをしてみようという意志と勤勉と、協同精神が透徹した村だと評判なんだ。言い換えると、昨日までの種採里ではない、今日の種採里にイメージががらりと変わってしまったのさ。これに力づけられておれたちはまた、八十年代に入って一戸あたりの所得二百万ウォンを目標に、仕事を始めたんだ。

ところがあんたは、何をやらかしたのか言ってみろ。反生産的、反社会的、反道徳的な行為ばかりを仕事としてやらかしてきたと、ひとつ、自分の口からじかにさえずってみろや。厭かね？　厭ならさえずらなくても結構。その代わりこうしようや。あっさり言って、夜が明けたらすぐに女房子どもを連れて、ここを出て行くんだな。それからそのことを、この場でおれたちと約束しろ。もしもおれたちの要求が聞き届けられなかったら将来どうなるか。それはおれたちが言うより先に、あんたのほうがわかってるはずだ」

趙信炯が吸っていた煙草を、金宣永の額に押しつけて揉み消しながら言った。

「このろくでなしと来たら、これほど言ってもまだわからないのか。この暑さのなかでわしらに、ひとしきり殻棹打《からざおう》ちをさせてえということかね？」

縮れ毛が後を続けた。

「まだ手出しをせずにおとなしくしておれや。おい、わしらが晩にこんなことをするのも、あんたのことを思ってだぞ。集落の人たちが押しかけてきて石つぶてなんぞ食らわせたりしないように、明日の明け方には引っ越して行けと言っとるのだわ。言ってることがわかるだろ？　こんなことをせずに、あんたの家へ火をつけてしまおうという意見もあったけど、辛抱しようと言ったんだ。あくまでも紳士的に、妥協的に解決しようということさ。紳士的に言い聞かせるときに聞き入れたほうがあんたの五体だって無事に保たれるし、家財道具だって救い出せると言うものさ。わかるだろ？　とりあえず子どもらと、すぐにも身の回りのものだけ用意して、体から先に出て行くんだ。そうしてから徐々に、引っ越し荷物も運んでいくし、家とか土地とかを処分するようにということよ。わかるな？」

とうとう金宣永が二、三度頷いた。寿燦が締めくくるように発言した。

「金さん、あんたは命拾いするし、おれたちは手を血で汚さなくて済む。よく決心なすった。あんたも内心では、こんな法があってたまるかと思ってるかもしれないけど、そうじゃないんだ。こういう法を何というかわかりますか？　これぞまさしく不文律というものなんだ。もういっぺん念を押すよ。あんたは明日の明け方、間違いなしに女房子どもを追い立ててここを出て行くんだな？　不服でないな？」

金宣永が頷きながら二言三言つぶやいたようだったけど、話し声は聞こえなかった。

「帰って荷造りをしなせえ。おれたちはここにいて、あんたが出て行くのを見届けるつもりだから」

寿燦は話を終えて、煙草をくわえて火をつけた。

「見せ物は終わった、おれたちも帰って寝るとしよう」

熙燦が果樹園の垣根の外れを通り過ぎながらつぶやいた。

果樹園へ戻ってくると熙燦はじきに寝入ったけれど、ぼくは頭の中がすっきりしてきてなかなか寝つかれなかった。早めに目を覚まさなければ、夜明けとともに出発するという始発バスに乗るのが難しいことを承知しながらも、どうすることもならなかった。その一方で、果たして金宣永が夜明けに集落を出て行くのかどうか気になった。

金宣永はそのまま、居座って突っ張ることも出来たはずだった。当局に訴え出れば身辺保護も可能だし、仲裁を頼むことも出来たはずだった。ところが万事を後回しにして、ひとまず村から立ち去るらしかった。

明くる日の朝食前に、金宣永とその家族の行方も知らされないうちに、ぼくは熙燦に別れを告げて果樹園を後にした。通学生たちでぎっしりと埋め尽くされているバスにせよ、逃がしてしまうと邑内まで二里の道のりをてくてく歩かねばならなかったのだ。

ぼくは午前九時の普通急行の座席券を買っておいて、駅前通りの食堂を選んで入っていった。のべつ飲むばかりでろくすっぽ食べたものがなかったので、胃袋がものすごくひりひりしていたのだ。

かなりの広さの駅前食堂だったけれど、朝飯を食べずに出てきた旅行者たちで空いている席が稀だった。ぼくはやっと片隅の席を取って腰をかけ、ソルロンタン（牛肉スープ）を注文して、テーブルの上に投げだされていた新聞を拡げた。夕刊が明くる日の朝食前に配達され、朝刊は午後に配達される地方だったから、目新しいニュースもなかったので見るともなしに覗き込んでいた。そんなときぼくは、聞き覚えのある声がしたので何気なしに顔を上げて見回すと、レジの前でカネを払っていたのは意外なことに寿燦だった。

よそ行きの衣服ですっきりとめかし込んだ寿燦の脇には、二十歳代になるかならないかの浅黒くて髪の長い娘がへばりついていた。ぼくが声をかける間もなく、寿燦はどでかい旅行カバンを引っさげて食堂を出ていった。女のほうも腹が膨れいる旅行カバンとハンドバッグを両手に分けて持って、その後にしたがった。

折しもぼくの目の前に注文の品がおかれたので、追って行くこともならなかった。けれども彼らが停車場へ向かっていることは、ガラス窓越しに眺められた。

ぼくは食事を済ませた頃になってやっと、察しがついた。金宣永より先に寿燦のほうが種採里を出て行くことを、そして連れが酒幕の上の娘であることを。

作家後記

本のおしまいに、いくらかの無駄話を付け加えようとすれば、いろいろな思いを退けて、真っ先に浮かんでくるのが、なんといっても私が始終、他人様《ひと》の福徳を受けて生きてきたという感慨だ。以前から、私が人前に、やましさを感じずに持ち出せると思っている自慢の種は、「私は〝人物運〟の良い者だ」という事実一つだけである。この一事だけとしても私の一生は格別に幸福なものだったということができるばかりで、私にはこれ以上何も示せるものはない。この人物運（福徳）は本のなかのすべての文章に現れているだろうが、成年以後、文壇にデビューして、生活・創作・受賞・出版のためにどんなことの一つたりとも、師や先輩や友達のはからいや友情のおかげによってなしとげられたものでないものはない。

特に、雑文集を含めて六冊に及ぶ出版物はそのなかでも著しいものであり、七冊目になるこの『冠村随筆《クァンチョンスピル》』も、その例外でないことはいうまでもない。私は去る十余年の間、いくつかのつまらない文章をものしてきたが、私が見計らっても、それらの生まれてきた胎盤のようなものは、拙いものだったかもしれないが、しかし、そんななかでも、この『冠村随筆』だけは、他人の話ではなく、いささかなりとも、私なりの話を書いてみようと思い、無難に、そつなく書けたほうだ。

読者の参考になるかどうか分からないが、あらあら書いておけば、私がこの歳になるまで忘れられないものの一つが、もはや幼年時代から身体髪膚にしみついた祖父の訓育のせいかもしれなく、物語として書き散らかす前に、まず私から紹介したいものを、きちんと順序通りに話の糸口としたのが、「日は西の山に落ちる」だ。この本のなかで実話をそのまま筆記した「花のない十日」のようなのもあれば、「謡に与《くみ》し序《はじめ》を註す（噂による、そのはじまりを説明する）」や「月谷の夜の後」のように、今でもその場所に生活している同窓生なり親戚なりの話もあり、私の子どもや年下の親族に読ませるために、小説やら文学作品といったものから離れて、涙を落としながら書いた、故人に対する追悼の文、「空山、月を吐く」のような文章もある。今年（一九七七年）「空山、月を吐く」の貞姫《ジョンヒ》の母親を尋ねて行ったのだが、すでに中学校の卒業組になった故人の遺児女と出会い、私はまた泣いたのである。

大体、私が祖父の次に、影響を受けたのは、同じ村内で育った子どもたちだった。三十年以上の歳月が経った今では半ば以上、亡くなったか、行方不明となってしまっているが、それらの人々こそ、いろいろな面で私を育ててくれた人びとであり、「行く雲と流れる水」の甕点《オンジョム》が、「緑なす水と青山」の大福《テボク》が、「関山に芻《くさ》刈る人」の福山《ボクサン》がその人たちである。

そんな人たちの物語を順番に書いていこうとすれば、まだまだ語り終えるにはほど遠いが、しかし、これからも聞き書きを続けていこうと思っている。これまでに編んだ物語よりも、昔の日々はもっと複雑で込み入ったものだったのである。消息の分からないすべての旧友たちの幸運を祈るばかりだ。

一九七七年十月

李文求《イムング》

解説

訳者・安宇植氏に代わって

川村　湊

　まず、この翻訳書『冠村随筆《クァンチョンスピル》』の成り立ちから紹介しておこう。この翻訳は、二〇一〇年十二月に亡くなった安宇植《アンウシク》氏のパソコンの中にデーターとして残っていたものである。翻訳文はほぼ完成しており、後半の章の訳注が未完のままで終わっていたが、本文ついては完成稿とみなしてよいと思われるレベルのものだった。

　原本の初版発行が一九七七年十二月十五日（文学と知性社）だから、もちろん日本語への翻訳の作業はそれからのことと思われるが、いつ頃行われたものか、どんな経緯や交渉が、原作者や出版社とあったのかは、詳《つまび》らかではない。

　ただし、韓国文学翻訳院から翻訳作業についての助成金を受けていたことが分かっているから、著者との交渉や、翻訳権の設定などそれなりの手続きがすでに取られていたことが明らかとなっている。

訳稿は完成したものの、出版社との翻訳出版の契約の交渉などが滞っているうち、安氏も、そして著者の李氏も亡くなり、宙に浮いてしまったような状態だったが、韓国の著作権者側からの強い要望と、日本側の関係者の決断と努力によって、ようやく今回、陽の目を見ることとなったのである。

原著者の李文求《イムング》氏は、韓国の文学好きの読者では知らない者がいないというほど有名で重要な小説家だが、外国ではあまり知られておらず、日本でも短編小説がアンソロジーに数編収録されている程度で、本格的な代表作とみなされる作品が翻訳、紹介されるのが、今回が初めてである。

一九四一年、忠清南道保寧《ポリョン》出身で、芸術家を養成することで知られるソラボル芸術大学の文芸創作科を卒業し、一九六六年に『現代文学』に作品「タガルカ不忘碑文」と「百結」が推薦され、文壇へのデビューをはたした。

現代化、都市化、産業化への変貌著しい韓国社会を批判的に見つめ、伝統的、地方的な生活者の視点から、韓国の社会、生活、歴史を坦々と描き出し、韓国の現代文学の世界に独自の位置を占めたといわれている。『長恨夢』、『海壁』、『わが村』などの多数の作品があり、韓国日報文学賞、韓国文学作家賞、萬海文化賞、東仁文学賞、大韓民国文化芸術賞などを受賞し、二〇〇三年二月、満六十二歳で逝去した。

李文求

『冠村随筆』は、一九七二年から七七年にかけて、『現代文学』、『月刊中央』、『新東亜』、『創作と批評』、『文学と知性』、『世界の文学』の各誌に断続的に掲載された八編の連作小説を一本にまとめたもので、著者の三十代での代表的な作品である。李氏が出生し、その幼少年時代を過ごした忠清南道の保寧市は、昔は保寧面（面は、郡より上位の区域で、日本の「郡」に相当する行政区域）で、半農半漁的な古い朝鮮の地方都市や農村を面影を色濃く残している地域として知られている。

忠清道は、首都ソウルや仁川などを中心とした京畿道と、韓国の穀倉地帯であると同時に反中央意識の強いといわれる全羅道と、朴正熙《パクチョンヒ》、全斗煥《チョントゥファン》、盧泰愚《ノテウ》、金泳三《キムヨンサム》、盧武鉉《ノムヒョン》、朴槿恵《パククネ》などの歴代大統領を輩出した慶尚道（全羅道出身の大統領は金大中《キムテジュン》だけ）に囲まれ、ちょっと地域的な特色に乏しいと思われている。慶尚道の釜山や大邱、全羅道の光州や木浦、江原道の原州や江陵のような特徴のある大きな都市がなく、農業、漁業、工業などの産業をとってみても、そこそこの生産力はあるものの、格段の特産品や名物には乏しいようだ。葉タバコや高麗人参の生産が韓国一ということぐらいだろうか。都市化、近代化も他の地域に較べて遅れ、韓国の経済発展による開発も、高速道路の整備や都市整備、農魚村の再開発なども、全国的に見れば、後回しにされたような感が強い。

もっとも、近代以降の韓国（朝鮮）の変化は激しく、封建的な李王朝の時代から、近代化、産業化、植民地化、都市化と、短い時間による国土や、支配や制度の変貌は著しい。とりわけ、〝漢江《ハンガン》の奇蹟〟といわれる近年の高度経済成長の影響は激しく、比較的近代化、産業化の荒波に見舞われること遅かった土地柄といいながら、「保寧」が、昔通りの安寧さを保つことは不可能だった。

「小説の主人公が幼い時代を送った故郷冠村を背景に、農村の急激な変貌とその伝統的な秩序の瓦解過程を追跡し、久しい歳月の後に故郷を訪れる帰郷の感懐とともに描く回想的陳述方式によって、新たな現実にどうすることもできなかった農村の変化を、深く示しているのが特徴である」と、『韓国近現代文学事典』（権寧珉《クォンヨンミン》編著、田尻浩幸訳・明石書店）の「冠村随筆」の項には、書かれている。

小説でありながら、「随筆」という言葉が題名として使われていることや、作者が「後記」で書いているように、作者、李文求自身が語り手となって、自分の幼少年時代の〝忘れえぬ人々〟を回想譚として書いたという意味において、日本の私小説のようなスタイルを採っているといえる。ただ、日本の植民地支配から〝解放〟された一九四五年に作家はまだ数え年五歳（韓国では数え年が一般的）で、学齢期に達していないから、総督府による日本語教育を受けた世代のように、日本の近代文学によってその文学的感性と素養を培ってきた韓国文学の先行世代とは一線を画していると思われるから、直接的に日本の私小説の影響を受けて書かれたものとは思われない。朴泰遠《パクテウォン》や李孝石《イヒョソク》のような、韓国（朝鮮）文学の先行する文学者たちの作品から、間接的にこうした「私小説」的なスタイルを学んだといえるのではないか。

ただ、作家自身の「田舎」を舞台に、自身の幼少年時代を回想的に描く形式の小説は、日本の近代文学には無数といっていいほど存在しているのであり、とりわけ、下村湖人の『次郎物語』、山本有三の『路傍の石』のような少年文学の古典的作品や、井伏鱒二や木山捷平といった作家たちの自伝的小説として、広く親しまれてきた形式のものである。それはさらに視界をもっと広く持つならば、ヘルマン・ヘッセやトーマス・マン、ロマン・ロランの『ジャン・クリストフ』や、サマセット・モームなどの「世界文学」にも類例を求めることができるものだ。『冠村随筆』も、こうしたパースペクティブに置くことによって、その価値や存在意義を「世界」的に広げることに成功しうるかもしれない。

しかし、その作品内容はきわめて「私的」で、韓国という国の歴史や、作家の故郷である「冠村」という土地に局限されていることは間違いない。「日は西の山に落ちる」「花のない十日」「行く雲と流れる水」「緑なす水と青山」「空山、月を吐く」「関山に芻刈る人」「謡に与し序を註す」「月谷の夜の後」は、必ずも時代順、時間順に叙述されているわけではないが、「ぼく」の幼年時代、少年時代、青年時代、そして成人してからと、おおまかには成長までの各時期に出会い、「ぼく」に深い影響、印象、記憶を与えた身の回りの人々が活写されている。時代遅れの儒学者としての祖父、南朝鮮労働党の党員として殺された父、日本式にいえば〝姉《ねえ》や(子守り)〟としての甕点《オンジョム》は結婚生活に失敗し、幼馴染でガキ大将の大福《テボク》は南北対立の政治情勢のあおりをまともに喰らって、浮沈の半生を体験し、その弟の福山《ボクサン》は、戦後や高度成長後の変動社会を何とか生き抜いた。

これらの人々の記憶と、韓国の現代の歴史とが、切っても切り離せない関わりがあることが、この作品の特徴ともいえるかもしれない。

近代の文明開化と、日本の朝鮮半島の植民地支配は、「ぼく」の祖父のような旧弊なタイプの知識人(支配階級＝両班、文人、ソンビ)を廃絶させた。儒教の学問(漢学)や道徳、倫理や伝統文化が滅亡し、信仰や習慣や行事が衰亡してしまった。一九四五年の植民地支配からの解放(光復)

は、そうした旧社会を回復させるものではなく、新しい社会を建設する前に、混乱と破壊、無秩序な暴力が横溢する時代を招いてしまった。

一九四八年の韓国の建国（それは北朝鮮の分離という分断時代の始まりとなった）、一九五〇年六月二五日、すなわち「六・二五《ユギオ》」に始まる韓国動乱（朝鮮戦争）、そして南北両軍によるローラーによって圧し潰されるような村々の暴力的支配。韓国軍（と米軍）と北朝鮮人民軍（と中国人民軍）とは熾烈な戦いを続け、その双方の兵士たちはおろか、同調者、共鳴者、手先と見られた人々を、鏖殺するという蛮挙が半島の各地で繰り広げられたのである。「ぼく」の父親も、共産主義者として敵対分子に殺され、「家」は衰退の一途をたどらなければならなかったのだ。

そうした混乱が一旦治まった時代でも、一九六〇年四月十九日には、李承晩《イスンマン》の独裁体制に反対する学生・市民の革命（四・一九《サイルグ》四月革命）が起こり、それは一九六一年五月十六日（五・一六《オイルユック》軍事クーデター）朴正熙たちの決起によって息の根を止められ、一九八〇年代の民主化運動の成功するまで、長い軍事独裁の政治的時代が続いた。

『冠村随筆』に描かれたのは、アメリカ映画の『ゴッドファーザー』の話が出てくるから、一九七〇年代が最下限となるが、これは作品が執筆された一九七二〜七七年を「現在」としたもので、作品世界は、一九五〇年代から七〇年代までということになるが、実質的には一九五〇年代後半から、一九六〇年代前半の十年間ほどの間の話である。舞台は、忠清北道保寧面を中心にその近郊である大川（市）に限定され、一部、ソウルが言及される程度で、きわめて狭い範囲に局限されているといってよい。もちろん、交通網の発達や、道路網の発展が遅れていた当該地域の時代的、社会的事情もあるが、幼少年期の「ぼく」の行動範囲、生活範囲が、当然のことながら、自宅や近所、遊び場所からほど遠くない距離のところに治まっていたということだ。だが、そんな片田舎の子供たちの世界にも、居ながらにして歴史の風波は、届いていた。戦乱から逃げ惑う避難民の家族や、南北のイデオロギー分断の影響を受けて、狭い村の中にも、〝南北〟の境界線が引かれるような、厳しい政治状況の対立による内戦や分断による戦闘や混乱、そして反目や敵対、粛清や復讐の嵐が狭い地域の中でも吹き荒れずにはいなかった。

これらの戦争や避難民のエピソードを読むと、「ぼく」がその年齢によって、ちょっと年上の世代の混乱に巻き込まれなかった幸運や僥倖を祝わずにはいられない。大人でもなく、青年でもなかったから、そうした政治や社会の衝突や瓦解や崩壊から、保護され、深い関わりを持たず、無傷や無邪気なままにその激動の時代を通過することができたのだ。たったいくつか年上だったばっかりに、幼馴染の大福は、時代に翻弄され、身から出たサビとはいえ、不幸な恋愛に懊悩したあげく、共同体社会から爪弾きされ、司直の縄を受ける羽目となった。

社会の変化の荒波を、器用には乗り越えることができなかった、不器用な生き方しかできず、人情味があり、好人物だが、頑固だったり頑迷だったりした人々。「生の原形質」（長璋吉）を露わにしたような人々が、「ぼく」以外の『冠村随筆』の登場人物なのである。

もちろん、「ぼく」と等身大の作家が、必ずしも幸運に混乱や無秩序や暴力から免れた世代であったわけではない（父親は南北分断のあおりで殺されている）。むしろ、一九六〇年代に青春時代を迎え、作家としてデビューし、一九七〇～八〇年代に文学者としてもっとも旺盛な生産期を迎えなければならなかったということは、作家として決して幸運なことだとは思えないからだ。軍事独裁政治は、人々の自由、とりわけ表現の自由や創作の自由を圧迫した。文学者たちの自由のペンを押さえつけるために、筆を曲げることを潔しとしなかった誠実な詩人、作家たちは獄中に入れられるか、亡命するか、筆を折らなければならなかった。李文求が、「自由実践文人協議会」の幹事や「民族文学作家会議」の理事として文学者の社会活動に積極的に「参与」し、ある意味では作家活動に専念する時間をそれらに消費してしまったことは、寡作ともいえるその作品活動の軌跡をみれば、いささか残念なことだったかもしれない。「作家後記」にあるように、作家自身は自分を取り巻く〝人の縁（運）〟に恵まれたことを多幸としているのだが、〝時の運〟（時代の幸運）には小説家としては恵まれなかったといえるかもしれないのだ。

忠清道出身の人々の特徴として「穏和」という性質をあげられることが多いが、李文求の小説の「語り手」の「ぼく」や、登場人物たちについてもその評語があてはまるものと思われる。しかし、「穏和」な人々に対しても、そうでない人々に対しても、朝鮮の近代、韓国の現代は苛酷だった。『冠村随筆』の穏やかで、牧歌的ともいえる文章や筆致の奥からも、そうした激しく、苛烈な時代の状況や社会の変化や変動に対する、満腔の怒り、憤りのようなものがそのはしばしから受け留めることができるはずだ。とりわけ、親日派、保守派が牛耳ることになった「大韓民国」の政治体制のあり方や、それに支えた米軍の軍政、対立軸の共産勢力の非人道性に対する批判的な眼差しは、作品のそこかしこに見ることができる。

李文求の文学を支えているのは、土に深く根を下ろした木の根のような人々、朝鮮の古典的歌謡『龍飛御天歌』の言葉を借りれば〝プリキップンナム（根深い木）〟のような人々であって、強い風や雨にさらされ、たわんだり、揺れることがあったとしても、しぶとく、たくましく生き続ける庶民であり、常民である人々なのだ。甕点や大福や福山、そして李文求のような。

最後に翻訳者の安宇植氏について、いくらかのことを書いておきたい。安氏は一九三二年十二月十八日、東京都に在日二世として生まれた。早稲田大学を中退後、日本にある朝鮮大学校の教師となり、当初は、北朝鮮の文学の紹介、翻訳に努めた。この頃の代表的な翻訳書として黄健《ファンゴン》の長篇小説『ケマ高原』（新日本出版社）がある。一九七〇年代に、在日朝鮮人・韓国人の文化人による総合雑誌『季刊三千里』が発刊され、後継誌の『季刊青丘』とともに、安氏はこれらの雑誌に協力し、執筆した。一九八〇年代からは、韓国の現代文学の翻訳を精力的に行い、日本における韓国文学の紹介、普及の第一人者として活躍した。尹興吉《ユンフンギル》、李文烈《イムニョル》、蒋正一《チャンジョンイル》、申京淑《シンギョンスク》などの現代作家の話題作、評判作をいちはやく日本に紹介した功績は大きい。日韓の文学者同士の交流の橋渡し役も務め、中上健次、島田雅彦、中沢けい、津島佑子などと韓国の文学者との交友、交流を仲介する役割も果たした。

文芸評論家としては、金史良《キムサリャン》の評論、研究の第一人者であり、岩波新書の『金史良』のほか、『評伝金史良』（草風館）や、講談社文芸文庫『光の中に』の解説などの仕事がある。植民地朝鮮下で日本語による小説を書き、解放後は北朝鮮へ渡った金史良は、長らく、日本、韓国、北朝鮮のいずれの国の文学の世界からはじき出されていた。日本語、朝鮮語で優れた文学作品を創作しながら、三つの〝祖国〟の歴史的、政治的状況のために疎外されてきた金史良の文学を、南北分断のあおりを受けた在日世界の亀裂のなかに陥っている在日文学者たちの不幸の原型として、安氏は見ていたのではないか。また、それは在日の南北分断に由来する政治的、文化的対立のなかで、孤立していた感のある安氏自身の姿でもあったのではないか。

そういう意味では、南北の両方の政治体制にも批判的で、常に庶民的、民族的、農民的な立場において小説を書くことに終始していた李文求の、とりわけそうした傾向の濃厚な『冠村随筆』は、安宇植氏の最後の仕事として、きわめてふさわしく、当人にとっても心楽しいものであったのではないかと想像される。在日二世の東京出身者として、〝故郷喪失者〟として一生を過ごした安氏にとって、李文求の書く〝冠村〟の情景や人物は、一種の理想であり、桃源郷のごとき場所であったのではないかと思量される。忠清道訛りをふんだんに使った会話部分を、安氏は見事に日本の田舎言葉に翻訳してみせた。それが翻訳上の苦労や苦難のみを強いるものだけではなく、それを上回る喜びでもあったことを、私は疑うことができない。

本書の校訂について付言する。訳文は安宇植氏の遺した原稿をそのまま使用したが、ごく一部の欠落や語彙、誤字・脱字については、校閲者の川村が手を入れた。語注は、途中の章まではかなり詳細なものが付されていたが、後の章にはなく、不統一だったのですべてを削除し、必要最小限度のものを（　）内の訳注として活かした。語句の註にとどまらないものは、（註）として、校閲者の責任において付した。ただし、「緑なす水と青山」の文学者の人物註については、それをそのまま章末に掲載した。なお、登場人物の漢字のハングル読みのルビは、訳稿にはなかったが、校閲者が付した。「作家後記」は訳稿がなかったので、校閲者が試訳した。校閲の底本としたのは、

『文学と知性　小説名作選6　冠村随筆』（三版四十刷、発行二〇一六年二月二日）である。巻末に付載されていた金柱演《キムジュヨン》氏と権《クォン》ソンウ氏の評論は、解説執筆のために参照したが、日本の読者にとって必ずしも必要とも思えなかったので割愛した。読者自身が、李氏の名作を、安氏の名訳で味読していただきたい。校閲者としての私の願いはこれに尽きる。

著者◎李文求（イムング）
1941 ～ 2003。忠清南道保寧で生まれる。ソラボル芸術大学創作科を卒業後、『現代文学』誌に推薦され、文壇にデビューする。伝統的な農漁村や地方都市に住む人々の生活を描いた作品が多い。『長恨夢』『海壁』『私の村』『アオサギの鳴く理由』など。

翻訳者◎安宇植（アンウシク）
1932 ～ 2010。東京都に生まれる。早稲田大学中退。朝鮮大学校、新潟産業大学、桜美林大学で教鞭を執る。著書に『金史良』『天皇制と朝鮮人』などがあり、朝鮮・韓国文学の翻訳多数。

校閲者◎川村湊（かわむらみなと）
1951 ～。北海道網走市に生まれる。法政大学卒業。韓国東亜大学校、法政大学などで教鞭を執る。著書に『紙の砦——自衛隊文学論』、『銀幕のキノコ雲』（インパクト出版会）など多数。訳書に『ソウルにダンスホールを』『太白山脈』『軍艦島』（すべて共訳）がある。

冠村随筆（クァンチョンスピル）

2016年 12月15日　第1刷発行

著　者　李文求（イムング）
翻訳者　安宇植（アンウシク）
校閲者　川村湊（かわむらみなと）

発行人　深田卓
装幀者　宗利淳一
発　行　インパクト出版会
〒113-0033　東京都文京区本郷 2-5-11　服部ビル 2F
Tel 03-3818-7576　Fax 03-3818-8676
E-mail：impact@jca.apc.org
http:www.jca.apc.org/~impact/
郵便振替　00110-9-83148

モリモト印刷